昆仑

Ⅲ

凤歌 著

四川文艺出版社

目 录

第一章

假鸾乘风

梁萧见此情形，心中焦急，可那两枚松针始终亘在穴道中间无法冲开。情急中，他灵机一动："公羊先生不是教了我'碧微箭'吗？外刚内柔谓之出，我何不以外刚内柔之劲将这两枚松针射出去？"他默运内力，到了膻中穴处，刚劲在外，柔劲在内，忽地引弓而发，哧的一声，松针离体飞出。

梁萧大喜，如法炮制，将神封穴的松针也逼了出来。这时公羊羽神志不清，手舞足蹈，反复叫嚷"溯洄从之，道阻且长"，业已到了疯狂的边缘。

梁萧不及多想，一跃而起，一掌按在公羊羽的玉枕穴，真气注入督脉，直抵大椎，大喝一声："敕！"

这法门出自《紫府元宗》的《入定篇》。修道者初入定时多有杂念，一招不慎就会立刻走火入魔，因此身边多有师尊护持，待其入魔，便用此法喝转。公羊羽此时的情形仿佛走火入魔，是以立竿见影，他应声一震，灵台转为清明。

萧千绝与公羊羽有深仇大恨，本想趁这千载难逢的机会除掉这个劲敌，不料紧要关头，梁萧横插一足。萧千绝眼见公羊羽目光沉静，心知功败垂成，心中恼怒无比，于是用力吹芦管，欲趁对手立足未稳，攻他个措手不及。白袍人也是一般心思，鸟笛声越发激烈。

公羊羽当此两面夹击，暗叫不好，当下归真守一，盘膝坐倒，左手鼓动软剑，急奏《风雨》之声，抵挡萧千绝的芦管；右手摘下腰间的红漆葫芦，咚咚咚敲击岩石，声不离宫商之调，暗合《鸱鸮》之曲，抵挡白袍人的鸟笛。

他适才身陷癫狂，心力消耗太剧，这时以一敌二，倍感吃力，不消片刻，头顶已是白气蒸腾。忽然噗的一声，酒葫芦破成两半，再一瞬，指尖掠过剑锋，皮破血流。

梁萧见状，纵身上前，挥掌拍向白袍人。那人见他年纪轻轻，掌风如此凌厉，心中微微一惊，也不见他晃身，人已到了一丈之外。梁萧趁机掠出，将阿雪抱在怀里。

阿雪见了他，心中欢喜无限，秀目中涌出涟涟泪光。白袍人见状，眉间透出一股杀气，可又不便抽身，唯有恨恨瞪视。梁萧见三方越斗越急，撕下衣服，塞住阿雪双耳，呼呼两掌扫向萧千绝。萧千绝凝然不动，梁萧掌风一到，他衣袍一张一缩，将来劲从容化解。

梁萧暗暗吃惊，想要上前缠斗，可又放不下阿雪，但若不阻止二人，公羊羽必败无疑。正觉两难，忽听一记钟声，浑厚洪亮，摇山动谷。只听有人朗朗笑道："两个打一个，哈哈……不要脸。"笑声中，嗡嗡嗡钟鸣不绝，声声敲中芦管起承转合的空当。萧千绝一时不防，几被钟声攻得散音走板，只得弃了公羊羽，抵御钟声。

公羊羽腾出一只手来，念到方才的狼狈，厉声道："贺陀罗，先前的不算，咱们一对一再比过。"一腔恶气发泄在白袍人身上，公羊羽双手以剑代琴，奏起一曲《殷武》："挞彼殷武，奋伐荆楚……"杀伐之气直冲霄汉。白袍人不敢怠慢，也以鹰啼应对。

又听一声长笑，山道尽头，九如肩扛铜钟，阔步走来。那口钟比起寒山寺的钟小了一半。九如举棒敲钟，嗡嗡巨响。他瞧见梁萧，笑道："小家伙，你也在？"不待梁萧回答，目光一转，又盯着白袍人笑道，"贺陀罗，和尚遇上了一个老相识，叙了叙旧，是以来迟。哈哈，你想不想我？"嗍的一棒，当头直击白袍人。

这一棒平白直入，并不出奇。白袍人却很忌惮，飘退丈外，将鸟笛收入袖间，冷笑道："老贼秃，死缠烂打吗？"九如笑道："死缠是你贺臭蛇的本行，烂打才是和尚的能为。打蛇打七寸，牵牛牵鼻子。哈哈，可惜你贺臭蛇不是道士，要么和尚还得找根绳子牵你一牵。"口里说笑，手中木棒翻飞，招招紧逼。

白袍人闪身飘退，扬眉道："老贼秃，天地虽大，大不过一个'理'字。洒家从没招惹过你，当年你和萧老怪以多欺少，把我逼出中原也就罢了，如今我才返中原，你就追了洒家几千里，这算什么道理？"

嗡的一声，九如将铜钟重重搁下，乌木棒就地一顿，冷笑道："贺陀罗，你还有脸说这个'理'字？你一入中原便残杀三百多人、奸淫六十余人，无恶不作，当真百死有余。"

贺陀罗哼了一声，不耐道："那些废物，生来就是给洒家练功用的，杀几个打什么紧？至于那些女子，能得洒家垂青，那是她们的福气。"

九如目光如炬，在他身上转了两转，像煞有介事地点头说："贺臭蛇，你放屁也放得很有道理。"下一瞬却一棒挥出，贺陀罗扭身让过来棒，厉声道："今日有你无我！"从肩头撤下一支奇形兵刃，手柄居中，四方各有尺许刀锋，弯似残月，冷若秋水，形同一个大大的卐字。

九如识得这兵刃名叫"般若锋"，不由得笑道："掏家伙吗？"接着棒法转疾，大喝一声，"去！"大钟呼的一声，向贺陀罗当头压来。

"般若锋"一闪，将铜钟劈成两半。九如长啸一声，棒如快鸟穿林，透过两片铜钟，点向贺陀罗的心口。贺陀罗身若无骨，曲折避过。"般若锋"滴溜溜地转动，便如擎着一轮明月，向九如翻滚杀来。

公羊羽平生自负，见九如出手，不肯弹琴扰乱；转眼凝视萧千绝，笑道："贺臭蛇有老和尚作陪，咱们也了断了断。"

萧千绝冷冷道："正合我意。"意字未落，公羊羽大袖飘飘，软剑刺到他的面门。萧千绝身形摇晃，双掌忽刀忽剑，忽枪忽戟，一瞬间变了七八种招式，挡住公羊羽狂风般一轮剑刺。公羊羽杀到兴起，纵声长啸，剑若风吹落花，月照流水，出乎性情，任乎自然。

萧千绝眼见徒手难以抵敌，自袖间取出芦管。他的"天物刃"本是内劲，要旨在于“天下万物皆为我刃”。运之拳掌，血肉化为刀剑，运之纸页草茎，也如钢刀铁棍，无坚不摧。他将芦管拈在指间，唰唰唰凌空刺出。五寸长的一段细管，气势却不弱于天下任何兵刃。

四大高手捉对儿厮杀，梁萧瞧得眼花缭乱，不知从何看起。看过九如、贺陀罗一对，又错过公羊羽与萧千绝；专注后者，又错过前者。

斗了一会儿，贺陀罗闪避之际，忽见公羊羽背对自己，心生毒念，抽冷子避开九如，一挥“般若锋”，偷袭公羊羽。公羊羽反剑挡住，转身凌厉还击。

萧千绝不愿与贺陀罗联手，略一迟疑，忽听九如笑道：“萧老怪，三十年不见，和尚还当你死了呢！”说着挥棒打来。萧千绝举芦管挑开来棒，还了一掌，冷冷道：“老和尚能活到今天，才叫奇了怪了。”九如哈哈大笑，乌木棒横劈竖打，左挑右刺，与萧千绝以攻对攻，各不相让。

斗不多时，萧千绝一转身，又对上贺陀罗，九如则与公羊羽交手。这四人当年均曾会过，多年不见，都想瞧瞧对方进境，是以频换对手，捉对儿厮杀。梁萧看得入神，心中猜想四人谁更厉害。忽听九如笑道：“老穷酸，你和萧老怪、贺臭蛇不同。和尚本来不想教训你，可你绰号不对，犯了和尚的忌讳！”

公羊羽皱眉道：“什么绰号？”九如笑道：“有人叫你天下第一剑，‘剑’字也罢了，‘天下第一’这四字，大大犯了和尚的忌讳。”公羊羽呸道：“胡吹大气，难道你是天下第一？”九如翘起左手拇指，嘻嘻笑道：“老穷酸果然是读书人，见识不凡，和尚不但天下第一，天上也是第一。”

公羊羽见他摇头晃脑，又好气又好笑，骂道：“无怪和尚叫作秃驴，脸皮之厚，胜过驴皮。”他得九如解围，心中感激，始终留手。这时被九如一激，起了好胜念头，放开手脚，径取攻势。两人兵刃颜色相近，缠在一处，凝滞处如黑蛇绕枝，矫健处似乌龙乘云。九如斗得兴起，连呼痛快。

正自大呼小叫，忽听山外一个声音叫道：“老秃驴，是你吗？”声如巨雷，震得群山皆响。九如神色一变，脱口骂道：“是你爷爷。”那人哈哈大笑：“老秃驴，来来来，咱们再斗三百回合。”九如脸色难看，骂道：“屁！和尚另有要事，不陪你胡闹了。”忽将公羊羽晾在一边，呼的一棒，向贺陀罗头顶落下。

贺陀罗较之三人略逊半分，单打独斗或能撑到五百招上下，这时走马换将，变数百出，不觉有些忙乱。忽地遭袭，首尾难顾，被九如唰唰两棒，逼得后退不迭。忽听九如炸雷般一声“着”，一棒飞来，正中左肩。贺陀罗痛彻骨髓，转身就逃。

九如紧追不舍。两人一逃一追，上了一座山梁，忽地一条人影凭空闪出，截住九如笑道：“老秃驴，别走！”拳打脚踢，招式精妙，以九如之能，也只有止步对敌。

公羊羽、萧千绝无不惊讶。他二人深知和尚厉害，不想来人赤手空拳，却逼得九如团团乱转。再瞧那人武功，以二人的见识，也看不出他的来历。

两人疾如星火斗了二十余合。九如一棒逼退来人，一纵身跃过山梁。那人怪叫：“哪里走……”一个筋斗翻过山梁，飞赶上去。公羊羽和萧千绝见这人言谈举止无处不怪，武功又高得出奇，心中均感莫大好奇，忍不住双双追赶上去。

公羊羽奔出数步，忽又停下，转身瞪视梁萧：“小子，今天你于我有恩，杀你不合道义。但你若再助鞑子，老夫就算背负不义之名，也要取你性命。”

梁萧略一沉默，说道：“先生放心，我从今往后，绝不再伤一名大宋百姓。”公羊羽皱眉打量他一眼，一点头，跟着萧千绝去了。

梁萧叹了口气，回望阿雪。少女双颊绯红，一对秀目灿若星子，长长的睫毛上还有点点残泪。梁萧把她脉门，但觉任、督二脉滞涩，运劲冲击，全然无功。他于是运起“弓之道”，将内劲注入阿雪体内，刚劲为弧，柔劲在弦，凝气为箭，沿路激射过去。阿雪胸口忽地一轻，脱口叫道：“哥哥，我想死你了！”

梁萧皱眉说：“你怎么来的？”阿雪眼眶一红，说道：“我……我见你上房追人，心一急，打马出城来找。”梁萧道：“你来找我，怎么又落到贺陀罗手里？他……他有没有欺负你……”说到这句，微觉迟疑。

阿雪说：“那会儿我骑马出城，不知东西，跑啊跑的，忽觉马身一沉，有人坐到我后面……”梁萧忍不住问：“贺陀罗吗？”阿雪说：“是啊，我回头一看，又不见人，一转头，他却在我耳边吹气，怪痒痒的。”说着甚觉羞赧，双颊如染胭脂。

梁萧心中翻腾，沉默一下，又问：“后来呢？”阿雪道：“后来我反掌推他，不料打了个空。收掌时，他又在我耳边吹气，边吹边笑，还说：‘小姑娘，你会武功啊？’我又害怕又奇怪，忍不住问：‘你怎么知道我是小姑娘？我穿的可是男人的衣服。’他说：‘洒家这双眼睛，看一根汗毛就知道是男人还是女人，更别说你这么好看的小姑娘。’我听他阴阳怪气的，心里很不舒服，就说：‘你再不下马，我可要打你了。’他说：‘好啊，你打，打得着我就下马。’说着伸手在我脸上摸了一下。”阿雪说到这儿，面孔更红了。

梁萧摇头道：“阿雪，你别说了，我不想听。”阿雪道：“后面还有怪事，你不听太可惜了。”不待梁萧回答，又说，“我一生气，又回头推他，但我一回头，就看不见他，一转身，他又在我耳边说话。”

梁萧盯着少女，心头一痛：让她说出来，哭一场也许更好。于是低下头，默默听着。阿雪说：“就在我赶不走他，心里着急的当儿，身后传来当当当的钟声。嗯，就跟老和尚的钟声一样。那人哼了一声，说道：‘该死的贼秃，赶你……赶你奶奶……的丧！’”她说完这句，脸一红，忙道，“哥哥，这可不是我骂的，是那人骂的。”

梁萧皱了皱眉，阿雪又说：“他骂了两句，点了我的穴道，笑着说：‘小姑娘，借你的马儿使唤使唤。’一把抢过缰绳，打马狂奔。跑了好一阵才停下，带我下马，解开我的穴道。我这才看清他的样子，心里害怕，不觉哭了起来。那人笑着说：‘不要哭，咱们找个好地方，洒家让你大大地快活。’我说：‘我找不着哥哥，怎么都不快活。’那人说：‘不用找了，我就是你的好哥哥，待会儿你快活了，叫我两声也不错。’一边说，一边拉着我往林子里走。我挣扎不开，正在着急，忽又听见钟响。那人一呆，怒道：‘他娘的臭贼秃，就不叫人安逸。’他一边骂人，一边又抓我上马。可是每次停下，钟声总会传来。他又生气又害怕，一听钟声，立马就走。”

梁萧松了一口气，心想：必是九如大师追赶，贺陀罗抓到阿雪也无暇作恶。至于九如大师手持大钟，想必是为了克制他的鸟笛！

阿雪又说：“这么赶了一夜一天，把马儿也跑坏了。那人丢了马带我步行，走了一段路，忽见一群大元士兵，他们瞧我穿着军服，就叫白衣人放人。他只顾冷笑，制住我的穴道，纵身上前，一拳一个，把他们都打倒了。”梁萧心想：那些元兵是为救阿雪死的。忍不住又问：“后来呢？”

阿雪道："还剩六个士兵，丢了武器想要逃命，被那人抓回来，逼他们进村。村子里没人，他就让这六人砍柴烧火，洗米做饭。他吃过了饭，叫六人站成一排，一拳打过去，六个人就不动弹了。他绕着六人转了一圈，似乎很得意，笑了两声，又对我说：'好啦，老和尚被我抛下啦，再也没人打扰我们了……'我见他直勾勾地盯着我，心中害怕，正想跑开，却被他扯住衣袖，这时忽听屋顶上有人道：'老穷酸，咱俩的事先搁一搁。'另一人说：'随你便！'我听出是萧千绝和公羊先生，心里又惊又喜。那人一听，脸却变了，笑着说：'老怪物、老穷酸，你们一派宗师，怎么行事鬼鬼祟祟的？'萧千绝说：'贺陀罗，当年你来中土作恶，我说过什么？'那人默不作声，萧千绝说：'我说过，老夫有生之年，不许你踏入中土半步！'那人十分生气，大声说：'你和老秃驴以多欺少，逼迫我发下违心誓言，如今我武功有成，当年誓言全不算数！'萧千绝沉默一下，说道：'我平生最恨三等人：一是言而无信之人，二是自以为是之辈，三是奸淫妇女之徒。贺臭蛇，这三条你占全了，你是自行了断，还是我代你出手？'

"那人一听，笑着说：'萧老怪，好啊，你和老穷酸一起上。'萧千绝说：'你也配？'说完一掌挥来，那人挡了一掌，笑着说：'咱们先比脚力。'一把抓着我，撒腿就往山里跑，萧千绝也追上来。那人在山里绕了一会儿圈子，停下说：'萧老怪，洒家带着一人，跑起来比你辛苦，如今再打，你可占了便宜。'萧千绝说：'好，你休息一下，咱们再打。'那人说："闲着也是闲着，先比比别的。听说萧老怪你有两只秃鹫，长空无敌对不对？'萧千绝说：'那又如何？'那人就说：'我也有几只鹰儿，大伙儿先比鸟儿，再比武功。'见萧千绝点头，他就取出一根血红的笛子，吹奏起来……"

说到这儿，梁萧叹道："阿雪，后面的我也瞧见了。"阿雪这次得保清白，全赖九如与萧千绝。前者也罢了，后者施以援手，梁萧满心不是滋味。

两人对坐一会儿，梁萧忽地起身，叹道："阿雪，走吧。"阿雪问："哥哥，你不追萧千绝和公羊先生了？"梁萧皱眉说："我总不能抛下你！"阿雪呆了呆，双目一红，泪水涌出，挽住他的手颤声说："哥哥，你千万答应我，不论怎样都别丢下阿雪。这一天一夜，我见不着你，真……真比死还难受！"

梁萧呆了呆，伸手给她理了理秀发，叹道："傻丫头，以后我无论去哪儿，都会带着你。"阿雪听了这话，心满意足。又觉他手指拂过面颊，麻酥酥、热乎乎的，心儿怦怦乱跳。这时忽听哈的一声，从山梁后转出个人来，白衣白发，正是贺陀罗。

贺陀罗趁九如被那无名高手缠住，藏身密林，待人走尽，方才潜出。他猜想九如要追自己，必会向前追赶，自己反其道而行之，必让对手扑空。他转回来，正巧遇上梁萧兄妹。他瞅了梁萧一眼，哧哧笑着说："小姑娘，他是你哥哥？你叫得挺亲热啊，要不，你也认洒家做哥哥？"

阿雪躲在梁萧身后，胆量大增，大声说："你头发都白了，做我爷爷都嫌大！"贺陀罗下意识地捋了捋头发，冷笑说："小姑娘你懂什么？洒家这叫少年白。你不要我做哥哥啊，我偏偏要做！"阿雪扁嘴道："天底下我只有一个哥哥。"贺陀罗笑道："这好办，我把你这个哥哥杀了，不就只剩我一个了吗？"

阿雪听得发呆，一时答不上来。贺陀罗盯着梁萧，眼里凶光迸闪。梁萧笑了笑，一抬头，扬声道："九如大师，你来得正好。"贺陀罗被九如千里追击，已是惊弓之鸟，闻言匆匆掉头，不见半个人影，心知上当。再一回头，梁萧抱着阿雪，正飞也似的向一座山峰奔去。

贺陀罗心中恼怒，口中哧哧笑道："好小子，跟我使诈？"两个起落，离梁萧不过十丈，又笑着说，"好妹妹，你想你哥哥怎么死啊？囫囵着死，还是零碎着死？如果不跑，我叫他死得囫囵一些。"

阿雪吓得牙关嘚嘚直响。梁萧一转身，钻入一处密林，忽又大叫："公羊先生！"贺陀罗笑道："又骗人？哈，洒家先割你的舌头，瞧是怎么长的……"话未说完，锐风破空而来。他身形后晃，双掌拍出，数枚细小物事落在地上。定眼一看，竟是数枚松针。贺陀罗大吃一惊："老穷酸的'碧微箭'？我明明见他与萧老怪同路，怎的一眨眼又绕到这儿来了？"他飞也似的退出林子，厉声笑道："老穷酸，有胆的滚出来，与洒家大战三百回合。"

叫过了阵，林中不见应声。贺陀罗心中惊疑，又叫一声："老穷酸！"还是不闻动静。他仔细回想，刚才的"碧微箭"劲道平常，不似公羊羽的劲疾。

贺陀罗连呼上当，飞身钻入密林。追出三里多远，抬眼一望，梁萧背着阿雪，正在攀爬那座高峰，不由得扬声大笑："好小子，你真比泥鳅还滑！"

梁萧听见笑声，暗暗叫苦。他使诈惊退贺陀罗，心想这人轻功厉害，走平路难以摆脱。山上有座石洞，也许可以藏身，贺陀罗若向前追，势必错过。计谋原本出奇，不料没到石洞，贺陀罗就醒悟赶来。这时已经上山，梁萧骑虎难下，只有硬着头皮向上攀登。

越往上攀，山势越发陡峭，许多地方只有少许凸石、浅坑可以落脚。耳听下方笑声哧哧，低头望去，贺陀罗攀缘如飞，逼近山腰石洞。阿雪惊慌道："哥哥，他追上来了！"梁萧心念电转，举剑将下方的老藤斩断。阿雪正觉奇怪，忽听贺陀罗大声怒喝，掉头下看，一阵目眩。二人已经升到数百丈高处，下方的林木、岩石越见细微。贺陀罗身在山腰，越显渺小。只见他左手攀着岩石，两足下撑，蛇行似的爬了上来。阿雪不由得心中奇怪，说道："哥哥，他爬山的样子好怪。"梁萧低头一看，也觉惊奇。

藤蔓被斩断，贺陀罗只有凭借手足攀登，刚爬数丈，便觉左臂酸痛乏力。他不久前挨了九如一棒，这一棒击石成粉，虽说卸去不少劲道，可是依然伤了筋骨。没奈何，只好收起一臂，以两腿一臂向上攀升。

三人越攀越高，罡风猎猎，吹得须发横飞。梁萧每攀数丈，便将沿途的藤蔓、松柏斩断，不予贺陀罗任何借力之物。阿雪回头下望，下方的景物越来越小，一时心惊胆寒，不敢再看。偷眼向上一瞥，心中更觉骇然，上面绝壁倚天，除了几棵老松，没有半点可借足的地方。

阿雪暗暗叫苦：一失足，我俩岂不尸骨无存？惊惶一阵，旋即又想，即便摔死，也与梁萧死在一起。一念及此，惊恐中又生出无比甜蜜，将头枕在梁萧肩上，似能听见他的心跳。阿雪仿佛置身梦里，无论云山松石，都是那么缥缈虚幻。

梁萧一心脱险，激发出浑身潜力，爬到双手流血，浸透藤蔓岩石。贺陀罗无可攀附，又少了一臂，攀爬吃力。爬了一阵，抬眼望去，上面数百丈岩石秃秃的，好似一面镜子。又见梁萧的身子越来越小，好似钻入云中。贺陀罗惊怒交迸：这小子是猢狲变的吗？忽觉左臂越来越痛，心知再不静养，势必留下病根，于是盘算：我守在山腰，等伤好了，再去捉他们。

又过了两个时辰，梁萧爬到峰顶，四肢瘫软，气也喘不过来。阿雪掏出手帕给他抹汗，转眼一瞧，山顶横直数丈，正中长了一棵老松，枝干夭矫，骨秀风神，下方岩石上有一凹坑，蓄满雨水，水清见底。

梁萧探头看去，贺陀罗一手二足，正贴着崖壁向下滑落。他不进反退，梁萧不胜吃惊，转念细想，悟到其中缘由，说道："大恶人一时上不来，咱们由背面下去。"转到背面一看，大失所望。其他三面更加陡峭，相形之下，二人上来的地方真如康庄大道。

梁萧颓然坐倒，阿雪也傍他坐下。两人经此一劫，困倦不堪，靠着松树不觉入睡。不一会儿，梁萧警觉醒转，但觉凛冽罡风从东北袭来，砭肌刺骨，不由得缩了缩脖子。低头望去，阿雪尚未醒转，浑身蜷作一团。

梁萧脱了衣衫盖在她的身上，背身挡住风势。回头望去，阿雪细黑的眉毛微微皱起，似乎隐含愁意，不觉心头一酸：她跟随我以来，时时担惊受怕，没有什么安稳时候……

正在自怨自艾，忽听阿雪低低唤了声"哥哥"。梁萧定眼看去，少女双眼紧闭，原是梦中呓语。梁萧心中怜惜，将她秀发拢起。阿雪的眼角渗出一滴泪珠，口中喃喃念叨："新月曲如眉，未有团圆意。红豆不堪看，满眼相思泪。终日劈桃穰，人在心儿里。两朵隔墙花，早晚成连理……"声音微不可闻，却一字字敲在梁萧心上。他少时在"天圆地方洞"读过这首小令，那时还不明白其中的深意，而今年事稍长，终于领悟了一些。想是阿雪从韩凝紫已久，听其吟诵，记在心里，平时不说，梦里却念了出来。

阿雪想是梦到了伤心事，念完词句，泪水不绝流出。梁萧望着她，心头闪过一丝歉疚。阿雪的情意他不是不知，只是始终放不下柳莺莺，有意无意总想回避。可是，任他躲来躲去，笨女孩的痴念却如一缕春萝，将他缠缚着，纵使枯萎，也不愿与他分离。

阿雪哭醒了，一张眼，正遇上梁萧的目光。她不知发生了什么，被他一瞧，面红心跳，又见梁萧眼角似有泪影，忙问："你……你怎么哭了？"

梁萧叹道："傻丫头，我怎么会哭？你自己才哭了！"阿雪想起梦中所见，窘迫起来，掉转话头："哥哥，接下来怎么办？"梁萧皱眉说："我几乎忘了。"他剥下松树树皮，搓制绳索，可是搓到天亮，绳索也不过数丈，要想垂到山下，根本没有可能。

忽听一阵叽叽喳喳的鸟叫，梁萧变了脸色。抬眼一望，无数麻雀飞上山顶，仿佛一阵疾风，绕着松树盘旋。

哧哧的笑声钻破罡风，曲曲折折传到山顶："好妹妹，你们还是下山吧，要不我一声令下，麻雀可要拿你们当点心了……"声音不大，却字字清楚。

梁萧运足内力，长笑道："谁给谁做点心可说不定！"贺陀罗心中恼怒，吹起鸟笛，雀阵呼啦啦地向两人扑来。

梁萧一边说话，一边示意阿雪靠近。他挥拳打中树干，拳劲所至，松针簌簌下落。梁萧运足内力，一前一后，呼呼拍出两掌，前掌刚劲，后掌阴柔，势如无形强弓，裹住松针漫天射出。

雀阵受了鸟笛驱使，失去神志，一味向前，不知躲闪，纷纷中针下坠，尸体布满山顶。

贺陀罗吹了一阵鸟笛，不闻动静，心中惊怪，猛可想起一事，厉声叫道："小子，你会'碧微箭'？"梁萧笑道："你还不笨！"贺陀罗懊恼万分，"碧微箭"是雀阵克星，没想到竟被梁萧练成。他一念及此，杀机更盛。

梁萧逼退群雀，俯视四面悬崖，寻思自己孤身一人，或能行险下去；如果带着阿雪，绝难成事。上山容易下山难，令他深感烦忧。阿雪漫无心机，只要梁萧在旁，便觉心中喜乐，至于如何下山，根本不去多想。她见死雀甚多，拾了松树枯枝，击石取火，点燃一堆篝火，将麻雀剥去皮毛，以坑中积水洗净，一根树枝串上十只，烤得异香扑鼻。

有顷烤熟，她递于梁萧一串。梁萧尝了，但觉焦嫩合度，隐有松香气味，不由得赞道："好手艺！"阿雪喜得眉飞色舞，笑道："那好，以后我常做麻雀给你吃。"梁萧叹道："常做就不必啦，今日也是形势所迫。"想到眼前困局，不由得眉头紧锁。烦恼间，他想起公羊羽在石公山借风筝脱险的事儿，不由得叹了口气，心想：可惜此时此地，那法儿行不通。

阿雪见他愁眉不展，满腔欢喜也冷了下来，痴痴望着崖外，眼见飞鸟盘旋自在，便道："哥哥，咱们变成鸟儿就好了，再高再远，一展翅膀就能飞到。"

梁萧闻言心动，沉吟半晌，拍手笑道："阿雪，你说得是，咱们就变成鸟儿，飞得远远的，叫那个大恶人再也追不上。"他见阿雪瞧着自己，眼中尽是不解，便笑道，"你还记得我以前做过的竹鸟吗？"阿雪见他笑嘻嘻的，也觉开心，点头道："记得，上好机栝就能飞来飞去。可惜第一只被土土哈射坏了，第二只这次走得急，忘了带上。"

梁萧笑道："不打紧，咱们再做一只大的，把你我带下山去。"他目光转到那棵老松上，"若要木材，这棵树也尽够了。"他拔出铉元剑来，审视半晌，叹道，"铉元啊铉元，你本是神兵利器，可惜主人无能，只好累你纡尊降贵，做一次斧斤。"

他说罢，忽见阿雪向着老松合十默祷，不由得奇道："阿雪，你做什么？"阿雪道："我在对这棵树说，大树啊大树，你在这里苦苦活了千百年，可惜哥哥和我要活命，只有牺牲你了。你若有知，我事后必然烧香拜佛，佑你往生极乐。"

梁萧欲要发笑，但瞧那棵茕茕老松，忽又笑不出来，寻思：草木且堪怜惜，何况天下苍生？我攻城破坚，杀人无算，又算什么呢？闷了一会儿，他按捺心事，画图伐木。他涉足西方算学以后，机关术更进一层，这只木鸟较之当年所造的竹鸟更为精巧。梁萧不敢怠慢，昼夜兼工，即使入夜也燃着松明火把赶造。

次日凌晨，木鸟完工。形若大鹰，左右翅长两丈、前后一丈五尺。下腹装设机轮，上方两侧均有绞柄，头尾、两翅共有风车四部，与绞柄相连。木鸟下端有圆木轮，轮下斜搁两条木轨，以为起飞之用。

木鸟尽管造好，其时风向不定，不便起飞。梁萧心中惴惴不安，要知此事自古未有，稍有差池，自己粉身碎骨也罢了，阿雪若有三长两短，自己九泉之下也难心安。

贺陀罗白天用鸟笛封锁下山路径，夜里在山腰石洞运功疗伤。棒伤深入骨髓经脉，婆罗门内功尽管精湛，可要治好也不容易。他向采药人打听，这座山峰名叫天都峰，意即"天仙都会"，本是黄山七十二峰中的第一险峰。自古以来，鲜有能人登顶。贺陀罗一听，雄心大起。第三日清晨，他的肩伤稍稍痊愈，便迫不及待出了山洞，抖擞精神，飞猱般向上攀缘。

阿雪监视山下，云雾遮眼，不觉贺陀罗上山，等到发现，敌人距离崖顶不过三十来丈。梁萧暗骂：老贼来得好快！这时风偏西北，并不适合起飞。他放手一搏，搀着阿雪坐上木鸟，奋力绞动手柄，四部风车呜呜呜转，搅得峰顶烟尘四起。

梁萧一挥剑，斩断后方绳索。木鸟顺着木轨滑下，呼的一声，没能起飞，直愣愣地向下俯冲。变化仓促，阿雪吓得双眼紧闭，尖声惊叫。梁萧也变了脸色，心中暗暗叫苦。

贺陀罗眼看登顶，忽觉头上狂风大作，只当梁萧居高临下，趁机施袭，情急翻掌托出。这一掌以下对上，用足了十成内劲，巨力可撼千钧。木鸟被他掌风一托，向上一蹿，四部风车逆风转动。木鸟一沉又升，稳稳当当飞了起来。

梁萧惊喜莫名，大笑道："贺陀罗，多谢相送！"贺陀罗趴在崖上，呆望二人乘风而去，脸上尽是不信之色，倏尔手脚一软，几乎掉下悬崖。

阿雪从木鸟起飞开始，始终闭眼尖叫，直待木鸟再无颠簸，方才定住心来，张眼偷望。前方青峰簇簇，破云而出。晨光如水，在漠漠云海上染上绚烂的金色。极远处，江河如错金玉带，穿山越岭，东流入海。这几日里，她看惯了黄山美景，却没一刻如眼前这么美丽。

木鸟因风起，载着两人经过光明顶、莲花峰，穿梭在黄山七十二峰之间。清风阵阵，吹得二人衣发飘飘，心快神畅。梁萧情难自禁，搂住阿雪纤腰，阿雪低头偎入他的怀里。刹那间，两人的身心都似化去，尘世间的种种纷扰仿佛眼前云烟，缥缈散去。

木鸟飞了一阵，被清风送出山区。遥见平原上阡陌纵横，有农人望见木鸟，纷纷奔跑叫喊。

梁萧俯视下方平野，叹道："阿雪，若能永远飞下去该多好！"阿雪张口说道："好啊！"梁萧微微苦笑，望见前方已是长江，当下摇动手柄，木鸟向江水俯冲下去，落在江面，顺流漂去。

梁萧折下木鸟一翼，当作木桨，划到岸边。两人踏足江岸，望着木鸟漂远，心中满是惜别之情。过得良久，梁萧挽起阿雪的手，叹道："走吧。"

阿雪抬眼瞧来，二人目光一交，想起木鸟上的亲昵情形，均是面红心跳。梁萧别过头去，惊觉方才木鸟上，心中除了阿雪，再也没有别人。低头望去，阿雪敛眉低头，不知想些什么。一股暖意顺着她的小手传来，梁萧身心俱暖，恨不能仰天长啸。

两人手挽着手，向东走了一日，抵达京口大营。守营士卒望见梁萧，匆匆报与营内。营门大开，飞出三骑，正是土土哈、李庭与囊古歹。三人白衣白甲，神色十分惨淡。

还没奔近，李庭跳下马来，一把抱住梁萧，失声痛哭。梁萧猜到缘由，拍拍他肩，欲要说话，嗓子却被哽住。阿雪奇道："李庭，出什么事了？王可呢？"李庭身子一震，涕泪交流。土土哈黯然说："阿雪，王可战死了……"

阿雪口唇微张，眼泪一转，夺眶而出。土土哈一咬牙，续道："梁萧，你不告而别，阿术平章很生气，骂你不守军规。我听不过，就说即便你不在，我们也不会输。阿术说：'军中无戏言，如果开战，你们打先锋，胜了算你们的功劳，败了严惩梁萧。'不多久，宋军下书挑战，平章率军迎敌。宋人阵法厉害，我们损伤很大。王可说：'我们死了不打紧，决计不能连累梁大哥。'就和李庭带了水师，装满火器，冲入宋军阵中，我和囊古歹两翼掩护。李庭半途被宋军截住，王可先将自己的船烧了，冲入宋军阵心。火器爆炸，借着风势，将宋军十多艘大船都烧着了，跟着东风一紧，百里内的宋军战船都被这把火烧光了……"说到这儿，土土哈嗓子一哑，涩然道，"宋军败了，王可也没回来，连……连尸首也没见着……"

李庭已哭到身子发软，泪眼模糊中，见梁萧神色木然，叫道："梁大哥，你……你要为王可报仇！我瞧见了，姓云的就在宋军中指挥，他先害了赵山、杨榷，如今又害了王可，我……我跟他誓不两立……"说到这里，忽见梁萧身子一晃，哇地吐出一口血来，不由得惊道，"梁大哥！你怎么啦？"

梁萧拭去口角鲜血，瞧了瞧灰茫茫天空，忽地纵声惨笑，边笑边走，一眨眼，走进营门，消失在众人视野之中。

京口一战，宋军水师灰飞烟灭。消息传到临安，大宋朝野尽失主张。元廷本为灭宋与否争得不可开交，京口战报传来，伯颜上表请战，要以破竹之势直捣临安。忽必烈阅罢奏章，不顾西边战事，拜伯颜为右丞相，阿术为左丞相，梁萧为平章政事，南下灭宋。

伯颜返回军中，命阿术继续围困扬州，以梁萧为先锋，进逼常州。

常州是神鹰门发源地，京口战败，靳飞与云殊率残兵败将退回常州。听说元军南下，二人在书房内密议许久，也没定出一计半策。云殊呆了半晌，忽道：“师兄，你我战死沙场也是应当，娘亲与姊姊怎么办？文儿还小，也跟着殉国吗？”

靳飞摇头说：“那也是无可奈何的事！”云殊皱眉道：“依我之见，不妨让姊姊带着娘亲与文儿，趁夜离城……”靳飞怒道：“胡说！你我身负守城之责，此时迁移家眷，成何体统？”

云殊脸一白，还未说话，嘎吱一声，房门大开。一位素衣老妪站在门前，面如满月，鬓已星星。身后一名三旬美妇，眉眼与云殊依稀相似。

二人神昏智乱，都没留心房外有人。靳飞慌忙起身，施礼道：“师娘！”又看了那美妇一眼，小声说：“阿……阿璇！”云殊也站起身来，向那素衣老妪道：“娘！”又对美妇说：“姊姊。”

老夫人淡淡说道：“适才路过，你俩的话我听到了！”她嗓音沙哑，说出话来别有一番威严。老夫人目光一转，盯着云殊道：“你方才的龌龊念头，与贾似道有何分别？莫非你父亲教的道理，都被狗吃了？”

她这话说得严厉。云殊冷汗淋漓，一膝跪倒，颤声道：“孩儿独自受难也罢了，累着您和姊姊，心里便觉不安。”老夫人叹道：“国已如此，家又何存？鞑虏乱华，家破人亡者何止千万！多我云家，算得什么？娘不是寻常妇人，阿璇也是深明大义的孩子。我云家世代忠义，岂独男儿？”她的语气淡定从容，云殊听在耳里却觉心如刀割，泪水止不住地流下来。

云夫人长叹一口气，扶起云殊道：“殊儿，你知道你名字里这个‘殊’字的含义吗？”云殊道：“父亲说过，是‘特出’的意思。”云夫人点头说：“是了，万程起这个名字，就是要你特出于众人之上，做一个与众不同的大英雄、大豪杰。瞻前顾后，也是英雄所为吗？”

云殊身子一震，低头无语。云夫人回头向云璇道：“阿璇，文儿呢？”云璇笑道：“他练武去了。”说着深深看了靳飞一眼。她与靳飞既是师兄妹，也是夫妻。靳飞见她神情，只觉当此危难，妻子一颦一笑，俱是弥足珍贵，怎也看之不够。再想战事一起，有死无生，又觉说不出的难受，垂下眼睑，轻轻一叹。云璇轻握他手，手指在他掌心悄悄写道："我不怕。"靳飞心一颤，抬起头来，眼眶已然湿了。

云夫人看了二人一眼，笑道："时日不早，你们劳累一天，早早歇息为好！"说着自顾出门。

云殊将母亲送走，正要回房，忽听隔壁传来打斗声。转过月门，只见风眠手持木剑，与一使枪少年斗得激烈。楚婉负手旁观，见了云殊，笑道："云大哥。"风眠见他来了，有意显摆本领，后跃两尺，卖个破绽，诱那少年挺枪刺来。眼看刺到，风眠侧身攥住枪杆，木剑迅快至极，斫少年手臂。少年只得放手后退，怒道："又输了！"一掉头，向云殊大叫："舅舅，我怎么老是打不过他？"

云殊强打精神，微笑道："谁叫你以前顽皮贪玩，练功马虎！"靳文拧住他说："你教我一些速成本事，好杀鞑子！"说到"杀鞑子"三字，他的两眼闪闪发亮。云殊心头一叹，苦笑道："速成的本事我可教不来！"靳文扁嘴道："哼，小气！"向风眠道，"咱们再来！"二人呼呼喝喝，又斗在一处。

云殊看了片刻，对楚婉说："楚姑娘，你来，我有话说！"楚婉随他走出庭院，在花树之间默默走了一段，云殊忽道："楚姑娘，你还是回家吧！"楚婉惊道："什么？"云殊道："兵凶战危……"楚婉不待他说完，打断他说："我知道，可我不怕！"她注视云殊，目光盈盈，声音温柔不胜，"有你在，我就不怕！"

云殊看她模样，心头一点绿影闪过，不觉暗惊：我怎么又想起她来了？他转眼望着楚婉，又想：楚姑娘本也是好女孩，可……只怕终此一生，我也忘不了那人了！

楚婉见他定眼望着自己，心头羞怯，一抹红云浮上双颊。两人相对无语，忽见一个丫鬟冲来，一把拽住云殊，叫道："公子……不好……不好……"云殊诧道："书眉，你慢说。"丫鬟咽了口唾沫，放声大哭道："老夫人她……她上吊自尽了……"

这句话犹似晴天霹雳，震得云殊倒退两步。楚婉急忙伸手将他扶住。云殊呆了呆，冲入母亲房中，只见白绫如雪，将云夫人悬在梁上。云殊手忙脚乱将人放下，一探鼻息，已然气绝。他伤痛欲绝，抱着母亲遗体，欲要痛哭，眼角却涩涩的，竟然哭不出声。

不知待了多久，忽觉有人拍肩，他抬眼望去，却是靳飞。靳飞双目红肿，沉声道："大敌当头，节哀顺变！"云殊不见云璇，心觉不妙，急道："姊姊呢？"靳飞低头道："她骗我离开……吞金自尽了……"他虽竭力平静，两行泪水却包藏不住，无声滑落面颊。

一日失去两个亲人，云殊瘫坐在地上，再也站不起来。靳飞见桌上有一张素笺，伸手取过，上面写着八个小楷："宁为玉碎，不为瓦全！"字迹娟秀却力透纸背，靳飞识出师母笔迹，胸中大恸，泪水滚滚落下。

二人正在伤心，方澜悄然进来，小声说道："鞑子到了！"二人一惊，收泪含悲，走出房门。一行人上了城头，只见长空万里，碧蓝如洗，元军人马迤逦南来，黑压压的，望之不尽。

元军忽地止住来势，一骑飞奔而出。靳飞冷笑道："又来劝降？"一挥手，城头弓弩尽张，只待来人到了城下，便将他射成刺猬。

人马来得快极，顷刻迫近城墙。云殊认出是梁萧，怒从心起，忽见他停在千步开外，提枪纵马，扬声叫道："云殊何在？"云殊冷冷道："你来劝降吗？"梁萧略一默然，缓缓道："我今日前来，只求你我单枪匹马在此一决。若我战败身死，自然无话可说；你如命丧我手，我梁萧远走高飞，从此不问战事。"

云殊听得血脉偾张，正想一口答应，忽听靳飞低声说："此人诡计多端，你身负守城重任，不可轻易出城。"云殊一呆，默然无语。梁萧驻马半晌，焦躁起来，叫道："云殊，你是胆小鬼吗？"云殊双眉一扬，正要下城，靳飞反手拉住他道："别中他的激将法！"云殊只好咬牙苦忍。梁萧连呼三声，城上仍无动静，只得快快转回本阵。

梁萧驻军城外，心中烦闷，日日喝得烂醉如泥。土土哈等人见他如此，心中不解，可又不敢劝他攻城，只因一旦劝说，梁萧势必大发雷霆。阿雪见他一味酗酒，心中难过，可又不善劝慰，唯有衣不解带，尽心照看。

六日后，伯颜抵达，见状大怒。但见梁萧醉得人事不知，一时气无处发，免了他先锋职位，亲率大军攻城。常州城高池深，云殊又防守得法，元军攻打十余日始终无法破城，反而伤损甚多。

宋廷得知消息，派兵援救，行至虞桥，土土哈伏兵纵出，大败宋军。次月，李庭摧毁常州护城船只。囊古歹在城外筑起高台，将云梯搁上城楼，近万元军踩着云梯攻入常州。

宋军退入内城，且战且退。云殊落在最后，手舞双剑，所向无敌。战了一时，靳飞见元军不绝拥入城中，心知大势已去，转身抓住云殊肩头，叫道："我在这里抵挡，你率其他兵马从南突围。"

云殊不敢相信自己的耳朵，惊叫道："你说什么？"靳飞双眉一扬，厉声道："你不记得师父的仇了吗？"云殊又是一怔。靳飞说道："师父一世英名，毁在萧千绝手里，你父仇未报，怎可轻易言死？云殊，你的才智、武功胜我百倍，理应留下性命再与鞑子纠缠。"

云殊挣脱他手，怒道："我便战死，也不离开。"靳飞横刀于颈，瞠目大喝："你不走，我马上自刎！"云殊心头剧震，望着师兄，双眼忽地红了。靳飞插刀在地，扣住他的双肩，沉声说："云师弟，师母以死相托，我决不能弃城而去，师父的仇恨也不能不报。师父之仇，由你担当；师母之意，由我成全。"云殊又是一震，转眼望向方澜，方澜拈须苦笑，叹道："傻小子，不用瞧我，快快去吧。"

云殊涩声道："方老前辈……"方澜摆手道："老头儿年纪大了，懒得跑啦。你今天若能突围，来日替我多杀几个鞑子。"说罢哈哈大笑，豪迈之中透出几分苍凉。

云殊嗓子一哽，忽见靳文牵来马匹。云殊一咬牙，接过缰绳，跃上马匹，转身之际，长臂一舒，出其不意揽起靳文。靳文被他一抓，动弹不得。靳飞正要阻止，云殊缰绳一抖，骏马撒开四蹄，瞬间去得远了。靳飞呆望云殊背影，两行热泪滚滚落下。

云殊率军冲出城外。李庭复仇心切，率军追到虞桥，赶上云殊。双方一场恶战，云殊大显神威，在元军阵中两进两出，杀伤无数，率百余残军突出重围。两军一前一后，追逐一百余里。这时土土哈率钦察军赶到，快马若风，锐箭如雨。宋军人仰马翻，逃至平江，仅剩十骑。追兵在后，河水在前，云殊进退不得，一时陷入绝境。

他身中数箭，血染铠甲，看了一眼靳文，发声长啸，纵马如箭，射入平江。宋军将士见状，齐声大喝，随他跃马入江。众人多已受伤，平江水急，转眼将其一一吞没。只有云殊仗着内功深厚，挟着靳文奋力游向对岸。

元军赶到江边，土土哈方要开弓，身后飞来一鞭，将他羽箭打落。土土哈回头一瞧，惊道："梁萧！"又见梁萧眸子清亮，全无醉意，心中大为不解，大声问道，"你干吗不让我射箭？"李庭也道："是啊！梁大哥，若不报仇，更待何时？"

梁萧瞧了云殊半晌，叹道："好汉子！"众人一愣，梁萧掉过马头，朗声道，"他为保家国，死战不屈，难道不是好汉吗？这样的好汉，我宁可一刀一枪与他在战场上一决生死，也不愿此时放箭，乘人之危。"众军都与云殊交过手，暗里有些佩服，听了这话，无言以答。李庭、土土哈见梁萧心意已决，各叹了一口气，不再多说。

一个百夫长押了几个俘虏上前。梁萧一眼看去，楚婉和风眠赫然在内。二人都已中箭，彼此挽着，蹒跚而行。百夫长说："这几人躲在道边，被我发现了。"楚婉瞪着梁萧，一双秀目几欲喷火。风眠向梁萧唾了一口，他伤重乏力，难以及远，只唾在了马蹄上。一旁军士手起刀落，向风眠后颈砍落，不料梁萧挥手一鞭，将他大刀卷飞。军士一愣，默默退开。梁萧吩咐随军医官："给他们治伤，不得虐待。"医官应命，自与众人拔去羽箭，敷药包裹。

云殊拼死泅过平江，与靳文彼此搀扶向前。经历这番苦战，二人伤疲欲死，苦撑着走了一程。靳文失血过多，摔倒在地。云殊被他一带，竟也跌了一跤，心中莫名颓丧：莫非我二人要命丧此地吗？一念未绝，忽听一阵马蹄声响。云殊回头看去，暗夜之中黑影憧憧，不知来了多少人马。

云殊挣起身来，大叫一声，舞剑向那队人马扑去。谁知奔出数步，一跤跌倒，额角撞上一块青石，两眼阵阵发黑，隐约听见女子呼叫，跟着脑海一空，再无知觉。

梁萧率军返回常州，行了时许，隐隐望见谯楼。忽见囊古歹飞骑赶来，一脸笑意。梁萧询问城中情况，囊古歹笑道："伯颜大人说此城害我损兵折将，要给他个厉害瞧瞧，下令将常州内外，杀个鸡犬不留。"他说到这儿，欢然大笑，忽见梁萧脸上苍白，不由得问道："你受伤了？"梁萧忽一伸手，将他当胸拿住，提了起来，厉声道："伯颜下令屠城？"他出手奇重，囊古歹气闷难言，唯有点头示意。

梁萧挥手一掷，摔得囊古歹背痛欲裂。梁萧飞骑入城，策马转了一圈，没见半个宋人活着，只见一队一队元军士卒杀红了眼，还在街上大呼小叫。

土土哈等人随后赶到，见梁萧当街伫立，正想招呼，梁萧忽地策转马头，飞驰出城，冲入元军大营，翻身下马，直入帅帐。几个亲兵举手要拦，却被他一拳一个尽数打倒。伯颜正在用饭，见梁萧闯入，张口欲问，梁萧右掌忽起，直奔他面门。伯颜措手不及，抬手欲挡，忽觉心口一闷，被梁萧左掌抵住。

伯颜大意被制，惊怒交迸。但他久历战阵，面上却不流露心意，厉声问道："梁萧，你作反吗？"梁萧咬牙道："你下令屠城？"伯颜皱眉道："那又怎样？这城害我损兵折将，如果不屠，后来的城池纷纷效仿，何时能够到达临安？"

梁萧呸了一声，怒道："战场上你死我活，杀的若是兵将，还有一些道理。城中的百姓无拳无勇，斩尽杀绝，又算什么本事？"伯颜冷笑道："天下人谁不是父母所生？谁又没有兄弟妻儿？既是杀人，杀兵杀将杀百姓又有什么分别？你以前杀的人也不少，怎么今天倒兴起妇人之仁来了？"他疾言厉色，每一字却都似利锥扎在梁萧心头。一时间，梁萧脑海中只有一个念头：是啊，都是杀人，又有什么分别？

迷惑间，土土哈三人冲入帅帐，见这阵仗，无不骇然。土土哈叫道："梁萧，你疯了？"囊古歹道："梁萧，快快退下！"李庭也道："梁大哥，不可造次！"梁萧被他们一番大呼小叫，心神稍乱。伯颜看得分明，身子一缩，向后脱出三尺。梁萧正要追击，土土哈拥身扑上，将他拦腰抱住。梁萧身形一顿，左肘疾出，撞中土土哈的期门穴，土土哈仰天倒下。只此耽搁，伯颜于疾退中转为疾进，左掌斜飞，拍中梁萧胸口。这一掌有雷霆之势，将梁萧震飞丈许，摔倒在地，一口鲜血如箭喷出。两旁亲兵齐声发喊，一拥而上，将他死死按住。

伯颜拭去额上冷汗，厉声道："梁萧，你知罪吗？"梁萧咬牙不语。伯颜喝道："你以下犯上，行刺主帅，可是天大罪过，将你车裂刀剐也不为过！"土土哈忙跪道："丞相开恩，土土哈愿将所有功劳换取梁萧性命。"囊古歹也跪道："梁萧性子刚烈，容我们带他回去慢慢开导。"梁萧眉头一皱，正要张口，李庭知他心意，直向他砰砰磕头，连声道："梁大哥，别说了，别说了……"直磕得头破血流。

梁萧见状，心一软，将到嘴的话吞了回去，望着伯颜扬声道："闯帐逼你，是我不对。但下令屠城，却是你错了。"伯颜也不忍杀他，见他松口，当即道："屠城对错，暂且不论。你既已知错，且看土土哈三人面子，饶你这次，下次若犯，定斩不饶。"一挥手，道："放了他！"众亲兵这才放开梁萧。

梁萧缓缓站起，李庭想要扶他，却被他甩开。梁萧强忍内伤，缓步出帐。土土哈三人怕他再生是非，遥遥跟在后面。

梁萧走到营外，忽地转头问道："那些俘虏呢？"土土哈说："听你的话，待他们好好的。"梁萧向李庭道："带他们过来。"李庭飞马入营，将楚婉等人带来。梁萧略一沉默，挥手叹道："让他们走吧。"众军一怔，依言解开二人绳索。楚婉惊疑不定，冷哼一声，昂首去了。风眠也瞪了梁萧一眼，一瘸一拐，跟在她的身后。

李庭忍耐不住，高叫道："梁大哥，这两个人也是杀三狗儿的帮凶，不能让他们走了！"梁萧默不作声，望着楚婉二人背影，直到再也不见，方道："土土哈、李庭、囊古歹，你们说说，究竟为什么打仗？"

众人听他问出这话，均感有些意外。囊古歹想了想，说道："就如成吉思汗所说，男子最大乐事在于压服乱众，战胜敌人，夺取其所有一切，骑其骏马，纳其美貌之妻妾。"土土哈道："对啊，成吉思汗说的一定没错。"李庭略一迟疑，也随之点头。

梁萧望着三人，沉默良久，轻轻叹了口气，望着常州城说道："杀人眷属，破人家园，夺人所爱，淫人妻女，这就是你们的志向吗？"众人面面相觑，土土哈迟疑道："梁萧……你有些不大对头。"梁萧微微惨笑，说道："谁不对头？"不待土土哈回答，一拂袖，扬长而去。

第二章

魂断钱塘

常州一破，苏州、湖州望风而降。次年春，土土哈攻破独松关，元军陆续抵达临安。临安城中大小官员接踵宵遁。宋帝母子束手无策，派人议和，却为伯颜所回绝，不久遣人献上降表国玺。

伯颜率军进抵临安城下，谢太后携幼帝赵显出城纳降。大宋君臣忍泪含悲，拜倒在伯颜马前。这时天空落起霏霏细雨，笼山弥野，天地失色。伯颜下马扶起赵显，不觉志得意满，仰天大笑。十余万元军齐声欢呼，震天动地。大宋君臣既悲且惧，泪如雨下。时人汪元量后来作诗哀叹："西塞山前日落处，北关门外雨来天，南人堕泪北人笑，臣甫低头拜杜鹃！"

梁萧随大军南下，名为平章副帅，实则日日以酒为伴，醉生梦死。这一日，他醉了一宿，醒来头痛不堪，阿雪忍不住央他出营走动散心。梁萧不忍拂她之意，勉强应允。

二人信马由缰，沿西子湖畔而行。举目望去，薄霭未收，烟水茫茫，亭榭依旧，却少了琴韵歌舞。远方雾锁长空，晦暗不明，连西塞山的影子也瞧不见了。

梁萧眺望湖景，想起当年在这里偶遇花晓霜父女。那时两小无猜，不知世事；而今景色依稀，少时的心境却已不再。

伤感之际，忽听胡琴声响，调子凄凉不胜，有人和弦唱道："花木相思树，禽鸟折枝图。水底双双比目鱼，岸上鸳鸯户。一步步金镶翠铺，世间好处。休没寻思，典卖了西湖。"曲调喑哑，经久不绝。

梁萧默默听了，心想：相思树、折枝图、比目鱼、鸳鸯户，这西湖真占尽世间好处，引得大宋显贵醉生梦死，最后输光当尽，连这西湖也保不住。若将这贪欢享乐的工夫花一半在治国经武上，何尝会落到这个地步？心中气闷，取了一囊烈酒，一气喝光。

回营已是晌午，伯颜帅令来召。梁萧吩咐阿雪回营，自去中军帅帐。还没进帐，便听笑语不绝。伯颜一见他，笑道："梁萧，你来得正好，见过这几位贵客！"帐中诸人闻言，无不举目望来。

梁萧游目一望，变了脸色。伯颜右首坐的是四皇子脱欢，左首坐的是白衣怪客贺陀罗。脱欢下首，一人黄衣白发，正是"黄鹤"明归。贺陀罗下首，盘坐一名黄衣喇嘛。四人身后立着的一排人梁萧也都识得，分别是哈里斯、火真人、阿滩。另有一个不相识的青衫老者，高高瘦瘦，一团和气。梁萧不防诸多对头齐聚一帐，不觉心跳如雷，遍体汗出，酒意也去了大半。

脱欢一见梁萧，先是错愕，跟着怒笑道："这便是梁萧？真跟传言中一样面嫩！"最后四字说得咬牙切齿。

伯颜对梁萧使了个眼色，笑道："这位是脱欢大王，受封镇南王，统领江南。"他见梁萧一动不动，皱眉道，"见了大王，你怎么不行礼？"梁萧望天冷笑，一动不动。伯颜与脱欢不合，但觉当众扫他面子，说不过去，正自犹豫，脱欢已摆手道："罢了，我与梁大人也是旧识，跪拜就免了吧！"

伯颜微微一笑，借梯下楼，指着明归道："这位明先生是脱欢大王新聘的军师，智谋高深，见识过人。"明归略略长身，冲梁萧淡淡一笑，并不出言相认。

梁萧心中纳闷，不知明归为何投入脱欢手下。伯颜又指那名黄袍喇嘛，笑道："这位是当朝帝师，八思巴活佛的大弟子，胆巴大师。"梁萧心头一动，胆巴他不知道，八思巴的名头却听过。此人天生慧根，十六岁面见忽必烈，被忽必烈拜为帝师，权势十分显赫。

胆巴站起身来，只见他肩宽背阔，容貌古拙，合十笑道：“平章用兵如神，威震朝野，胆巴久仰了！”梁萧回了一礼，淡淡说道：“过誉了。”脱欢见他向胆巴答礼，却不向自己行礼，不由得怒哼一声。

伯颜正待引见贺陀罗，贺陀罗起身笑道：“平章大人，洒家有眼不识泰山，若有开罪大人的地方，还请见谅则个。”众人无不诧异，不知二人何以相识。梁萧自忖开拳不打笑脸人，此獠低头认错，自己一味报复有失气度，于是冷冷一笑，转身欲要就座。

哈里斯眼珠一转，忽而笑道：“平章大人，还记得区区吗？”梁萧见他笑嘻嘻的，目光诡谲闪动，心念一转，笑道：“记得！”哈里斯大步出列，笑道：“大人不嫌哈里斯高攀，大家不妨亲近亲近！”左手向梁萧一伸。梁萧道：“好说！”随意伸出右手。

两人手掌将握未握，哈里斯中指上那枚“蛇眼魔钻”悄然一转，到了手指下方。伯颜看得分明，不及喝止，二人双手一触即分，梁萧转身就走。哈里斯却是呆，低头看去，脸色煞白，急声叫道：“平章大人留步！”

梁萧回头道：“什么？”哈里斯迟疑道：“我……我的戒指？”梁萧笑道：“什么戒指？”哈里斯瞪着梁萧，眼里出火。“蛇眼魔钻”是他祖传宝物，坚硬异常，精钢刀剑一割即断，如果握实，梁萧的手上必然添个窟窿。谁知梁萧将计就计，握手时使出“如意幻魔手”，轻轻巧巧将戒指从他指上退了下来。哈里斯发觉有变，他已缩回手去。哈里斯偷鸡不成蚀把米，未伤着梁萧，反而丢了祖传宝物，心中惊怒无以言表。

梁萧若无其事，大剌剌坐下。哈里斯进也不是，退也不是，欲要叫嚷，忽听贺陀罗叽咕两句，哈里斯一脸悻悻，站回他身后。贺陀罗目视梁萧，哧哧笑道：“平章大人好本事！我儿子冒犯之处请别在意。”

梁萧瞅了哈里斯一眼，笑道：“他是你儿子？呵，我瞧你倒像是他儿子。”脱欢一行无不变色，均想：这人说话好生无礼！

不料贺陀罗喜上眉梢，大拇指一翘，笑道："大人独具慧眼，贺某别的本事没有，唯独这驻颜养生之术，尚有几分心得。"说罢顾盼神飞，十分得意。梁萧本意让他父子难堪，不料贺陀罗不怒反喜，心中大感无趣。酒到杯干，喝光两壶烧酒，趴在桌上，昏昏沉沉。

众人见他醉态不堪，均有鄙夷之色，伯颜更觉恚怒："这孩子越来越不像话，早知他如此出丑，真不该叫他来见！"故作不见，微笑道："胆巴大师，你奉旨镇魇大宋龙脉，那镇魇之法，不知详情如何？"

胆巴笑道："这法儿说难也不难。首要推倒大宋皇宫，断了它的地气灵根；再挖掘宋朝诸帝的陵寝，取其骨殖，杂以牛马骨骸，埋在其上；再筑以百仞高塔，收藏佛经、佛像、密宗真言。如此一来，大宋王气尽泄，龙脉断绝，赵家皇帝子子孙孙，永世不得翻身！"梁萧不愿与这些人交谈，故意装醉，听到这里，不觉大怒，心想：这狗和尚挖人祖坟来着！他身为出家人，合当行善为本，怎么如此无耻下作？

脱欢笑道："依我看来，断了大宋的龙脉还不足够。"胆巴笑道："大王定有高论，小僧愿闻其详。"脱欢道："赵家做不了皇帝，难保别家不做皇帝。最好一不做，二不休，探明宋人士族名门的祖坟，挖它个底儿朝天，以保我大元垂统千秋，万代不绝。"胆巴道："大王的话是不错，但宋人坟茔何止千万，怎么才能挖尽？"脱欢笑道："挖一个少一个！"伯颜也说："大王说得是！仿若行军打仗，今天折它几百个兵马，明天拿他两个大将，终归叫他无兵无将，自己认输服气！"脱欢拍手笑道："丞相不愧当世名将，三句话不离本行！"

梁萧越听越气，心中悲愤莫名：我等九死一生打下江山，白白便宜了这些无耻鼠辈。不觉酒气上涌，一拍桌子，直起身来。

帐中为之一静。伯颜瞧梁萧神色，心道不妙，正要呵斥，忽听远处传来一阵怪响。忽缓忽急，忽高忽低，引得人心悸魄动。梁萧忘了骂人，转眼看向帐外，伯颜也命那速查探。不一阵，那速便引了一名百夫长进来。

伯颜见那百夫长神色惊惶，沉下脸说："慌乱什么？现在慌乱，打仗怎么办？"百夫长咽了口唾沫，忙施礼道："启禀丞相，右军营中出了怪物！"伯颜皱眉说："胡说，青天白日的，何来怪物？"百夫长道："小将不敢胡言，这声音便是怪物发出来的。”

众人均是一凛，凝神倾听，又听百夫长道：“先前小将部下兀突海的帐里传出响声，初时大家没有在意，以为兀突海睡觉打呼噜。我想大白天偷懒睡觉，很不应该，就让呼和台去揪他出来。”

伯颜道：“白日睡觉该先打棍子，然后示众！”百夫长道：“是啊，哪知呼和台进帐，叫了声‘咦’便再无动静！小将心中奇怪，又派人进去，不料一个个有进无出。怪声却越来越响，初时像草笛，渐渐变成牛吼。小将正想亲往一探，这时兀突海却来了。”脱欢奇道：“兀突海不在帐子里吗？”

百夫长摇头道：“他在外面守卫，听说帐里出了怪事，二话不说，一头钻了进去，只听他大叫一声，声音便没了。怪声越叫越响，一会儿工夫，整座大营都听见了。大家打起仗来，刀枪弓箭都不畏惧，可这件事委实古怪，怕是邪物作祟，凡人战胜不了。听说胆巴尊者在此，小将特来相请尊者，降伏妖魔！”他两眼盯着胆巴，满是祈求之意。说话间，怪响越发奇怪。低落处如箫管细细，高昂时如瓦釜雷鸣，调子起伏无端，极尽变化之能事。

伯颜心头惊疑，微微皱眉。胆巴略一沉吟，站起道：“丞相，胆巴前往一探，看是何方妖物。”贺陀罗也慢慢起身，笑道：“洒家陪尊者走一遭！”胆巴知他武功深不可测，师父八思巴也让他三分，当即合十说：“有劳先生。”

伯颜内心对密宗法咒不以为然，但军中士卒迷信鬼神，若不用些手段，只怕动摇军心，于是笑道：“我也陪尊者去吧！”胆巴笑道：“何劳丞相大驾，请烫好美酒，胆巴去去就来！”大袖一拂，与贺陀罗联袂而出。

众人重又落座，心中却不安稳。不多时，怪响一缓，忽地停了。脱欢击掌笑道：“尊者好神通，却不知抓住了什么怪物，本王倒想瞧瞧。”方要起身，忽听呼喝声响，正在疑惑，那报信的百夫长又惊慌奔来，上气不接下气地叫道：“丞相不好，胆巴尊者受伤了！”脱欢奇道：“妖怪咬伤了吗？”百夫长摇头道：“那不是怪物，是一个人！”众人一惊，伯颜道：“你将缘由说来，不可遗漏半分！”

百夫长说：“尊者到了营中，对那帐篷念了一会儿咒，双手推出，平地起了一阵狂风，将帐子吹得老远。”伯颜心想：那是密宗的大手印！又问：“帐中有什么古怪？”

百夫长道：“听来古怪，看来却不古怪。呼和台、兀突海几个人横着竖着躺了一地，床上睡了一个人，衣服破破烂烂，那怪声是他在打呼噜！”脱欢喝道：“胡说，如此声响，岂是人力发出？”百夫长哭丧着脸道：“实情如此，小将不敢乱说。”伯颜面沉如水，淡淡说：“好，你接着说。”

百夫长应了一声，续道：“胆巴尊者见那人昏睡不醒，就说：‘何方妖孽，到此作祟？’声音老大，震得我头晕眼花，耳间嗡鸣！”阿滩叹道：“胆巴师兄的‘狮子吼’真是一绝！”百夫长道：“狮子吼小将没听过，但老虎吼叫也不过如此！那人惊醒坐起，揉了揉眼，瞪着尊者问：‘你在叫吗？’就看他胡须长长，头发蓬乱，却是个疯疯癫癫的老头子。胆巴尊者见他不像妖怪，便说：‘阁下……’话未说完，老头身子一晃，拿住尊者的胸口，将他掷了出去……”

众人闻言无不失色。胆巴自幼跟随八思巴，深得真传，无论佛法、武功，都是密宗有数人物。谁料一招间被人掷了出去，实在叫人难以置信。

百夫长不觉众人神色有异，又说：“尊者在空中翻了个筋斗，稳稳落地。老头笑着说：‘大和尚，本事不错！’尊者说：‘我是喇嘛，不是和尚。’老头笑道：‘管你是喇叭还是笛子！来，打我六掌试试！’”

众人听得这话，又是一惊。伯颜心想：这人太托大。胆巴的“大手印”境界不凡，墙壁、碑石一推即倒，换了家师也未必能硬受他六掌！

百夫长接着说：“尊者神色惊讶，合十说：‘阁下来自何方？为何装神弄鬼？’老头不耐说：‘你打不打？不打我就走了。’尊者还在犹豫，贺陀罗先生笑道：‘老先生敢这么说，尊者打他两掌，料也伤不了他！’”梁萧听得冷笑，心想：贺陀罗奸猾，他没有十足把握就怂恿胆巴出手，自己守在一旁好渔翁得利。

百夫长又道：“尊者对老头说：‘得罪了！’老头说：‘你来！’尊者到他身前，挥手打了一掌，老头退了一步，尊者却退了两步。”伯颜道：“那人受伤了？”百夫长摇头道：“没有！”伯颜浓眉一挑，微露讶色。

百夫长接着说：“尊者待了一会儿，又打一掌，老头又退一步，尊者仍退两步。他弯腰合十，骨头发出剥剥之声，忽地拥身上前，双掌齐出，在那老者身上连打四掌……”脱欢不待他说完，拍手道：“是了，老头被打死了，胆巴被他劲力回震，受了微伤？”

百夫长摇头说：“没有，老头退了四步，什么事没有，尊者却跌了一丈来远，脸色血红透紫。”伯颜拍案而起，厉声道：“胡说八道！这人以血肉之躯，挡得住十成功力的大手印？”他这一喝有雷霆之威，百夫长吓得趴在地上，惶恐道：“属下句句属实！”

伯颜自觉失态，皱眉坐下，说道：“后来呢？”百夫长道：“胆巴尊者吸了口气，起身说：‘阁下武功盖世，敢问高姓大名？’老头伸手搔了搔头，喃喃道：‘高姓大名？高姓大名？’他说了两句，忽地双手捶头，大声叫嚷：‘想不得，想不得！’一睁眼，瞪着尊者说，‘喇叭笛子，你打我六下，我也打你一下！’只一晃，抢到尊者面前，两人照面，尊者就飞了出去，吐出一口血。”

众人心头一寒，均想：这人何方神圣？他挨了胆巴六掌，胆巴却连他一掌也接不下？

百夫长说：“我们一见尊者受伤，提着兵刃要上。贺陀罗先生忽地抢在前面，两人来去交锋，快得看不清楚。老头连叫：‘好本事，好本事！’听他口气，似乎十分欢喜。斗了一会儿，我见难分胜负，带人一拥而上。老头说：‘好啊，我们来玩小鸡捉老鹰！’舍下贺陀罗先生，在校场上兜起圈子……”

脱欢皱眉说：“自古老鹰捉小鸡，哪来小鸡捉老鹰？”百夫长苦着脸说：“小将估摸着，老头是说，他是老鹰，咱们都是小鸡。小鸡捉老鹰，自然捉不到。我们一百多号人拦他，明明看他奔近，大伙儿合身扑上，却连他一片衣角也沾不到。”

脱欢皱眉道：“他从人头上跳过去了？”百夫长摇头说：“他看人过来，不跃不跳，一晃身就从人群中穿过，像是一团清风，捉不到，也摸不着。”说到这儿，见脱欢满脸不信，正想赌咒发誓，忽听一声长啸，苍劲雄浑，冲天而起。跟着又是一声怪叫，尖厉高昂，夹杂嗞嗞异声。

百夫长神色一变，叫道：“他们过来了……”

伯颜浓眉一皱，挺身说：“咱们去瞧瞧！”率众走出帅帐，一转眼，帐中只剩梁萧一个。他狂喝滥饮，醉到七八分才站起身来，只觉胸中翻腾，不由得扶着帐壁大声呕吐。

恍惚中眼前人影晃动，梁萧抬眼一看，帐中多了一人。狮鼻阔口，剑眉斜飞，相貌威严不凡，须发却很蓬乱，衣料质地上乘，也已污秽破烂。他稳坐上首，抓着酒肉大吃大喝。

梁萧微微一惊，脱口问道："你是谁？"老头停住吃喝，闻言面露苦恼，摇头说："不能想，不能想……"梁萧道："不能想什么？"老头道："想我是谁！"梁萧更奇，问道："为何不能想？"那老头两眼一翻，大声说："因为一想就错。"

梁萧莫名其妙，回眼一看，帐外亲兵个个呆若木鸡，听到帐中说话，竟也不见动弹。他心头一跳，按剑喝道："你有何贵干？"老头笑道："吃饭，吃饭！"

梁萧皱了皱眉，又问："老人家，你从哪儿来？"怪老头说："我从海上来！"梁萧道："坐船吗？"怪老头两眼一瞪："胡说，我自个儿划船来的！"梁萧说："那还不是坐船！"怪老头搔头道："是吗？"刚要思索，忽又摇头，"不能想，一想就错。"

梁萧耐着性子问："你划船来干吗？"怪老头道："找人打架！"梁萧道："找谁？"怪老头道："找和尚！"梁萧奇道："什么和尚？"

怪老头搔头说："记不得了！"他忽一瞪眼，拍案叫道，"小兔崽子，问来问去，想让大爷犯错！"手一挥，两个瓷盘一左一右击向梁萧。

盘子来势迅疾，梁萧情急中双手分出，扫中两只瓷盘。瓷盘向内旋转，哐当一声，在他胸前撞得粉碎。这一招出自楚仙流的"寂兮寥兮"，梁萧如法炮制，一举破了怪老头的杀招。

怪老头不怒反喜，纵身跳起，油腻腻的五指如鸟爪落下，梁萧闪身避过。老头一抓未中，更加高兴，笑道："我叫你躲！"势若疾风，又出两爪。梁萧低头闪过一爪，长剑出鞘，使"明夷剑"刺他右肩。老头矮身让过，抓起一根筷子，笑道："来，你拿刀子刺我，我也拿筷子刺你，看谁先刺着谁。"说着举筷刺来，竟也是一招"明夷剑"，迅疾狠辣，更胜梁萧。

梁萧大惊失色，变招"大有剑"，怪老头随之变招，也使一招"大有剑"。梁萧更惊，纵身后跃，变招"小畜剑"，怪老头也使"小畜剑"，后发先至，挑中梁萧的虎口。

梁萧长剑落地，失声叫道："你也会归藏剑？"怪老头笑道："你也会归藏剑？"梁萧一皱眉，展开"十方步"，蹿到怪老头身后，双掌一并，"三才归元掌"还没拍出，便眼前一花，不见对手形影。跟着背后劲风急起，忙使一招"天旋地转"，旋身攻那老头左胸，怪老头也随之急转，攻他左胸。无论招式、心法，均是逼肖梁萧。

两人掌力一交，梁萧跌出丈外，落地时气血翻滚。心想老头与公羊羽必有渊源，"归藏剑""三才归元掌"均不管用，只有用别种武功应敌。他使出石阵武学，先一招"伏羲问卦"，双掌猝翻，不料掌势一动，怪老头也使出"伏羲问卦"。梁萧心中骇然，先一招"周文王卜龟"，再变一招"鬼谷子发课"，两招连环。怪老头微微一笑，随之变出两招，招式、心法与他一模一样。

梁萧吃惊得无以复加，当今世上，石阵武学只有他会，怪老头使得如此神似，委实可怪。一转眼，两人拆了一十三招。梁萧灵机一动，忽地脱口叫道："老头儿，你偷学我的武功？"话一出口，怪老头也叫："老头儿，你偷学我的武功。"两人异口同声，两句竟如一句。

梁萧恍然大悟，他使一招，怪老头便学一招，不但学得神形兼备，还能后发而先至，克得他无计可施。想到这儿，梁萧使一招"扪虱论道"。北朝王猛面见秦王苻坚，一手入怀扪虱，一手指点天下大事。这招使出，左手指点对方穴道，右手入怀，掏出匕首暗器，施以突袭。梁萧出手时，故意加以变通，左手指点如故，右手忽然圈转，反拍自身心口。怪老头见状，也依样画葫芦，左手指点，右手拍胸。

梁萧这掌拍落，心想老头如果照势打落，势必伤了自己，是以掌到胸口，内劲一收。谁知怪老头也随之收劲，不但未曾受伤，左手五指仍向他胸口点来。

梁萧不料对手连内劲变化也学到十足，错愕间，人已退到帐角。仓促间一个筋斗纵起，使招"广成子倒踢丹炉"，自上而下踢向老头心口。老头照葫芦画瓢，也使一招"广成子倒踢丹炉"。两人一上一下，身形交错。梁萧背心一痛，被老头踢个正着，满腹酒水急剧翻腾，哇地吐了出来。

这一吐十分出奇，老头无法照做，气得哇哇大叫。躲过秽物，人如风行草偃，贴地滑出丈许。

梁萧翻身站定，抬眼一瞧，怪老头瞪着自己，大吹胡子道："小子，你这吐水的功夫叫什么？"梁萧背心疼痛，没好气地说："这叫天河倒悬！"怪老头搔头道："'天河倒悬'，没听说过……哎哟……不能想，不能想！"他双手又敲脑袋，神色惶急。

梁萧心想：老头儿我打不过，三十六着，走为上着。正欲转身，帐外白光一闪，贺陀罗掠入帐内，瞧见怪老头，阴沉笑道："相好的，你躲到这里来了！"怪老头两眼一翻，冷冷道："你是谁？谁是你相好？"

贺陀罗心想：老骗子，刚才跟我打得要死要活，现在假装不认识了？冷笑一声，双拳齐出。

这两人相距十丈，梁萧不觉诧异：他一拳之威能远及十丈？贺陀罗逼近三丈，倏又变掌，再近三丈，又变作拳。忽拳忽掌，连变三次，二人相距不过五尺。怪老头两眼圆瞪，盯着贺陀罗双手，神情十分专注。

贺陀罗双掌又动，梁萧心想：变拳还是用掌？嗯，是了，用掌。不料贺陀罗大喝一声，双拳齐出，怪老头闪身出掌，二人换了一招。劲风陡起，四周杯盘纷落，叮当不绝，偌大帅帐也为之摇晃。

两人各后跃三丈，忽拳忽掌，忽爪忽指，遥遥出招，口中呼喝不断，绝似喝酒兴起，彼此猜拳。梁萧早先猜错了贺陀罗的拳掌，此时从旁瞧着，忍不住暗里猜测二人出拳出掌，还是出指出爪。十余招看下来，仅猜中两三招。更奇的是，贺陀罗出手清楚明白，怪老头却没模仿他一招半式。

梁萧屡屡猜错，心中沮丧。眼见两人出手越来越慢，劲风越来越强，贺陀罗手上一滞，怪老头跨上一步，掌势斜带，贺陀罗掌力偏出，拂中帐壁，支撑帅帐的木柱断了三根。梁萧见势不妙，飞身退出帐外。只听连环三响，帅帐坍塌落地，将二人盖在下面，只见两道隆起忽进忽退，宛如龙蛇拱动。

帅帐垮塌，伯颜率众赶回，令人取来弓箭，扯得满满，对准帐下之人。但那二人形影来去如电，一时敌友难分。

众人正觉不耐，一声异响，牛皮帐破了两道口子，两条人影不分先后跃在半空，闪电般换了七招。贺陀罗一个趔趄，忽地向后跌出。

老头怪叫一声，纵身抢进，连出四掌。贺陀罗闪过三掌，第四掌再也无法躲开，正要抬掌硬挡，伯颜放开弓弦，三支羽箭连成一线向怪老头射到。怪老头不敢托大，硬生生收回掌势，身子微缩，躲过一箭，双手急抡，又荡开两箭。不料贺陀罗趁乱出拳，击中他的胸口。怪老头厉声长呼，身形逝如轻烟，起落间倒掠十丈，越过众人头顶，消失在一座帐篷后面。贺陀罗也翻身落地，长吸一口气，白脸上腾起一股黑气。

伯颜收起弓箭，浓眉紧皱。那三箭有他浑身之力，不料无一中的。怪老头挨了贺陀罗一拳还能来去自如，武功之高，可惊可畏。他绞尽脑汁，想不出此人来历，只得问贺陀罗："先生看出他的来路了吗？"贺陀罗闭嘴不语，这时青影一闪，青衫老者飞步赶到，取出一只瓷瓶，倒出三粒丹丸，笑道："大师阴维脉略有损伤，服下这三粒药丸便可无碍。"

贺陀罗接过药丸，嗅了嗅，却不服下，目光落到哈里斯身上。哈里斯面肌牵扯两下，默默上前一步，拈了一颗服下。

贺陀罗瞧他片刻才服下丹药，吐纳数次，张眼笑道："常先生的丹药果然灵验！"伯颜目光一闪，冲青衫老者笑道："先生姓常，莫非是'笑阎王'？"青衫老者一愣，笑道："区区常宁，贱号得入丞相法耳，幸甚幸甚！"嘴里谦逊，眉间却大有得色。

伯颜淡淡一笑，不再多言。梁萧却很纳闷：这老头儿医术高明，怎么落了个"阎王"名号？

贺陀罗一转眼，向明归笑道："明先生，你见闻广博，猜出怪人的来历了吗？"明归笑道："明某眼拙，还请先生指点！"贺陀罗冷冷道："明先生不知道，洒家就更不知道了。这人出手全无定规，叫人捉摸不透。"明归笑道："先生过谦了，无论此人是谁，下次再见，必定难逃先生手底。"

他二人看似相互抬举，其中明褒实贬。贺陀罗与怪老头一战落了下风，心知日后再会，自保或许容易，胜出绝无可能。但他脸厚心忍，笑道："明先生过誉了。"明归微微一笑。

梁萧深知明归底细，从他举止谈吐可知他猜到怪老头的来历，为何不愿吐实，倒是奇了怪了。梁萧一转念头，忽有所悟：明老头与贺陀罗必有心结。他知而不言，就是不让贺陀罗知道怪人底细，下次交手，胜算大减，顶好死在怪人手里。

设好帅帐，众人正要入内，一匹快马忽忽奔来。骑士满身风尘，滚鞍下马，捧出一个黄色卷轴。脱欢伸手要接，骑士绕过他，递到伯颜手里。脱欢神色难看，悻悻缩回手去。

伯颜展开卷轴，扫了一眼，来回踱了数步，忽道："传我将令，参将以上速至帅帐议事。"亲军领命去了，伯颜跨入大帐，坐在上首，面上阴沉沉不见喜怒。众人不知发生什么，纷纷站在一旁。

众将聚齐，伯颜站起身来，虎目扫过众将，厉声说道："大都来了消息！蒙哥的儿子昔里吉勾结海都阴谋反叛，西北诸将尽被扣押，十万大军落入他手。如今他与海都合兵一处，践踏了故都和林，夺走了成吉思汗的武帐。圣上下了圣旨，命我火速回师西巡！"

众将闻言色变。成吉思汗的武帐，于蒙人而言，好比汉王朝的传国玉玺，一旦丢失，非同小可。况且西北兵变，叛军增至三十万之多，加上海都等蒙古英王，大都形势岌岌可危。

大帐一时沉寂，只听得伯颜来来去去的脚步声。沉思半晌，伯颜抬头叫道："梁萧！"梁萧一怔出列。伯颜道："圣上有旨，命你率蒙古营、钦察营、汉军八万精骑率先北上！阿术破了扬州，随后与你会合！"

梁萧心头一空，微微恍惚：又要打仗？打完大宋打蒙古，这战争何时是个尽头？"天下一统，再无战争"，岂不是一句空话？

脱欢皱眉道："精兵强将抽调一空，以后如何灭宋？"伯颜道："事有先后缓急。大宋残兵败将，便如土鸡瓦犬，殊不足道。海都、昔里吉才是劲敌！"他凝视梁萧，沉声说道："此行关系重大，许胜不许败！"

梁萧怏怏不答。伯颜见他无精打采，心头不悦，正要呵斥，一名千夫长匆匆进来，急声报道："大丞相，宋驸马杨镇挟持益王赵昰、广王赵昺逃出临安，向南去了！"伯颜正被西北军事扰得心烦，听了消息，双眉倒立，厉声道："岂有此理！”这一喝，声若霹雳，惊得那千夫长打个寒战，扑通跪倒。

脱欢眼珠一转，笑道：“丞相何必动怒？此事交与本王，保管将那两个小兔崽子手到擒来！”伯颜面露忧色，叹道：“这两人逃到南方可是后患无穷！”他钢牙一错，扬手将桌案拍得粉碎，沉喝道，“好，便来个杀鸡吓猴，断了宋人的念头。镇南王，你拿住广、益二王，就地斩决，不用报我！”脱欢拍手笑道：“正合我意！”狂笑声中，率众出帐。

伯颜分派完兵马，屏退诸将，独留梁萧一人。他沉吟良久，叹气说：“梁萧，圣上早想见你，只欠恰当机会。唉，他老人家春秋高了，诸王不服管束，屡屡反叛；太子天性柔弱，难当大任。所以很想有个年轻有为的大将支撑局面，即便大行之后，也能辅助太子、震慑诸王、开疆拓土，不负太祖遗志。襄阳以后，你每打一仗，圣上都会让我将战况报回大都，详加考量。上次我入朝，他在诸王大臣之前也不直呼你的名字，口口声声‘朕的娃娃将军’，说是不只将你留给儿子用，还要留给孙子用。哎，以往他屡屡破格提拔你，你也是知道的；这次更加指名道姓，要你带兵北上。恩宠之隆，古今少有，遇上这等圣明之主，真是你的福气！”

他顿了一顿，又道：“说到治军打仗，海都之流绝非你的敌手。但你身为朝廷重臣，此次北上大都，须得谦逊自抑，收敛性情。官场不比战场，战场上一刀一枪，全都明明白白；官场上的刀枪，往往看不明白。我与你关系不凡，才容你踢天弄井，别人哪有这种气量？况且你位高权重，谁又不想取而代之？如果人人与你为敌，你一万个心眼子也应付不了！故而该硬挣的时候硬挣，该低头时也要低头，不可一味自负才调、弄性尚气。有话道得好：‘太高人愈妒，过洁世同嫌。’当兵打仗，烧杀掳掠在所难免，老是斤斤计较，未免树敌太甚。唔，你还须记住，这天下是孛儿只斤的天下。圣上看人，首要是忠心，其次才是本领。你就算没有不轨之心，但人言可畏、积毁销骨！就拿今天来说，你对脱欢无礼本是小事，脱欢如果有心计较，三言两语就变了味儿。你我这等大将，若被定了反罪，一百个脑袋也不够砍的。说到这里，我再叮嘱你一句，不要老是摆弄那几根算筹竹棍。早些时候，郭守敬一心荐你主持太史局，被圣上一口回绝。我大元以武功定天下，算术、历法终是小道，打仗、治国才是正经！更何况，圣上雄才大略，不独要包举海内，更有拓疆海外之心。高丽、日本、安南、交趾、古龙、埃及、大秦、西方诸国，都是要一一平定的。你年纪还轻，一身本事何愁没地方使……”

伯颜一口气说了许多，转眼一瞧，梁萧心不在焉，目光游移，不觉心中大怒，厉声道：“明白了吗？”梁萧身子一震，吐了口气，缓缓道：“我明白了。”伯颜想了一想，再无别的吩咐，便道：“好，你下去安排兵马，就在这两日动身！”梁萧向他深深一揖，转过身，迈开大步向外走去。

伯颜瞧他背影，没来由地心头一乱：“这个浑小子，我不知还要为他费多少心！”

梁萧走出帐时，天色已昏，闷闷走了一程，忽听有人笑道：“恭喜恭喜！”梁萧一皱眉，回头望去，明归从帐后笑嘻嘻钻了出来。梁萧不想理会，冷冷道：“有什么可喜的？”明归笑道：“平章大人消遣明某人吗？大人大权在握，明日统兵北上，如果一战成功，必能彪炳青史，这难道不是喜事？”

梁萧看他一眼，淡淡说道：“有屁就放，不必东拉西扯。”明归轻轻笑道：“往日恩怨，咱们一笔勾销，你若不弃，明某人倒想助你一臂之力。朝中的形势你知道吗？伯颜本属太子一党，与脱欢是对头。脱欢日后也必会处处与你为难，但有老夫在他身边潜伏，向你通风报信，对你将来趋吉避凶定有莫大助益。”他见梁萧神色狐疑，便笑道，“你心有疑惑也是难免，不过此事于我大有好处。方今元廷内外，矛盾重重，外有诸王反叛，朝内的亲王也倾轧得厉害。只要忽必烈一死，国事势必生变。那时你手握重兵，得我之助，大可先倒脱欢，掌控太子，挟天子以令诸侯，用兵压服诸王，一举把持大元国政。那时候，即使当不了皇帝，也可做做曹操、桓温。”

梁萧瞧他一脸诡秘，打心底便觉厌恶，冷冷道：“姓明的，我会与你同流合污吗？在我面前，你保住小命就算不错了。”

明归脸色一沉，冷笑道：“梁萧，你装什么好人？明某小有算计，可是杀人不多。你长鞭一指，伏尸百万，明某可是甘拜下风。嘿，‘同流合污’四字，原话奉还。”一拂袖，飘然去了。

梁萧不禁呆在当地。他从来不齿明归所为，如今被他讥讽，竟是无法反驳，一时气闷难当。站了良久，才翻身上马，到临安城内走了一圈，买了些胭脂水粉、彩缎衣裙。返回居所，夜色已深，阿雪正在摆弄针线，见他回来，欣喜万分，帮他卸下甲胄。梁萧见她笑靥如花，怜意大生，问道："你做针线干吗？"阿雪双颊微红，道："我看李庭他们都挂了香袋，你却没有。"梁萧皱眉道："要那些臭东西干吗？"拿起一个盒子，漫不经心，丢给阿雪，"这个给你！"

阿雪揭开一看，却是一套刺绣极工的仕女绣衣，不觉怪道："哥哥，这是谁的？"梁萧微微一笑，说道："我送你的。"阿雪脸一红，说道："我要跟你打仗，怎么能穿女孩子的衣服？"梁萧叹道："从今往后，你再也不用穿男人的衣服了！"阿雪吃了一惊，冲口道："你……你要赶我走？"梁萧摇头道："你别想岔了！"见阿雪神色狐疑，便说，"你去沐浴，换了衣裳。"阿雪面红过耳，转入房里。

过了半晌，阿雪换衣出来，香汤热气未消，双颊火红，更添娇艳。阿雪见梁萧目不转睛地望着自己，不觉心头鹿撞，手足无措，低声道："哥哥？"梁萧缓过神来，叹道："原来你这么好看！不知哪个王八蛋洪福齐天，能娶到我这个漂亮妹子。"

阿雪听了第一句，心里甚甜如蜜；听了第二句，又是好生泄气，扁嘴坐到镜前。哪知多日不着女装，发髻始终无法绾好。梁萧叹了口气，起身给她绾好发髻，取来妆盒，为她描了眉、扑上胭脂。阿雪呆望镜子，任他施为，忽地轻声说："哥哥，你……你把我装扮得跟新娘子一样，莫非……你将阿雪许了人？"美目一红，泪水盈盈。

梁萧苦笑道："胡说八道，没有的事！"拉着阿雪，并肩坐在庭前石阶上，叹道，"我不是说过吗？我不会迫你嫁人，你若想嫁，我也不会拦你！"阿雪低头说："要是阿雪不小心嫁错了人，被人欺负怎么办呢？"梁萧冷哼道："我拧掉他的脑袋！"阿雪惊呼一声，忽又笑道："那我岂不成了……成了……""寡妇"两个字终究说不出口。梁萧微微笑道："也罢，看你面子，饶他小命，打断两条腿好了。"

阿雪心想：你自己能打自己吗？就算能打，我也心疼。目光温柔如水，轻轻将脸颊枕在梁萧肩上。梁萧看她一眼，心头涌起一丝暖意。

二人相依相靠，久久无语。到了半夜，阿雪意倦神疲，迷糊睡去。醒来时已在床上，身上覆着锦衾，柔滑轻暖，馨香在鼻。她揉揉眼睛，起身看去，梁萧对着孤灯，正在书写什么，又包了一些东西，郑重放在案上。

阿雪问道："哥哥，你做什么？"梁萧回头说："你醒啦？"起身推门，举目望天，夜色正浓，独有北极星分外明亮。他沉默半晌，转身走到床前，低声说："阿雪，我不打仗了！"阿雪惊道："你……你说什么？"

梁萧苦笑道："阿雪，我从军以来，害死许多人，本想这一战完结，便抛弃弓马去大都修订历法、兴建水利。可他们不许，偏要我去西边征讨蒙古诸王，继续杀人……"说到这里，他的眉间爬过苦涩，长长叹了口气，"与其这样，我还是走了的好。"

阿雪也叹了口气，将脸枕在他背上，说道："哥哥，阿雪也倦了。我们走得远远的，去钦察、去埃及，将青天覆盖的地方都走遍。"梁萧不觉莞尔，叹道："阿雪，听了这句话，我心里真是欢喜！"心神一畅，笑出声来。阿雪也跟着笑了笑，说道："跟土土哈他们说吗？"梁萧摇头道："无声无息走了，最好！"阿雪虽不明其理，也觉这样走了最好。

梁萧心意已决，与阿雪收拾妥当，趁夜驰出北门。他手持通关令符，一路无所阻拦。不承想才上官道，就见一队队骑兵明火执仗，呼叫奔走。梁萧不知发生何事，心中纳闷，说道："阿雪，我不告而别，伯颜必然派人追赶，我们先去深山里藏几日，躲过风头再走。"

二人向东南山区一路行去，不想沿途元军兵马更多，梁萧竭力绕行，进入深山。走了半日，正午时分，选定藏身之地，以掌力震断树木，搭起一座窝棚，准拟长住一段日子，等到风声过去，再去他处。

他搭好窝棚，正想坐下歇息，忽听十丈外的灌木丛簌簌作响，情知野兽在近，心头一喜：好啊，晚饭有着落了。屏住呼吸，纵身上前，左手拨开灌木，右手如风抓出。

这一抓精妙绝伦，虎豹也难幸免。哪知草木一分，露出一张布满惊恐的小孩脸蛋。梁萧大惊失色，硬生生收回劲力，爪势凝在小孩脸上。那孩子不过四五岁年纪，衣衫破碎，脸上沾满血泥，经这一吓，哇地哭出声来。

他这一哭，梁萧手忙脚乱，忽见小孩身后又钻出个稍大的孩子，双手一分，颤声道："别……别碰我弟弟……"一句话没说完，只听淅沥沥声响，梁萧低头一看，大孩子嘴上虽硬，实已吓出尿来，心中又吃惊，又好笑：这荒山野岭，怎么冒出两个孩子？举目一望，两人身后躺了一个男子，衣甲破碎染血。他拨开二子，伸手探男子鼻息，大孩子又叫："别……别碰……"见梁萧不理他，又惊又怕，也哭了起来。

那人气息断绝，死了多时，梁萧黯然起身，沉默不语。阿雪听到哭声，也赶了过来，见状搂过孩子，温言宽慰。两个小家伙似有满腹委屈，阿雪越是宽慰，他们越哭得狠，较小的孩子边哭边叫"娘亲"。

梁萧抚着小孩头顶，问道："你们叫什么名字？"两个小孩有些怕他，大的身子一缩，怯怯地说："我……我叫㬎儿，他……他叫昺儿……"梁萧叹了口气，又问："你们来这儿做什么？"㬎儿流泪说："我跟弟弟正睡觉，姑父闯进来，把我们抱上了马，好多人在后面跑，好多人都死了……姑父也死了……"说着又哭起来，昺儿也跟着哭。

他说得含混不清，梁萧默默听着，脸色忽明忽暗，半晌叹道："想不到在这儿遇上你们。嗯，你们姓赵吧？"两人瞪眼望他，昺儿脆生生地道："叔叔……你……你怎么知道呀？"梁萧一愣，心想：第一次有人叫我叔叔！于是缓和心神，说道："我当然知道，我还知道你们姑父叫杨镇，你娘亲姓全，奶奶姓谢！"二人更是惊讶，㬎儿面露警惕，缩进阿雪怀里，声音打战："你……你也来捉我们？"

梁萧心想：驸马杨镇挟持益王赵昰、广王赵昺逃往南方，脱欢担负追踪之责。山外的兵马该是脱欢派来的！他盯着二小，皱眉寻思：想不到，二王竟是两个不满十岁的娃娃。他一心脱出战争，不想方才弃官出走又陷入天大麻烦，一时大感棘手，沉默不语。

阿雪给两人拭了泪，柔声问道："你们饿不饿？"赵昺点头道："昺儿好饿，有燕窝吃吗？"阿雪一愣摇头："没有！"赵昰吞了口唾沫问："五珍脍呢？"阿雪又摇头，赵昺小眉头一皱，说道："爊鸭羹呢？"阿雪叹道："都没有，只有牛肉饼！"她拿了干粮、泉水过来，二小锦衣玉食里长大，此时饿了一天，饥不择食，抓过面饼猛嚼，急得阿雪连声叫唤，只怕二人噎着。

趁着二小吃饭，梁萧离开一阵。回来时脸色铁青，把阿雪叫到一边，将两人来历说了，沉声道："咱们一路上遇上的兵马，都是冲着他们来的。我刚才看了看，山里许多元人，过不多久，便会搜到这儿来。"

阿雪吃惊道："我们找隐蔽处藏起来。"梁萧摇头道："脱欢领了将令，必会倾力搜捕。他手下兵马能人众多，光是贺陀罗就不好应付。如今这片山峦已被重重围困，届时千军万马一齐搜山，根本无处可藏。"阿雪听到"贺陀罗"三字，不由得打了个突，颤声说："那怎么办？难道……难道抛下两个孩子不管？"

梁萧叹道："伯颜下了令，擒住两个孩子，就地斩决。抛下他们，就是送了他们的小命。"阿雪望着孩子，细眉微皱，暗暗发愁。

赵昰惊惧过度，很快沉沉睡去。赵昺精神尚好，小嘴蜜里调油，叫梁萧叔叔，又叫阿雪婶婶。阿雪脸上羞怯，私心却很高兴。

她与赵昺东拉西扯地说了一阵话，见他精乖可爱，又想到山外那么多人要取他的性命，心中难过。想了一会儿，悄悄手指梁萧，在赵昺耳边轻声说："昺儿，你去给叔叔磕几个头，叫他两声！"

赵昺瞪圆双眼，茫然不解。阿雪轻轻推他一把，低声道："快去！"赵昺不明就里，依言走到梁萧面前，呆呆站着，不敢作声。梁萧正喝闷酒，见他畏畏缩缩，奇道："你做什么？"赵昺被他吓了一次，心中畏惧，梁萧一出声，登时两腿一软，跪在地上，扑通磕了个头。梁萧大为惊讶，看他还要再叩，急忙扶住，叫道："小家伙，你做什么？"赵昺不知怎么回答，支吾道："叔叔……叔叔……"叫了两声，心头一阵害怕，禁不住哭了出来。

梁萧莫名其妙。阿雪走上来，抚着赵昺的头说："哥哥，他想认你做叔叔呢！"梁萧白她一眼，又看赵昺红扑扑的小脸，寻思：他爹爹是皇帝也好，娘亲是皇后也罢，他终归是个一无所知的小娃娃！他怜意大起，拭去赵昺的泪水笑道："小家伙，无论如何，我都会护你周全。"

阿雪喜道："昺儿，叔叔答应护你，还不磕头！"赵昺虽不明白，可天生顺从，顿时依言磕头，梁萧慌忙托住。阿雪心愿得偿，满脸是笑，抱起赵昺，照顾他入睡。

梁萧心事重重，一夜未曾合眼，到了半夜，忽听金铁交鸣。他携起弓箭赶去，举目一望，远处山坡上火光通明，数十元军举火舞刀正与四个宋人厮杀。忽听一声惨呼，宋人中倒了一个，再一转眼，又倒两人，仅存一个女子，披头散发，长剑狂舞。

元军有意生擒此女，一名百夫长大声吆喝，众军两面包抄，断了她退路。梁萧心生恻隐，纵身跃下，冲那百夫长射出一箭。那人闷哼一声，颈上血流如注。梁萧贴地飞奔，连连开弓，箭无虚发，元军不明虚实，纷纷叫喊退却。女子趁机钻入林子，梁萧低喝一声："跟我来！"率先疾走，女子紧跟其后。

二人七转八转到了歇息处，借着火光映照，梁萧回头看去，不觉大吃一惊：这女子竟是楚婉。楚婉也是一惊，举剑欲刺，可又自知不敌，一时进退不能，神色尴尬。

梁萧皱眉道："怎么是你？"楚婉怒道："这话该我来问！"

听到争吵，阿雪和二小闻声醒来。楚婉转眼望去，双目一亮，扑上去拉住赵昰、赵昺，喜道："你们……你们怎在这儿？驸马爷呢？"赵昰咕哝道："姑父死了。"楚婉心头一黯，忽又跳了起来，挡在二人身前，瞪眼怒视梁萧。

梁萧冷冷说："我若有歹意，救你干吗？"楚婉双颊一红，放下剑，将孩子搂到一旁，问东问西。她离开常州之后，到了临安，协助二王出逃，但元军势大，一队宋人被冲得七零八落，遁入深山。楚婉躲了半日，终被元军搜到。

梁萧心知元军迟早搜来，熄了篝火，自去要隘处布设木石机关。

楚婉防范梁萧，握剑守着二王，一夜中寸步不移。她连场苦战，疲倦不堪，卯时打了个盹儿，迷糊一阵，隐约听得笑声，睁眼一看，梁萧用草茎编了个玲珑剔透的金花雀儿，正逗二小玩耍。

楚婉惊骇欲绝，一跃而起，举剑厉喝："滚开！"梁萧应声退了半步。赵昺胆小，见她凶狠模样，扑入梁萧怀里，大哭道："叔叔……"

楚婉更惊，忙道："千岁，你快让开，他不是好人！"赵昺望了望梁萧，困惑道："叔叔很好啊！"楚婉气得顿足，正要喝骂，梁萧摆手道："别在孩子面前说这些，楚婉，我有事求你。"

楚婉冷笑道："你这么大本事，还用求人吗？"梁萧苦笑一下，说道："我查探了一下，不远处有个峡谷，你带这两个孩子过去躲藏！”楚婉心中惊疑，皱眉道：“只有我去吗？”

梁萧叹道：“搜山兵马太多，无论怎么躲藏，难免被他们找到。唯一的办法就是引开搜兵。我妹子阿雪生性糊涂，担不了大事！你带她和孩子躲藏两天，等元军退走，赶往这个地方！”在地上画出地图，“这里是天机宫，你找到宫主花清渊，报上我的名字，他一定会收留你们。”

楚婉见他神色诚恳，不似伪装，不由得支吾道：“你……你有什么诡计？”梁萧微微苦笑，找来阿雪，同样交代一遍。阿雪一听，急道：“哥哥，你呢？”

梁萧道：“我晚几天就到天机宫与你会合！”他解下铉元剑，递给阿雪，“这个给你。”阿雪接过，眉眼通红，低头不语。

梁萧硬起心肠，指明峡谷方位，督促四人前往。阿雪落在最后，一步一挨，频频回头，眼中尽是不舍。楚婉望了梁萧一眼，神色十分迷惑，身边的赵昺问道：“叔叔不来吗？”楚婉叹口气，将他抱在怀里，转身快步走了。

梁萧目送众人消失，牵了马匹，奔上隘口旁的高冈。冈顶树木纷纷弯曲，上有大石尖木，下有粗韧藤蔓，一排一排，列成机关。梁萧取出一浑脱马奶酒，大口畅饮。极远处草木瑟瑟，传来元军的呼叫声。

片刻浑脱见底，梁萧酒意上涌，躺在地上蓄养精神。他的心情起伏不平，许多往事涌上心头：一日前，我为大元平章，横扫三吴，谁想今日要与同袍刀兵相向。

他抬眼望天，朵朵白云聚集一处，依稀结成一张人脸。乍一瞧，似极了梁文靖的模样。梁萧心底一阵颤抖：爹爹天上有知，也在瞧着我吗？他的胸中热血滚动，不禁坐起身来，举目望去，一队元军手持枪矛，一路搜索，逼近山冈。

梁萧拍地跃起，忽地纵声长笑。元人听见笑声还没抬头，两支羽箭飞来，当头两人踉跄惨叫，扑倒在地。

众人措手不及，梁萧引弓发箭，又杀七人，剩下的士卒向后退却。梁萧也不追赶，任其逃走。不到一炷香工夫，四面林中人头攒动，千百士卒大喊大叫，持着盾牌向山冈涌来。

梁萧隐忍不发，待其攀登至半，挥刀斩断藤蔓，只听轰隆声响，大石、尖木势若雷霆滚下。元军鲜血四迸，惨呼声起。待得机关放完，士卒死伤百计，幸存者退到山下，乱纷纷挤成一团。

梁萧不待对方重整旗鼓，翻身上马，飞驰而出。他算好路径，东南面树木稀少，山路平坦，正是用武之地，当下驰马弯弓，势若山洪泻下。

众军抵敌不住，眼睁睁看他冲出重围，穿过一座山谷，沿着山道驰往山外。众军怒不可遏，各自拉来马匹，围追堵截。梁萧奋起神威，箭不虚发，所过之处死尸遍地。脱欢闻报大怒，召集部众，上马弯弓，亡命追赶。

梁萧杀至山外，所携的十袋箭耗尽，三张强弓弦断身折，不堪再使。当下掉马杀回，长矛摇动，刺死五名追兵，夺下弓箭，驰入众军。弯弧如月，左右抑之，连毙三名百夫长，冲至领头将官面前。那人惊骇欲绝，举枪相迎，梁萧伸手攥住，迎面一矛，将他刺死马下。顺手扔掉长矛，抖开花枪，一朵枪花满阵飞舞，所到无有一合之将。

双方时分时合，杀出五十多里。元军士卒越聚越多，四面涌来。梁萧故技重演，抢过两匹战马，反身入阵，直逼一名千夫长，打算先杀大将，再行冲乱其军。正抖枪欲刺，忽听那人惊叫道："平章大人！"

梁萧花枪一凝，认出此人是自己的一名部将。那人张口结舌，眼中满是震骇。梁萧见他神情，心头一软，笑道："去吧！告诉脱欢，我梁萧反了！"反手一枪，将他扫落在地，转身驰出阵外，且战且走。

战不多时，遥见脱欢的帅旗冉冉而来，众军齐声高叫："活捉反贼梁萧！"梁萧心知那千夫长话已传到，不由得哈哈笑道："活的没有，死的要吗？"掉转马头，挽弓长呼，破阵而入，劈波斩浪般直冲帅旗。众军见他骁勇至斯，纷纷后撤，拱卫脱欢。不料梁萧虚张声势，趁其后退，夺下两匹骏马，又往东南疾驰。

这一阵从早上杀到午时，梁萧渐渐气促神虚，伏在马上连连喘息。这时忽听前方马蹄声响，百余骑飞奔而来。梁萧哈哈大笑，正要举枪迎上，那支人马忽生溃乱。举目望去，一骑人马挥舞长剑，冲入阵中，与众骑兵杀作一团。

梁萧心中惊讶，定睛一看，哎呀一声，几乎掉下马来。那人绣衣宫髻，正是阿雪。她忘我苦斗，浑身是血，忽地中了两箭，坐在马上摇摇欲坠。

梁萧心胆俱裂，长枪乱抖，冲入阵中，抢到阿雪马前，反手一枪，刺死领头大将，抱着阿雪，奋力而出。一时间，身后箭出如雨，不出十丈，马匹中箭，将他颠了下来。

梁萧本已疲惫，这时忽又生出无穷气力，翻身落地，发足狂奔。众军死伤惨重，个个眼红，眼见对头失了马匹，嗷嗷如群狼嚎叫。不防梁萧忽地转身，遁入道旁树林，众人的战马跑发了性，勒控不住，挂着树枝，前推后拥，乱成一团。

天光透梢而过，暗淡稀微，前方哗哗有声，似有奔腾流水。

梁萧尽情狂奔，脸上被荆棘、树枝刮得鲜血淋漓也茫然不觉。忽然眼前一亮，林子到了尽头，放眼望去，一条江水襟山连海，甚是阔远。双方追逐半日，却已是到了钱塘江边。

他浑身虚脱，跪在地上，方要挣起，忽听阿雪道："哥哥……"气息微弱至极。梁萧低头看去，只见她俏脸煞白，血迹斑斑，眼中却满含笑意。颈项中箭处鲜血长流，堵之不住，一时心痛欲裂，骂道："笨丫头……"手忙脚乱给她裹伤。

阿雪眼神迷蒙，轻轻叹道："阿雪是笨……本事又小……帮不了你……但今生遇上哥哥……阿雪好……好欢喜……"鲜血如泉涌出，目中的神光暗淡下去。梁萧聚起内力，透入命门穴，含泪道："我骂错你了，阿雪，笨的是我，我早该知道你会来的……"

阿雪苍白纤细的手指掠过梁萧的眼角，为他拭去泪水，轻轻笑道："其实……阿雪……也不想死的……"梁萧心如刀绞，紧紧搂住她道："胡说！你怎么会死……我不许你死……"他面对千军万马，也能谈笑自若，此时此刻，眼泪却如决堤江水。

天空越发黯然，层云叠起，如苍色大纸上泼了一团浓墨。狂风疏一阵、紧一阵地吹着，拂过江边野草，发出簌簌微响。突然间，一个炸雷在二人头顶响起，苍莽大地为之动摇。

阿雪听得雷声，灵台一清，只觉三魂七魄正被狂风一丝丝带走，眼眶微微一湿，竭力举手，抚过梁萧的鬓角，轻轻叹道："阿雪死了也不打紧，可……却放不下心。你……你总不知怜惜自己，阿雪不在啦，谁会担心你呢……”她喃喃说着，泪水却如断线的珍珠，一行行落了下来，“人人都说哥哥厉害，其实……只有阿雪明白，哥哥就像一团火，会烧着别人……也……也会烧着自己……”不知为何，她脑子此时清明无比，平日里想不到、说不出的话全都涌了上来，“哥哥像一团火……阿雪……就像一只扑火的小蛾子……”说到这儿，她的眼中闪过一丝异彩，用尽气力，抱住梁萧，喃喃道，“喜欢……哥哥……好……喜……欢……”语声低沉了下去，化作一缕缥缈的游丝。

钱塘江呜呜咽咽，向东流去。一只水鸟哀声鸣叫，扑地掠过江面，向着西方飞去。梁萧的心也随着怀中的身子冷下去。天空中，一道道闪电在浓云中撕裂翻滚，欲出不能，巨雷一个接一个响起，盖住了成百上千的蹄声。人马在梁萧的身后聚集，也如半空云层，越积越厚，越来越沉。忽然间，一道电光曲曲折折，如火蛇般蹿过天际，映出箭镞的精芒，照出一道斧劈般的黑影。

一名百夫长奓着胆子，钢刀抡出，劈向梁萧背脊。数百军士咆哮嘶吼，齐声助威。刹那间，电光闪过，百夫长厉声惨叫，跌出五丈多远，挣扎两下，再不动弹。吼叫戛然而止，偌大江岸，倏地沉寂下来。

雷声越发紧了，狂风裹着黄豆大小的雨珠扑来，凉浸浸透入骨髓。梁萧打了个寒战，抬头望天，脸上冷冷冰冰，也不知是泪还是雨。忽听身后一声大喝，无数脚步杂沓奔来。梁萧低眉垂目，凝视阿雪，轻轻抚过她的鬓发，柔声道：“好妹子，你先走一步！”双臂一振，阿雪落入江中，浪涛卷起，将她瞬间吞没。

电光一闪，一支长矛如风刺来。梁萧身形微侧，握住矛柄，反肘疾送，那人口吐鲜血，飞落两丈。梁萧身子一转，剑光迸出，一时间，黑影憧憧，鲜血飞溅。梁萧左冲右突，势若疯虎，众军见此情形，无不心惊。正要放箭，忽听数声长啸远远传来，一个悠悠忽忽的声音叫道：“大王有令，活捉此人！”

众人转眼望去，一彪人马飞驰而来，马未驰近，三道人影离鞍纵起，足不点地飞奔过来，当先一人锐声喝道：“让开！”双手此起彼落，抓住军士两边掷出。

梁萧双眉一挑，冷笑道：“火真人，既来送死，何必着急？”火真人怒哼一声，如灵猱纵出，运剑飞刺。梁萧身形拔起，反手出剑，刺向他肩膊。火真人竖剑格挡，两剑相交，火花四溅。火真人剑锋一圈，斜刺梁萧手腕。梁萧斜纵而起，长剑横刺。一时只看二人闪转腾挪，剑锋吞吐，三合不到，忽地血花四溅。火真人身形微挫，噌噌噌连退三步，一股血线顺着右臂淌下，双眼大张，满是不信之色。

梁萧喝道：“下一个！”长剑一圈，刺向哈里斯。哈里斯方才赶到，眼看剑来，舞起弯刀侧身斜劈。梁萧招式未足，身形横移，剑锋自下撩起。哈里斯匆忙后退，梁萧如鬼如魅，转到他身侧连出三剑。哈里斯只得再退，梁萧抢得先手，招招抢攻，刺出十余剑，哈里斯竟未还得一招。

火真人不料梁萧武功精进如斯，轻敌惨败，不胜懊恼。初见哈里斯遭殃，甚是幸灾乐祸。瞧到后来，不觉心头发毛，起了同仇之心，剑交左手，刺向梁萧肩臂。梁萧回剑格挡，哈里斯缓过气来，与火真人蹿高伏低，左右夹击。

众军士本当两人与梁萧单打独斗，一眨眼工夫，竟成以众凌寡，一时纷纷发出嘘声。两人面皮发烫，但想胜负第一，其他都是末节，只要生擒此人，无人再敢闲话。

梁萧全神施展“归藏剑”，一把剑鬼神莫测，哈里斯、火真人渐觉不支。阿滩本是冷眼旁观，见这情形，暗忖二人若输，自己一人不是对手，当即扯掉袈裟，取出金刚圈纵身上前。梁萧叫声：“来得好！”长剑一圈，将他接下。一时间，四条人影在风雨中如飞蓬相逐，金光银芒明灭不定，与天上的电光交相辉映。

火真人早已受伤，激斗已久，气血流失，出招渐渐缓慢。梁萧避强击弱，忽地刺他面门。火真人一低头，紫金冠滚落在地，心头一慌，忽听梁萧叫声：“去！”一脚飞出，踢中他的小腹，火真人鲜血狂喷，腾起一丈多高，头下脚上，重重栽落。

又斗数合，人影闪动中，电光一现，哈里斯失声怒吼，腰腿多了一道半尺长的口子，白肉翻卷，惨不忍睹。他忍痛暴跃三尺，腾地坐下，捂着伤口，面肌抽搐不已。阿滩心惊胆寒，金刚圈当空乱舞，硕大的身躯疾扑梁萧身侧。梁萧一矮身，回剑疾刺，阿滩看得分明，金刚圈套住剑身，反手猛绞。梁萧的长剑登时脱手，阿滩心中大喜：你没了宝剑还能怎的？他一心只放在梁萧剑上，冷不防梁萧左掌飞出，正中他的胸口。

阿滩身如纸鸢，飞出两丈，落在地上。五内如焚，可又心中不甘，双手一撑，抖抖索索又站起来。这时一声炸雷当空响起，阿滩浑身剧震，一口血如箭而出，牛眼圆瞪，砰然仰天倒下。

梁萧连胜三名高手，只觉头晕目眩，可阿雪一去，他只求堂堂一死。当下双手按腰，目光扫过众人，扬声叫道："蒙古人就没有好汉了吗？"喝叫混着雷声滚滚传出，数千兵马一时寂然。

忽听有人沉声叫道："谁道蒙古人没的好汉？"这声音来得极远，却丝毫不被雷声掩盖，叫声落地，才听见马蹄声响。北面一彪人马疾驰而来，伯颜一马当先，身后依次是脱欢、贺陀罗、土土哈、李庭、囊古歹，敢情元军大将全都赶来了。

伯颜马蹄所至，众军让出一条道路。伯颜在三丈外勒住马匹，额上青筋根根凸起，瞪着梁萧一言不发。脱欢见手下三名高手无不重伤，自觉颜面尽失，挥手锐叫："射死他！"贺陀罗一摆手，笑道："何必浪费箭矢？"望了哈里斯一眼，翻身下马，一对蓝眼珠直勾勾地盯着梁萧："请教平章大人高招！"

伯颜怒哼一声，冷冷道："他问蒙古有无好汉，与你色目人有什么相干？"贺陀罗眼中怒色一闪而过，打个哈哈，退到一边。伯颜鞭指梁萧，高声道："我与你单打独斗，叫你不敢小觑我蒙古好汉！"众将大惊，正要说话，伯颜厉声道："不必多说！"披风一扯，丢于马下，喝道，"给他骏马长弓！"

土土哈不待他人动手，翻身下马，将马牵到梁萧面前，大声道："我的马给你！"众人都惊。脱欢怒道："土土哈，你也反了？"土土哈也不作声，退到一旁。李庭上前一步，将手中长枪捧上，涩声说："我的枪也给你！"囊古歹也上前，解下强弓，轻声说："梁萧，我的弓箭！"

脱欢惊怒万状，冲伯颜叫嚷："反了，反了！"伯颜摇头叹道："我蒙古人以信义治天下，我能叫他们不讲义气吗？"脱欢一呆，无言以答。

梁萧见自己穷途末路，三人仍不失义气，不由得叹了口气，接过弓箭长枪，持枪划地，朗声道："我与你三人划地绝交，从此往后，再无瓜葛！"土土哈等人知他如此说话是怕牵连自己，想起往日情义，一个个难以自已，向梁萧拜倒，放声痛哭。

梁萧再不看三人一眼，转身跨上战马，举起长枪，仰天长啸，啸声中尽是悲壮之气。诸军热血尽沸，纷纷力挽缰绳，战马人立，无数马蹄落下，势如千百战鼓齐齐鸣响。同时间，空中雨声大作，一场大雨终于落下。

梁萧吐出胸中郁愤，缰绳一振，冲向伯颜。伯颜纵马斜走，巨弓弦响，一支狼牙箭穿雨而出。梁萧举枪一磕，虎口生痛，长枪几欲脱手。

伯颜号称“蒙古第一神箭”，二十年威名绝非幸致。嗖嗖两箭，刹那又至，梁萧身子一伏，长枪疾扫，一箭钉在花枪的白蜡杆上，一箭掠顶而过，劲风所至，带得他发髻乱飞。

眨眼间两马逼近，伯颜丢开弓箭，提起斩马刀。梁萧花枪一抖，迎面刺出。伯颜横刀格住，乍见梁萧伸手急拧，喀然声响，长枪自枪缨处断成两截。伯颜只防他枪法灵动，不料他突出奇招，心头一凛，不及变势，梁萧左手以断柄做棍，卸开斩马刀，右手枪尖当作匕首，噗地插入他座下马眼。那马剧痛入脑，纵蹄悲鸣，将伯颜颠了下来。伯颜身手奇快，落马之际，长刀如风扫出，梁萧战马三条马腿齐根而断，只看水花四溅，两人不分先后坠入泥中。

伯颜翻身跃起，还没举刀，梁萧就地一滚，双脚踏上刀身，双手左劈右刺，蹚着刀身逼到近前。伯颜无奈放刀后退，梁萧纵身进逼，左手杆棒如腾蛟起凤，右手枪尖似怪蛇弄影，长短互应，虚实相生。伯颜情急间，抓起五尺巨弓，当作单刀，呼呼呼抡将开来。这一轮变化突兀横生，只瞧得众人张口结舌，心中均想：花枪和铁弓还有如许用法?

雷霆更响，白雨势如长练泻地。雨中两人脚踏泥水，相机进退。激斗半晌，伯颜的巨弓越使越顺，刀法外别生妙用，不时横劈竖挂，用弓弦来夺梁萧的兵器。梁萧看他弓来，身子忽矮，左腿扫出，一蓬雨水扑向伯颜。伯颜眼睛一眯，梁萧杆棒疾吐，正面刺他印堂。伯颜弓弦反挂，绞住杆棒，两人同时发力，将那强弓拉得势如满月。梁萧左臂一挥，枪尖掷出，伯颜侧身让过，不料梁萧这一掷是虚招，迫他将颈项送到杆棒端头。弓弦早已引满，梁萧右手一放，白蜡杆棒如劲矢射出。伯颜应变奇速，巨弓撒手，一低头，白蜡杆从额边擦过。如此一来，两人兵刃均失，双双掌落腿起，徒手相搏。

贺陀罗瞧到此时，不觉暗暗点头：这两人的武功不算绝顶，但变化实在通脱！思忖间，场上二人身法陡变。伯颜如鬼如魅，似进似退，欲拒还迎，双掌走向奇特，上下难辨，左右不分；梁萧则东走西顾，掌势凝而不发，只是来回绕行。二人相距数尺，越行越快，势如两道疾风，转了二十多个圈子，却没交上一招半式。

脱欢忍不住问道："贺陀罗先生，你说胜负如何？"此时雨如瓢泼，四名亲兵用长矛在他头顶支起一副铠甲遮雨。

贺陀罗想了想，摇头说："'大逆诛心掌'对上'三才归元掌'，胜负难说得很。"

脱欢不解道："先生不妨明言！"贺陀罗道："丞相所用的掌法是萧千绝所创的'大逆诛心掌'。你看他这掌铁定向左，他落掌时，偏偏在右；你看他向右，他却给你左边一下；本来向上，偏又向下；明明后退，忽又化为前进。总之'大逆'之意，就是进退攻守，处处违反常理；'诛心'嘛，则是让人捉摸不透、心神错乱的意思。"脱欢失笑道："这不就是骗人吗？"贺陀罗笑道："大王英明，这功夫的诀窍在于'诛心'二字，若能骗得对手心慌意乱，哪有不胜的道理？所以说，这路武功堪称天下第一流的骗人功夫，本是萧千绝创来对付'三才归元掌'的。"

脱欢皱眉道："'三才归元掌'？"贺陀罗道："'三才归元掌'是梁萧的掌法，要旨在于审敌虚实。练到绝顶处，有如汉人所说的'庖丁解牛'，以神遇而不以目视，官知止而神欲行，批大郤导大窾，闭了双眼也能伤敌。堪称天下一等一的审敌功夫！"

脱欢似懂非懂，再问："他二人始终不见交手又是为什么？"贺陀罗笑道："骗人的功夫遇上了审敌的功夫，一个千方百计引君入彀；另一个却处处审敌虚实，若无十足把握，断不轻发。"脱欢点头道："本王知道了，只要伯颜骗过梁萧，他便胜了。"贺陀罗摇头道："这小子狡猾百出，可不好骗。伯颜丞相设了无数圈套，这小贼就不上当。嘿，他二人不交手则已，一交手生死立判！"

他有心卖弄见识，一字字穿透雨声，钻入场上两人耳里。二人均是凛然，旋风般又转三合。梁萧捕到一丝破绽，身子扑跌而出，一招"三才归元"拍向伯颜胸口。伯颜破绽一露，也已自知，双掌横在胸前。刹那间，二人全力对了一掌，激得雨水四射，状若无数细小飞箭。梁萧飞出两丈，重重跌下，溅起数尺泥水。伯颜晃了晃，拿桩站定，气血似要破胸而出。

雷声隆隆，自东滚来。梁萧奋力挣扎两下，竟然难以站起，鲜血混合雨水，顺他的口角涔涔流出。论武功，他本逊伯颜一筹，此前又血战半日，早已筋疲力尽，仗着一腔血勇、诸般巧变，方才挨到这时，对罢这一掌，也到了油尽灯枯的地步。

贺陀罗见状笑道："梁萧，你还不认输？"梁萧怒哼一声，双手一撑，竟又踉跄站起。伯颜盯着他，张口说了几句话，可东方雷声更响，如山岳崩塌，压住了他的语声。

梁萧好容易挺直腰背，浑身酸痛欲裂，却不及心中之痛万一。眼泪混着雨水汩汩流下，冷了又热，热了又冷。伯颜神色阴沉，忽地紧握双拳，一步一步走了过来，步子又慢又沉，仿佛踏在众人心上。此时间，军阵忽地纷乱起来，许多军士手指东方，骇然大呼。

伯颜忍不住转眼望去，一排江水银山雪壁般压来。刹那间，他的心中念头一闪：钱塘江潮！只见那潮头势若奔马，如振如怒，披扬流洒，遇着死、当着坏。元军士卒都是北方人，久经战争，却未遇见这种怪事，一时惊骇失措，纷纷卷入泼天狂涛。伯颜一愣神的当儿，梁萧聚起残存气力，猛扑过来。伯颜伸掌一格，未及发力，潮水汹涌扫过，将二人一时吞没。

脱欢等人离岸较远，见势纵马狂奔，待得潮头西去，方才举目回望。却见江边人影俱无，待要奔近查探，忽听一声长啸，伯颜翻身跃上江岸。脱欢一怔，脸上闪过失望之色，怒道："梁萧呢？"伯颜摇头说："我抱住一块石头，方才幸免，梁萧嘛……"他瞧了江水一眼，欲言又止。

土土哈三人胸中大恸，伏在岸边放声痛哭。脱欢冷笑道："伯颜丞相，梁萧是你的部将，你驭下不严，本王在圣上面前难免要据实以告。"

伯颜扫他一眼，冷冷道："梁萧任性妄为，自取灭亡，我用人不当，自当向圣上请罪。不过，西巡之事刻不容缓。土土哈、李庭！"土土哈二人应声上前，伯颜沉声道："你二人代梁萧之职，率军北上！"土土哈浑身一震，与李庭同声应命。脱欢脸色大变，怒哼一声，率领一众属下，一阵风拍马去了。

伯颜望着天空，幽幽吐了口气。过得许久，转眼瞧了江上一眼，回身上马，向北驰去。众军随后跟上，一时间，蹄声远去，潮声渐稀，钱塘江畔又归岑寂。

第三章

无法无相

雨声淅淅沥沥，如珠如串，渐落渐小。东方吐出蔚然霞光，山峦如洗，清新妩媚。三两农夫吃过早饭牵牛出来，彼此说些笑话。

来到田边，忽见前方走来一人，披头散发，浑身裹满泥浆，褐乎乎一片，还粘着几片草叶。乱发间一对眸子呆滞无神，定定望着众人。

一名干瘦农夫唾了口痰，骂道："又来一个臭要饭的！"一个矮壮村汉接口："北边人成群过来，真是造孽！"身旁的高个子恨声道："昨天地保又来说，鞑子还要征粮。他娘的，老子就望撑死这些狗娘养的！"

七嘴八舌正在说话，忽见邋遢汉子向前一扑，抱住那头牯牛的脖子，号啕大哭道："不要死，不要死！"牯牛受惊，伸角来顶，那人足下浑似生了根，瞪眼又喝，"你来，你打不倒我，我不怕你！"三个农夫见这情形，大觉惊惧，矮壮汉子叫道："哎呀，是个疯子！"

牯牛被疯汉勒住脖子，哞哞大叫，口中吐出白沫。那人足下陷入泥中尺许，始终不挪一步，只是叫："你打不倒我！我不怕你……"三个农夫见状，一齐来扳他手臂，还没奔近，那人一声大喝，双臂使力，将那牯牛拧翻在地。

那人拧翻牯牛，拍手大笑。村中的农夫纷纷闻讯赶来，见状大呼小叫，抢起锄头围攻。那人双手乱扫，众人虎口流血，锄头乱飞，纷纷惊骇逃开。那人叫道："不要跑！"赶上人群，左一挥，右一拨，一众村汉尽成滚地葫芦。

那人双手叉腰，纵声长笑，忽见几个村妇赶来，两眼一瞪，厉声喝道："你们全来我也不怕！"身子一晃，便到人前，村妇们见他动若鬼魅，吓得失声惊叫。那人听到女子尖叫，身子一颤，转身抱住一个年轻村女，悲声叫唤："阿雪，阿雪……"

这疯汉正是梁萧，他大受刺激，心智失常。那村女被他当作阿雪，死死搂在怀里，吓得浑身冰冷，几乎昏了过去。好容易缓过气来，听他哭得凄惨，惊惧之余，又生感动，一扁嘴，也哭了起来。

人群中灰影一闪，一人抢到梁萧身前，出手如风，拍在他的肩上。梁萧双臂剧震，把持不住，只得放开女子，眼露凶光，叫道："你是谁？"那人笑道："女娃儿也欺负？我打你耳刮子！"说打便打，左右开弓，打了梁萧两记耳光。

梁萧心智虽失，武功尚余七成，可是那人手来，竟也躲闪不开。脸上好似开了个酱油铺，转了两个整圆，哇地呕出一口紫黑血痰。不待他站稳，那人纵身再上，一掌打在他胸颈之间，打得梁萧翻了个跟头，掌力牵动中府、云门二穴。梁萧摔在地上，又吐出一大口血痰，胸间郁结之气陡然舒张，只是脑中依旧迷糊。方要站起，那人忽又抢到，一拳打在他口鼻之间，这处是人中穴。人中又称水沟，沟通手阳明大肠经和督脉。梁萧只觉一阵剧痛自人中蹿起，蛛网般蔓延头脑，脑子倏地一清，目光扫处，暗暗吃惊：我这是在哪儿？

不及细思，那人手如鸟爪，拿向他心口，梁萧躲闪不及，顿被拿住中极穴，浑身软麻，动弹不得。那人笑道："认不认输？"

两人直面相对，梁萧吃惊："疯老头，是你？"这人正是搅乱元军大营的怪老头。他吃了贺陀罗一掌，受伤逃出元营，觅地修养，伤愈后跟着逃难的宋人来到这座村子。他头脑不清，凡事过后便忘，早已不记得梁萧，听他一叫，诧道："你认识我？"脸一沉，又问，"认不认输？"

梁萧被他两眼盯着，前事历历涌上心头，想起落水时撞到硬物，头脑一沉，便无知觉。想着想着，他满心酸楚，争胜之念全消，叹道："老爷子，我输了！"怪老头心满意足，放了他拍手大笑。

梁萧回望远山旷野，心中怅然：阿雪死了，我还活着干吗？难道说，老天爷还没将我折磨够吗？他死过一次，也就断了死念，苦笑一下，转身要走。不料怪老头一伸手，又拿住他的灵台穴。梁萧本就气闷，忍不住叫道："你还要做什么？"怪老头笑道："你留下，陪我打架！"忽觉找到了一个极好玩的物事，欣喜不禁，满脸堆笑。

梁萧心灰意冷，无心陪他胡闹，便说："你不放手，我怎么跟你打？"怪老头一愣，笑道："是极！是极！"依言放手。

梁萧一得自由便使出全力发足狂奔，奔出六七里，气喘吁吁停下，只觉腹中空空，正想觅地吃喝，忽听有人笑道："很好很好，跑得不慢！"梁萧吓了一跳，回头看去，怪老头背着手笑道，"跑啊，怎么不跑了？"梁萧本就气苦，又被这怪人痴缠，当下坐倒，怒道："我累了！"

怪老头笑道："我不累！"一伸手，拿向他的胳膊。梁萧小臂反转，伸指点他曲池穴，怪老头叫了声好，随手格住，一指吐出，点向梁萧心口。梁萧纵身跳起，踢他腰际。怪老头五指斜拂，劲风所至，梁萧左腿软麻，仅剩一条右腿，撑地向后跃出。

怪老头笑道："妙妙妙，你是独脚鬼，我是仙人跳！"说罢，他也蜷起左足，单腿跳到梁萧身旁，一把扣住他手腕。梁萧急要拆解，不料老头驰足狂奔，将他如纸鸢一样拽飞起来。

梁萧被他一扯，手臂关节几乎脱臼，只好使出吃奶气力随着此老狂奔。怪老头这一轮奔跑，真是如风似电。梁萧只听耳边风响，眼前景物一晃即过，骇想一生之中，从没见过如此脚力。起初二十里，凭借怪老头生拖死拽还能勉力跟上，三十里以后，只觉两腿发软，渐渐无力。

怪老头势若奔马，其速不减。梁萧双膝着地，拖了数百步，裤子磨穿，皮破血流，心想被人拖死未免太过滑稽，情急大叫："老爷子，我输了……输了。"

怪老头一听，心怀大畅，放手笑道："很好，认输就好。"梁萧瘫软如泥，坐下说道："我又累又饿，当然跑不过你。"怪老头挠头道："说得是。"将梁萧一把抓起，扛过肩头，奔出二里，只见白花花一片营帐。

梁萧认出是元军大营，不由得大惊失色，心想来到这里，岂不是自投罗网。可是怪老头抓人时，顺手封了他的穴道，他动弹不得，空自着急。

怪老头步履如飞，直踹入营，守营军士挺矛阻拦。怪老头笑嘻嘻的，左一穿，右一钻，让过人群，奔过两座营帐。忽地嗅见肉香，快步上前，但见三个士兵有说有笑，正在烧烤一条牛腿。火候已足，皮肉焦烂，牛油嗞嗞乱冒。怪老头如风掠过，顺手抓过牛腿，士兵一怔之间，各拿兵器跳了起来。

怪老头抓住牛腿，只觉灼热，不由得叫道："不得了，不得了！"左手换右手，右手换左手，瞬间换了四次。眼看元军扑来，将牛腿骨裹入袖间，呼地抡出，一个大胡子士兵首当其冲，滚烫热油洒得满脸，不禁长声惨叫。怪老头大乐，将牛腿当作兵器，牛油飞溅，所过无不披靡。

他从南门进，北门出，一口气贯穿十里元营。众将士怒吼震天，纷纷上马追赶，但那老者轻功之强，天下无双无对，一旦举步，矫似惊龙，不过一炷香工夫，就将千军万马抛得无影无踪。

梁萧见他威风，心中佩服：此人的轻功超越人力极限，我所骑快马无数也没一匹及得上他。只有柳莺莺的胭脂宝马才堪与他一比！但见怪老头东张西望，心觉不对，叫道："老爷子，那些人赶不上了，你放我下来！"

怪老头应声止步，叫道："咦！你怎么爬我肩上来了？"身子一抖，将他撂下。

梁萧怒道："你扛我上肩，还有脸说我？"怪老头笑道："是吗？我忘了！"梁萧冷冷道："你爷爷是谁，你忘了没有？"怪老头道："你说我爷爷是谁？"梁萧本想顺口答道："你爷爷是我！"但见怪老头神情迷惑，不似伪装，心中忽生不忍，撕了块熟牛肉，默默塞进嘴里，怪老头见状，也跟着吃肉。

梁萧吃得半饱，走到一条溪边喝水，回头望去，怪老头也到溪边，逗弄一只花斑大蝶，捉捉放放。难得蝶翅脆弱，受得了他反复折腾。

梁萧无计脱身，喝了两口水，凝望溪中倒影，心中一阵恍惚。蒙眬间，身边多出一个圆脸少女，巧笑盈盈，玉手纤纤，绾着如瀑秀发，对着自己微笑。他大叫一声："阿雪……"伸手摸去，水面幻影破碎，荡起一片涟漪。

梁萧呆呆望了水面，无穷悲恸涌上心头，伏倒溪畔，放声痛哭。怪老头见他哭得凄惨，大为惊奇，放了蝴蝶，上来抚他头顶，微微笑道："乖宝宝，睡觉觉，少哭闹，多睡觉……"

梁萧霹雳火性，换了往日，受此捉弄，势必恼怒，这时悲如潮涌，扑进老头怀中，小孩一样哀哀痛哭。怪老头不知怎的，任他入怀，毫无戒备，口中喃喃念叨："睡觉香，吃糖糖，糖糖甜，捡榆钱……"念着念着，眉宇间流露出几分慈祥。

不知过了多久，梁萧心情平复，惊觉身在老头怀里，羞愧难当。心想趁着机会，给老头要害处一下，立马就可脱身。可是临到动手，又觉迟疑，老人一心劝他，如果将他打伤，岂不恩将仇报？梁萧思来想去，叹了口气，脱身出来，闷闷不乐。

怪老头呆望远方，也似乎沉思什么，过了良久，也叹了一口气。梁萧问："你叹气做什么？"怪老头皱眉道："我想老婆！"梁萧讶道："你连自己都不记得，还记得你老婆？"怪老头摆手说："什么都不记得，老婆万不能忘的。"梁萧听得这话，叹道："你想她，怎么不回去？"怪老头摇头说："不成，回去了，老婆就不放我出来！"

梁萧心想：他的妻子必是一个悍妇，老头儿八成是被她逼疯的。但他疯癫至此，还在顾念妻子，足见爱妻心切。可惜世事难料，一朝别离，也许永无见期，就如我与阿雪，一时分别，再见时已是生死永诀……正觉惨然，怪老头咕嘟嘟喝了几口凉水，伏在溪边岩石上呼呼大睡起来。

梁萧一怔，心想趁他睡觉，正好走人，可一站起身来，又觉十分犹豫。他一走了之，老头儿神志不清，流浪江湖也未免太过可怜。他审视老头，又想：看他样子，不像天生糊涂，倒似犯了什么毛病。传说人有健忘之症，不如我骗他看完大夫再走不迟。

想毕静坐调息，不料怪老头的鼾声越来越响，久而久之，恍若雷鸣，声调起伏变化，竟能摇神动魄。梁萧屡屡被他带乱呼吸，心中怪讶。起身细看，怪老头睡姿奇特，抱手在胸，身子软如蚯蚓，口鼻一开一合，毛发随之起伏。梁萧若有所悟：他睡觉时也在行功？他走近两步，正想细看，忽见老人身子微震，两缕劲风破空袭来。

梁萧匆忙闪避，一道劲风扫中小腿，只觉一阵酥软。举目望去，怪老头翻了个身，鼾声更响，顿时醒悟：他梦中也能出手，难怪放心大睡。想起元营中的怪事，那些士卒走近老头就被劲风击倒，这劲风来无影、去无踪，实在防不胜防。

他远远避开，仰望半空圆月，阿雪面庞又从心底浮现出来，斯人一颦一笑，仿佛就在眼前。梁萧心中之痛无以复加，两行泪水默默流下。

正在伤感，一股真气自体内升起，以前所未有的路子流转。他吃了一惊，真气忽又消灭，凝神细想，他无意中被老头的呼噜带动了呼吸，呼吸为内功之本，两人呼吸相合，真气走势也趋一致。

梁萧生性好奇，忍不住盘膝而坐，摒除杂念。不一会儿，吐纳又与老头相合，真气上下流转，双腿生出无穷精力。又坐片刻，他按捺不住，一跃而起，身不由己地狂奔起来。梁萧心中大惊，可又无法止步。

他越跑越快，只觉风声过耳，呜呜厉响，眼前景物离散，满天星斗也似当头压来。内力消耗奇快，奔走不足二十里，便觉一阵乏力，双腿似乎不在身上，交替飞奔，永无休止。

梁萧停步未果，心中恐惧起来：这么下去，还不活活累死？可一想起平生罪孽，又觉万死犹轻，这么死法，也算是上天垂怜。这么一想，不再刻意收步，一味任其所之。

又奔数十里，正觉疲乏欲死，忽听身后传来轻笑，跟着眼前一花，怪老头抢到身前。眼看撞上，怪老头伸手在他肩头一拨，梁萧身不由己变了方向，绕着他打圈儿狂奔。怪老头瞧得心中大乐，拍手狂笑。笑声中，梁萧两眼一黑，突然昏了过去。

昏沉中，一股热流在体内转来转去，梁萧清醒过来，张眼一看，怪老头瞪大两眼，意似关切。梁萧只觉双腿酸痛，想起刚才的怪事，又惊奇，又不解。

怪老头笑道："还跑不跑？"梁萧一惊，摆手说道："免了。"怪老头说："不跑了，那就比武。"他举拳便打，拳到梁萧面门，忽又停住，皱眉道，"你怎不还手？"梁萧没好气说："我站不起来，还打什么？"

怪老头十分失望，背起手走来走去。梁萧懒得理他，闭目养神。不一会儿，怪老头又将他拍醒，笑道："打架没力，咱们来划拳。"梁萧被他扰得无法休息，气恼说："划拳有什么好玩？"怪老头笑道："好玩得很，我出石头，你就出手帕；

我出手帕，你就出剪刀……”双手各出拳掌，来回比画。

这划拳本是小孩玩意儿，拳头为石头，手掌为手帕，食中二指为剪刀。手帕包石头，石头砸剪刀，剪刀又剪手帕，三者互相生克。

梁萧无心胡闹，悻悻说：“你年纪老大还玩小孩儿的勾当？”怪老头说：“不玩小孩子的勾当那就陪我打架。”

梁萧见他一说打架，两眼放光，不由得暗道晦气，无奈道：“还是划拳吧。”怪老头呼呼喝喝，撸起袖子。两人同时出拳，均是剪刀；再出一拳，均是手帕；第三次出拳，又同为石头。

两人先后出了十拳，均是一般无二。梁萧心中惊奇，忍不住叫道：“慢来，这拳划得古怪，你我出拳一样，怎么分得出胜负？”怪老头笑道：“出拳不同，就算你赢。”

梁萧满腹疑窦，回想元营中与他交手，自己每出一招，怪老头总能原招奉还，不由得心头一动，凝视怪老头说：“你看得透我的心思？”怪老头摇头道：“这不是看心思，这是‘随物赋形，无法无相’。”梁萧皱眉道：“什么叫‘随物赋形，无法无相’？”怪老头挠头道：“这个我也说不上来。”

梁萧叹了口气，正觉失望，老头又道：“我说不出道理，但能打个比方。我就好比水，你就好比装水的瓶子，不管你是方是圆，我总能将你装满。”梁萧一愣，方欲细想，怪老头又催他出拳，只好随手应付。

两人比比画画，折腾了半夜，出拳还是一样。眼看朝曦初露，怪老头才让梁萧睡了一觉。醒来过后，两人张罗些酒肉吃了。

吃饱喝足，老头又叫划拳。梁萧心想：他自比为水，流水随物赋形，变化不拘，我是水桶也好、水瓶也好，不论何种形状，总会被他充满。若要胜他，除非这器皿大如天地，他有江海之水也无法充满，但世上哪儿又有这样广大的器皿？想着又划数拳，梁萧心不在焉，手一偏，碰倒身旁的酒瓶，他伸手一扶，心头微微一动，忍不住笑了起来。

怪老头问：“你笑什么？”梁萧道：“老爷子，你说你是水，我是装水的瓶子，不管我是方是圆，你总能将我装满？”怪老头笑道：“对呀。”梁萧拿起酒瓶，在石块上一磕，哐啷，壶底破了一个窟窿，瓶中残酒流出。

梁萧说："瓶底破了呢？"怪老头一呆，哼哼说："你是大活人，又不是酒瓶，要不然，我也抓起你磕两下？"

梁萧吓了一跳，忙说："老爷子，咱们还是划拳。"怪老头眉开眼笑，忘了动手。两人同时举手，齐叫："开！"怪老头右手出了个剪刀，梁萧右手出了剪刀，左手攥成拳头，慢悠悠伸了出来。

怪老头皱眉道："这是干吗？"梁萧笑道："出石头砸你的剪刀！"老头怒道："岂有此理！咱们单拳对只手，剪刀对剪刀，你怎么能出两手？"梁萧道："咱们说了划拳，可没说不能双手划拳。"

怪老头反驳不了，两眼怒睁，在他身上打转。梁萧见势不妙，忙道："我还没吃完呢，吃完了再打。"怪老头不耐道："快吃，快吃！"

梁萧假意细嚼慢咽，心中飞快转念。自忖一身武功学自他人，自己并无创见，要想破掉"随物赋形，无法无相"的心法，非得突破本身武学，创立新招不可。

怪老头见他磨磨蹭蹭，按捺不住，挥拳打出。梁萧还没想出新招，转身就跑，怪老头见他不战而逃，心中大怒。他的轻功天下无对，足下一紧，抢到梁萧身后，探手便抓。梁萧展开"十方步"，变进为退，闪到怪老头身后。怪老头咦了一声，旋风般转身抓来。

梁萧见他不能效仿自身步法，心中暗暗吃惊。一转念忽又明白，他所有的武功，只有"十方步"出于自创，破了"归元步"的限制，所以老头儿无法模仿。他想通症结，只以"十方步"躲闪。怪老头一时无法得手，气得连声怒叫。

两人纠缠一会儿，怪老头迅疾凌厉，匪夷所思，梁萧渐感吃力，身法一滞，被他一指点倒。怪老头逼得梁萧认输，才罢手，扯着胡须哈哈大笑。

前后不过数十招，梁萧却似用尽浑身气力，他手足并用，爬到一边喘气。眼看怪老头手舞足蹈，心想拳怕少壮，老头儿年事已高，怎么还有如许身手？

他参详不透，闭目调息，只歇了半日，怪老头兴头又起，迫他动手。梁萧虽已想出几记新招，动手起来却全不管用，十招不到，又被制住。可喜的是此番败北，所创的招数却未被怪老头模仿。

是夜，两人各自就寝。梁萧辗转难眠，苦创新招，但他当前所学，均是天下第一流的武功，另创高招，谈何容易？他苦思一夜，也只想出三招掌法、两招腿法，抑且均是散手，不成套路。

想到五更天上，他方才迷糊入睡，可是不到一个时辰，又被老头吵醒。老头睡眠已足，精神奕奕，三招两式，逼得他束手束脚，无奈只得认输。怪老头好斗无赖，却有一桩好处，只需对手认输，他就不再纠缠。

梁萧屡战屡败，好胜心起。心想划拳取胜，全因破了划拳的规矩，要想打架取胜，也得破了这打架的规矩。目光一转，看见一堆乱石，每块重约千斤，梁萧灵机一动，起身推动巨石。

怪老头见他将石块推得左一堆，右一堆，心中十分奇怪。瞧了一会儿，不禁手痒，连问梁萧要做什么，见他闷头不答，索性撸起袖子，帮他推滚巨石。

不一会儿，石块各个就位。怪老头抬头一瞧，梁萧凝目望来，脸上似笑非笑，还没盘问，对手身形一闪，人影俱无。老头大吃一惊，叫道："小子，别跑！"边叫边追，在乱石间绕了几十个圈子，他灵觉惊人，直觉梁萧就在左近，可是任他轻功了得，也捕捉不到他的影子。

跑了一个时辰，怪老头恼怒起来，跌足大叫："臭小子，不捉迷藏了，快滚出来！"扯着嗓子叫骂一阵，不见人应，气急败坏，一屁股坐在地上，扪扯胡须出气。

梁萧推动巨石，结成了一座石阵。怪老头疯疯癫癫，参不透其中奥妙，虽觉对方没有走远，却没想到他是借这一堆乱石藏身。梁萧藏身石后，见他发疯弄癫，心中暗暗好笑。他赢得喘息机会，心中想象如何动手、如何变招，思索良久，绕出石阵，含笑招呼："老爷子。"

怪老头久不见他，正在发愣，闻声惊喜叫道："好小子，我叫你逃。"纵身上前，伸手便抓。梁萧闪身避开来爪，呼地还了一掌。

怪老头不料短短时日，对手有了反击之能，喜不自胜，哈哈大笑，变爪为掌，劈向梁萧手臂。转眼间，两人一进一退，拆了二十来招。梁萧眼看技穷，一闪身躲入石阵，冥思苦想，另创高招。

两人断断续续斗了几次。怪老头想不通石阵古怪，梁萧反客为主，欲斗则斗，欲走则走，再也不受他掌控。到了夜间，他出阵谋来饭食，悄悄递到老头身边。

怪老头久而久之，心中生出执念，认定梁萧无论如何总在附近，决计不会走远。梁萧出阵，他一无所知，加上头脑不清，见了饭食，想也不想，吃完就睡，待梁萧现身再与之交手。

两人日夜缠斗，梁萧一心破除旧学，另创新招，渐渐浑然忘我，脑海里只有武功。起初，他想好诸般变化才敢动手；到后来，渐能随机应变，临阵创变新招。怪老头偶尔也能模仿一招两招，但苦于梁萧变招奇巧，两三招之后便无以为继。

老头儿是个武痴，恨不能天下人人武功超凡入圣，好做他的打架对手。眼看梁萧出现一次，武功精进一分，心中欢喜不尽。对他藏身石阵不再计较，几次将他制住也舍不得留在身边，又将他放回石阵。眼巴巴盼望这年轻人再次出现，又能厉害一成，打起来更加过瘾。

三月光阴晃眼即过，梁萧沉湎武学，日夜拼斗，只求忘记心中悲痛。偶尔出阵采买衣食，他也隐约闻讯，阿术攻破扬州、泰州，宋将李庭芝以身殉国，宋军精锐至此覆没殆尽。元廷西北军事也很吃紧，蒙古诸王与忽必烈打得天翻地覆，征宋大军纷纷北还。宋军残部趁此机会在各地重振声威，图谋复国。梁萧听了这些事情，心中大觉厌恶，只想与这来历不明的怪老头儿切磋武学，了却残生。

这一日，拆到百招上下，梁萧输了一招。当日已斗三场，他筋疲力尽，不及躲入石阵，便一头躺倒，呼呼喘气。怪老头与他相交已久，彼此亲近，见状也不为难，自去一边呼喝挥拳，打熬功力。

梁萧喘息良久，回过气来，不想心神一懈，脑海中又掠过以前经历的惨烈战事，不由得浑身发抖，闭上双目，按捺心神。好容易将那些金戈铁马从心头除去，脑海中又浮现出一张白嫩的圆脸，脸上一双大眼，脉脉凝望自己，满是凄伤不舍。

梁萧只觉万念俱灰，转眼望去，怪老头手舞足蹈，无忧无虑，不由得深深羡慕：如他一般，我也忘掉往事该多好！叹了一口气，寻思这些天自顾切磋武学，倒忘了老人的健忘之症，自己与他相识一场，不能袖手旁观，让他流落江湖。

他主意已定，叫过怪老头，连哄带骗，将他骗到一处医家。郎中见他二人衣衫褴褛，心中先有八九分不喜，生恐两人白医，迟疑再三，把住怪老头的脉搏，沉吟一阵，说道："气血充盈，百脉俱和，并无任何病兆！"

梁萧皱眉道："您瞧仔细了，他也许患了健忘症！"大夫早已不耐，一瞪眼道："健忘也算病症吗？人老健忘，在所难免。想当年老夫读书，过目不忘；如今看书，一百个字也记不得两三个。若这病也能治，我还想请人治呢！"梁萧又问："他有没有疯病？"大夫打量他一眼，冷笑道："我看你倒有些疯病，去去去，别耽误我做生意。"

梁萧见他势利，心中大为光火，但他历经劫难，不复少年气盛，忍住怒气，冷笑出门。又访了几处名医，均是一般口吻。好些的不睬不理，凉薄的冷嘲热讽。

怪老头渐感不耐，梁萧也憋了一肚子火气，思忖这病不是寻常大夫能医。记得当年在天机宫时，花晓霜说过，恶华佗吴常青住在崂山。吴胖子脾气很坏，但号称华佗，医术应该不坏。梁萧拿定主意，哄骗老头说："有名绝顶高手住在崂山，你想不想与他会会？"

怪老头一听来了精神，连道："好哇，好哇。"不问究竟，一把拽起梁萧，往南便走，梁萧忙道："错了，向北方才对。"拉过怪老头，徐徐向北步行。

走了一里许，怪老头嫌梁萧太慢，兴之所至，在他肘间一托，拽起他发足狂奔。梁萧奔跑不过，只有使出从怪老头的鼾声中悟出的呼吸法子。一呼一吸，两腿生出无穷气力，心中只有奔跑念头，再借拖拽之力，倒也勉强追赶得上。

跑了一会儿，梁萧留心老头举动，发觉他奔跑时的步法大有讲究，时如鹿奔，时如兔走，时如狸翻，时如鱼跃，身处不同地势便有相应步法。梁萧依法奔走，顿觉轻快不少。

怪老头的呼吸和步法本是一体，内外兼用才可随心所欲。时间一长，梁萧疲惫渐少，呼吸变稳，不由得心中快慰：这呼吸法一旦施展，体内的精力非狂奔不能宣泄。不过如何宣泄，却有门道。好比横财飞来，良贾量入为出、钱中生钱；败家子只求一时痛快，花光了事！接下来又生疑惑，同是一种呼吸法儿，自己狂奔不休，怪老头为何还能安然入睡？他琢磨不透，心知老头别有秘法，不为外人所知。

这一日来到长江边上，梁萧正想寻船渡江，忽见怪老头找来一根破竹篙儿，嘻嘻哈哈，直奔江水而去。

梁萧见他又发疯病，慌忙叫道："老爷子，快回来……"话音未落，怪老头掌风如刀，折下一截竹篙，嗖地掷出，只在那断竹落水之际，他身子一晃，越过三丈，身子斜倾，几与江水持平。左脚蹴在竹上，断竹微微一沉，顺他去势滑出两丈，带起一溜白色水迹。

怪老头不待断竹下沉，再折一截，如法掷出，一个筋斗翻出三丈，右脚落向第二截断竹，断竹滑水而出，又是两丈。这么反复再三，一根竹篙还没用尽，他已飞渡大江，站在对岸叉腰大笑。

梁萧瞧得有趣，也找来一根竹篙，折竹掷出，飞身跃上，谁知竹节顺水飞逝，梁萧左脚踩空，扑通掉入江水。他羞愧难当，只好硬起头皮，老老实实泅过江去。

怪老头站在对岸，早已笑得打跌。梁萧上岸怒道："都怪你肚皮里开花，想出这种馊主意！"怪老头笑道："谁叫你不自量力，学我乘风蹈海？"梁萧听得心头一动：乘风蹈海？老头儿怎会说出这雅词儿？莫非他这轻功本就叫作"乘风蹈海"，被他顺口叫了出来？想起乘长风、蹈四海的风流气派，不觉悠然神往。

渡过长江，休息一夜，两人经淮扬进入山东。这一日抵达崂山脚下，天色尚早，两人进了山下镇子，先用酒饭。

梁萧沿途编制竹器换了几十枚铜钱，寻一间酒肆打了两壶酒，买了十斤羊肉，与怪老头分吃。正想与店家打听吴常青的住处，忽听店外骡马叫唤，十多个汉子吆喝着闯了进来。

来人背刀挂剑，均是江湖装扮。其中两个小厮扶了一个面色紫黑、嘴唇枯裂的少年。病少年走了两步路，倍感疲累，坐下来直喘粗气。

一行人神色凝重，叫了酒菜，默默喝了一轮。为首一个颌下有瘤的中年汉子叫过伙计，问道："小二，山里的菩萨什么时候出来？"

伙计笑道："您老也是冲菩萨来的？这可难说呢！"肉瘤汉子皱眉道："怎么难说？"伙计笑道："上个月那菩萨每天出来，这个月出来得少，半个月也没见到一回！"

肉瘤汉子面色一沉，怒道："这怎么行？我家少主的伤可不能等。"伙计叹道："方圆几百里的人都在等呢！菩萨不出来，又有什么法子？"肉瘤汉子怒哼一声，粗声道："她不出来，我'肉须虬'常望海就放把火，烧了那座鸟林子。"

忽听一个嘶哑男声幽幽传来："小青，你看到这条蚯蚓了吗？"众人一愣，转眼望去，酒肆前不知何时立起一个布袋戏台，台边立了个黑布的幌子，上书粉白大字："袋里乾坤"。

戏台上景致简陋，三束花、两根草，稀稀落落，随意摆放。一男一女两个布偶并肩而行，男子话音落地，一个尖细的女声便道："看到了啊，不就是一条蚯蚓吗？有什么好看的？"

男声笑道："小青，蚯蚓又叫地龙，意思是'地里'的虬龙，能够合药！"女声叹道："这蚯蚓又小又细，那药王菩萨拿来做药，怕也济不得事！"那男声笑道："他细小是细小，却有一桩奇处，你看他下巴上有个肉瘤，所以叫作'肉须虬'，是蚯蚓中的极品。"

"肉须虬"常望海的脸色红了又青、青了又红，腾地站起，破口骂道："操你祖宗！哪儿来的杂碎，敢来消遣老子？"他满嘴粗言秽语，玩布袋的人却不理会，女子拿腔拿调地说："这肉须虬与别的蚯蚓还有什么不同？"男声笑道："大不相同，别的蚯蚓都吃土长大的，唯独这'肉须虬'是吃屎长大的，所以口气臭烘烘的，十分难闻。"

常望海一跳三尺，破口骂道："放你娘的屁！"布袋女小青应声说："哥哥，你这么一说，果然有些臭气，就像是放他娘的屁……"

常望海忍无可忍，大吼一声，跃出店门，一招"铁门槛"贴地扫出。戏台向后一缩，轻轻巧巧让开，小青叹道："你看，这蚯蚓心黑，还会咬人呢！"常望海一腿落空，心头微凛，蹿高伏低，三拳五腿一气使出，随行众人看得目眩神驰，齐声叫好。

戏台左右飘忽，将拳脚一一让过。男声叹道："小青你不知道，蚯蚓吃泥，心肠当然黑了。这'肉须虬'吃屎，心肠不但黑，更是臭，可说又黑又臭，世间少有！"常望海气得七窍生烟，右手虚晃，左脚踹入戏台，乍觉脚脖子一痛，似被什么套住，还没回过神来，戏台飘然逼上，撞中他的胸口。

常望海惨叫一声，横飞丈许，口吐鲜血，胸口衣衫仿若大蝶，片片飞散，露出一个猩红色的掌印。随行众人大惊站起，一个黄衣汉子颤声道："你……你是玩木偶的一伙？"众人神色惊惶，纷纷拔出刀剑。

布袋戏台静悄悄立在街心，两个布偶依偎一处，貌似情投意合。那男声轻轻叹了口气，说道："小青，人家问咱哥哥呢！"女声哧哧笑道："是呀，哥哥托咱干什么来着？"男声笑道："让咱把东西带给他们！"

那群汉子再也忍耐不住，纷纷挥刀扑上。戏台向后一退，其间飞出一桩物事，撞上黄衫汉子的胸口。黄衫汉子口吐鲜血，跌出老远，众人一看，却是一颗花白头颅。

病少年始终在桌边喘息，忽见头颅，神色惨变，向前一扑，嘶声道："爹，爹！"抱着头颅干号两声，抬眼看向布袋戏台："你……你杀了我爹！"男声嘻嘻笑道："何止你爹！"女声接口道："杀的人多啦，只等你们一死，江湖上从今往后再也没有'怒龙帮'这个名字。"说着咯咯娇笑，颇是欢喜。

少年听得这番话，一口气上不来，两眼翻白，昏死过去。众汉子悲愤莫名，纷纷叫道："跟他们拼了！"挥刀舞剑，一拥而上。戏台在人群中东飘西荡，形如幽灵。众人的招式，戏台中人看得清楚；戏台中的虚实，众人却一概不知。武功打斗，讲究知己知彼，如此我明敌暗，怒龙帮众人又倒了几个。

梁萧本来不想理会这些江湖仇杀，但看戏台中人出手狠毒，大有斩尽杀绝的意思。他心生不忍，起身走出门外，一言不发，抓起怒龙帮的汉子反手掷出，扑通连声，幸存的七个帮众全被掷到身后。

戏台中人看出厉害，停在当地，那男声森然道："你是谁？怒龙帮的援手吗？"梁萧叹道："这位兄台，得饶人处且饶人！"女声冷笑道："'紫面龙'刘熙云杀害我爹爹，污辱我娘亲，那时候他饶过人吗？若不灭他满门，难消我心头之恨！"

梁萧皱了皱眉，看了那些汉子一眼，心想真如戏台中人所说，这些人的确死有余辜。可是话说回来，他又何尝不是冤仇蒙了心，犯下无边的杀孽罪过！梁萧沉默时许，一指地上花白头颅："他就是刘熙云？"男声道："不错！"

梁萧道："首恶已诛，随从不问。看我面子，你也放手吧！"男声哼了一声，冷冷道："你要多管闲事？"女声接口说："连你一块儿杀了！"不由分说，戏台中寒光闪动，飞出六口飞刀。

梁萧大袖挥出，从上而下划了个弧，飞刀失去踪影，跟着抖了抖袖子，飞刀叮叮当当落了一地。

戏台微微一震，女声叫声："好！"戏台中飞蝗石、三棱镖、蜂尾针、铁菩提……二十余件暗器天女散花般飞出，三成打向梁萧，七成向那些汉子打去。

梁萧微微冷笑，左掌直拍，右掌横扫，两道掌力如飓风卷过，叮叮当当，暗器全数落地。梁萧一招扫落暗器，大袖轻轻一卷，肃然挺立原地。

街上静了一静，男声厉声叫道："跟你拼了！"戏台挟着劲风扑出。梁萧冷冷道："要拼命？出来再说！"双手如风掠出，扑哧一声，布袋戏台被他撕成两半。一道人影疾冲而出，双掌拍中梁萧胸口。

那人一招得手，如飞退后，咯咯笑道："你中了我的'火焰掌'，命不久矣，怪只怪啊你多管闲事！"她满头青丝，面若桃花，却是个模样俊俏的妙龄少女。旁观众人啧啧称奇，本当戏台中是男女两人，怎料只有一人，而且是个女子。

女子话一说完，忽见梁萧含笑袖手，不似受了重伤，登时笑容收敛，妙目瞪圆，锐喝一声，挥掌再上。梁萧一翻手，将她手腕扣住，女子浑身软麻，惊骇尖叫："臭汉子，放开我！"梁萧并不理会，双眉一挑，注视前方。

女子正觉奇怪，忽听笃笃声响，心头一震，脱口叫道："哥哥！"

众人放眼望去，街头走来一个彩衣男子，年约二十，长眉秀目，白脸上透出一股黑气。男子身边，跟了个三尺来高的哪吒傀儡，圆头大眼，身有八臂，分持刀枪剑轮等八般兵器，头身手足，均有细线与彩衣人五指相连。彩衣人一路走来，五指扯动，木哪吒也如真人般随他行走，木腿磕着石板，发出笃笃响声。怒龙帮众人望着来人，脸上尽是惊惧怨毒。

彩衣人走到梁萧身前，眉头一颤，一字一句地道："放了我妹子！"梁萧点头道："我放了她，你能放过这些人吗？"目光扫向怒龙帮众人，病少年已然醒了，瞪着彩衣人两眼喷火。

彩衣人的面肌微一抽动，摇了摇头，说道："不成，一个不留！"右手一扬，木哪吒跳了起来，八臂齐飞，八般兵刃罩向梁萧，灵动之处，不下于活人。梁萧手足不动，飘飘一丈有余，避过他的奇门兵器，心想：木偶当兵刃，真是天下奇闻。

彩衣人杀手落空，比起梁萧更为惊诧，嗖地蹿上丈余，一掌拍出，掌劲炽热如火。梁萧正要挥掌相迎，彩衣人右臂一挥，木哪吒手舞足蹈，闪电又至。只看他双臂此起彼落，掌力与木偶齐飞，出其不意，竟将梁萧逼退六步。

梁萧失笑道："好啊，看你木偶厉害，还是我人偶厉害？"彩衣人心想：什么人偶？这人胡说八道。他妹子落入人手，焦急万分，闪电般连发三招。

梁萧侧身让过，右手忽松，少女内力恢复，想也不想，右掌奋出，拍向他的胸口。就在她掌力将吐未吐之际，梁萧挥袖一拂，少女身不由己，连人带掌向右偏出，落向木哪吒的左侧。只听咔嚓一声，木偶两条木臂被她掌力扫落，成了六臂哪吒。少女又惊又悔，正要掠开，不料左腕一紧，又被梁萧扣死。

彩衣人瞧得心往下沉，虚晃一掌，忽又放出木偶。梁萧也放开女子，少女不死心，一掌拍向他的小腹，不料袖风袭来，身子又失平衡，掌力被梁萧带偏，砰砰两声，哪吒手臂再断两条。少女惶急叫道："哥哥，这……这不能怪我……"手腕忽紧，又被梁萧扣住。

怒龙帮一群人惊喜交集，纷纷大声喝彩。少女两次弄巧成拙，气得快要落泪，心中打定主意，无论如何不再出掌。眼看"四臂哪吒"手足乱舞罩来，梁萧果如所料，忽地放手，当即纵身斜窜，不料眼前人影一晃，梁萧拦在前面，右掌疾出，劲风如山压来。

少女无法可想，双掌奋力推出，陡觉手底一空，梁萧的掌力缩回，左袖一拂，少女身随袖转。这次她一心自救，掌劲更胜从前，只听闷响连声，哪吒剩余四臂尽被震断。彩衣人心冷如冰，呆在当场。少女望着木偶残躯，心中不胜委屈，忽地泪涌双目，呜呜哭了起来。

梁萧见她凄楚神色，眼前闪过阿雪的影子，心底深深一痛，叹了口气，袖手退开。忽见彩衣人身子一晃，坐倒在地，面颊阵阵抽搐，似在忍受极大痛苦。

少女吃了一惊，抱住他说："哥哥，你怎么了？"病少年一边瞧着，忽地两眼放光，大声笑道："好贼子，你中了我爹的龙须针。哈，报应，报应！"

彩衣人冷笑一声，忍痛挣扎起来，冷冷道："刘梓，我再挨一针照样杀光你们。"刘梓笑道："我一死百了，你死前却要痛足三天三夜，痛到最后，会把浑身皮肉撕烂，再把手指一个个咬来吃掉……”少女听得毛骨悚然，颤声道：“你……你将解药拿出来，我……我饶你不死……”刘梓冷笑道：“这龙须针深入经脉，循血而行，别说无药可救，哼，就算有解药，我又怎会给你？”

彩衣人淡淡地说：“刘梓，你可知道，我为何不一掌毙了你？”刘梓微微冷笑。彩衣人森然道：“我用火焰掌伤了你三处要穴，四日之内，你必然受尽无穷痛苦，直到浑身肿胀，气血破体，肌肤寸寸裂开。哼，刘熙云那老鬼害我一家老少，我会容你轻易死去吗？”

刘梓听得浑身发抖，两眼一翻，叫道：“他娘的！左右同归于尽，老子做个自了汉，在十八层地狱等你……”抓过同伴大刀，想要引刀自刭，不料手一哆嗦，大刀呛啷落地，唯有捂着胸大口喘气。彩衣人也面庞扭曲，极尽痛苦。两人命在顷刻，目光仍是毫不相让。

梁萧一边冷眼旁观，心想这世间冤冤相报，无休无止，国家、百姓全不例外。想着心灰意懒，再也无心插手，回身就座，将碗中烈酒一饮而光，但觉酒碗在手，就算骨积成山、血流成河，也与他毫不相干了。

忽听远处有人叫了声：“菩萨出来了！”众人一怔，均是面露喜色。“肉须虬”常望海捂着胸说道：“少帮主，留得青山在，何愁没柴烧！咯咯，治好了掌伤，再跟他们计较……咯咯……”

刘梓想到彩衣人所述的惨状，打了个冷战，向梁萧拱手道：“大侠援手大德，在下没齿不忘……”梁萧默默喝酒，正眼也不瞧他。

刘梓微觉尴尬，心想江湖中尽多怪杰，不敢多说，又施一礼，与手下相携而去。布袋少女瞟了梁萧一眼，也搀了兄长跟在后面。

梁萧喝光一壶酒，思索常望海的话，那“菩萨”医术高明，或许就是吴常青。当下叫过伙计，问道：“你们说的菩萨是个肥胖老者吗？”

伙计一呆，笑道：“客官，您见过观音庙里的菩萨吗？”梁萧心想观音庙的菩萨，岂不是个女子？他不胜疑惑，拉起怪老头，跟在彩衣人兄妹身后。彩衣人痛苦稍减，本想赶上刘梓，痛下杀手，可一回头看见梁萧，又将凶念按捺下去。

走了五里路程，遥见三峰对立，二水分流。流水纤尘也无，溪中圆石错落有致，东岸杂花生树，飞莺乱啼；西岸却是一片望之不尽的杏林，时值晚春，万花竞放，烂若云霞。

杏林前已围了百十人。梁萧与怪老头纵过溪水，正想挤入人群，忽听一声惨呼，人群哗然四散。他举目看去，一个青衣小帽的矮胖子正在殴打一个患病老人，病患亲属与他搏斗，被他一人一脚，尽数踢翻在地。

梁萧瞧着眉头大皱，心想混账伙计骗人，哪儿有什么女菩萨？根本就是脸臭心歪的吴胖子。

吴常青左右开弓、拳打脚踢，招招都往穴道上招呼。老人面色青白，两眼紧闭，拳脚着体也无知觉。梁萧初时吃惊，转眼看出门道，吴常青出拳看似凶猛，其实并不沉重，不同穴位，劲力所到，轻重缓急各不相同。有的穴位一掠而过，有的穴位击中以后，还要揉捏几下。

吴常青打过一通，将老人丢回担架，胸口起伏，气喘吁吁。众亲属只当老人死去，抱着他号啕大哭。围观的人群情激愤，纷纷叫嚷："将老东西锁了见官！""不用见官，大家一人一拳，揍死他罢了！""咱们来找菩萨看病，老肥猪怎么跑来行凶？"吴常青微微冷笑，只是把碗饮茶。

嘈杂声中，患病老人吐出一口气，开口说道："舒服，真舒服！"双手撑地，抖抖索索站了起来。众人目瞪口呆，亲属们更是惊奇。深知老人忽得怪病，全身瘫痪，无人可医，来这儿也不过碰碰运气，尽一尽做儿女的本分。不想遇上吴常青，老胖子瞟了一眼，立马开打，本当雪上加霜，老人必死无疑，怎料非但无事，反而恶疾尽消，站了起来。

吴常青放下茶碗，冲那病患冷笑说道："老东西，听清楚！多走少睡，半年内不许沾染女色，大鱼大肉也不得多吃。哼，把你的老骨头练结实一些，下回再来，老子打得也有滋味。"

众亲属早已明白，这恶大夫医术神妙，听似骂人，实在交代各种忌讳，当下一字一句牢记在心，没口子道谢，扶那老人离开，不想老人将家人一推，几个大步走上前去。众人又惊又喜，呼爹唤爷，纷纷赶了上去。

围观者见状，个个变了口风，纷纷大叫"神医，神医！"吴常青呸了一声，两手叉腰，一双小眼扫过全场，冷笑说："少拍马屁，刚才谁骂老子？滚出来，给我见识见识！"场上鸦雀无声，人人缩头缩脑。

忽听一个女子说道："师父，我才去一会儿，您又在吓人啦？"吴常青哼哼说道："轮不到你教训我。唔，泉水提来了吗？"女子道："来了。"林中应声走出一个纤弱女子，身着白衣，左手拎着个小火炉，右手挽了只小水壶。众人见她，齐声欢叫："菩萨来了！"

少女原本低着头，一听呼声，红透耳根。迟疑一下，走到吴常青身边，放下火炉和水壶。吴常青面露喜色，燃起一炉红火，烧水煎茶，自己歪在竹靠椅上，腆着圆大肚皮哼哼："一碗润喉吻，两碗破孤闷。三碗搜枯肠，唯有文字五千卷。四碗发轻汗，平生不平事，尽向毛孔散。五碗肌骨清……哼……六碗通仙灵……哼哼……七碗吃不得也……哼哼哼……唯觉两腋习习清风生。"他嗜茶如命，茶尚未煮，先将一首《七碗茶》哼得不亦乐乎。众人见他怪模怪样，心中都觉好笑，但听女菩萨还要叫他师父，不敢得罪，只得苦忍笑意。

白衣女低头坐下，娇怯不胜。众人正要一拥而上，十多个粗豪汉子推开人群，冲上前来。众人纷纷叫道："不讲先来后到吗？"常望海冷笑一声，众大汉拔出刀剑，场上为之一静。常望海扭头四顾，打个哈哈，将刘梓扶到桌前，拱手笑道："女菩萨，你给我们少帮主瞧瞧！"白衣女嗯了一声，正要拿脉，忽听有人冷笑道："老子数到三，桌边有一个人，我杀一个；有两个人，我杀一双！"

常望海转眼望去，彩衣人面罩寒霜，缓步走来。怒龙帮众人心头一凛，纷纷握紧刀剑。彩衣人木无表情，冷冷道："一……"白衣女并不抬头，伸出素手，正要搭上刘梓的脉搏，忽听吴常青厉声道："霜儿，不许给他治！"

白衣女怪道："为什么？"吴常青冷冷道："看见他衣袖上的龙了吗？"白衣女一瞥，刘梓的袖子上绣了一条银龙。吴常青说："这是怒龙帮的标记。哼，怒龙帮乃泰安一霸，无恶不作，这样的恶徒不救也罢！"怒龙帮众人又惊又怒，若非强敌在旁，势必一拥而上，狠狠教训这个死胖子。

彩衣人微微一笑，说道："老先生见事明白，区区马上出手，代你赶走他们！"吴常青看他一眼，冷笑道："你讨好什么？我不救他，也不会治你的龙须针。哼，傀儡双煞，你是木偶煞？”又瞅他身边少女：“你是布袋煞？哼，两个乳臭未干的小畜生，仗着几下臭把式，不分好歹，杀人如麻，也不是什么好东西。滚，都给我滚，不要弄脏了老子的地方！”

木偶煞听他一口道出自己的伤势，心中不胜佩服，又听他出言羞辱，眉间闪过一抹杀气，冷笑道：“好，不治就不治，我也不求你。但丑话说在前头，你若救了姓刘的小畜生，休怪我不客气！”吴常青腾地站起，怒道：“好哇，你怎么不客气？”

布袋煞眼看双方闹僵，急得流泪，但想求这恶老头多半无用，忽地两步赶上，扑通跪在白衣女面前，哽咽道：“女菩萨，你行行好，千万救救我哥哥！”伏在地上，连连磕头。

白衣女赶忙扶起她说：“别……别，我……我一定想法救他。”布袋煞大喜。吴常青小眼怒睁，厉声道：“霜儿，你敢不听我话？他娘的，以后不准你出来了！”白衣女轻声说：“师父，他俩的伤一旦发作，必然很惨，我……我瞧不得有人受苦……”身子一晃，似乎站立不稳，探手入怀，取出一个白瓷瓶子，倾出两粒药丸子，塞进口中。

吴常青呆呆望着她，一顿足，忽道：“我跟你说，这些人都是恶人，杀人越货，欺男霸女。哼，你还记不记得，你拜师的时候我说过什么？”白衣女浑身一颤，低声说：“记得。您说，做您的徒弟，要有‘菩萨手段，阎王心肠’！”

吴常青道：“不错，医术当然要妙如菩萨，有着手生春之能；心肠却要硬如阎王，把善恶忠奸分得一清二楚。好人有病，自然给他医治；坏人有病，那是老天罚罪，上上大吉。要不然，救了恶人就会害死更多的好人！”白衣女摇了摇头，轻轻叹道：“孙思邈的《千金方》上说：‘人命至重，有贵千金。’对大夫而言，无论贵贱贫富、善恶忠奸，都是一条有贵千金的性命。”吴常青恼羞成怒，啐道：“放屁，这都是哪年的老皇历！哼，你不听我话，我扫你出门！”

白衣女肩头颤抖，涩声道：“可我见不得人受苦，我……我见不得人受苦……”说到后来，声音越来越小，泪珠从雪白的下颌滴落，在泥土上留下点点痕迹。吴常青脸色铁青，瞪了她一会儿，一拂袖，转身怒道：“老子不管了，哼，他娘的不管了！”

白衣女沉默一阵，伸袖抹泪，把住刘梓的脉，沉吟片刻，说道：“你地仓、秉风、跳环三穴被炎阳毒气侵入，这三个穴位连接足阳明胃经、手阳明大肠经、手太阳小肠经、足少阳三焦经。这四条经脉均属阳脉，渗入炎毒，好比火上泼油，会引得精血焦枯，肌肤破裂。唉，谁下的手？也忒歹毒了。”木偶煞是下手之人，知晓这法门的道理，听她说得一分不差，心中惊骇欲绝，继而毒念大生：宰了这小妞，看谁能治得这姓刘的小子？想着手指一动，还没出手，忽听一声冷哼，回头望去，梁萧站在三丈开外，目射精光，投在他的脸上。木偶煞浑身一僵，再也不敢动弹。

刘梓喘气道：“那……那有办法医治吗？”白衣女道：“知道病根治来也容易。”取出三支钢针，刺中三处伤穴，出手颇快，认穴极准，钢针入体，三缕黑血顺着针尾射出，敢情钢针均是中空。刘梓只觉浑身一松，痛苦尽消，畅快莫名。

白衣女等到黑血变红，收针说：“泄去血气，阳毒也跟着出来。我再开一张方子，你按此服用，十日就可痊愈。”言毕写了一张药方，正要交给刘梓，忽地人影晃动，药方被布袋煞一把夺过。

白衣女诧道：“姐姐，你干什么？”布袋煞笑道：“活菩萨，你救了我哥哥，我再给他！”刘梓怒极大骂：“臭娘皮，小淫妇，我把你……”忽听白衣女低声道：“你……你别骂人啊！”刘梓一愣，赔笑道：“是，是，麻烦女菩萨再写一张。”白衣女道：“好！”

布袋煞眉眼一红，扁嘴说：“活菩萨，你答应救我哥哥的。”白衣女道：“我没说不救你哥哥，相烦你把药方还他！”布袋煞喜道：“好，你救我哥哥就行！”小嘴一噘，在药方上吐了泡口水，方才掷在刘梓脸上。刘梓心中大恨，先将药方揣入袖间，跟着向白衣女一拱手，笑道：“多谢大夫……”谈笑间，手腕一翻，一把匕首刺向白衣女心口。

第四章

杏林医隐

白衣女全无防范，怔然受戮。布袋煞也措手不及，失声惊呼。忽听哧的一声，一枚细小石子从人群中射出，击中匕首。刘梓虎口裂开，匕首飞出，心头惊惶，急往后跃。布袋煞厉声呵斥，正欲挥掌扑上，又听哧的一声，刘梓两眼圆瞪，仰面倒下，额头上多了个小小的血孔，鲜血混着脑浆，汩汩流淌一地。

白衣女大吃一惊，脱口尖叫。吴常青心急救援，此时纵到半途，见状回头，看那石子来路，却是全无头绪，不由得心中暗凛。只有木偶煞心知肚明，盯着梁萧微微点头。梁萧苦笑一下，心知又犯了老脾气，原本打掉匕首也就罢了，但恨刘梓恩将仇报、凶残无耻，头脑一热，第二枚石子又射了出去！

木偶煞见怒龙帮众人面如死灰，又看了看刘梓尸首，再想一想梁萧的武功，刹那间，二十年争强好胜之心、报仇雪恨之志一一烟消，叹了口气，向怒龙帮众人说道："刘梓既死，我也不为难你们。你们不是刘家的人，犯不着为他们父子卖命！"伸手入怀，掏出一只瓷瓶，扔给"肉须虬"常望海："此药外敷内服，能治火焰掌的掌毒。"常望海伸手接过，抱起刘梓，默默走了。

木偶煞惨笑一下，转身就走，布袋煞拦住他道："哥哥，你的伤还没治呢！"

木偶煞摇头道："我报仇心切，杀人太多，这龙须针也是报应。"举步欲走，布袋煞眼泪汪汪，死拉他不放，木偶煞用力一挣，面露痛苦，身子剧烈颤抖，徐徐坐在地上。

白衣女走上前来，叹道："你别逞强了！"伸手把了把脉，沉默时许，问道："师父，龙须针用什么法子才能起出？"吴常青冷哼一声，两眼望天："我说不管就不管，你有本事就自己治啊！"

白衣女呆了呆，默默坐回桌边，一手托腮，苦苦思索，布袋煞两眼死盯着她，一颗心悬得老高。

白衣女幽幽叹了口气，忽道："只好行险一试了。"从旁边的医匣内取出一把薄如柳叶的小刀和一小块磁石，自语道："龙须针被血脉带动，所行途径合于经脉运行。嗯，这位姊姊，令兄中针是什么时候、什么部位？"布袋煞想了想道："该是昨日寅时左右，中针处只有哥哥知道。"木偶煞缓过一口气来，喘息道："内关穴附近。"

白衣女凝视地上日影，左手把住木偶煞的脉搏，右手掐指，低声吟道："甲己辰戌丑未十，乙庚申酉九为期，丁壬寅卯八成数……"众人见她举止古怪，不觉议论纷纷。吴常青盯着少女，神色凝重起来，捧着茶碗，忘了喝下，心知白衣女正据种种征兆，结合脉理推算龙须针所在方位。

人体血气无时无刻不在运行，勃兴衰弱均有一定时刻。龙须针被血气冲激，循行快慢，与气血盛衰有关，又因各人体质不同，盛衰的时间也各有不同。有人白日精神，有人却是夜猫子。因此，龙须针的方位极难把握。

白衣女口中念念有词，心中默默推算。过了良久，念到"戊癸巳午七相宜，丙辛亥子亦七数"两句，忽地探出左手，将磁石贴在木偶煞肩头的巨骨穴上，右手小刀切入肌肤，一股血箭自创口中射出，哧哧溅入泥土。

这一番推算大耗心力，白衣女伸袖拭去额上汗珠，轻轻喘气道："姊姊，你……你看针儿可在血水中吗？"布袋煞在血中摸索片刻，拈起一枚细逾兔毫的小针，尽管细小，却有手沉之感。她见大患得除，眉开眼笑，真有不胜之喜。

白衣女歇息片刻，坐回桌边，写了张方子道："针在经脉中存留太久，虽说勉强拔出，经脉却已受损，按此服药调养，以免留下病根……”她说完这话，气息更促，身如晚秋之叶，瑟瑟发抖，忙又掏出玉瓶，倒出两粒药丸服下。

布袋煞奇道：“活菩萨，您……您身子不舒服吗？”白衣女缓过一口气，说道：“不碍事，我这病是痼疾，向来如此！”众人听说她也有病，各个诧异。布袋煞瞪大眼说：“活菩萨，您这么大的本事，怎么治不好自己呢？”白衣女还没回答，吴常青怒道：“屁话少说，好了就滚你娘的蛋！”布袋煞瞪了他一眼，怒道：“若不是看菩萨的面子，我非把你……”吴常青冷笑道：“把我怎样？”

布袋煞不便与他翻脸，忍气吞声，向白衣女谢过，扶着木偶煞离开。这时一个病患走上来，正要坐下，忽听吴常青说道：“今天不看了，以后再来！”那人目瞪口呆，身子半蹲，站也不是，坐也不是。

吴常青拂袖而起，对白衣女道：“你今日身子不妙，不能操劳了。”白衣女不敢违拗，正要起身，众人纷纷叫嚷：“咱等了几天啦，行行好吧！”“是啊，菩萨一走，又不知几天才出来，我这病不能拖啊！”一时乱哄哄闹成一团。

吴常青勃然大怒，破口骂道：“他娘的，自私自利，莫过于此。谁都想着自己，怎就没人想她？她的病比你们这些狗杂种难治百倍，她的命也比你们金贵百倍！滚，都给我滚……”白衣女叹道：“师父，我这会儿好多了。我这病发作越来越频，过了今天，不知明天在哪儿，看几个算几个好啦！”吴常青一愣，恨恨歪倒在竹椅上，闷着头自顾喝茶。

白衣女招呼病患坐下，把脉问诊，或用针灸，或开药方，若有不明之处便向吴常青询问。到了辛酉时分，众人陆续欢喜离开。梁萧见人群散尽，才与怪老头上前。

白衣女又服一粒药丸，她面皮极薄，始终低头，不敢正眼看人。梁萧走到桌边，呆呆望她。他身量长足，兼之满面风尘，吴常青一时没能认出，见他呆立不动，不耐道：“有病就看，没病滚蛋！”白衣女忙道：“你请坐！”梁萧依言坐下，白衣女搭了搭他的脉，沉吟道：“这位先生，你没病啊！”

梁萧叹道：“我有病的，你再仔细看！”白衣女摇头道：“我看不出来，嗯，你平日有什么不适？”梁萧凝视着她，眼鼻酸热，徐徐说道：“我时常挂念一个女孩儿，听人说，这病儿叫作相思病！”

白衣女仓皇缩手，颤声说："这……这病我可不会治！"梁萧叹道："那女孩儿人很好，身子却不好，也不知这两三年，她那痼疾是否好了些？"白衣女身子一颤，浓浓的血色自耳边升起，雪白的脖子也浸红了。

梁萧苦笑一下，又说："那天我被迫离开，她哭得那么厉害，也不知会不会伤身？也不知她还犯冷吗，头晕吗？更不知她还吃不吃那名叫'金风玉露'的小丸子……"白衣女缓缓抬起头来，只看她面容瘦削，肤色莹白透明，透出淡淡青气，眉如笼烟，眼窝微陷，更显得双眼极大，泪水若断了线的珠子落下，颤声说："萧哥哥，你，是你……"

梁萧眼眸潮润，想要伸袖给她拭泪，又嫌衣袖太脏，只得用手给她抹去眼泪，但觉入手棱棱，忍不住道："晓霜，你更瘦啦！"

花晓霜似哭似笑，身子一晃，忽地昏了过去。梁萧慌忙将她扶住。吴常青茶兴正浓，没有留意二人动静，忽见花晓霜昏倒，飞步抢出，眼看梁萧挡到前面，想也不想，伸手便抓。梁萧肩头一沉，卸开他的爪势，急道："吴先生，我是梁萧！"

吴常青一愣，认出他来，脱口叫道："你没死？"梁萧道："我当然没死！"吴常青不及多说，摆了摆手，接过花晓霜，给她服下药丸，又以金针刺入人中、维会两穴。过得片刻，花晓霜的胸口渐有起伏，双眼才睁，脱口就叫："萧哥哥！"梁萧应声上前，花晓霜紧握他手，颤声说道："我……我是不是做梦……"话没说完，眼泪又滚落下来。

梁萧叹道："不是梦，不信你拧拧手，看痛也不痛？"花晓霜依言拧手，嘘了口气说："真不是做梦呢！"梁萧不觉哑然失笑，花晓霜也是羞惭，面红过耳，轻笑起来。她笑容极美，绽颜一笑，满林杏花也失了颜色。

吴常青冷眼旁观，怒哼道："又哭又笑，什么玩意儿？"又白梁萧一眼："臭小子，你没死吗？很好！省得小丫头闷闷不乐，哭……"花晓霜叫道："师父……"吴常青哼了声，将"哭哭啼啼"四个字收回，又说："臭小子，你来这儿干吗？"

梁萧指着蹲在远处、拿树枝逗弄蚂蚁的怪老头道："我带他来看病。"吴常青皱眉道："是个疯子？"梁萧道："我也说不清！"掉头冲花晓霜笑道："有活菩萨在，哪儿有我这凡夫俗子说话的份儿？”

花晓霜又羞又窘，说道：“萧哥哥，你……你怎么也来挤对我？”望着怪老头痴傻模样，心生怜意，说道，“萧哥哥，你领他过来！”

梁萧哄骗一番，将怪老头带来。谁知此老坐下又生别扭，不肯让人把脉，梁萧只好骗他：“这位姑娘最会摸骨，让她摸摸，看你是不是天下第一高手的骨相！”怪老头昂首挺胸：“天下第一高手就是老子，那还用摸？”梁萧道：“你说天下第一不算，别人说了才算数！”

怪老头大怒，一把扣住他脖子，厉声道：“谁说我不是天下第一？拉出来比画比画！”花晓霜见梁萧惨遭锁喉，吓得几乎昏厥。梁萧却是神色自若，笑嘻嘻说道：“我就说你不是。”

怪老头两眼睁圆，拳头捏得咯咯作响。梁萧笑了笑，又说：“这样吧，你让这位姑娘摸骨，从今往后，我都认你天下第一。”怪老头转怒为喜，放手笑道：“好说，好说。”捋起袖子，将脏兮兮、油晃晃的胳膊伸到花晓霜面前，同时瞪眼吓唬：“女娃儿你好好摸，只准摸成天下第一，不许摸成天下第二！”

花晓霜面红耳赤，心想：萧哥哥尽会骗人！她与梁萧阔别重逢，心中欢喜不尽，想起往事，脸上微微露出笑意，怪老头不耐烦说：“笑什么？快摸快摸。”

花晓霜红透耳根，搭上怪老头的脉搏，凝神片刻，按住怪老头尺骨处的后溪穴说：“老先生，可有微麻之感？”怪老头摇了摇头。花晓霜心想按照脉理，癫狂之症，后溪穴必有感应。此人脉象通畅，应该无病，可是瞧他神气，疯疯癫癫，又似神志不清。想了想，对吴常青说：“师父，我看不出病症，你来瞧瞧……”

吴常青冷冷瞅着怪老头，唔了一声，忽道：“果然是，他娘的，果然是！”花晓霜心头一喜：“还是师父厉害，用眼就看出了毛病！”

吴常青盯着怪老头，忽道：“释天风，你在弄什么鬼？”怪老头抬眼问：“死胖子，你叫我什么？”吴常青怒形于色，大声说：“我叫你释天风！”

梁萧一呆，只觉“释天风”三字耳熟，默默回想，那日古庙中，九如和尚说过，自己的功夫便如东海释天风，难以臻至绝顶境界。只不过，眼下这老头武功绝顶，只怕九如未必能胜！

怪老头一脸茫然，挠头说："释天风是谁？"吴常青怒哼一声，冷冷道："释天风是谁？哼，也不晓得哪个王八羔子，自称'东海一尊、灵鳌武库'！"手腕一翻，抓向怪老头手腕。梁萧大惊失色，不及阻止，忽见怪老头一扬手，吴常青皮球似的滚了出去。

怪老头拍手大笑，叫道："死胖子，滚皮球。"吴常青惊怒交迸，好容易停住，双手一撑，欲要翻身，不想怪老头赶上，伸足一勾，他又贴地滚出三丈。还没停住，怪老头再度赶上，举足横挑，吴常青身不由己，又滚出去。他生平第一遭被人当球踢，气得哇哇怒叫。

怪老头有了这个"人球"，心中大乐。还想再踢两脚，梁萧如箭纵出，呼呼两掌，向他当头拍落。怪老头笑道："来得好！"挥掌迎上，两人高起低伏，斗成一团。拆到六十余招，梁萧抵挡不住，且战且退，退入杏林，凭借树木百般躲闪。怪老头紧追不舍，掌力所至，碗口粗的杏树根根折断，杏花缤纷飘落，铺在地上，仿佛绣茵织毯。

吴常青好容易挣扎起来，被踢处十分疼痛，原本恼羞成怒，可见二人身手，一腔羞怒化作骇异：释天风天纵之才，不愧东海武库；梁萧年纪小小，怎也练出可惊可畏的武功？又见他二人只顾打斗，将大好杏林弄得一片狼藉，不觉怒道："两个王八羔子，要打在林子外面打，怎么尽糟蹋老子的花树……"横眉怒目，没口子叫骂。花晓霜立在他身边，眼看梁萧落了下风，心中好生着急。

忽听一个恬淡的声音远远传来："想来就是这儿了！"花晓霜回眸望去，远处走来二人。一个白发红颜，是个老妪；另一个身形瘦削，是个唇薄眼大的中年男子。

二人走近，老妪扬声笑道："吴大夫，可算寻着你啦……"声音一顿，目光投向杏林，中年男子转眼一望，脸上透出惊喜。

吴常青打量老妪，冷笑道："我道是谁？'海底捞月'释夫人到了。哼，是这乱七糟八的释天风把你吹来的吧？"手一抬，指向怪老头。老妪喜不自胜，欢叫道："踏破铁鞋无觅处，得来全不费工夫。死老头也跑到这儿来了吗？"

这时梁萧技穷，眼看释天风一掌拍来，忙道："你赢了！"释天风应声掌力一收，停在梁萧鼻尖，笑道："好，认输就好！"

老妪快步上前，扬声高叫："老头子，你看我是谁？"释天风掉头一望，脸色陡变，一纵身，倒退丈许。老妪急道："不许走，跟我回去！"释天风看她上前，也随之后退，两人始终相距一丈。老妪心急如焚，飞身抢上，释天风立马发足狂奔。

老妪惊怒交加，边跑边叫："老头子，回来……"使的也是"乘风蹈海"的轻功，两人身法一样，功力却有高下，一晃眼，老妪落下三丈。中年瘦汉飞奔而出，叫声"爹"，拦在释天风身前。释天风只一晃，从他身边掠过，足不沾尘，亡命狂奔，男子与老妪连声呼叫，并肩急追。一转眼，三人去若闪电，消失在道路尽头。

中年瘦汉释海雨，梁萧认识，当日苏州郊外，两人有过一场恶斗。眼看吴常青走来，他好奇问道："吴先生，这是怎么回事？"吴常青怒哼道："人家老婆追老公，不关你的事！"看到地上断树、落花，又觉生气，叉腰发怒，"臭小子，树都被你打坏了，你怎么赔我？"梁萧一愣，苦笑道："有什么大不了，重新种过就是。"花晓霜一边低声说："萧哥哥，我帮你种。"吴常青瞅她一眼，冷冷道："女生外向！"

花晓霜脸一红，与梁萧并肩进了林子，走了一段，笑道："萧哥哥，我给你看两样东西！"梁萧说："好啊！"花晓霜呼哨两声，就听树梢簌簌作响，一抹金影掠下，钻入她的怀里。

梁萧望着金毛小猴，微微笑道："金灵儿吗？"花晓霜点头微笑。金灵儿瞪着梁萧，一双火眼滴溜溜直转。梁萧伸手摸去，金灵儿一缩，钻进主人怀里。梁萧苦笑道："小猴头认不得我了。"花晓霜笑道："不碍事，过三天就与你热络啦……"话没说完，忽听几声犬吠，一头白毛犬自林中窜出来。梁萧愣神之际，狗儿纵身一跃，欢然扑进他的怀里。梁萧抱住白犬，连声道："好白痴儿，好白痴儿……"话没说完，双眼已然湿润了。

白犬正是梁萧少时收留的小野狗，如今体长腰细，早已成年。它与梁萧分别甚久，却始终记得主人的气味，一见梁萧，毫不迟疑扑了过来。梁萧抚着它头顶软毛，心中百感交集，叹道："晓霜，难为你还带着它。"花晓霜笑道："怎么能不带着？它是你的狗儿，我看到它，就与看到你一样！"梁萧笑道："好啊，你变着法儿骂我是狗？"花晓霜一惊，连连摇手："没……没，我没这意思……"心中一急，眼圈儿又红了。梁萧忙说："我跟你开玩笑呢！"花晓霜这才放心，低眉不语。

梁萧想起离开天机宫以后，经历无数变故，不由得叹道："说起来，做白痴儿却好，永远待在你身边，哪儿也不用去！"花晓霜不知他另有所指，不觉心子狂跳，双颊涨红，幽幽叹道："我……我也这样想，天可怜见，总算见着你了。"梁萧本想说："你也想我做狗儿吗？"又怕她会错了意，微微一笑，默不作声。

二人边说边走，穿过杏林，走进一个小谷。谷中几进瓦房，中有两个仆妇。方才就座，忽听有人叫道："吴大夫在吗？"吴常青皱眉道："释夫人吗？"话音方落，白发老妪穿林而入，飘然走进客堂。

吴常青冷笑道："怎么，没追上？"老妪叹道："他脚程太快，我让海雨远远跟随，以免失了踪迹。"一转眼，目视花晓霜与梁萧："老身凌水月，敢问二位如何称呼？"花晓霜报上姓名，凌水月惊喜道："哎呀，你是霜君的女儿？"

花晓霜讶道："您认识我娘？"凌水月笑道："我姓凌，你娘亲也姓凌，你说我认不认识？"花晓霜一愣，想起一事，喜道："您……您是娘亲的姑姑，姑婆婆！"凌水月心中欢喜，将她揽入怀里，两手一比，笑道："你这么长的时候我见过你，一晃十多年，小娃娃都成大姑娘啦！"

花晓霜笑道："姑婆婆，娘亲常念着您呢！"凌水月略一默然，叹道："这些年饴子弄孙，唉，与亲戚们都生分了！"又问起花清渊夫妇的近况，花晓霜迟疑一下，说道："他们都很好！"凌水月又问："你奶奶呢？爷爷回来没有？"

花晓霜怪道："我爷爷……他不是早就仙逝了吗？"凌水月皱了皱眉，点头说："不错，他死得好！"花晓霜心想：姑婆婆怎么这样说话？爷爷死了还说他死得好。她脾性温婉柔和，想过就完，并不放在心上。

梁萧却知凌水月的意思，猜想花无媸恨公羊羽入骨，逢人说他死了，花晓霜为人单纯，自然信以为真了。

凌水月心中多有疑惑，问之不尽，只好暂时搁下，向梁萧拱手道："这位小哥，敢问大名？"梁萧还礼说了。凌水月见他衣衫简陋，气派恢宏，心想此人年纪轻轻，能与丈夫抗衡，实在叫人难以置信。她沉默一下，笑问："梁小哥为何与外子动手？"

梁萧皱眉道："你是他的夫人？他真是释天风？"凌水月道："不错，我与我儿海雨此来中原正为寻他回去。"梁萧点了点头，将如何遇上释天风，如何引他来此治病的经过说了。有关自己大战钱塘、颠沛流离之事，全都略过不提。

凌水月听得这一番话，想象丈夫失魂落魄，流落江湖，一定吃了不少苦头。她夫妻情重，越想越悲，不禁落下老泪。花晓霜取出手绢，为她拭泪说："姑婆婆，您别担心，我给释公公号过脉，脉象如常。"凌水月心头稍安，望着吴常青，意似征询。

吴常青怒哼一声，冷冷道："我看过臭老鬼的眼神，心智失常者，眼神与常人不同，他的眼神并无异样。"梁萧道："是健忘症吗？"吴常青摇头道："所谓健忘症，指的是劳心太甚，昼夜忘寝，以致心气不足，精神枯败，血行难以入脑，故而举止痴呆，丢三落四。释老头满脸红光，血气充盈，再说他猪头猪脑，怎么会得这种高雅毛病？哼，他奶奶的臭老鬼……"一想起被释天风当球踢，不由得直眉竖眼，横生怒气。

凌水月见吴常青也看不出病因，心中无比黯然，忽听梁萧说："这么说，我倒有一个想法。"吴常青斜眼看他，轻轻哼了一声。梁萧被他一瞧，自觉班门弄斧，似乎不妥，踌躇间，花晓霜笑着说："你有什么想法，说来听听！"梁萧苦笑道："依我看来，释前辈是故意将往事忘了！"众人一愣，吴常青怒道："放屁，放狗屁！"

梁萧道："这件事说起来荒诞，但以前我算题的时候，除了算术，心无旁骛，解到精妙的地方，就是吃喝拉撒也都忘了；后来练武入神，同样也将算术忘了。也许，有些人专注某事，会将别的事丢在脑后。"吴常青听了这话，寻思梁萧所说的不是全无道理，当年他学医的时候，也曾有过这样的经历。

凌水月也皱眉沉吟，过了一会儿，怅然道："听梁小哥一说，我倒是想起来了。老头子说过，要将以前所学的武功统统忘掉。难不成他将武功忘了，也将其他的事忘了吗？"梁萧笑道："我也听他说过'什么都不记得，老婆万不能忘的'。他一见你就逃，足见他还记得你。"凌水月一听这话，眉间喜色透出，心想：不枉我寻他一场，死老头还有点儿良心。

梁萧又道："他还说，你见了他定要捉他回去，一旦回去，便不能与人打架了。"凌水月听得梁萧的话，怔忡半晌，叹道："我明白了。"又向梁萧施礼说，"小哥善待外子，又送他前来就医，大恩大德，灵鳌岛上下没齿不忘。"梁萧回礼苦笑道："哪儿话？他武功太高，我被他缠得脱不了身。我带他来，与人方便，也与自己方便。"

凌水月见他不肯居功市惠，更生好感，心想这人年纪轻轻，气派却很大。忽听吴常青问："释夫人，你明白什么了？"凌水月叹道："这要从三十七年前说起。"吴常青道："三十七年前你们还没成婚吧？"

凌水月面皮微红，白了他一眼，说道："众所周知，本岛历代岛主都是武痴，千方百计搜罗天下武功，绘成图谱，藏于岛内。传至外子，已是第十二代。不是我自夸，外子天生奇才，无论何种武功，一学便会，一会便精。十七岁之时，已将岛内所藏的武功尽数学会。他少年气盛，自号'东海一尊，灵鳌武库'，将东海四十九岛的高手奇士一一打败，犹不知足。扬帆过海，踏入中土，欲凭一己之力，压服天下英雄。"

梁萧赞道："好大气魄！"凌水月苦笑摇头，说道："气魄虽大，却是不自量力。起初他一路西进，未逢对手，更兼结交宵小，越发妄自尊大，任意妄为。当年五月，他击败少林高僧，辗转到了西安府，听说当地有个中州大侠，一口剑使得出神入化，号称'中州无敌'。外子正值不可一世的时候，听见'无敌'二字，顿时大动意气，找上门去。谁知那位大侠年事已高，深悔往日任侠横行，杀孽深重，潜心礼佛，以资忏悔，府上一切俗事均由两个儿子打点。那二人早已听说外子名声，见他上门，便以礼相待，声称其父封剑洗手，不再与人争斗。外子听不入耳，便说：'他不动手，你们动手。'不由分说，将两人双手折断，并道：'你老子再不出来，我便折你们两条腿了。'他那时少年心性，言出必行，见中州大侠仍不出面，便将二人的双腿也折了……"

梁萧听到这里，不由得面皮一热，心道：少年心性，言出必行，不也是在说我吗？想着叹了口气，凌水月听他叹气，只当他感叹丈夫不该如此，也叹了一声，接着说道："外子见那中州大侠仍不露面，扬言放火烧屋，这话一出，到底将那老人逼了出来。外子见猎心喜，方要动手，忽听身后有人道：‘本来无一物，化尽天下缘。’声若洪钟，震得屋瓦皆响。外子听得心惊，回头看去，却是个高大异常的年轻和尚，拿着一个葫芦，撑了根黑黝黝的棒子。”梁萧听得此处，不禁笑道：“可巧，九如到了吗？”

凌水月讶然道：“不错，正是九如禅师，小哥怎么知道？”吴常青也说：“梁小子，你也见过老秃驴吗？”梁萧笑道：“不但见过，还一起喝过酒，吃过狗肉。”吴常青怒道：“这秃驴就会教坏小孩子。”花晓霜笑道：“萧哥哥可不是小孩子。”吴常青冷笑道：“你自然想他快快长大，好……”花晓霜急忙捂住他肥嘟嘟的嘴巴，面红耳赤，嗔道：“师父！”吴常青哼了一声，住口不言。

凌水月望了望梁萧，又望望晓霜，心中恍然，微微一笑，接着说道：“九如走进堂中，径向中州大侠化缘。老人一心向佛，教人拿来素食米面，不想九如却说：‘和尚生来不大吃素，施主若有酒肉，施舍一些就好。’

“中州大侠听了这荒诞言语，心中好不吃惊。外子被他打岔，十分不耐，伸手扳他肩膀，想要将他抓起丢开，不料九如头也不回，左肩一耸，反将外子带了个趔趄。外子横行中土，未逢敌手，哪知此时此刻竟挡不住和尚铁肩一耸，惊骇之情那是可想而知的。正想大打出手，忽听九如说道：‘不忙，待我喝了酒再来！’外子不肯，立马要称他斤两，九如笑道：‘我一分酒一分气力，如今酒未入口，打起架来有气无力。释天风，你绰号‘就地一蹲，脱掉内裤’，应该不会占和尚的便宜！”

花晓霜忍不住插嘴道：“什么叫‘就地一蹲，脱掉内裤’？”梁萧忍住笑说：“释岛主不是号称‘东海一尊，灵鳌武库’吗？”花晓霜还是不解，梁萧正要说透，却听凌水月说：“这是和尚骂人的话，女孩儿不要多问！唉，外子听了这话，也不再多说，放任和尚喝酒。中州大侠久经世面，看出和尚来意，他见外子显露功夫，已知不敌，有此帮手，大为心喜，立即招呼家人拿来牛肉、美酒。九如也不客气，当着众人吃喝，吃饱喝足，才说：‘和尚喝酒吃肉，亵渎佛祖，大大不该。’众人听他发此议论，都觉哭笑不得。九如却是愁眉苦脸，又对中州大侠说：‘贫僧心中有愧，唯有一死了之，要在你这里就地往生。’佛教中，往生就是死亡圆寂的意思。众人闻言大惊，外子更是不信，嘲讽道：‘既要往生，我用肉掌送你一程如何？’九如笑了笑，说道：‘往生必须自我解脱，不比道士兵解，岂可假手于人？听说灵鳌岛历代岛主崇信佛法，首代岛主更是落发为僧，入我释门，故而抛弃本姓，以释为号。施主为何不顾先祖遗意，阻拦和尚成佛大业？’外子听得心惊，灵鳌岛的渊源知之者甚少，九如和尚却说得分毫不差。外子心有不甘，可也找不出话来反驳。

“九如又问中州大侠：‘你潜心向佛，定知许多佛门中事，敢问有坐着往生的和尚吗？’中州大侠道：‘有许多！’九如又问：‘站着的呢？’中州大侠道：‘也有不少！’九如又道：‘倒立的有吗？’中州大侠想了半天，摇头说：‘小老儿没听说过！’九如道：‘好，我便倒立着往生！’说罢双手着地，拿了个大顶，浑身僵直，就不动弹了。”

花晓霜听到此处，吃惊道：“和尚如此年轻，为何想不开呢？”梁萧叹道：“他哪会真死？装神作怪罢了。”花晓霜面露喜色，点头道：“那就好。姑婆婆，后来怎么样了？”言下仍是担心九如的生死。

凌水月道：“他这般模样，众人只当他往生去了，一时无不惊诧。中州大侠更是叹息苦笑，命人将他搬动入殓，不料家丁们动手，九如却纹丝不动。中州大侠惊讶万分，亲手猛推，却如蜻蜓撼石柱，哪里动得了？众人又惊又怕，只当佛祖显灵，个个口宣佛号，纷纷跪下。外子见九如双手入地半尺，好似铸在地上，心中犯疑，走上前去，以浑身功力连推三掌。这三掌之功，足可将大树连根拔起，可是依旧撼不动他。外子骇然无及，愣在当场。就在这时，九如哈哈大笑，翻身站起。众人大惊失色，外子也叫道：‘秃驴弄鬼？’可他三掌无功，心头已经怯了。中州大侠也埋怨道：‘大师假死，惊杀老夫了。’九如笑道：‘何止死是假的？这房屋栋梁，你我他们，天地日月，芸芸众生，哪一样又是真的？真也假，假也真，何必放在心上？’中州大侠听了这话，猛然醒悟，合手作礼道：‘善哉，善哉。’双掌在头顶一抹，满头白发尽落，忽与九如相对大笑，并肩出门去了。”

吴常青听到这里，冷哼道：“这件事江湖上流传甚广，众说纷纭，原来真相竟是这般。老秃驴不守清规，人却有些神通。”

凌水月点头说："外子经此一事，锐气大挫，当日动身，返回灵鳌岛潜修。他自知输在根基不足，故而勤练内功，一练就是八年。这一年，他内功有成，自负能与九如一搏，便背着我离岛西行，再入中土找九如较量。九如大庙不收、小庙不留，本是一个野和尚，外子一寻数年，好容易在天柱峰和他遇上。一动手，外子虽有精进，九如的'大金刚神力'精进更快，这一战外子又败了。他自然不服，又返回岛内苦修，过了数年，再寻九如挑战，这么屡败屡战，前后输了四次。"

凌水月说到这儿，不由得叹了口气："外子心高气傲，天下少有。第四次败后，他憋了一腔怒气回到灵鳌岛，在历代先祖前立下重誓：此次若不练成'无相神针'，绝不离岛半步。"

梁萧奇道："什么叫'无相神针'？"凌水月道："这是灵鳌岛世代相传的一门武功，据说是一位前辈从刺猬身上想出，也名'仙猬功'。练成以后，能将内力逼出周身百穴，化作无形气针伤人。"

梁萧动容道："如此奇功，岂非天下无敌？"凌水月道："不是无敌，也差不了多少。可世上越厉害的功夫越难修炼，除了创制武功的那位前辈，几百年来，灵鳌岛无人练成。更有几人练得气泄功消，成了废人。"花晓霜吃惊道："哎哟，那还是不练的好！"

凌水月摇头道："别的事他都顺着我，唯独在这件事上，他就是不肯听从，废寝忘食，日夜修炼。要知这武功须以独特法门将周身穴道逐一贯通。有的容易，好比手足穴道；有的却很艰难，如膻中、丹田、百汇，花费数年时光，也无半点动静。眼看他今生今世，再也练不成这门武功，我便想随他去吧，大不了我在岛上陪他一辈子……"说着眼眶微微一红。花晓霜心有所感，不由得轻轻握住她手。

凌水月看她一眼，按捺心绪，叹道："不料三年之前，他忽然出关，欢喜得如同小孩儿一般。告诉我，他明白了'无相神针'的真意；又说，要将以前的功夫全都忘了，只要心中什么都不留下，就能练成这门武功。"她说到这里，自伤自悔，落下泪来，"我那时还当他随口说笑，怎料他说的都是真话……"

众人一时默然。梁萧皱眉凝思，也想不通这"无相神针"的道理。他与公羊羽、萧千绝、九如和尚都曾动过手，只觉释天风的武功绝不在这三人之下，如果真的练成“无相神针”，只怕这三人也不是敌手。

吴常青沉吟道：“释老头习武成痴，也不是无法可解。其一，他将九如打败了，宿怨得偿，兴许霍然而愈；其二，将他拿住，押回岛去。他隐约记得你，也就没能将往事忘干净，只要他一念不灭，你二人朝夕相对，他想要忘事也难了！”

凌水月沉默一阵，起身施礼道：“多谢吴先生指点。”一拂袖，已在两丈之外。花晓霜诧道：“姑婆婆，你去哪儿？”凌水月道：“趁着外子尚未走远，我这就抓他回去。”话未说完，人影俱无。

凌水月既去，仆妇也备好晚饭。三人用过饭，梁萧心中存疑，正想询问，吴常青对花晓霜说：“你今天也累了，早早歇息吧。”花晓霜不敢违抗，看了梁萧一眼，低头转入房中。

她躺在床上，如饮醇酒，晕陶陶的，兴奋莫名，满脑子都是梁萧的影子。只想着明日见了他，说什么话儿才好，做什么事儿才妥当。这么辗转反侧，到了三更，迷蒙中，忽觉眼前微微发光，睁眼看去，屋内灯火亮堂，梁萧坐在床沿，眼中含笑。花晓霜芳心大乱，想要坐起，梁萧按住她笑道：“别起来，小心着凉。”花晓霜只好依言躺着，但觉被子里恰似燃了一炉火，不觉香汗淋漓，一张芙蓉脸儿烧得火红，颤声道：“萧哥哥，你……你怎么来了？”梁萧笑道：“晓霜，你记不记得，当年我在天机宫答应过你一件事？”花晓霜微微一怔，笑道：“去看日出吗？”

梁萧叹道：“你还记得？”花晓霜微微一笑，心想：你说的每一句话我都记得。

梁萧沉默一下，说道：“趁着天还没亮，我们这就上山。”花晓霜满心欢喜，说道：“好，我添一件衣服。”梁萧笑道：“不用了，天寒露重，我用被子裹你上去。”花晓霜吃了一惊，忙道：“那……我岂不成了个大粽子。”梁萧笑道：“对啊，是个美人馅的大粽子。”花晓霜垂下头，心想：我可不美！

梁萧将她裹紧，抱着出门，展开轻功向山顶奔去。花晓霜耳边风响，好似腾云驾雾，飞在天上，只觉得心中喜乐，浑忘一切，不知不觉竟打了个盹，忽听梁萧道：“到了！”她张眼看去，前方暗沉沉地涌动不已，应该就是东海了。

梁萧放下她，两个人并肩坐在一块大石上，风声凄凄，时来时去。梁萧想要说话，又不忍打断这难得一有的宁静。他默不作声，花晓霜也不好开口。两人静静坐了一会儿，梁萧心生疲惫。他内功精湛，打仗时数昼夜不休不眠也是神采奕奕。此时并未如何劳累，眼皮却越来越沉，此情形前所未有，迷糊渐生，不待日出，竟然睡着了。

过了好一会儿，一阵山风打来，梁萧悚然一惊，急声叫道："晓霜，晓霜……"叫声中满是惊惶，花晓霜心头诧异，应道："萧哥哥，你叫我吗？"梁萧见她，嘘了一口气，心中十分奇怪，他向来警觉，今天怎么如此大意，一不留神，竟睡过去了。

举目看去，太阳升起大半，黑云将收未散，便似浓浓的墨色汁里煮着半个蛋黄。梁萧大觉无趣，偏头望去，花晓霜凝目遥望，神色专注，瘦削的脸儿被朝阳映着，发出柔和恬淡的光彩。梁萧望了两眼，睡意又生，情急间，反手给了自己一个耳光。花晓霜应声看来，吃惊道："萧哥哥，你做什么？"

梁萧脸一红，好在被旭日红光照着看不出来，讪讪说："我打蚊子！"花晓霜奇道："这么冷也有蚊子？"梁萧苦笑一下，不知如何回答。

花晓霜被他一岔，也没了观日的心情。斜目望去，却见一株华通花，孤零零地长在山崖上，随着晨风左右摇晃，不由得心中一动，低声吟道："唐棣之华，偏其反而，岂不尔思？室是远而！"梁萧问："晓霜，你说什么？什么反儿反爹的？"花晓霜笑道："这是孔子的话，意思是说华通花开，翩翩摇摆，难道我不思念你吗？想是家离太远……"说到这儿，她神色一黯，默默垂下头去。

梁萧望着她，忽道："晓霜，你想家了？"花晓霜眉眼一红，轻轻点了点头。梁萧道："我正想问你，为什么你会离开天机宫到崂山来？"花晓霜沉默时许，仿佛鼓足勇气，望着他认真地说："萧哥哥，我只跟你一个人说，你不要告诉别人！"梁萧点了点头。花晓霜叹了口气，说道："那天，你被明归爷爷抓走……"梁萧不悦道："你怎么还叫他爷爷？"花晓霜面色泛红，低声说："我叫顺口啦。总之，那天许多人都去救你，爹爹、姑姑，还有秦伯伯、左元爷爷、修谷爷爷都去了。我一个人留在宫里，难过得要命，又焦急得要命，天天盼他们救你回来。可过了两个多月，爹爹回来了，脸色十分难看，我问他你怎么了，他只是摇头叹气，却不说话。后来过了许久，我才听梅影姐姐说……说你已经死了。”说着泪水止不住地落下来。

梁萧十分疑惑，皱眉说：“不对，左元和修谷见过我，怎么会说我死了？”花晓霜一愣，也觉不解，梁萧想了想，咬牙道：“这两个老浑蛋，一定恨我破坏他们的奸计，故意不说我还活着。晓霜，你也真笨！”他苦笑一下，叹道，“我这样的祸害精怎么会轻易死掉呢？”

花晓霜红着脸说：“我念起那时的心情就想大哭一场。从小到大，我从没那么难过的，几乎……几乎就不愿活了……”

梁萧心生感动，两眼酸热，怕被看见，匆匆别过头去。却听花晓霜又叹了口气，说道：“当天夜里，我就病倒了，天幸师父留在宫里，要么我就再也见不着你了。谁知那段日子，爹娘又闹起别扭，天天吵架，起因是奶奶要他们给我添个弟弟，以后好做天机宫的宫主。”

梁萧道：“这是好事啊，他们干吗还要争吵？”花晓霜摇头道：“我也不知道。只听娘亲说，爹爹对她不好，当年她被一个女人打伤，爹爹明明制住那人，又将她放了。唉，我从没见娘亲那么生气，她说恨死爹爹了，要让花家断子绝孙。奶奶见娘亲不肯生弟弟，就说，花家人丁单薄，才引起明归的反叛，如果娘亲不从，她就要爹爹休妻再娶。娘亲气得大哭，爹爹也说，他已害了娘亲，不能再害第二个女子，宁可一死，也不再娶。”梁萧早先听明归说过花清渊与韩凝紫的情事，听到这里，不觉暗暗点头：“就此事而言，花大叔做得窝囊，但他不肯休妻，倒也有些血气。”

花晓霜说：“总之，奶奶使尽各种软硬法子都不能逼爹爹娘亲就范，终于生起气来，指着我说：‘霜君，你好，你不听我的话，我就把她关起来。你一天不生孩子，一天见不着她……’”梁萧忍不住破口大骂：“花无媸这个臭婆娘！”

花晓霜轻轻啊了一声，面颊通红。梁萧还想再骂，可终归忍住，心想她要不是晓霜奶奶，我立时前往天机宫，打她个落花流水。

花晓霜定了定神，又说：“奶奶说了就做，动手抓我，娘亲想要护我，可又打不过。这时师父来了，大骂奶奶。奶奶却说：‘这是花家的家事，不要你恶华佗管！’师父说：‘那可不行，她是老……不，是我的病人，谁动老……嗯，我的病人，我就跟谁拼命……’”梁萧拍手道：“好啊，说得痛快。”心中对吴常青平添好感，冲这几句话，看他些脸色也无所谓了。

花晓霜仍是闷闷不乐，说道：“我见他们闹翻，心里十分难过，就对奶奶说，我拜吴爷爷为师，到崂山去，娘亲不生弟弟，我就不回天机宫。唉……我一直想跟师父学医，我从小生病，十分难受，师父每次给我看病，痛苦就要轻些。所以我就想啊，天下有许多人害病，一定与我一样难受。我有了师父的本事，就能让他们减轻痛苦。从那以后，我看了许多医书，并向师父请教，他也随意指点。可我每次说要给他做徒弟，他总不作声。”说到这儿，她微微一笑，“那天他和奶奶赌气，一口答应收我为徒，真是因祸为福的快事。”

她说得轻描淡写，梁萧却知道，为了这些事，她一定受了许多委屈，不由得叹道：“晓霜，你受苦了！”花晓霜摇头道：“这也不算苦，听到你的死讯，那才叫苦呢！若非学医救人忘了苦恼，我……我也许早就难过死了。”突然之间，她深深注目梁萧，眼里涌满泪水。

梁萧见她眼神，胸口似被打了一拳，不禁掉过头去，心子怦怦狂跳：她这眼神与阿雪何其相似，莫非我看错了？偷看花晓霜一眼，她的瓜子脸与阿雪的圆脸绝不相似，只有眼里的凄伤一般无二。梁萧心痛如割，心潮起伏，凝注东方旭日，一时默默不语。

不久天亮，两人相携下山。梁萧沿道采撷野花，编了个精致斑斓的花冠儿戴在少女头上。花晓霜临水照影，心中欢喜不禁。

将近杏林，忽见有人仓皇奔来。走近一看，竟是傀儡双煞，木偶煞半身浴血，布袋煞也脸色惨白。布袋煞看见二人，远远叫道：“菩萨，菩萨……”身子一软，昏倒在地，木偶煞被她一带，也仆地不起。

花晓霜慌忙抢上，取出随身金针给二人扎了几针。木偶煞伤口止血，布袋煞也悠悠醒转，喘气说道：“活菩萨，你……你快走，有人要对你师父不利！”

花晓霜吃了一惊，面无血色。梁萧一皱眉，淡淡说道：“你们别着急，慢慢说！”木偶煞看他一眼，摇头叹道：“你武功虽高，但对方人多势众，你走为上策！”

梁萧问：“是些什么人？”木偶煞道：“说来话长，昨日得菩萨救命，我兄妹的恩怨也了，无事挂心，打算从此浪迹江湖，靠玩傀儡戏度日。入夜时分，我们投宿在路边客栈。无意间听得隔壁有人谈论菩萨治病的事。一个软绵绵的声音说，活菩萨定是‘恶华佗’吴常青的弟子，又说‘恶华佗’违背门规，收了女弟子，定然……唉，总之都是一些不堪入耳的下流话。我兄妹受菩萨大恩，粉身难报，岂容他人如此轻亵？正要闯将过去，却又听一个怪声怪气的人说，那《青杏卷》是否真有养生驻颜的无上法门？先前那人回答说，确然无疑。只要明日抓住‘恶华佗’，逼他交出就行。我们听到这儿，也没再听，便扬声挑衅。不想话音方落，隔壁一声冷哼，一股怪异内劲透过土墙直逼过来。我妹子站在墙边被那内劲一冲，口吐鲜血，撞到我身上，那内劲也跟着传来，激得我五内翻腾。我知道遇上无法抵敌的高手，当即扶着妹子，抢出门外。这时，只看隔壁跳出一个道士和一个喇嘛，拆了两招，我吃了道士一剑，木偶也被喇嘛的金环打碎。所幸老天庇佑，让我逃出客栈，仗着地理熟悉，趁夜遁来这里……菩萨，那些人实在厉害，你和尊师快快离开，一避风头。”

梁萧听罢，瞧了花晓霜一眼，见她神魂不定，微微笑道：“有我在此，你怕什么？”花晓霜发愁道：“谁要对付师父呢？”梁萧猜到对方身份，对傀儡双煞道：“信已带到，你们去吧。”

二人对视一眼，木偶煞道：“爪子挺硬，不若我们留下来做帮手。”梁萧说：“你们有伤在身，留下也是无用。”

木偶煞叹道：“足下武功胜我十倍，但若遇上那个隔墙传劲的高手，仍须十分小心！”梁萧笑笑说道：“你放心。”花晓霜从怀里拿出一只瓷瓶，倒出三粒药丸，交给布袋煞说：“你为阴劲所伤，这三粒‘玉髓丹’一日一粒，和水服用。令兄剑伤不深，只是失血太多，休养月余就好！”布袋煞谢过，与木偶煞相携去了。

梁萧沉吟一下，向林中叫道：“吴先生，请出来商议。”花晓霜惊道：“师父已到了吗？”林中响起一声怒哼，吴常青破口大骂：“你们两个小杂种，半夜三更跑哪儿去了？哼，他娘的，小丫头不守妇道，小小年纪就跟人私通！哼，老子今天扫你出门，免得坏了老子的门风！滚，跟这臭小子滚，滚得远远的，别让老子看到！”

花晓霜听得脸色死白，忽地咬牙闭目，软软倒下。梁萧大惊扶住，林中人影晃动，吴常青快步赶出，脸上挂满懊恼，一边给花晓霜扎针服药，一边小声咕哝：“笨丫头，这样不禁事。”梁萧苦笑道：“对手再厉害，你也不该这样赶她！”

吴常青被他看破心思，肥脸涨红发紫，坐在一棵杏树下抱头不语。梁萧眉头一皱，正想说话，忽听有人哈哈大笑，一眼望去，远处走来六人。吴常青神色惨变，一跃而起；梁萧目光闪动，忽也纵声大笑。六人陡然止步，均有震惊之色。

梁萧笑道：“不是冤家不聚头，聚头都是老朋友。哈，火真人、哈里斯、阿滩，你们三个贱骨头，都还没死吗？”又望着为首的青衫老者：“想必多亏‘笑阎王’的妙手吧？”

六人一惊之后，胆气又粗，哈里斯怨毒道：“平章大人死里逃生，福大命大！不知今天是否还有这个福气？”梁萧微笑不答，目光一转，说道：“贺陀罗，你我两次相见，均未尽兴，今日需要好好会会！”贺陀罗白眉一挑，笑道：“平章有令，洒家敢有不从？”梁萧笑道：“好说，老子叫你吃屎，你吃不吃？”贺陀罗城府虽深，也不禁变了脸色。

梁萧笑笑，注目贺陀罗身边的黄衣老者，笑道：“明老大，你也来凑热闹吗？”明归目光闪烁，望了望梁萧，又瞧了瞧花晓霜，一丝笑意高深莫测。

梁萧气势虽强，心里却很发愁：今日太岁出土，大不吉利。贺陀罗已经棘手，添上这五个，根本没有胜算。

吴常青见他以寡敌众，气势凌人，压得对方个个失色，心想士别三日，刮目相看。当初小子还是个愣头青，今天一个人说话，却比千军万马还要气壮。这时花晓霜醒转过来，看见对方六人，猜到来路，面露惊惶。

吴常青一咬牙，忽道：“梁萧，你带臭丫头滚开，老子一个，足以应付。”梁萧还没答话，常宁嘻嘻笑道：“好师兄，几十年不见，你还是这副臭脾气啊！”吴常青怒道：“去你娘的，谁是你师兄？”梁萧心中恍然：他俩竟是师兄弟，无怪医术一样了得。

常宁笑道：“师兄不认我这个师弟，师弟我却最念旧情。哈，想当年，你我同门学艺，何等亲密！”吴常青张嘴要骂，但想到当时情谊，终究无法出口。

常宁装模作样叹了口气，又说：“咱兄弟的交情本是好的，可恨老家伙偏心。论天资，小弟分明更胜一筹，可他有眼无珠，偏将衣钵传给你这又凶又恶的死胖子。”吴常青呸了一声，骂道：“你心术不正，仗着医术骗财劫色，师父传了你，那才叫瞎了眼！”

常宁笑道：“看病收钱，天经地义；行医辛苦，顺道找两个娘儿们玩玩，消乏解闷，也是应该。要不然，小弟引介两个粉头，保你心火烟消，恶华佗变成个笑华佗！”吴常青暴跳如雷，偏又口才不济，只会祖宗爷娘乱骂一气。

常宁笑了笑，又说：“早些年你有天机宫撑腰，屡屡托人来找小弟的晦气。小弟承蒙关照，铭刻在心。哈，如今大宋已亡，小弟投了脱欢大王，天机宫的幺麽小丑，小弟已不放在心上。本想与师兄清算这几十年的旧账，但我顾念旧情，只要你交出《青杏卷》，大家往日恩怨，一笔勾销！”

吴常青瞅他一眼，冷笑道：“你要《青杏卷》？呸，做你娘的春秋大梦！”常宁也不动气，瞧了晓霜一眼，笑道：“这是师侄女吧？嗯，尽管瘦弱了一点儿，但也温婉可人。呵，师叔我最是怜惜晚辈，待会儿一定好好疼你……”吴常青怒不可遏，破口大骂：“闭上你娘的臭狗嘴！”

常宁哈哈大笑，还想再说两句便宜话儿，忽听梁萧冷冷说：“笑阎王，你先笑够，待会儿我也要好好疼你，疼得你喊爹叫娘、痛哭流涕。”

常宁笑脸一僵，眼巴巴盯着贺陀罗，贺陀罗笑道：“平章大人嘴上功夫了得，不知手脚功夫怎样？”梁萧冷哼一声，正要举步，却听吴常青怒道：“臭小子，我叫你带霜儿滚。”常宁笑道：“师兄你少安毋躁，你我师兄弟重逢，也当亲近亲近。”给众人使了个眼色，向吴常青与花晓霜靠了过去。

梁萧暗暗着急，他方才想了百十条计策，可没一条管用。贺陀罗见他心神不定，忽地双拳齐挥，似要击出，拳到中途，腰身不动，左腿忽起，一个侧踢，旋风般扫向梁萧腰身。

这些日子，梁萧日日与释天风拆解，反应奇速，不待对手踢到，向右一闪，直奔哈里斯。贺陀罗见他身法，微微吃惊。知道他要制住哈里斯来胁迫自己，当下一晃身，凭空消失，出现时，已到梁萧身前，连出三拳三腿。

如此诡异身法，梁萧生平未见。他步法转动，让开三拳两腿，第三腿终究避不过，右肘一沉，与来腿撞在一处。一股内劲毒蛇般钻入手臂，梁萧闷哼一声，贴地飞蹿丈余，连催三道内力，才将怪劲化解。不容他喘息，贺陀罗忽又消失，现身时在他身后，形如一条飞蛇，左右飞旋，连出三拳。

梁萧闪身避过来拳，还了一掌，劲力方交，贺陀罗内劲又如毒蛇般蹿来，他忙运内功化解。仓促间眼前一花，贺陀罗又到身后，一腿踢来。梁萧险被踢中，想起公羊羽说过这胡人的"破坏神之蛇"，如今交手，名下无虚，可这鬼魅身法，公羊羽却没提过。

这身法实名"虚空动"，创自天竺术士。据说密宗祖师龙树上人未入佛门之前，本为邪派术士，与同伴练成此法，混入王宫，秽乱宫廷。这门奇功将浑身精气化入身法，来无影、去无踪，奔走之疾，常人目力不及，但也因此，奔走时六识关闭，身子软弱，没有丝毫余力应付外力。后来王宫的卫士得了高人指点，闭了眼听风辨位，举矛刺杀，竟将几大高手一一刺死。龙树见机得快，躲过一劫，险死还生之余，顿悟人生梦幻，弹指即灭，遂遁入空门，修成一派宗师。

贺陀罗世代行商，先祖早年在天竺采买香料，无意中得到一尊湿婆的檀木造像，内有"古瑜伽"秘本一部。该先祖依法习练，竟成武功高手，于是明里行商，暗里杀人越货。后来传至贺陀罗，习练有成，来中土为非作歹。怎料遇上萧千绝和九如和尚，连战皆北，立誓退回西域，永世不入中土。

贺陀罗卧薪尝胆，勤修数十年，练成了祖上无人练就的"虚空动"。他自知"虚空动"神速有余，机变不足，由动到静之间，须得数息工夫回气，遇上高手，必为所乘。因而加以变化，将长途行走转为咫尺奔袭，减少回气工夫，再与"破坏神之蛇"合用，对手中了蛇劲，必要运功化解，趁此间隙，可用"虚空动"施袭。

梁萧对这身法捉摸不透，只能以步法应付。他的"十方步"纳天地于方寸，穷极想象，于转折处最见功夫。"虚空动"直来直去，变化不足，遇上这中土第一等聪明的步法，急切间难分高下。明归从旁看得，心中不胜骇异，心想梁萧练到这个地步，日后如何制得住他，想着毒念大起，目光落在花晓霜身上。

常宁见梁萧被贺陀罗缠住，招呼众人散成半圆，向吴常青与花晓霜逼近。吴常青叫道："霜儿，到我身后来。"花晓霜依言后退。忽听明归大笑一声，腾身纵起，仿佛苍鹰下搏，迎面抓落。吴常青双手一扬，掷出十枚金针，明归变爪为掌，将金针扫飞，火真人与哈里斯同时扑上，一个拍向吴常青，一个抓向花晓霜。

吴常青武功平平，眼见火真人掌来，双掌接住，忽觉浑身一热，踉跄坐倒。火真人哈哈大笑，右爪扣向他的天突穴，此时哈里斯扑到花晓霜身前，双手齐出，点她穴道。他见这少女娇弱，只想手到擒来，没使几分气力，不料花晓霜双掌挥出，若云似雾，缥缈不定，两道劲风扫中他的双臂。哈里斯手腕酸麻，向后一缩，羞惭间正要变招，忽觉背后劲风急起，背脊忽受重击。他背痛欲裂，向前蹿出五步，斜眼望去，一道青影晃过，心知中了梁萧的毒手。

梁萧一掌伤了哈里斯，左脚飞起，正中火真人左胯，火真人惨哼一声，捂腿后退。忽听明归大喝一声，飞掌拍落，梁萧抬臂一格，明归只觉一股酥麻从手臂直透全身，浑身如受电击，一个筋斗倒翻出去。梁萧却借他的掌力，滴溜溜一转，翻手接住阿滩的"大日如来印"。这一掌含有他与明归两人之力，阿滩眼前金星乱迸，跌出一丈有余。

梁萧呼吸间连胜四大高手，倾尽平生之力，一阵气促神虚，忽见贺陀罗晃身抢到，双掌如蛇绞来。花晓霜忙叫："小心！"梁萧头也不回，抓住吴常青，反手挡出，这招出乎贺陀罗意料，慌忙收势，瞪视梁萧。常宁也不禁咽了口唾沫，干笑道："怎么？平章大人不顾自己人的死活了吗？"花晓霜也定定瞧着梁萧，口唇微张，忘了言语。

梁萧冷笑道："老子生平杀人无数，管什么自己人不自己人！你们要《青杏卷》吗？好啊！"左掌一扬，停在吴常青顶上三寸。众人无不变色，均知他为将之时，扫南荡北，杀戮千万。以他驰骋沙场的手段，杀了吴常青也非诳语。

这伙人无不见利忘义，以己度人，深信梁萧说到做到。花晓霜望着梁萧，也是心中空茫，猜不透其中的关键，可她脸皮极薄，不忍开口斥问，正觉迷茫，手臂一紧，被梁萧死死扣住，只听他说："我但求活命，不择手段。谁敢拦我，我先拿死胖子开刀，我活不了，你们也拿不到《青杏卷》！"花晓霜听了这话，吓得浑身发抖，两行泪水终于夺眶而出，悲伤不是，愤怒也不是，想要挣扎，可又没有力气。

吴常青原本疑惑，听了这话，怒火升腾，大骂道："小畜生，你骂老夫死胖子，老夫剥了你的皮……"梁萧微微冷笑，大步向前，众人怕他杀了吴常青，失去《青杏卷》的下落，无奈之下，纷纷散开。

梁萧兵行险着，反客为主，略略松了一口气，心想只要走出十里，使出"乘风蹈海"，必然能够脱身。正在盘算，明归忽地上前一步，洒然拦住去路，笑道："梁萧，你杀了吴胖子瞧瞧！"常宁惊道："明先生，这……"明归摆手说："你放心，我包管给你个活蹦乱跳的恶华佗。"呼呼两掌拍向吴常青。梁萧被他看破，暗暗叹了口气，推开吴常青，翻掌迎上。

第五章

群魔乱舞

明归一缩手，倒退两步，微微笑道："怎么样？手软了吗？梁萧，我早就看出来了，你胆大包天，诡计多端，唯独心有妇人之仁，始终无法成就大事。"众人闻言大悟，花晓霜不忧反喜，心想：萧哥哥用的是苦肉计吗？我好傻，以为他真要对师父不利。想着不由得破颜微笑。

明归纵身又上，连出十掌，倒有七掌落向花晓霜。梁萧又气又急，护着少女左右闪避，心里大骂明归十八代祖宗。吴常青明白梁萧计谋，心生懊恼，挺身欲上，忽觉后心一麻，被人拿住要害，但听贺陀罗长笑道："多亏明先生点醒，要么洒家可丢脸了！"

梁萧眼看大势已去，自忖死不足惜，花晓霜决不能落在这些恶人手里。他决断极快，一瞥吴常青，微微咬牙，忽地使出"乘风蹈海"，晃过明归，驰足狂奔。

贺陀罗见他去势惊人，微感诧异，将吴常青推给常宁，展开"虚空动"猛追。这门奇功极耗内力，十丈内神出鬼没，一过十丈，非得现身回气不可。贺陀罗连变两次"虚空动"，赶上梁萧，挥拳阻挡。梁萧并不接战，以"十方步"绕过，继续狂奔。论短程，"乘风蹈海"快不过"虚空动"；论长力，却是天下无双。"虚空动”变到第四次，贺陀罗落后一丈，变到第五次，居然落后三丈，无奈之下，只好以寻常轻功追赶。

两人一口气奔出百里，梁萧气力悠长，神速不减；贺陀罗不知不觉竟被抛下一箭之地，想到梁萧还抱了一人，心中惊怒无以复加。又奔数里，梁萧遁入崂山深处，七弯八拐，到了一处山谷。回头一望，不见了贺陀罗的影子，心头微微松懈，一跤坐倒，急剧喘息。

花晓霜一得自由，叫道：“萧哥哥，我去救师父……”举步要走，梁萧纵身欲起，忽觉百脉俱空，手脚发软，不由得慌道：“晓霜！别去……”

花晓霜应声一怔，回望梁萧虚弱模样，禁不住落下泪来。梁萧也是心头一黯，忽听远处贺陀罗哧哧笑道：“平章大人……脚程了得啊……佩服啊佩服……”他笑语悠长，钢针一般刺入耳孔，花晓霜心生烦恶，不由得捂住胸口。

梁萧想起一事，脸色微变，也不知哪儿来了气力，奋力拽住花晓霜，四面一望，山脚处有个小小凹洞，大小可容一人。梁萧奔到洞前，将花晓霜推入洞中，转身抱起一块石头，退入洞时，以大石封住洞口。

花晓霜呆呆看他施为，直到洞穴被封，才问：“萧哥哥，你干什么？”梁萧还没回答，忽听一阵叽叽喳喳夹杂拍翅之声，似有无数鸟雀飞来。花晓霜心中惊疑，正想开口，忽觉小口一堵，被梁萧捂住。她心神一乱，只觉梁萧衣衫湿透，汗气袭人，一股浓浓的男子气息将她紧紧包围，一时头晕目眩，心儿突突狂跳。

这么云里雾里，过了不知多久，忽听噼里啪啦，有什么东西不断撞击山崖，声音急促，恰似落了一阵急雨。

雨声响了片刻，忽地一歇，只听贺陀罗冷冷道：“平章大人躲得倒严实，好，再听听这个。”突然之间，传来啁啾鸟语，柔媚婉转，叫人心生遐思。花晓霜只觉一股暖气从小腹升起，忍不住贴紧梁萧，浑身酥软，恨不得融入他的怀中。

梁萧觉出她举动有异，心头也是微微一荡，但他功力深湛，念头一闪即没，忙用手捂住花晓霜的双耳。可那雎鸠鸣声似远似近，若有若无，仿佛细韧钢丝，穿岩绕石，透过梁萧双手钻入花晓霜耳内。少女只觉鸟鸣中满含春意，心中生出幻觉，仿佛清溪碧水，春风送暖，对对鸳鸯，水上相戏，不禁心神荡漾，伸出双手紧紧抱住梁萧。

梁萧洗心入定，正在去除杂念，忽觉花晓霜身子滚热，呼吸急促，口中吐出甜香，轻轻喷在脸上。梁萧又气又急，知道贺陀罗出了损招，先用鸟笛扰乱花晓霜的神志，再让花晓霜引诱梁萧，一旦两人情热乱性，必为鸟笛所乘，乖乖地从藏身处出来。这鸟啼当日迫得公羊羽衷情大发，几至疯狂，花晓霜又如何抵受得住？

她正觉迷乱，忽听梁萧在耳边轻声说："晓霜，我说一门心法，你好好听着……"花晓霜浑身炽热，她不明男女之事，不知如何宣泄，只想抱紧梁萧方能舒服一些。听了这话，摇头说："萧哥哥……我……我不要听……你抱住我就好……"

梁萧叹了口气，将一道内力渡入她的玉枕穴。花晓霜神志一清，耳边传来梁萧的声音："道者天地两不知，身在壶中无人识，老树盘根入泥土，疏枝横斜不留影……"他一边念诵口诀，一边将含义说出，花晓霜性子天真，但聪明过人，梁萧一遍说完，她已大致领悟，依法习练，心神收敛，炽热感也渐渐退去。

足足过了半个时辰，鸟笛声才停下，想是贺陀罗不见有人出来，另往别处搜寻去了。两人松了一口气，花晓霜想起适才的举止，面红耳赤，羞惭不胜。

梁萧却想贺陀罗武功太强，又有五个帮手，想要救出吴常青，根本没有可能。花晓霜见他愁容满面，猜到缘由，惨然道："萧哥哥，敌人那么厉害，我……我不该逼着你去救师父的……"想到吴常青生死未卜，眉眼一红，泪水如珠滴落。

梁萧苦笑道："晓霜，我这条命本是捡回来的，丢了也不打紧，可是我死了，吴先生又没救出，你一个人孤单单的，叫人无法放心！"花晓霜悲喜交集，脱口说道："大不了，我陪你一块儿死！"梁萧默不作声，心想死了倒也干净，怕只怕落入奸贼手中，求生不得，求死不能。

花晓霜见他苦恼，不忍再说，岔开话题道："萧哥哥，你刚才教我的是什么功夫？"梁萧随口道："《紫府元宗》。"花晓霜奇道："那是什么？"梁萧从怀中取出铜盒，展开油纸，取出素笺道："你瞧，就是这个！"

花晓霜接过，凑近缝隙余光细看。梁萧说道："前面几篇都好懂，'入定篇'以后，古怪字句甚多，我也看不明白。后来找过两个道士，牛鼻子不学无术，说不出个所以然来，看来非得找个积年的道士才能问个明白！"

花晓霜粗粗看了几行，忽道：“萧哥哥，我不是积年的道士，可也看得懂一些！”梁萧叹道：“我知道，你想引我开心……”花晓霜连连摇头，说道：“不是不是！我不懂什么修仙法子，可这里面有许多医理，我细细琢磨，都能明白。”

梁萧将信将疑，只听花晓霜接着说：“我们医者为了治病救人，必须钻研脉理，探究人体奥妙。看了这部《紫府元宗》我才知道，这些修真羽士为了驻颜长生、成就仙道，也在探究经脉气血的奥妙。世人虽有千千万，但身子都是一样，不离血肉毛发、五脏六腑和二十经脉。治病的大夫与修真的羽士尽管各行其是，结果却是殊途同归。我能看懂他们的道书，想必高明的羽士也能看懂我们的医书。”

梁萧肃然道：“如此说来，医道仙道本是一家了！”花晓霜微微苦笑，说道：“其实说来说去，我们两家都不离阴阳五行之理。”

她沉吟时许，指点素笺说道：“医书有云：‘青属木入肝，赤属火入心，黄属土入脾，白属金入肺，黑属水入肾。’这句‘九九桃花生洞阙’，桃花为三春之阳。古人有诗云：‘人面桃花相映红。’桃花为红，红乃赤也，赤者心也，此处当指手少阴心经，九九为阳数之极，整句话说的是‘以至阳之气，游走手少阴心经八十一转’。”

梁萧茅塞顿开，喜不自胜，接口道：“如此说来，‘八八青龙总一斤，七七白虎双双养’两句，青龙当指足厥阴肝经，七七为大衍数，缺一为五十，是玄阴之数，这句是指‘以纯阴之气，在肝经中游走四十九转’；白虎暗指手太阴肺经，八八为易数中的老阳之数，故为‘以纯阳之气，行六十四转于肺经’。至于后面四句：‘木母金公性本温，十二宫中蟾魄现，时时地魄降天魂，拔取天根并地髓，白雪黄芽自长成。’木为肝，木母当指肝经；金为肺，金公该是肺经；唔，白雪是肺经之气；黄芽自是足太阴脾经之气。嗯，地魄天魂又是什么？天根地髓又是什么？十二宫又怎么解释？”

花晓霜微笑道：“十二宫在医书中也指肝经，而魂魄之说，道家有之，医家也有之。魂者为木，藏于肝；魄者为金，藏于肺；精者为水，藏于肾；神者为火，藏于心；意者为土，藏于脾。其中，魂者为阳，魄者为阴，蟾魄、地魄、天魂，都逃不出这个藩篱。‘天根地髓’不是医道术语，但我读过《道德经》，里面说了这么几句：‘谷神不死，是谓玄牝，玄牝之门，是谓天地根。’注释里说，谷神指丹田，玄牝指内息，而天根指口鼻，地髓指肚脐以下，即丹田；至于姹女婴儿，各指阴阳之气；抽铅添汞之说，铅为黑色，当指肾中之精，汞为白色，当指肝中之魂；这句‘转运河车上昆仑’嘛，河车为药物，性阳，比拟阳气，昆仑则是穴道名，属于足太阳膀胱经……”

花晓霜过目不忘，家学渊源，学医之后，她以广博的学问推演医理，甚是举重若轻；如今又以医道解仙道，更是旁征博引，如数家珍。梁萧则天生聪明，数术过人，精于推演五行。二人联手解读《紫府元宗》，不到两个时辰，便将这些古怪诗歌一一破解。

解完字句，花晓霜叹息道：“没想到这些修真羽士，竟将人体经脉气血钻研到了这个地步，许多道理，都是医书上没有的。萧哥哥，你看这句，‘乌帽先生入火池’，说的是引肾水济心火，将足少阴肾经之气导入手少阴心经，二者皆是阴脉之气，彼此相通也罢了。而这两句‘白虎误闯青龙窟，跳进风池走下关’，说的是，将纯阴之气由手太阴肺经导引入足少阴肾经，再经风池穴走下关穴。可是，风池穴是足少阳与阳跷脉汇合之处，下关穴是足少阳与足阳明之会，都是阳脉的穴道，如此一来，岂不是要在诸大阳脉之中，习练诸大阴脉的功夫吗？除了这个，‘玄用篇’到‘灿烂篇’，许多诗句都在说阳脉中练阴气，阴脉中练阳气，颠三倒四，完全违背医理！”

梁萧沉思片刻，盘膝运功。他经历劫难，体内自有纯阴至阳之气，根基充足。不假他求，依照《紫府元宗》所言，依次修炼“玄用篇”“神微篇”“鼎瑞篇”“活得篇”。果在阳明、太阳、少阳、阳跷、阳维等九大阳脉之中，生出纯阴之气，转而又在厥阴、太阴、少阴、阴跷、阴维等九大阴脉之中，生出纯阳之气。练到“灿烂篇”时，阴阳二气以任督二脉为中继，老阴生少阳，老阳生少阴，阴阳循环，以至无穷。

梁萧练完“灿烂篇”，双目陡睁，推开洞前大石，发出一声长笑。花晓霜诧道：“萧哥哥，你欢喜什么？”梁萧笑道：“晓霜，有了这转阴易阳的心法，也许能与奸贼们斗一斗！”

花晓霜茫然不解。梁萧解释说："以前我只能在阳脉练阳气，阴脉里练阴气，如今，我却能于阳脉中生出阴气，于阴脉之中生出阳气。若是与人交手……"说到这儿，他微微一笑，注视少女，"你说会怎样？"

花晓霜想了想，惊喜道："那不是能变阴劲为阳劲，变阳劲为阴劲，忽阴忽阳，谁也防备不了？"梁萧点头道："聪明！"花晓霜受他一赞，满心欢喜。

梁萧抖擞精神，一跃而起，说道："好，我这就去救吴先生出来！"花晓霜也兴奋莫名，起身道："我陪你去。"梁萧本想让她在此等候，但想起阿雪，心中一黯，也不勉强她留下，只问："你会武功吗？"

花晓霜用力点头："会啊！师父说，练些武功对我的病大有好处，所以姑姑从小便教我拳脚。"说着双颊含笑，将雪白的手掌比画两下。

梁萧笑道："那好，你给我掠阵，看我如何破敌！"心中却想：我自当拼尽全力与她并肩而战。如果仍是不敌，我亲手杀她，然后自杀，同生共死，绝不受辱于奸人！他心性果决，想通此节，生出无边豪气，挽着花晓霜，大步走出洞外。

出洞一瞧，两人均是一惊。地上满是鸟雀尸体，均是脑颅破裂而死，回头一看，崖上血迹斑斑，殷红一片。花晓霜颤声道："萧哥哥，这……这是怎么回事？"梁萧皱眉不语，心知必是贺陀罗用雀阵逼自己现身，鸟雀不择路径，纷纷撞死壁上。想到这儿，看见一株松树，便走上前去，取了些松针藏在袖间。

行了半晌，走近杏林，林前不见一人，两人正觉疑惑，忽听见林中响起一声惨叫。花晓霜惊道："是师父！"急往林中奔去，梁萧紧随其后，将近瓦房，又听吴常青凄厉惨呼，喊声中充满无比痛苦。

梁萧心一沉，拉住花晓霜，低声道："别硬闯！"花晓霜茫然失措，应声止步，不敢乱动。忽听传来常宁的阴笑，他阴阳怪气地说："师兄，望闻问切，如今你两只手没了，号脉是不成了；一双眼也瞎了，望气也望不了啦；耳朵剩下一只，哈，你再不说出《青杏卷》的所在，声音也听闻不了啦！哈哈，恶华佗啊恶华佗，天下有无手无眼无耳的华佗吗？就算没有《青杏卷》，从今往后，论医术，我也是天下第一！你这臭残废，岂能与我相比？"

吴常青喘声道："去你娘的……死王八……臭狗屎……"他饱受折辱，尽管中气虚弱，但嘴上倔强不减。常宁笑道："你只管骂。待会儿，我再割了你这条臭舌头，让你'问'也问不出来。你不说是吗？呵，我只需将这几间瓦房翻过来，不愁找不到！吴胖子，你死到临头，我再告诉你一件妙事儿！哈，你知道你为什么又矮又肥吗？哦，你也知道是三焦失调，但为什么会三焦失调呢？告诉你吧，五十年前，趁你睡熟，我在你的手少阳三焦经上弄了点手脚，让你长得又肥又丑，好让那老东西讨厌。老东西向来以貌取人，必将衣钵传给本人！怎么样，师弟我手段如何？老东西号称'佛手妙心'，愣没看出半点儿破绽……"他说到得意处，纵声狂笑，吴常青愤怒到无以复加，厉声叫骂不止。

说话间，梁萧两人蹑足绕行到了瓦房右侧，只见一间瓦房已被拆毁，阿滩、火真人正在废墟中搜寻，其余的人想必都在房中。

梁萧轻声说："晓霜，你藏在树后，不要乱动。"他闪电纵出，呼呼两掌，几乎不分先后落向阿滩与哈里斯。他武功高出二人，又用偷袭手段，阿滩背心中掌，嗷嗷惨叫，口中鲜血长流。

火真人站得稍远，觉出风声，回掌抵挡。忽觉梁萧掌力阴柔，正要以阳劲抵御，不料梁萧掌劲忽变阳刚，火真人双臂陡热，一股刚劲直冲肺腑，不由得失声惨哼。

梁萧不容他喘息，一伸手，拿向他的俞府穴，正想将擒住此獠，不防头顶劲风迸发，贺陀罗人影陡现。梁萧一矮身，一招"三才归元"翻掌上推，贺陀罗觉出他掌力阳刚，沉喝一声，蛇劲提至十成，一股阴柔拳劲澎湃而出。

四掌相交，梁萧掌劲忽变，由阳刚猝变阴柔，贺陀罗的蛇劲好似撞上了一堆棉花，暗道不好。梁萧掌力又变阳刚，冲决过来，贺陀罗心中大凛，慌忙缩手让开。

梁萧不待他缩手，五指轻挥，拿住贺陀罗外关、会宗两穴。他悟透《紫府元宗》，内劲不同往日。内功为武功根基，根基一变，招式也生出变化。不但能以"玄阴离合神功"使出"三才归元掌"，也能用"浩然正气"使出"如意幻魔手"，招式阴柔，却带了阳刚劲力。

这轮变化太奇，贺陀罗不及转念，手腕一阵剧痛。他久习"古瑜伽"，周身关节滑若联珠，转折如意，一觉不妙，手臂忽振，瞬间脱出梁萧十指，势如毒蛇反噬，翻手扣他手腕。梁萧双手缩回，转到贺陀罗身侧，一掌推出，出掌时为阳刚之劲，半途又化阴劲。贺陀罗已知他有化阳为阴之能，早有防范，挥拳迎出，却不料拳掌相接，梁萧转阴易阳，陡变阳刚。贺陀罗浑身剧震，噌噌噌连退四步，脸上一阵红一阵白，变了三次。

梁萧阴阳掌力连变三次，内力间生出偌大缝隙，但觉蛇劲攒动，狂透入体，不由得失声惨哼，跌出两丈之遥，一口鲜血狂喷而出。花晓霜看得清楚，奔出杏林，搂住梁萧，见他咬牙闭目，脸色惨白，再一触摸，身体冰冷，不由得凄声叫道："萧哥哥……"一时哀恸欲绝，两行泪水滑落双颊。

泪眼模糊间，黄影一闪，明归掩到六尺之外。花晓霜咬牙起身，双掌一比，竟是"风袖云掌"的势子。明归从小见她长大，知她不会伪装，眼下如此悲恸，梁萧一定受了重伤。他所忌不过梁萧，从未将她放在眼里，微微笑道："霜丫头，你要和明爷爷动手吗？"说着大步走近，花晓霜一心护卫梁萧，左掌拍他手腕，右肘撞他心口。

明归笑道："这招不错！"左掌挡开她的肘击，右手"飞鸿爪"探出，拿向她的手腕，说时迟，那时快，下方一股劲风直奔小腹袭来。明归吃了一惊，躬身疾退，可他退势虽快，那一掌来得更疾，正正击中他的小腹。明归横飞八尺，喷出一口血箭，抬眼一望，梁萧翻身跳起，大笑道："明老头，这一招又怎样？"

明归瞠目结舌，贺陀罗也不胜骇异。花晓霜惊喜道："萧哥哥，你没事吗？你……你吐了好多血……"梁萧伸出舌头，舌尖伤口还在流血，花晓霜恍然大悟，嗔道："萧哥哥，你……你又骗人！"梁萧苦笑道："我不骗过你，又怎么骗得过那只老狐狸？"

之前他被蛇劲侵入经脉，觉出其中含四分阳劲，六分阴劲，立刻阴阳忽易，以阳克阴，以阴克阳，将蛇劲化去六成。但剩下四成难以化解，经脉大受创伤，眼看明归跃跃欲试，知他此刻出手，自己万难抵敌，当下咬破舌尖，吐出鲜血，跟着转阴易阳，于阳脉中均生出阴气，使得浑身冰冷。花晓霜一把脉，以为无救，伤心欲绝，引得明归中计，伤了这个劲敌。

明归懊悔无及：这小子自来多诈，我怎么如此大意？再瞧贺陀罗，见他面色白里泛青，似也受了伤损，心中暗惊，急忙寻思对策。

忽见常宁将吴常青提了出来，吴常青的双手被生生斩断，两眼流血不止，一股血线从右耳流出，身上更是皮肉翻卷，惨不可言。花晓霜有生以来从未见过如此惨象，吓得浑身发抖，叫声：“师父……”眼泪便流了下来。

梁萧微一咬牙，向贺陀罗招手笑道：“贺臭蛇，来呀！”贺陀罗见他气势如故，心中惊疑不定，向哈里斯使个眼色，让他上前试探。哈里斯早先挨了梁萧一掌，伤痛未平，可是父亲有命，不敢不从，纵身而上，尚未出手，忽见梁萧左掌外吐，右掌内缩却不推出。哈里斯心头怪讶：这是什么姿势？一念未绝，眼前绿芒闪动，跟着前胸刺痛，哎哟一声，仰天栽倒，耳边传来贺陀罗一声断喝：“碧微箭！”

梁萧携带松针本为克制贺陀罗的鸟笛，此时发出，实属无奈。由此牵动内伤，一口血涌到喉间，忽觉背后风起，火真人趁哈里斯出手，忽向花晓霜扑去。梁萧不及转身，索性势子不变，内力转阴易阳。“碧微箭”以阳劲为弓背，阴劲为弓弦，梁萧将阴劲变为阳劲，阳劲变为阴劲，弓弦、弓背凌空互易，松针还没落地，忽又向后射出，化为一蓬绿光，从他腋下掠过。

火真人已经扣住了花晓霜的手腕，正自得意，忽觉风声飒起，一时间，不知多少根松针钻入了他的身子。火真人半身痛痒酸麻，两眼上翻，萎靡在地。

梁萧足下不动，连伤二人，不觉豪兴大发，大喝：“还有谁来？”声若沉雷滚滚，显出喑呜叱咤、震慑千军的气势。群贼心头发虚，无形中矮了一头，目光纷纷投向贺陀罗。贺陀罗脸上不露声色，心中却很骇异：他与我硬撼一招本该重伤才对，结果他先伤我儿，再伤火真人，似乎大有余力，奇怪，奇怪！

贺陀罗商贾出身，精于算计，趋利避害，拔一毛而利天下，他也决计不为。生平欺凌弱小，从不硬抗强敌，一觉不对，立马逃之夭夭，故而当年遇上萧千绝和九如，也能及时抽身、逃得性命。

他来崂山，全因常宁吹嘘《青杏卷》中有驻颜长生的妙方。贺陀罗生平有两怕，第一怕死，第二怕老，听此妙方，如何不喜！当即纠集众人，前来抢夺。此见梁萧气若虹霓，不由得心生怯意。梁萧看穿他的心思，目中精光暴涨，忽地射向明归，明归见状连退两步。梁萧哈哈大笑，明归则老脸一热，羞惭无地。

贺陀罗见他自信满满，心中一面鼓敲得更急：我经脉受损，走为上计，待我养好内伤，再做计较……他怯意一生，相较之下，一部《青杏卷》远不及性命要紧。当下目光一闪，抓住哈里斯臂膊，长笑道："平章大人，后会有期！"众人以他马首是瞻，听他这样说话，无不大惊失色。明归正要劝阻，贺陀罗已经迈开大步，穿林而出。

贺陀罗一走，群龙无首。梁萧目光一斜，看向阿滩，足下向右转动，大有声东击西、扑击明归之势。明归奸猾有余，论及沉毅勇略，远远不及梁萧。此时阵脚大乱，梁萧势子一动，他已掉头就跑，眼角余光所向，阿滩跟在一边，也在发足狂奔。转眼间，堂堂一群高手，尽作鸟兽散去，只剩常宁一个，东张西望、惊惶失措，瞪着梁萧说："你……你别过来……"匕首搁在吴常青脖子上，声音微微发抖。

梁萧冷笑道："你真敢杀他？"常宁怒道："怎么不敢？"梁萧道："他手断眼瞎，生不如死，你动手杀他，正合他意。但此后嘛……哼，我自有一百零八道酷刑，叫你一道一道尝过！"他目如冷电，看得常宁毛骨悚然。

吴常青不能视物，听了对话，心知梁萧占了上风，厉声大吼："臭小子……不要管我，杀了这个狗杂种……"常宁听了这话，脸色数变，咬牙笑道："平章大人，咱们做个买卖，一命换一命，我将他放了，你也把我放了，如何？"吴常青怒道："臭小子，给我杀了这狗……"常宁只怕梁萧被他说动，狠狠掐他脖子，吴常青呼吸不畅，口中呜呜作响。

梁萧仰首望天，忽道："好，一命换一命，你放过吴常青，我今日就饶过你。过得今日，哼，你自求多福！"常宁道："口说无凭……"梁萧道："废话少说，换是不换？"常宁被他眼神一逼，干笑道："好，好，平章大人威震天下，自然一言九鼎！"放开吴常青，转身便走。吴常青软倒在地，花晓霜抢上将他扶起，见他惨状，又落下眼泪。

常宁见梁萧不来追杀，心下稍安，生恐有变，飞也似的逃出杏林。梁萧目送他背影消失，身子一晃，一道鲜血夺口而出，刹那间面如金纸。

花晓霜见他口喷鲜血，惊道："你受伤了？"梁萧喉间血气涌动，不敢说话，默默点头，见花晓霜要来，忙一摆手，指着吴常青。花晓霜明白他的意思，只得扶起吴常青，转入房内，见两名仆妇倒在地上，早已毙命。她心如刀割，忍泪含悲，给吴常青包好伤口。“恶华佗”沉着脸一言不发，待花晓霜忙过，说道：“我床下有个玉匣子，里面有瓶‘活参露’，你拿出来给臭小子服下！”

“活参露”为疗伤圣品，从千年人参中提炼而出。花晓霜依言进屋，从床下取出“活参露”，正要出门，忽听外堂砰的一声，间有骨骼碎裂之声。花晓霜大惊抢出，却见一面白壁上溅满鲜血，吴常青头骨碎裂，气绝当场。花晓霜呆了一呆，痼疾发作，一阵头晕目眩，身子软倒在地。

梁萧在外听到动静，踉跄入内，见状将她扶起。目视屋内惨景，也觉一阵凄然，心知吴常青性子刚烈，与其残废偷生，却不如一了百了。

花晓霜缓过气来，抱住师父痛哭。梁萧叹了口气，温言宽慰。哀哀哭了好一阵子，花晓霜才平静下来。梁萧伤势缓和，着手收拾厅中狼藉。他抱开吴常青的尸体，忽见墙上两块染血青砖松动残破，露出黑黝黝的铁皮。心下奇怪，扒开残砖，挖出一只方形铁匣。打开一看，中有十本厚厚书卷，每卷皆有“青杏卷”三字，书名下方依次标着甲乙丙丁等数。

梁萧略一翻看，递给晓霜道：“常宁就为这个害死你的师父！”花晓霜翻了一页，随即合上，迟疑说：“这是历代祖师留下的医学笔记，写了古今医案药方。师父说过，《青杏卷》传男不传女，况且他收我为徒只为赌气，所以这部书是不能传我的。”

梁萧皱眉说：“你师父去世，你又没有师兄师弟，要传男人只有传给常宁狗贼！你师父寻死前，为何不撞东墙，偏撞西墙，不撞上面，非撞下方！我看他是有意为之，大约因为祖上规矩不好违背，临死之前故意透露医书方位，让你自观自看，大不了你看完了再给它塞回去！”

花晓霜将信将疑，她性子柔和，不甚固执，也不好多说，暂将铁匣收下，并把“活参露”给梁萧吃了，给他针灸一番，调养内伤。

梁萧调息一阵，到杏林边挖了两个土坑，准备掩埋仆妇与吴常青，想起所见惨状，越挖越怒，忽地扔开锄头，脸色铁青，瞪视地上的火真人。

火真人见他神色不善，心惊胆寒，苦于不能动弹，急道：“平章大人……您大人有大量……”梁萧将他提起，一言不发，手起手落，火真人发出撕心裂肺的惨叫，右臂被他生生拧断。梁萧手腕再翻，火真人又是一声惨叫，左臂再断。梁萧充耳不闻，抓住他左腿，他心狠手辣，存心断他四肢，真力迸发，火真人一声惨叫还没叫出，两眼翻白，昏死过去。

梁萧还要动手，忽听花晓霜颤声叫道："萧哥哥，你……你住手！"梁萧回头望去，她脸色苍白，嘴唇颤抖，眼中充满惊怖神气。梁萧冷哼道："他是害你师父的凶手……"一手抓上火真人右腿，还没用力，花晓霜抢上一步，抓住他的手臂，眼中浮起一片泪光。

梁萧一怔，只好放手。花晓霜俯身察看，火真人不仅骨头断成数截，而且肌肉经脉相互纠结，恢复如初，已无可能。火真人剧痛难当，发出阵阵呻吟。花晓霜听在耳里，心中难过，泪水夺眶而出，默默给他接好骨骼，理顺经脉，再用夹板绑好，沉默一会儿，背对梁萧说："你……你把他弄到房里去。"

梁萧哼了声，踢开火真人的穴道，厉声道："别装死，爬起来。"花晓霜急道："他这个样子，怎么起来？"梁萧不理她，冷冷道："牛鼻子，我数三声……"

火真人一听，强忍痛楚，一脚支撑，力图爬起，花晓霜急忙上前搀扶。梁萧见她滥用好心，暗暗作恼，折了一根树枝，扔给火真人道："滚吧，越远越好。"花晓霜急道："他的伤……"梁萧将她拨开，冷冷说："少管闲事！"

火真人接过树枝，一跳一跳地逃出林子。花晓霜看他背影，脸色苍白，忽一咬牙，猛然冲进屋里。梁萧也不理会，埋好吴常青，方才盘膝坐下，沉默半晌，心也软了，自语道："她一个病弱女子，我何苦跟她斗气！"转身步入房内，却见花晓霜躺在床上，瞧他进来，背过身去，肩头微微颤抖。

梁萧在床前呆立一阵，叹道："你生我气吗？这道士奸恶异常，我一想吴先生的死状，便……唉……你打我骂我都好，可别闷在心里。"花晓霜止住颤抖，转过头来，脸上泪痕未干，哽咽道："我……我怎会打骂你呢？我知道那人不好，但……但我就是看不得别人受苦……"双目一红，泪水又落下来。

梁萧微微苦笑，给她拭泪道："好好，算我怕了你，从今往后，我再不这样伤人了！"花晓霜破涕为笑，想起方才还跟他怄气，不由得霞生双颊，分外羞惭。

梁萧担心贺陀罗去而复返，继而伐木垒石，在深山中另筑了一间小屋，与花晓霜搬了过去。

花晓霜乃大家小姐，天生富贵，在家奴婢成群，到了崂山也有随行的仆妇，是以家务一概不知，饮食起居，全赖梁萧照顾。两人学医习武，各自用心。花晓霜钻研《青杏卷》，颇有所得；梁萧日夜修炼，对“转阴易阳术”领悟更深。两人稍有闲暇，便逗弄白痴儿与金灵儿取乐，日子虽然清苦，倒也其乐融融。

这一日，梁萧正在劈柴，忽听林中鸟雀聒噪，冲天而起，向某一方向飞去。他心头一动，握紧斧头，纵上树梢，随着鸟群奔去。不一会儿，忽听有人声传来，当即隐身树间，只听一个声音哧哧道：“洒家与老先生无冤无仇，何必死缠烂打！你追了我四天四夜，也该够了吧。”

梁萧听出是贺陀罗的声音，心中惊奇，暗想谁有如此能耐，竟能追他四天四夜。忽听有人笑道：“不够不够，你只顾逃，我还没打够呢！”梁萧听出释天风的声音，心中大喜。又听贺陀罗哼了一声，怒道：“打就打，洒家怕你吗？”梁萧拨开树枝，探头望去，两道人影在山边拳来脚往，斗得正酣。

当日贺陀罗忍辱退走，回头一想，明白中计，更在同人中威风扫地，心中大为懊恼，伤势稍愈，来寻梁萧晦气。不料时乖命蹇，居然遇上了释天风。

释天风与梁萧相处日久，对之心存依赖，逃过妻子追踪，又回崂山寻他。老头儿无心健忘，走到半途，忽将此行的目的忘了，只在山前转悠，不知何去何从。忽见贺陀罗行色匆匆，埋头赶路，他一瞧对方轻功，有如老饕见了美味，两眼放光，心怀大乐，赶上去不由分说、大打出手。

贺陀罗无奈应战，斗了半日，不支败走。释天风紧追不放，两人且斗且走，崂山一峰一谷、一石一木均成战场。转眼花去三日，贺陀罗被耽误正事，不胜其烦；释天风遇上敌手，心中甜滋滋的，好似涂了蜜糖。

二人电光石火斗了一阵，贺陀罗跃上一块山石，忽地掣出鸟笛，吹奏起来。梁萧心头一跳，正想找些松针相助，忽见一群麻雀从天落下，扑啦啦将释天风围住。梁萧正要纵下，忽见老头儿一蜷身，无形之力四面迸射，麻雀如中箭镞，纷纷僵死一地。

梁萧暗暗称奇，记起凌水月所说，猜到这就是“无相神针”的功夫。但瞧老头儿模样，又是哑然失笑，心想这功夫别名“仙猬功”，释天风一旦使出，果然像是一只大刺猬。

释天风不惧雀阵，却被挡了一阵，贺陀罗趁机脱身，消失在一块大石后面。释天风怒叫挥手，空中哧哧有声，顷刻雀尸遍地。他破了雀阵，飞身跳过大石，叫骂声声响起，在空山中回荡不绝。

两人去远，梁萧跳下树来捡起一只死雀，却看不出伤处。他沉吟一阵，返回住处，将所见所闻与花晓霜说了，又道：“贺陀罗被释岛主缠住，难以分身作恶，此间清苦，还是回杏林为好。”

两人收拾行李返回杏林，还没走近，忽见林外站着两名女道士。年长者气度恬淡，少者容貌清秀，身旁停了一头白驴。梁萧喜上眉梢，扬声叫道：“了情道长！”

两人应声回头，乍见梁萧，均是面露惊喜。花晓霜奇道：“萧哥哥，你认识她们？”梁萧笑了笑，挽着她上前稽首：“了情道长，你怎么到崂山来了？”

了情看他一眼，微微笑道：“我听说这附近有位神医，特来拜会，可惜不得门径，故在此间盘桓。”梁萧笑道：“原来如此。”转身为花晓霜引介：“这位是了情道长。”又瞧了哑儿，见她努嘴瞪眼，爱搭不理，便笑道：“这位是哑儿道长，你可要小心，挨了她的剑，别怪我没有事先提醒！”花晓霜脸色微变，哑儿却面有恼色，狠狠瞪了梁萧一眼。

了情目视花晓霜，笑道：“梁萧，这是你朋友吗？”梁萧笑笑，将花晓霜引见与二人。了情听她姓名，皱眉说：“你姓花？”梁萧点头道：“她是花无媸的孙女。”了情眼神微变，默默点头，眉间升起一丝愁意。

四人进屋，梁萧问起，才知了情路过此处，听说活菩萨的神迹，想瞧哑儿的哑疾有治无治，不由得笑道：“可巧，这位神医与我再熟不过了。”了情讶道：“竟有此事，还烦你与贫道引介。”

梁萧笑而不语，了情顿然有悟，目视花晓霜，叹道：“莫非这位就是神医？”梁萧笑道：“正是。”忽觉有人拉扯衣袖，回头一瞧，花晓霜面涨通红，十分窘迫，便说：“了情道长，日后别说什么菩萨神医的话，她面嫩胆小，你叫她晓霜就好。”了情点了点头，反复打量花晓霜，哑儿也目不转睛盯着她。

花晓霜看过哑儿的嗓子，又翻阅《青杏卷》，想了想说："哑儿道长的嗓子有异常人，非得用刀剖开不可。"哑儿一听，大惊失色。

了情也觉骇然，目视梁萧，意似征询，见他并不阻拦，不由得迟疑一下，叹道："那么，全凭姑娘做主。"花晓霜怪道："道长答应得好快，别说身体发肤，父母所赐，这开喉术也风险极大，稍有失当就有性命之忧！"

了情道："我信得过梁萧，他信得过你，我就信得过你！"花晓霜喜笑颜开，对了情大生好感，说道："是啊，我也信得过萧哥哥！"又向梁萧道："我去配麻沸散，你手巧，按这幅图做好桑皮纸线，待会儿给哑儿道长缝伤口。"梁萧应了，花晓霜微微一笑，进房配药去了。

了情见她入内，冲梁萧笑道："你这匹野马总算有了辔头！"梁萧摇头道："道长别想岔了，我可配不上她！"了情一皱眉头，欲言又止，哑儿却拉住梁萧指手画脚。梁萧知她询问阿雪，略一沉默，惨然道："她去世了……"哑儿张口结舌，了情也很震惊。梁萧泪涌双目，但怕二人瞧见，匆匆掉头道："我去准备纸线。"快步如风，匆匆离开。

辰巳时分，花晓霜给哑儿服下麻沸散，令其昏睡，跟着涂抹药酒，割开咽喉，矫正声带，完后涂抹止血消毒药物，用桑皮纸线缝合。忙至酉时，梁萧留下善后，让花晓霜自去休息。了情关切忧心，始终守在门外，见花晓霜含笑而出，心中的大石才算落地。

花晓霜写了两张方子，说道："道长放心，我再开两剂活血生肌的药物，内服外敷，不出十天，哑儿道长就能开口说话了。"

了情大喜过望，稽首道："虽说大恩不言谢，贫道还是要多谢姑娘。"花晓霜连连摆手，说道："这是理所应当，道长万莫多礼！"了情见她不居功市惠，心中更生好感。

花晓霜施术时心弦绷紧，此时松懈下来，一阵头晕目眩，忙取金风玉露丸服下，坐在门边，微微喘气。了情见她脸色透青，关切道："不舒服吗？"花晓霜强笑道："老病根儿，不碍事。"了情不解道："你精通医术，怎么不治好自己？"

花晓霜见她眉目慈和，气度温润，心中无由生出依恋，一五一十说出缘由。了情听了不胜凄然，心想这女孩儿身负痼疾还要行医济世，胸襟实在广大，身世更加可怜。她心生悲悯，拉过花晓霜，默默搂她入怀。花晓霜身心俱暖，念起母亲，不由得泪如豆落。

了情沉默良久，幽幽叹道："晓霜，你为哑儿治好哑疾，贫道无以为报，想传你一门功夫，不知你肯不肯学？"双目凝注，大为期盼。

花晓霜治病从来不求回报，闻言微微怔忡。忽听梁萧笑声传来，说道："晓霜，你还不拜师？"花晓霜福至心灵，乖乖巧巧拜了下去。了情慌忙扶住，盯着梁萧嗔怪："惫懒小子，尽出古怪主意！"心中却是惊讶：他来到身后，我一无所知。一别两载，这孩子的武功精进得好快！

梁萧笑道："依我看，道长与晓霜，真是天生地造的师徒。我为道长寻了这么个好徒弟，道长该如何赏我？"了情没好气道："赏你一顿板子。"花晓霜与了情说话投缘，听了梁萧的话，甚合己意，身子再向下沉。

了情不便与她执拗，只得容她一拜，将她扶起叹道："这么一来，倒似贫道占个便宜……"转眼瞧了花晓霜一眼，但觉她眉眼间与自己颇为神似，心中欢喜，于是凝神静气，举袖挥拳，使出一路拳法。这拳法招式飘逸，气度雍容；形动于外，神敛于内；八分处守，两分主攻：守若恢恢天网，疏而不漏，攻则从容不迫，防不胜防。使到得意处，飘飘然有遗世独立、孤芳自赏之态。

梁萧瞧得舒服，待了情收势，拍手笑道："好拳法！道长偏心了，有这样的拳法，为什么不传给我？"了情白他一眼，说道："这是我自创的功夫，比之'归藏剑'颇有不如。何况你飞扬跋扈的性子，怎耐烦学这抱朴志远、以静制动的拳法？"梁萧微微一笑，心想：道长说得是！武功练到一定地步，无不合于人之本性。晓霜恬淡无争，这路拳法契合她的本性，若让我八分守，两分攻，岂不是折磨人吗？

了情又说："晓霜，我这路拳法名为'暗香拳'，法于五五梅花之数，分为左五路、右五路、前五路、后五路、中五路。讲求抱元守一，心境空灵，出拳若有若无，仿佛寒梅清幽、暗香浮动。寻常武功，总要因时因势，变化制敌，这路拳法全凭气机牵引，自发自动。"说着一招一式，予以指点。

花晓霜将左五路打了一遍，但觉遍体阳和，不胜舒服。转眼一望，忽见了情凝视自己，关切道："怎么样？"花晓霜道："方才骨子里有些发冷，打了这一路拳，似乎暖和多了。"了情微笑道："当真如我所料。'暗香拳'看似拳法，实为内功，好比寒梅独放、凌霜傲雪，于行动中温养体内阳气，克制诸般阴邪。你时常习练，或许有些好处。"

花晓霜这才明白，了情传功，是想为自己减轻寒毒之苦，心口一热，忍不住叫了声："师父……"泪光盈盈，几乎夺眶而出。

梁萧笑道："我明白了，这'暗香拳'守多攻少，该是养足自身之气，以我之有余，攻敌之不足。"了情见他顷刻悟出这路拳法的破敌要旨，不由得暗暗吃惊，但她创出"暗香拳"，本意并非斗殴，闻言笑笑，不置可否，只是一招一式，继续指点花晓霜。

如此过了十日，了情将"暗香拳"倾囊相授。哑儿伤口也渐渐痊愈，但因生平未曾说话，唇舌口齿还须从头练起。练了两日，勉强说出"师父"二字，虽嫌嘶哑，却让了情十分惊喜。

梁萧将花晓霜托与了情照顾，自己每日编好竹器，挑到城镇中贩卖。这日生意极好，一早卖完，换了些米粮菜蔬。正午时分，返回竹林，但见花晓霜正和哑儿依偎说话，了情坐在树下，引宫按商，吹弄洞箫，神色甚是孤寂。

梁萧打过招呼，卸下米面，生火做饭。过了一阵，花晓霜跑来说："萧哥哥，哑儿要把快雪送给我，我怎么推辞她也不肯。"梁萧知道哑儿为人固执，一旦动念，不会轻易改变。她受了晓霜大恩过意不去，必要回报，便道："她给你，你收了便是。"花晓霜喜道："好啊，我也爱极了快雪，你说收我就收啦！"说完转身跑了。

当晚用过晚饭，了情叹了口气，搂过晓霜，抚着她的秀发，柔声道："霜儿，师父今天要走啦！"花晓霜吃惊道："这么快就走？住上一年半载不好吗？"了情摇头道："我不能在一个地方住上七天，这次因为哑儿伤口未愈，一拖再拖，早过时限，再住下去就不妥了！"花晓霜十分不舍，拉着了情的手，含泪不放。

梁萧知道了情意在躲避公羊羽，便道："晓霜，道长有苦衷，你别难为她了。”花晓霜只得放手。了情劝慰几句，与哑儿收拾出行。梁萧与晓霜送到林外，花晓霜又不免伤怀落泪。了情细声细气，安慰一番，对梁萧道：“我这小徒弟就交给你啦，你若欺负她，我可不饶你！”梁萧苦笑道：“她有道长这等大靠山，梁萧有几个脑袋胆敢欺负她？”了情白他一眼，嗔道：“又要贫嘴。”心知这少年聪明机警，而今锋芒内敛，沉稳许多，弟子得他看顾，必定安然无事。想着心情一松，冲二人微笑稽首，与哑儿并肩去了。

梁萧望着二人背影消失，想起华山相别，情形依稀，阿雪却已不在了，一时没精打采地转回屋内。花晓霜挑亮油灯，继续研读《青杏卷》，梁萧坐在一边编制一把竹扇。

他心神不定，编了一会儿，忽见一只小蛾子向灯火飞来，不由得心头一酸，伸指轻弹，指风将飞蛾激开。过不多久，蛾子又扑过来，梁萧又屈指弹开。

这么反复多次，蛾子锲而不舍，一意扑火，梁萧终究无奈收手，哧的一声，蛾翅焦枯，蛾子堕在地上。他呆呆瞧着，两行泪水却已无声滴落，忽听花晓霜道：“萧哥哥！”梁萧忙拭泪道：“什么？”

花晓霜定定看着书，并未留意他的神情，喃喃说道：“我……突然有个想法！”梁萧道：“你说！”花晓霜欲言又止，终于摇头道：“罢了，这事太难，当我胡思乱想好啦！”梁萧笑道：“你不说，我怎知难不难？”花晓霜赧然道：“好，我说了，你可不许笑我！”梁萧点头道：“我不笑就是了。”

花晓霜道：“《青杏卷》我快看完了，上面好多病症，我都没有亲眼见过。可书上写了就该有的。现在想来，我以往行医，治的都是方圆两百里内的人家，两百里之外，又有多少人生病呢？天下之大，又有多少人忍受疾病之苦？我想，若能用这两条腿走遍天下，治好所有的病人，那该多好……”说到这儿，她凝视烛火，脸上流露神往。烛影摇红，将她的双颊映得红扑扑的，仿佛有什么光辉透了出来，映得梁萧双眼酸楚，恍惚又看到那个圆脸少女坐在烛下，为自己缝补衣衫。两个少女的影子在烛光中渐渐重叠，合而为一，变成花晓霜的影子。

花晓霜听梁萧久不答话，不由得转过头来，见他呆呆望着自己，眼角隐有泪光，不由得问道：“你……你怎么了？”梁萧浑身一颤，伸袖抹去泪花，笑道：

"没什么。"花晓霜双颊泛红，柔声道："我也知道，这个念头很傻。天下之大，怎么能走遍？再说我有病在身，唉，说不准什么时候就不成了……"

梁萧摇了摇头，苦笑道："你这念头若也算傻，世人的念头就无一不傻了。古往今来，那些大英雄、大豪杰，哪一个不是全挂子的杀人本事？个个名垂青史，其实都是一群大傻瓜、大浑蛋。可惜这世上总是害人的多，救人的少，因为稀少，所以难得。行医天下又有什么？我陪着你就是了！"花晓霜听得又惊又喜，她对梁萧信任之至，听他说得轻易，也觉得无甚难处，随口道："好啊，你陪着我就是了！"话一出口，两人相对大笑。

正商量出行之事，忽听屋外有人朗声大笑，笑声清劲，悠悠不绝。梁萧心头一惊，出门望去，林外走来一人，烂袍敝屣，儒巾歪戴，竟是穷儒公羊羽。

二人一照面，均是吃了一惊。公羊羽剑眉一扬，举步间已到梁萧身前，喝道："小畜生，你也在！"手掌一挥，向他头顶拍落。梁萧武功大进，避过这掌本也不难，但他一见公羊羽，想起诸般前事，但觉劲风及体，竟无避让之力，两眼一合，心道：罢了，终是死在他手里！

公羊羽掌到半途，见他不拦不让，心生诧异，一翻手，给了他一记耳光，冷笑道："怎么不还手？"梁萧的左颊高高肿起，苦笑道："你也是威震江湖的前辈，要杀便杀，何必羞辱人？"公羊羽出手如电，揪住梁萧衣领，又给他一记耳光，厉声道："我偏要羞辱你，还手呀！"梁萧目中怒意一闪而逝，闭上眼睛，再不言语。

离开黄山以后，公羊羽与萧千绝均想将对方引离战场，故而从南方斗到北地，始终胜负不分。过不多久，传来京口兵败的消息，公羊羽好生无趣。这期间，忽又得到了情消息，他欣喜若狂，什么国家社稷统统抛到脑后，去开萧千绝，停停找找，追踪月余时光，终于寻到杏林之中，不料竟然遇上梁萧。

公羊羽见他意气萧索，了无往日骄悍，心头大异，跟着又生恼怒："不还手吗？老子再给你两个大耳刮子！"正要动手，花晓霜听到说话声，走出门来，见公羊羽举手要打梁萧，忙上前来，伸手便格。公羊羽何等身手，手掌看似左掴，忽又右晃，在梁萧左颊上刮了一记耳光。

花晓霜吓得脸色发白，横身挡在梁萧身前，急道："你……你是谁？干吗打人？”梁萧推开她道：“你别管……”又目视公羊羽，缓缓道：“我死在你掌下，罪有应得，但求你好好照顾这个女孩儿。”公羊羽冷笑道：“她是谁？与我有什么相干？”

花晓霜心中惶急，又伸手拦住公羊羽，大声说：“你……你不要打人……”公羊羽心想小畜生不是东西，你这女娃儿跟他沆瀣一气，大约也不是善类，手掌忽起，轻飘飘拍向少女。花晓霜猝不及防，一时惊得呆了。

梁萧见状大惊，明知他意在逼迫自己动手，仍是按捺不住，手掌抡个半弧，闪电击出。这一下用上“转阴易阳术”，忽阴忽阳，连环五变。公羊羽挡了他三重劲力，心觉不妙，掌力内缩，催动内力，化去梁萧阴阳奇功，施展“三才归元掌”。一招“天旋地转”，身形旋风急转，掌若飘絮，向梁萧拍出七记。梁萧势成骑虎，只得挥掌迎敌。

“三才归元掌”是公羊羽首创，体悟之深，远胜旁人。当年他夜读苏轼的《留侯论》，读到“项籍唯不能忍，是以百战百胜而轻用其锋；高祖忍之，养其全锋而待其弊！”忽生妙悟：“项羽百战百胜但穷兵黩武，以致师老兵疲，外强中干。汉高祖数战皆北，但精其兵，锐其卒，委曲求全，然后趁项羽疏忽，全力东向，垓下一战，令其乌江自刎，成就四百年之基业。萧千绝武功凌厉，百战百胜，仿佛项籍轻用其锋，我何不创出一门功夫，养其全锋而待其弊，破去他的魔功？”故此创出“三才归元掌”，一度将萧千绝压住。这些年反复揣摩，更抵随心所欲之境，只是他后来惯于用剑，掌法用得少了。

换了数月之前，梁萧遇上公羊羽使出此路掌法，势必落花流水，大败亏输。如今二人拆了二十多招，不分胜负，公羊羽见梁萧妙招迭出，许多招式超乎想象，不由得暗暗吃惊：小畜生长进好快！他杀机更盛，足下时而“归元步”，时而“伏羲步”，时而“大衍步”，多种步法交错使来，了无痕迹。双掌也生出奇妙变化，“三才归元掌”原只三招，此时一生二，二生三，三生无穷，唰唰唰，疾若飘风、利如斧钺。斗到七十招上下，公羊羽掌随身转，咔嚓一声，将梁萧右臂打折。

公羊羽正要再施辣手，忽听花晓霜急声道：“萧哥哥，攻他缺盆。”梁萧不及转念，左手两指一并，点向公羊羽肩头缺盆穴。公羊羽对这一指十分忌惮，飘然避开，右掌虚晃，左掌正要穿出，晓霜又道："乳根。"梁萧一招得手，知道花晓霜所言定有道理，应声而动，拍向公羊羽乳根穴。

公羊羽怒哼一声，收回掌力，护住乳根穴，身法转疾，一团青影飘忽闪烁。花晓霜看得眼花缭乱，叫道："萧哥哥，他出手太快，我看不清楚，但他足阳明胃经受损，除缺盆与乳根二穴，你还可攻他头维、太乙、气冲，无论如何，他都要闪避。"换在以往，梁萧不愿捡这个便宜，可如今右臂已断，公羊羽武功又太高，无奈之下，尽拣五处穴道招呼。

公羊羽又惊又怒，回掌护住五穴。原来，他与萧千绝连场恶斗，各有损伤。其后忽得了情消息，顾不得觅地养伤，昼夜不停，四处打探。好在伤势不重，他内力雄浑，尚自压服得住，只想时日一长，浩然正气反复滋养，自当不药而愈。哪知还没全好就遇上了吴常青的弟子。花晓霜熟读《青杏卷》，医术精进，见他容色举止，猜出他足阳明胃经受创，再予推演，将他受伤的穴道一一说出。

公羊羽分心二用，掌法稍缓，梁萧得了喘息之机，虽只一臂，竟也勉强抵敌。花晓霜见状，叹道："这位先生，你干吗要与萧哥哥为难？不如大家罢手，我给你治伤……"话没说完，眼前一花，公羊羽站在她身前三尺处，两眼圆睁，怒道："谁要你治伤？哼，懂点儿狗屎医术就了不起吗？"

他这一下去得突兀，梁萧应对不及，眼见他与晓霜相距咫尺，如果含怒而发，自己武功再高也难救援，当下锐声高叫："公羊羽，你动她半根汗毛，定要后悔一生！"公羊羽瞥他一眼，冷笑道："你又要什么花招？"梁萧道："你可记得我在华山说过，你有一个孙女！"

公羊羽一皱眉，瞧了梁萧一眼，又偏头望着晓霜，越看越觉不对，忍不住问："你爹爹姓甚名谁？"他词锋突出，花晓霜不明其意，脱口答道："他姓花，讳名上清下渊！"

公羊羽浓眉一扬，看她半晌，一点头，斜指梁萧说："女娃娃，你好好的女儿家，为何与这畜生为伍？"花晓霜微微有气，红着脸大声说："你不要乱骂人，萧哥哥待我很好，师父死了，他始终伴着我！"公羊羽两眼望天，沉默半晌，徐徐道："你此话当真？"花晓霜道："我又不认得你，骗你做什么？"

公羊羽眉头紧锁，脸色阴沉，似在思考一件大事。花晓霜瞧他久不说话，忍不住道：“先生，伤你的人内劲很阴柔啊。”公羊羽冷冷道：“好啊，你说是什么内功？”花晓霜想了想，脸一红，低声说：“书上说过，我都忘啦，你等等，我……我去翻书！”公羊羽冷笑一声，讥讽道：“翻书的大夫？嘿，了不起，真是了不起！”花晓霜被他刺得面红耳赤，匆匆奔进房里翻阅书籍。

公羊羽目送她背影消失，神色忽而凄惶，忽而欢喜，忽而咬牙切齿，忽而垂头丧气。三十年来，他与家人音尘断绝，此时此地忽见亲人，心中波澜滔天，简直无法遏制。过了好一会儿，才转过身来，怒视梁萧道：“你在这里做什么？”梁萧沉默不语。公羊羽又问：“元军打到什么地方了？”梁萧如实道：“我离开时，临安已降城了。”

公羊羽一呆，哈哈笑道：“好，降城，好大宋，好个降城……”狂笑一阵，笑声渐渐变得凄厉，忽地凄声念道，“孙策以天下为三分，众才一旅；项籍用江东之子弟，人唯八千；遂割裂山河，宰割天下。岂有百万义师，一朝卷甲；芟夷斩伐，如草木焉！江淮无涯岸之阻，亭壁无藩篱之固。头会箕敛者，合从缔交，锄耰棘矜者，因利乘便。将非江表王气，终于三百年乎……”

他越念越悲，渐至悲不可抑，仰天俯地，号啕大哭。到后来，公羊羽哭倒在地，几不成声，十指深入泥土，浑身簌簌发抖。梁萧虽也屡次见他发狂，此次之悲却又不同为情所困，不仅有伤痛故国之心，更有悲悯苍生之意。

花晓霜闻声出门，见状莫名惊诧，再听他哭得悲苦，也不禁泪涌双目，凭生凄惶，接着公羊羽的话，喃喃念道：“是知并吞六合，不免帜道之灾；混一车书，无救平阳之祸。呜呼！山岳崩颓，既履危亡之运；春秋迭代，不免去故之悲；天意人事，可以凄怆伤心者矣！况复舟楫路穷，星汉非乘槎可上；风飙道阻，蓬莱无可到之期……”公羊羽听见，更生悲痛，哭得天昏地惨，以头抢地，皮破血流。

梁萧向来不通文赋，皱眉问道：“你们念的是什么？”花晓霜幽幽叹道：“这是南朝庾信的《哀江南赋》，说的是孙策项籍用数千人马，就定三分，取天下；而南朝百万之兵，看到敌人，却只知卷着衣甲逃命，好像无知的草木一样任人宰割。所以空有江淮之险、城堡之固，也挡不住敌人的进攻，江南三百年的帝王之气就此烟消云散了。唉，匡合天下的始皇帝，他的孙子也有败降的一天；一统三国的太武帝，他的子孙也会被屠杀于平阳。改朝换代，胜者走向危亡之途，败者更免不了亡国灭种的命运。天意人事啊！只会让我哀苦，舟楫划到无水的地方，却没有通向银河的路途。蓬莱仙山啊！风高浪大，我永远也没有到达的一天！”

她念到这儿，痴痴出神。过了好一会儿，掉头望去，梁萧定定望着夜空，反复念道：“舟楫路穷，星汉非浮槎可上；风飙道阻，蓬莱无可到之期……”忽地泪水滂沱，沾湿衣裳。

公羊羽痛哭一阵，悲愤稍减，忽地跃起，揪住梁萧衣襟，手掌一扬，就要拍落。他举手投足，如风似电，花晓霜呼叫不及，忽见公羊羽掌势一凝，停在半空，眼神时而凌厉，时而犹豫，终于发出一声狂啸，将梁萧远远掷出，厉声叫道：“滚吧，这次罢了，下次遇上，我将你大卸八块！”

梁萧翻身站定，望了花晓霜一眼，心想她有了祖父照看，再也不用自己挂心，不由得惨然一笑，飘然走出杏林。这一轮变故十分突然，花晓霜眼看梁萧去远，回过神来，急声叫唤：“萧哥哥，萧哥哥……”心慌意乱，向梁萧追去。公羊羽一步纵上，将她手腕攥住，厉声道：“不许去！”花晓霜又气又急，奋力挣扎，忽而身上一冷，昏了过去。

公羊羽微微一愣，急忙渡入内力，他一身浩然正气，阳和充沛，当世无匹，不能正本，却能治标。花晓霜但觉暖流入体，寒意稍减，迷迷糊糊又醒了过来，但见公羊羽神色焦急，眼中尽是关切，举目再望，梁萧早已失去踪影。她的心中涌起一阵绝望，悲苦凄惶，怔怔落下泪来。

公羊羽见她醒转，心中稍安，又见她流泪，皱眉道：“哭什么？不许为梁萧那小畜生流半滴眼泪！”花晓霜气道：“你干吗欺负萧哥哥？我……我……”她不善骂人，愤怒至极，也不知如何发泄。

公羊羽怒哼道：“你喜欢那小畜生是不是？哼，以后再也不许喜欢那个小畜生了！”花晓霜听他一口一个小畜生，按捺不住，大声说道：“你再骂萧哥哥小畜生，我……我就骂你老……老畜生！”

公羊羽大怒，喝道：“你敢？”本想说，我是你爷爷，但他抛妻弃子，心中有愧，不便相认，气呼呼瞪了孙女片刻，勉强压住怒意，放软口气道，“我跟你说，那小畜……哼，那小子是天底下一等一的大恶人，他带着鞑子兵攻城略地，杀人无数，人人得而诛之！”

花晓霜从小生长天机宫中，少见外界苦难，对国家社稷之事也多是得自书本，没有切身体会。听了公羊羽的述说，她似懂非懂，茫然道：“我不知萧哥哥对别人怎样，但他对我总是很好。明归爷爷挟持我，他拼死救我，那时我就想，今生今世，我也报答不了；后来，师父死了，萧哥哥始终陪着我，洗衣、做饭、收拾房子、逗我开心，若是没他，我一定活不了的；刚才他又答应我，陪我走遍天下，行医救人！我……我只想活着一天，便陪他一天，不管天下人怎么说，我就是要跟他在一起，无论他是好是坏，我都喜欢……”说到这儿，眼中透出无比倔强。

公羊羽瞅她片刻，忽道：“天下人都与他为敌，你也喜欢吗？”花晓霜用力点头，公羊羽又说：“你爹娘也要杀他呢？”花晓霜一呆，咬牙道：“我还是喜欢！”公羊羽沉默良久，苦笑道：“你真不后悔？”花晓霜摇头道：“死也不悔！”

公羊羽一愣，忽地哈哈大笑，拍手道：“好，好，没想到天机宫死水一样的地方，竟出了你这样的女子！哈，痛快，痛快，做人就该无遮无掩，敢作敢为，但求自己所爱，管他别人如何看待！”

公羊羽冒天下道义之讥，抛妻弃子，追逐了情半生，心中苦闷压抑可想而知，孙女儿这几句话，简直说到他的心坎上。公羊羽欣喜若狂，只差翻个筋斗，引吭高歌了。当下把对梁萧的憎恶抛到一旁，对花晓霜道：“你想不想见他？”花晓霜点头说：“想啊，可他被你赶走了！”公羊羽微微一笑，将她轻轻一扶，足下风生，向林外奔去。

花晓霜见他行止古怪，心头忐忑不安，不知他要如何对付自己。公羊羽奔出一程，忽见梁萧站在一条小溪岸边，望着溪水发愣，心头没由来一喜，放下花晓霜，挥手说道：“你去吧！”花晓霜看见梁萧，又惊又喜，听得这儒生肯放过自己，更是欣喜若狂，笑道：“先生你真好。对了，我看过书，你是被‘太阴真气’所伤，这种功夫化自玄阴离合神功，我给你说个方子……”

公羊羽摆手道："这点狗屁伤势难不倒我，哼，我受了伤，老怪物也好不到哪儿去。"他望着梁萧，眸子一寒，怒哼道，"你与他走得远远的，再被我遇上，只怕我按捺不住，又要取那小畜……哼，那臭小子的狗命。"大袖急挥，绝似一只大鹰，身法飘逸，瞬间去得远了。

花晓霜见他如此轻功，心中骇然，转身奔上，叫道："萧哥哥！"梁萧离开晓霜，不知何去何从，正自彷徨，应声一看，惊喜道："你……你怎么来了？"花晓霜笑道："那位先生放了我！"梁萧奇道："他人呢？"花晓霜道："走了！"想起公羊羽临走时放下的话，心头打了个突，忙道，"他心性多变，过一阵只怕会后悔，又来找你麻烦，萧哥哥，我们还是快些走吧！"

梁萧没料到公羊羽会轻易离开，深感困惑，过了一阵，才说："晓霜，看起来，老天爷不让我离开你呢！"花晓霜微微一笑，心道：是我不想你离开才是！

二人离而复合，别有一番欣喜，返回住处，花晓霜给梁萧续好断臂，匆忙收拾行装，连夜起程。她出生天机宫，性爱书籍，装了一袋医书不说，还将诗词曲赋装了一袋。梁萧看得皱眉，问道："这些书带了做什么？"花晓霜笑道："看着解闷也好。"梁萧心道：真是小书呆子。苦笑一下，将书籍器物默默负上双肩；花晓霜也跨上快雪，抱起白痴儿与金灵儿，二人素衣竹笠，一前一后离开杏林，向山外走去。

第六章

见花生佛

走到东方发白，忽见前方道路布满雀尸。花晓霜惊道："萧哥哥，这是怎么回事？"梁萧沉吟道："我猜是贺陀罗和释岛主做的'好事'。"花晓霜望着遍地雀尸，悲叹道："他们斗来斗去，只苦了这些鸟儿。"梁萧道："这算什么？打起仗来，死的人可比这些鸟儿多得多。"

花晓霜听到这话，想起公羊羽所说的话，心想：他说萧哥哥带着鞑子兵攻城略地、杀人无数，也不知是真是假，瞧他疯疯癫癫的，一定是说谎骗我。瞅了梁萧一眼，但见他愁容满面，又想：他一路闷闷不乐，怎生想个法子叫他欢喜起来？她并非诙谐之人，想来想去也想不出什么笑话、趣事哄梁萧开心。

正在沉思，忽听有人叫道："白头发，你不出来就是乌龟儿子王八蛋。"话音未落，就听有人接道："老疯子，你进来就是乌龟儿子王八蛋。"花晓霜听得奇怪，忽见梁萧纵身抢入一片树林，当即催驴跟上。不一阵，但见释天风蓬头垢面地坐在一个山洞前，燃起篝火，正烤一串麻雀，嘴里叫道："你不出来就是乌龟儿子王八蛋。"刚说一句，洞里便应道："老疯子，你进来就是乌龟儿子王八蛋。"

梁萧不由得皱眉道："老爷子，你做什么？"释天风瞅他一眼，但觉眼熟，可又想不起在哪儿见过，当即回答："白头发躲在洞里，说我进去就是乌龟儿子王八蛋，我当然不会进去了。他窝在洞里，王八蛋却当定了。哈，终归还是老子赢了。"说着扪扯胡须，不胜欢喜。

他在这种事上与人争胜，梁萧只觉哭笑不得。释天风吃了一口雀肉，叫骂一句，那洞里也应了一声。梁萧听那声音尖细，不同于贺陀罗的嗞嗞怪声，心想贺陀罗莫非受了重伤，连声音也变了。再听数声，他脸色一变，忽道："不对。"释天风瞪眼望他，梁萧一纵身子，钻入洞中，片刻叫道："老爷子，你快来瞧。"释天风呸道："你想赚我做乌龟儿子王八蛋，那是休想。"只听梁萧笑道："好啊，你再叫一声'你不出来，就是乌龟儿子王八蛋'。"

释天风叫了，半晌无人回应，不由一怔，又叫两声，还是无人回答。他焦躁起来，将烤雀一扔，钻入洞里，却见梁萧站在一块大石旁边，石下压着一条细绳，绳端拴了一只八哥鸟，正被他捉在手里。

释天风不明所以，梁萧却放开八哥说："老爷子，你再说一句'你不出来才是乌龟儿子王八蛋'。"释天风依言说了，那八哥应声便答："老疯子，你进来就是乌龟儿子王八蛋。"释天风听得目瞪口呆，怔了一会儿，大叫道："白头发呢？"

梁萧手指着岩壁上一个洞口："看那里。"释天风探头一望，洞口横直三尺、深达十丈，与外部连通，可见对面天光。释天风转头望着梁萧，茫然道："逃了？"梁萧叹道："不错，老爷子你上当了！"

原来，贺陀罗被释天风追逼不过，逃入山洞，据洞固守，哪知天无绝人之路，他用鸟笛引来了一只会说话的八哥。贺陀罗心生一计，教八哥学会"老疯子，你进来就是乌龟儿子王八蛋"这句话。释天风一听，自然不肯进洞，只跟八哥你一句、我一句地对骂。贺陀罗趁机用"般若锋"掘出一条通道，逃了出去。他经此一役，心力俱疲，一经脱困，即刻远走，再也不敢留在崂山。

释天风发觉上当，气得拍胸顿足，哇哇怒叫，当即钻入通道，追了出去。梁萧瞧他去远，对花晓霜道："这老爷子逮不着贺陀罗，一定回来缠我，咱们还是走为上策。"花晓霜见释天风神神道道，动辄大打出手，心中害怕，闻言连连点头。

两人昼夜兼程，连走了两天方在一处城镇歇脚。花晓霜在镇内集市摆摊行医。众人见她一介女流，形容娇怯，面有病色，嬉笑围观一阵，就纷纷散去。花晓霜悬壶一日，不见一人求医，她胆小面嫩，也不觍颜招揽，一时无计可施，竟流下泪来。

梁萧心中暗恼，便让花晓霜留神，看哪个路人有病在身。花晓霜一说，他便老鹰拎小鸡般将那人拎来，逼他就医。那些路人怎料到世上竟有强医强治的法子，更不信有白医白治的好处，一个个莫名其妙，但迫于梁萧的威势，噤若寒蝉，乖乖让花晓霜把脉医治。花晓霜虽觉此法不妥，但她只要有病可治，便浑然忘我，至于梁萧用强之事，却也不大在意了。

花晓霜医术高超，治一个好一个，治得数人，声名大噪。当地患者蜂拥而来，摊前以往冷冷清清，如今围得有如铁桶。梁萧心中大乐，在她身旁摆了个地摊，编些竹器、造些玩物，比如会走路的木偶人畜、会飞的竹鸟、能自转的小风车、可鸣叫的水钟等。他机关术之精，当世罕有其匹，所制物事奇巧精绝，兼之价钱公道，许多殷实人家看得稀奇，都来购买，梁萧也借此换些银钱。有时生意不济，便唤金灵儿与白痴儿演一回猴戏，聊以糊口度日。

如此走乡串镇，数月时光一晃而过。沿途也遇上不少劫匪盗贼，更有无德庸医，暗恨晓霜坏了生意，招雇歹人、勾结官府、百般陷害。只不巧遇上了梁萧这等大煞星，偷鸡不成蚀把米，赔了夫人还要折兵。幸有花晓霜这等好好先生在侧，梁萧不便放手施为，恶徒尽管大吃苦头，都能勉强留下性命。

这一日，二人来到一座城镇，行医半日，患者渐多，忽闻人群外传来喧哗，举目望去，几个家丁火急火燎地推开人群，急声道："大夫，我家小少爷犯病，老爷请您上门诊治。"

花晓霜心知病来如山倒，不敢耽搁，火速收拾前往，梁萧起身相随。一行人步履匆匆，到了一处粉壁朱门的高大宅子，弯弯曲曲经过几进大门，到了厢房，还未入内，忽听啼哭声传来。两人入内一看，几个妇女围着一张绣榻，哭得十分伤心。一个中年男子方面有髯，愁眉不展，见人入内，站起身来，听家丁一说，大有喜气，冲花晓霜拱手道："在下只此一子，出生以来便不安泰，这回病得沉重，还请女大夫大施妙手！"

花晓霜无心与他客套，分开一众妇女，却见榻上躺了个未足月的男婴，脸色青中透紫，嘴唇乌黑，四肢痉挛，气息有进无出。把脉一审，但觉脉象紊乱，心经与心包经尤其虚弱，心知此病险恶，急取金针，刺少海、阴市、心俞。这三穴专治心疾，又刺关元穴，泄三焦之气，以为辅佐。运针片刻，小儿脸上紫气渐退，花晓霜舒了口气，反身欲开药方，不料那小儿脸色反黑、身子抽搐，她大吃一惊，伸手把脉，但觉脉象若有若无，行将断绝，急在少府、极泉、内关诸穴按摩。片刻工夫过去，小孩居然渐渐冰冷。

花晓霜心如刀绞，双目一眩，几乎栽倒，梁萧急忙伸手扶住，却听她喃喃道："怎会这样？怎会这样？"那主人看出不妙，伸手一探婴儿口鼻，竟然没了呼吸，不由得瞪视晓霜，两眼喷火，厉声道："小贱人，你干的好事！"与方才温文尔雅判若两人。

花晓霜医死了人却不明所以，一时神形恍惚，不知如何回答，只道："我……我……"梁萧火冒三丈，锁住那主人脖子，喝道："你骂谁？"他双手能断百炼精钢，那主人脸红气促，两眼翻白。花晓霜缓过神来，急道："萧哥哥，是我不好……"梁萧一怔，将人放开，那些妇女发觉死了孩儿，破口大骂，疯也似的扑上来揪打。

梁萧恍然明白，拽起少女，叹道："走吧！"花晓霜望着婴儿，愧疚已极，恨不能随他一起死去。主人缓过气来，一阵大呼小叫，众家丁拿起棍棒冲了进来。那人咆哮道："娘的，欺负到我头上来了，也不看看我是谁！将这两个人打死，给我孩儿偿命！"家丁得他言语，纷纷举棒扑来。

梁萧眼见棍棒挥来，想要反击，又觉医死了人，道理有亏，踌躇间，棍棒已到花晓霜头顶。他一咬牙，拥身上前，用背脊挡下两棒，沉声道："晓霜，这些人不可理喻，我们走。"花晓霜呆呆傻傻，站在远处，一味摇头。

梁萧知她内疚极深，只得横身挡在她身前，左来左挡，右来右迎。棍棒雨点般落向他的头脸，他内功在身，不惧棍棒，心中却是怒气充盈：他娘的！我这一胳膊扫过去，这群软脚虾少说要死七八个。好，臭竹竿，你打得好，我记得你；好，死肥猪，你也来占老子便宜，不看晓霜脸子，老子将你拍成肉泥。他心中大骂，却始终不曾还手。

花晓霜见他用身子护着自己，又感动，又心疼，只得道："萧哥哥，我们走吧！"梁萧得她这句，如奉大赦，挥臂将十来条棍棒荡开，搀扶花晓霜冲出大门。那主人横行惯了，眼见没能打死一人，哪里肯依，指挥众家丁穷追不放。

梁萧冲出大门，眼角一瞥，门前有两尊辟邪石狮，每尊四百来斤，当下将花晓霜放在一边，伸足一挑，劲力所至，右侧石狮跳起六尺来高。他看那主人带头赶出，一掌斜推，石狮再跳丈余，掠空而过，向那主人头顶压去。这下来势迅疾，还在两丈高处，劲风刮得众人肌肤生痛，那人躲避不及，吓得呆若木鸡。

忽听梁萧一声断喝，一闪身，双掌呼地拍在石狮上。石狮斜向飞出，直直撞上左侧的石狮，轰然巨响，石屑飞溅，待得尘埃稍定，两尊石狮荡然无存，双双化为一地碎石。

梁萧出了这口恶气，飘然落下，挽着花晓霜扬长而去。那主人呆望二人消失，忽觉下身冰凉，低头一看，已经吓出尿水。

经此一事，两人无心行医，收拾行装，出镇西行。梁萧无端挨了一顿棒子，怒气未消，大步走在前面。行出一程，花晓霜叹道："其实，现在我细想，那小孩儿的病是治不好的！"梁萧一愣，怒道："你怎么不早说？哼，既然不是你的过错，那群狗奴才扑过来，我便左手一个，右手一个，咔嚓两声……"一边说，两手一边比画，花晓霜奇道："怎么样呢？"梁萧冷哼道："拧断他们的脑袋！"

花晓霜吃了一惊，摇头道："那可不行！"梁萧想着好心没好报，路也无心赶了，将行李扔在一棵枝枝丫丫的大树下面，来回踱步。花晓霜也下了驴背，坐在一块大石上沉思。梁萧来回走了一阵，气也消了，见她模样，问道："你想什么？"花晓霜叹道："我在想，师父遇上这种病，他会怎么做？"梁萧一拧眉头，摆手说："晓霜，这话我可不赞同。为什么老想你师父？他是他，你是你，他如何做是他的事，你该想的是，你要怎么做才对！"

花晓霜苦笑道："师父的医术胜我十倍，我一辈子也赶不上他。"梁萧微微一笑，说道："那可未必，若你连超过他的志气都没有，那才真是一辈子也赶不上！"花晓霜越听越惊，她对吴常青只有佩服，从无超越念头，怔忡半晌，迟疑说："孔夫子说过：'述而不作，信而好古。'他老人家都没法超过前人，何况是我呢？”

梁萧笑笑，说道：“我没看过孔夫子的书，但他号称‘百王之师’，想必是了不起的。不过，他这句话我不赞同，常言道：‘往者不可谏，来者犹可追。’……”花晓霜掩口失笑：“萧哥哥，这句话可不是常言道，也是孔子书中的啊！”

梁萧一愣，皱眉说：“奇怪了，孔夫子自打耳光吗？”花晓霜沉吟道：“不过，这句话不是孔子说的，是楚狂人接舆讥讽孔子的。”梁萧白她一眼，说道：“这两句话我很喜欢。古人未必胜过今人，今人也未必不能超过古人。假如我来出题，考一考古代的算学大家，他们十之八九要交白卷。你现在不如吴常青，只要勤学精思，未必不能胜他！就是你身上的痼疾，吴常青治不好，你就不能自己治好吗？”

这一番话超乎花晓霜的想象，她呆呆望着梁萧，一时忘了言语。梁萧说过便罢，掉头拿出果子肉脯，叫来白痴儿与金灵儿喂食。金灵儿天性机灵，善于模仿。梁萧别出心裁，借喂食之机，教了它不少武功招式，没料到这小猴精一学就会。数月下来，学会了不少进退攻拒的法子，与梁萧怨隙全无，说不出的友善亲密。

吃完两个果子，金灵儿又学会一招手法，梁萧心中欢喜，手臂忽抬，放它纵上大树。金灵儿重返自然，东跃西跳，兴致勃勃。梁萧见花晓霜还在默想，不由得笑道：“还没想通？”花晓霜迟疑道：“你的话……试一试也好。”梁萧知她性子拘谨，微微一笑，也不多说。

花晓霜好容易收拾心情，举目望去，日已入暮，将远近的青山照得如火如金，山势勾折不尽，分外妖娆，不由得叹道：“好美！”梁萧顺她目光看去，笑道：“我见青山多妩媚，料青山见我应如是！”花晓霜面色羞红，轻轻啐道：“好啊，你看了几首诗词，就拿来消遣我！”这些日子，梁萧闲来无事，便看花晓霜带的诗词，月余下来，记住不少，此时信口说来，哄她开心。

正在说笑，忽听啊呀一声，树上掉下一个人来，连声叫嚷：“什么东西？什么东西？”

两人吃了一惊，但见那人是一个十六七岁的年少和尚，不高偏矮，肩宽背阔，脸圆嘴大，蒜头鼻子，一双环眼贼亮贼亮，正向树上瞪视，却见金灵儿从浓荫里探出脑袋。小和尚轻哼一声，拍去身上泥土，咕哝道：“猴崽子，连你也欺辱俺！”

花晓霜不禁笑道："小师父，对不住！"小和尚摸了摸光头，憨憨地说："你叫我吗？"花晓霜道："是呀，我的猴儿扰着你啦？"和尚笑道："你的猴儿？俺在睡觉，他却钻俺怀里来了！"

花晓霜更觉过意不去，还想再客套两句，和尚两眼一转，狠狠盯着白痴儿，吞了一大口唾沫，说道："这狗儿也是你的？"花晓霜点头，和尚又吞一口唾沫，点头说："好狗儿！"花晓霜笑道："是啊，白痴儿很好。"那人说："好肥，够俺吃一顿了。"花晓霜听得目瞪口呆，和尚又看白痴儿一眼，再吞一口唾沫，恋恋不舍地走了。

花晓霜心里有气，皱眉说："萧哥哥，这和尚说话真奇怪！"梁萧笑道："这和尚怪有趣的。"花晓霜不悦道："他要吃白痴儿呢！"梁萧背起行李，笑道："天下吃狗肉的人多了，又不少他一个。"花晓霜呆了呆，乘上快雪，心中迷惑：白痴儿这么可爱，竟然还有人想吃它？真是岂有此理！

二人在夕阳下走了一程，忽听得远处传来喝骂。花晓霜举目望去，只见十多个行商围成一团，挥舞行脚杖，似在捶打什么，边打边骂："让你偷，让你偷！"花晓霜心惊，急催快雪走近，定睛一看，人群里蜷着一人，双手抱头，任凭乱棒落下。花晓霜急道："别打了，别打了！"回头高呼："萧哥哥！快救人！"

梁萧看这情形，心知众人必是殴打窃贼，本也不欲多事，但方才挨过一顿棍棒，无端对这小偷生出同情，一步纵上，双手一挥，拨开棍棒，拱手笑道："得饶人处且饶人，出出气也就罢了，打死了人可不好！"众行商走南闯北，见识广博，一见他出手，就知遇上高人。领头的老者恨声道："小哥有所不知。咱们歇口气，吃口干粮，谁知这人跑来盯着我看，我看他可怜兮兮，便给了他一个肉馒头，怎料他吃过不算，趁我们不备，将剩下的馒头一股脑儿抓吃了。你说可气不可气？"

梁萧摸出七八个铜钱，递给老者道："这些够馒头钱吗？"老者双手乱摆，哈哈笑道："哪里话？我张驴儿好歹也走了四十年江湖，如今只为讨个理儿，哪儿能要您的钱？"一挥手，招呼伙伴去了。

花晓霜见人散去，上前察看那人伤势，刚一俯身，那人腾地跳起，吓得晓霜倒退三步。定眼望去，竟是那个少年和尚，不由得叫道："是你？"上下打量一番，又问，“你没受伤？”

小和尚摇头道：“俺没伤！”花晓霜怕他硬撑，将他拉到面前，仔细看看，说道：“奇怪，他们那么打你，你也没受伤？”小和尚挠头憨笑：“俺不怕挨棍子，就怕饿肚子！”

花晓霜心想他一定饿坏了才偷东西吃，大生怜悯，从驴背上取下干粮递给他。和尚伸手接过，也不道谢，大嚼起来。

花晓霜又问：“萧哥哥，你还有钱吗？”梁萧取出十多枚铜钱，放入和尚手心，笑道：“小师父，你是出家人，怎么偷东西？该化缘才是！”小和尚拿着铜钱，眉眼倏地红了，咕哝道：“俺不会说话，吃得又多，化缘……他们不给。俺吃了也不跑，让他们打一顿，好出气……”

花晓霜吃惊道：“你故意让他们打吗？”小和尚满脸通红，点了点头。梁萧笑道：“这法子太笨，太窝囊！”小和尚摇头道：“师父说，不许俺跟人动手。”梁萧笑道：“不与人动手，就不能跑吗？”小和尚两眼放光，喜道：“对啊，俺怎么没想到？”梁萧笑道：“下次偷了东西，跑快一些，别被人逮着。”小和尚心领神会，频频点头。花晓霜哭笑不得，说道：“萧哥哥，有你这样教人的吗？”梁萧一摊手，说道：“不这样，又怎样？”花晓霜想来想去，似也别无他法。

梁萧看了小和尚一眼，笑道：“小师父，就此别过，多多保重！”牵着毛驴，与花晓霜顺官道前行。走了一程，心有所觉，回头望去，一道人影嗖地闪入道旁。

花晓霜回头看去，一无所见，不由得奇道：“萧哥哥，你瞧什么？”梁萧摇头笑笑，心想这小和尚手脚轻快，藏在树上无声无息，跟了两三里自己才发现。

尽管有人跟踪，梁萧自恃武功也不放在心上。入夜觅间客栈，休息一晚，次日动身。小和尚始终不即不离，远远跟着，梁萧偶尔掉头，他便慌忙躲藏。梁萧心中暗笑，知他不是盯梢的行家，于是出其不意，频频回首，小和尚手忙脚乱，一时应接不暇。

次日抵达黄河岸边，恰逢河水暴涨，冲垮几处大堤，万顷良田尽成泽国。花晓霜心中凄惶，与梁萧裹在灾民中沿河西行，尽己所能，活人无数。她医术虽高却只有一人，无法处处兼顾，兼之疫病横行，望着无数灾民倒毙路旁，却又无力相救，她心中伤痛，终日以泪洗面。梁萧心中暗叹，不时温言细语地宽慰一番。

走了数日，前方大堤上，官府驱赶近万民夫，扛石运土，加固堤防。梁萧举目望去，堤高数丈，一条黄水好似悬在天上，不由得心生感慨：“大禹治水以疏导为务，而今治水却是处处设防。长河万里，岂是堵得住的？唉，当权者怎不明白这个道理？料想忽必烈南北用兵，厮杀正酣，治水当然顾不上了。”

感叹间，呼声大作，一块庞然巨石挣断绳索，沿着堤岸斜坡呼啸而下。两个监工不及惨叫就被碾成肉饼，下方数十个送饭妇女眼睁睁看着石来，目瞪口呆，忘了躲避。

梁萧不及转念，如风似电，抢到巨石前方，用上“立地生根”的奇功，双掌疾出，抵住巨石。巨石重逾千钧，来势猛烈。梁萧双脚入地两尺，手臂剧痛，喉头发甜，可那巨石稍一停顿又向下滚，转眼之间，要将梁萧压在下面。花晓霜见状，骇极而呼。

一道人影应声抢出，挥手一推，巨石落势顿止，甚至上移寸许。梁萧压力消减，偏头一看，来人竟是那个小和尚。二人对视一眼，齐心协力，逆势上推，将大石推回堤上。梁萧一跤坐倒，吐出大口淤血，脸色苍白如纸。

小和尚圆眼大睁，关切道：“你……你受伤啦？”梁萧摇头道：“小伤一桩！”小和尚哦了一声，不再多问。花晓霜赶过来，取过丹药给梁萧服下，嘘了口气，冲小和尚道：“小师父，你怎么在这里？唉，要不是你，今天可就糟了！”小和尚脸一红，低下头去，偷瞧梁萧，后者笑道：“小和尚，你帮我推石头，我请你吃饭，好不好？”

小和尚大喜，连连叫好。梁萧稍事调息，与二人下了高堤，进入市镇，找客栈坐下。梁萧叫了饭菜，又打一壶酒，才喝一口，忽见小和尚两眼直勾勾盯着酒盅，不禁笑道：“你也要喝？”小和尚把头猛点，梁萧又叫一壶，小和尚劈手抢过，一口喝干，咂了咂嘴，眼珠又落在他的酒杯上。

梁萧自常州以来，借酒浇愁，日久成瘾，只是一路独酌，不免少了趣味。见这和尚好酒，大生知己之感，又叫了一壶酒，笑道：“和尚，你有法号吗？”小和尚搂着酒壶，开怀笑道：“师父叫俺花生！”

梁萧笑道："你也姓花，这名字古怪，你师父叫老酒吗？"花晓霜失笑道："萧哥哥你又损人，出家人可不屑用我们这些俗家姓氏。不过，为什么他师父要叫老酒？"梁萧道："喝老酒，吃花生，岂不快哉？"花晓霜听了微笑，花生一摸光头，笑道："听你一说，俺师父的法号中真有一个酒字。"

花晓霜皱眉说："那可真巧。不过依我看来，此花生非彼花生，不是下酒之物，该是佛门的道理！"梁萧笑道："有这种道理？说来听听！"

花晓霜笑了笑，说道："达摩祖师自天竺西来，传法解惑，开启禅宗一脉。他圆寂时说：'吾本来兹土，传法救迷情。一花开五叶，结果自然成。'预示禅门光大，将来会分作五大宗门。达摩祖师去后，心灯传至二祖慧可。慧可大师留偈云：'本来缘有地，因地种花生。本来无有种，花亦不曾生。'再传三祖僧璨，又说：'花种虽因地，从地种花生。若无人下种，花地尽无生。'四祖道信承其衣钵，也留偈言：'花种有生性，因地花生生。大缘与信合，当生生不生。'"花晓霜目视花生，微微笑道，"由此可见，这里所谓'花生'，是花开见佛、光大禅门的意思。花生啊，你师父可是一位有心人！"

花生闻如未闻，嗯嗯有声，只顾喝酒吃肉。梁萧听得这禅门典故，再见他的吃相，脑中灵光一闪，拍案笑道："好个名中有酒！哈！此老酒非彼老酒，不是糟酿之酒，而是数字之九。花生，你的师父叫九如吧？"

花生应声一震，瞪眼说道："你……你怎么知道？"梁萧认真打量花生，心想这小和尚应是老相识，当年在棋坳中会过一面，那时自己使诈弄鬼，请他吃了一嘴荆棘。

花晓霜想到梁萧伤势，见他喝得猛烈，劝道："萧哥哥，酒多伤身。"梁萧笑了笑，停杯不饮，问花生："你师父呢？"花生听他一问，眼圈儿一红，放下酒杯说："师父……师父不要俺了……"

其他二人各个诧异。花晓霜奇怪道："为什么不要你？"花生丧气说："俺跟师父喝酒吃肉，原本逍遥快活。不想那天，师父将俺叫过去，忽然问道：'花生啊，今年你多大年纪了？'俺也不知多大年纪，就说：'师父说多大，俺就多大。'师父叹口气，说道：'粗粗算来，你也有十六岁了，该独自下山见见世面了！’俺听得心惊肉跳，心想从小跟着师父，独自下山，岂不可怕？于是拉住师父，一百个不肯。师父说：‘好吧，今天我问你几句话，你答得上来留下，答不上来就下山。’俺见他刚刚温好了酒，不觉心头发痒，就说：‘师父，话可以慢慢问，酒呢，就要趁热喝了。’不想师父动怒，给俺一巴掌，骂道：‘馋嘴猢狲，就知道喝！哼，我来问你，你答不对就不许喝酒！’他把手一伸，说：‘这是什么？’俺刚刚挨过一下，怎么不认得？就答：‘巴掌。’话没说完，师父又给了俺一巴掌，喝道：‘我给你说，这叫佛手！’”

说到这儿，他看了看自己的手掌，迷惑道：“俺不明白，师父的巴掌与俺一个样儿，干吗俺的叫手，他的叫佛手？”花晓霜想了想，说道；“禅门要旨在于超佛越祖，唯我独尊。传说佛祖释迦牟尼出生时，向东南西北各走七步，指天画地说道：‘天上地下，唯我独尊。’所以禅门宗师不信前人，也不信今人，只要认识了本心就能成佛成祖，这就叫作‘见性成佛’。既然成佛，手便是佛手了。”

花生摇头晃脑，拖声拖气地说：“俺不信，才出生的娃娃也能走路吗？那个石头加什么泥是个大骗子！”花晓霜吃惊说：“罪过！花生，你是和尚，怎么能说佛祖的不是？”

花生见她神色郑重，也知自己说错，心头惴惴不安，摸着光头发愁。梁萧却心中暗笑：这和尚连释迦牟尼都不信，依照晓霜的说法，岂不成了半个佛祖？给他斟了一杯酒，笑道：“先别想这个，说说后来如何。”

花生几杯酒下肚，精神一振，又道：“师父喝了口酒，又伸出脚丫子，问俺：‘你再说说，这是什么？’俺这回看清楚了，说道：‘这是师父的脚。’不想师父给了俺一脚，怒道：‘蠢材，这是驴脚！’你说奇怪不奇怪，佛手俺没见过，师父蒙俺，俺也认了；驴脚俺却是瞧过的，跟师父的脚大大不同。”

花晓霜一心为他排忧解难，皱眉说道：“释教有云，‘众生平等’，佛也好，人也好，畜生也罢，都是平等的生灵，彼此之间都该相互敬重。你师父的手是佛手，脚是驴脚，该是说，众生平等，不分高低。”花生听得张口结舌，脑子里一塌糊涂，这番话过于玄远，超乎他的智力，再想十年只怕也想不明白。梁萧见花晓霜费尽心思解释九如的胡扯言语，一时间笑也不是，不笑也不是。

花生呆了半晌，迟疑道："但……但为啥人没长尾巴呢？"花晓霜一愣，无从答起。梁萧拍手笑道："问得好！"花生听他夸赞自己，干笑两声，又苦了脸说："师父将俺骂了两句，又说：'我最后问你一句，你生平最想做的事是什么？'此事俺想过多次，也梦过多次，想也不想，老实回答：'俺想泡在美酒里洗澡睡觉，一睁眼就看到满禅房的狗肉。'"

这话太过惊世骇俗，花晓霜听得发呆。梁萧也想：好和尚，竟想过酒池肉林的日子！忍不住问："这回说对了吗？"

花生垂头丧气，叹道："俺也以为说对了，可师父愁眉苦脸，呆了半天，摸着俺的脑袋说：'花生啊，你这个顽石脑袋，什么时候才开窍啊？唉，看来你不是参禅的料，不要做我徒弟了吧！'你说，俺从小跟着师父，怎能不做他的徒弟？离了师父，谁又给俺喝酒吃肉？所以一听这话，俺又惊又怕，一百个，不，一千个、一万个不肯，抹着眼泪鼻涕跟他混赖。师父被俺搅得没法，不再作声。俺只当这事过去了，哪知……"他说到这里，扁嘴耷眼，泪如滚珠，哽咽道，"第二天，俺一觉醒来，不见了师父的踪影，庙里的米面酒肉也没了。俺生生饿了两天也没见师父回来，没法子，只好下山……"小和尚悲从中来，伏在桌上放声大哭，边哭边叫，"师父，你在哪儿啊？花生好想你！呜呜呜，师父……呜呜呜……"

花晓霜听他哭得悲切，勾起父母之思，神色一阵黯然。梁萧笑道："花生，别哭，来来来，喝酒！"花生听到"酒"字，收泪抬头，抱着酒壶，又喝两盅酒，眉间渐渐舒展了。

梁萧问："你如今有什么打算？"花生一脸茫然，摇了摇头。梁萧又问："那你干吗一路跟踪我们？"花晓霜望着花生，十分诧异。花生的光头红得像只柿子，小声咕哝："你……你怎么知道的？"

梁萧笑而不语，花生被他瞅得心头发虚，支吾道："你……你们人好，俺下山来，从来……从来就没人对俺这么好过，俺跟着你们，心里就踏实！"

花晓霜见这小和尚为人呆傻，流落江湖，处处受欺，不觉心生同情，望着梁萧，欲言又止。梁萧明白她的心思，点了点头，说道："花生，你气力很大，帮我背行李好吗？"花生惊喜道："好啊！"他胸无挂碍，说到便做，饮尽一壶酒，把行李驮在背上，摸着光头，满脸堆笑。

梁萧偏爱质朴纯良之辈，见他这样，招手微笑："别急，吃了饭再背！"花生也不卸下行李，应声坐下，抓起肉馒头，笑眯眯大嚼起来。

酒足饭饱，梁萧正要付账，忽听女子咯咯轻笑。他听得耳熟，回头看去，当门处坐了个青衣男子，正想笑声来处，那人站起身来，掉头一笑。梁萧见他面如白玉，俊秀出奇，略一转念，冷冷道："韩凝紫，你这身装扮又想蒙谁？"

韩凝紫笑道："蒙你行不行？"梁萧淡淡说道："我今天心情好，你滚远一些！"

韩凝紫的眼里闪过一丝杀气，瞥了花晓霜一眼，淡淡笑道："梁萧啊，你可是朝三暮四的大行家，先是莺莺，再是阿雪，如今这位小姑娘又该怎么称呼啊？"花晓霜正要据实以告，梁萧却说："韩凝紫，这就是你的不是了！"韩凝紫笑道："我随口问问，怎也是我的不是？"梁萧笑道："你连姑奶奶的姓名也要问？数典忘祖，当然是你的不是。"他恼恨韩凝紫打了凌霜君一掌，累及晓霜，故意皮里阳秋挖苦她两句。

韩凝紫微微一笑，似乎并不着恼，转过身子，手掌轻轻一拨，一只青花瓷碗腾空而起，向梁萧飞掠而来。梁萧漫不经心，右手一扬，身前酒碗带酒飞出。两只碗凌空撞击，哗然声响，青花瓷碗碎成八片，酒碗丝毫无损，直向韩凝紫飞去。

韩凝紫始料不及，急忙挥掌阻挡。但梁萧出手更快，又是一掌拍出，受他掌风一激，酒碗去势倍增。

酒碗带了梁萧两重掌力，韩凝紫不敢硬接，闪身一纵，酒碗掠身而过，在半空中划了个圆弧，噌地陷入泥土墙中。碗中酒水，却一点未溅出。

梁萧心想一不做，二不休，索性毙了这个女魔头，为花晓霜除掉后患。他挺身站起，眼中杀气剧盛。韩凝紫目光一闪，忽地咯咯笑道："两年不见，你的武功强了许多，看样子，莺莺也有救了！"

梁萧本已动了杀机，听了这句，心子一沉，皱眉道："韩凝紫，你说什么鬼话？"韩凝紫看他一眼，摇头叹道："但见新人笑，哪闻旧人哭！柳莺莺瞎了眼，怎么会为你这个负心人陷身囹圄、受尽折辱？"

梁萧浑身一震，涩声道："你再说一次？"韩凝紫退了半步，防他施袭，微微笑道："你不信就算了。哼，想杀我？好啊，我大不了一死，你也休想知道柳莺莺的下落。"

梁萧一时语塞，沉默一下，说道："她的下落与我有什么关系？你这些话留给云殊说好了。"韩凝紫笑道："你还真小气，也罢，可怜柳莺莺一颗痴心却被狗吃了。"她拂袖便走。梁萧一拍桌案，扬声道："韩凝紫，你走得出这道门算你厉害！"

韩凝紫回头笑道："你真想知道柳莺莺的下落？"梁萧沉默不语。韩凝紫看他一会儿，微微笑道："好吧，告诉你也无妨。一年前，莺莺被楚仙流生擒，关在九华山的天香山庄，至于其后如何，非我所知。不过，这么娇美的人儿，落入老色鬼手里，只怕……"她见梁萧面色惨变，双目赤红，蓦地住口，咯咯咯一阵笑，扬长走出门去。

梁萧浑身发抖，额上渗出丝丝冷汗。花晓霜见他眼神恍惚，暗暗担心，问道："萧哥哥，你没事吧？"梁萧唔了一声，掏出一把铜钱丢在桌上，不待找零，匆匆出门。花晓霜忙牵快雪，招呼花生追赶。

梁萧大步流星，向西走了一程，忽而止步，望着河水呆呆出神。花晓霜见他不胜苦恼，不知发生什么，可又不便惊扰，与花生远远观望。

梁萧对着河水站立良久，回望花晓霜，迟疑道："我要去一趟南方，你肯随我去吗？"花晓霜道："这话可见外了，你去哪儿，我都跟着你。天下苍生，不分南北，医者医病，北方南方都是一样。"

梁萧神色黯然，喃喃道："你去哪儿，我都跟着你……"反复念了数遍，露出一丝惨笑。花晓霜忍不住问："萧哥哥，你怎么啦？"梁萧叹道："以前也有人对我说过这种话，我也答应过她，可惜她做到了，我却没做到。"花晓霜见他眼里尽是伤痛，心中一酸，脱口问道："她……她是谁？"梁萧定定看了她半晌，忽道："晓霜，我是个百死余生的大恶人，跟我在一起，真辱没你了。"花晓霜一愣，颤声道："萧哥哥，你怎么……怎么尽说一些不着边际的话？我……我不爱听。"说到这里，两点泪珠滚出眼角。

梁萧见她落泪，劝她回家的话再也说不出口，幽幽叹了口气，伸袖给她拭去泪痕，说道："好好，我不说了。"转头望去，花生嘴里叼着半个肉馒头，瞪眼望来，一脸惊疑。

梁萧苦笑一下，让花晓霜骑上白驴，一手牵着，默默走在前面。花生背负行李，亦步亦趋。三人慢慢向南，梁萧一路沉默寡言，闲下来只练拳剑。花晓霜猜不透他心中所想，询问又无回应，无奈钻研医书解闷。他二人话语既少，花生也只得做个闷嘴葫芦，好在他性子简单，有酒有肉也就心满意足了。

不久渡过长江，进入皖境。这日午时，三人到了一处客栈，打尖用饭，方才就座，便听马蹄声响，停在客栈外面。骑士还没入内，声音当先冲入："伙计，两斤米酒，十斤牛肉。"声若驴鸣，响亮震耳。梁萧听得耳熟，又听另一人说："雷震老弟，不要急，那女贼好比瓮里的王八，万万逃不掉的。"

来人并肩走进客栈，一是"天锤"雷震，一是"九头鳌"白三元。雷震恨恨坐定，怒道："这次大家齐心协力，非逼楚老儿交出小娘皮不可！他娘的，楚老儿人老心不老，死抱着小淫妇不放手！哼，天下哪有这样的事情？"白三元一拍大腿，咬牙道："那贱人杀害你我爱子，又做下那么多大案，轻易放过，天理不容。哼，这一次，楚仙流那老淫虫非交人不可！"

两人你一言我一语，越说越不堪，污言秽语层出不穷，百般诋毁柳莺莺。骂了片刻，酒肉用尽，剩下的牛肉用油纸包了，再要了一葫芦烧酒，会钞出门，纵马疾驰。

不一阵的工夫，花木渐繁，红花绿树间露出数处飞檐。转过一个林子，前方百花怒放，迷乱人眼，花丛中隐藏一所青瓦白墙、方圆数里的大庄园。

雷震挥鞭遥指："白兄，那儿就是天香山庄！"白三元冷笑道："老淫虫倒会享福。"将近庄园，庄门前的广场上，两群人对峙而立，一触即发。南边那群人看见二人，有人叫唤："雷大郎来得正好！"雷震翻身下马，团团作了个揖，向雷行空道："爹爹，我与白前辈路上耽搁，来得迟了。"

雷行空一点头，挽住白三元的手含笑道："白兄弟，你赏光前来，最好不过。楚老大说咱们兴的是不义之师，你来说说，咱们有义还是无义？"白三元双眉一扬，慨声道："有义无义，各人心中自有公道。想当年，我奉靳大侠之命，在长江上拦截鞑子元帅伯颜，不想那女贼勾搭上了那个鞑子元帅，还害死了我儿白凫。无论为公为私，我与女贼，不共戴天！”

楚宫冷笑道：“白三元，那日你当众唾骂靳飞，今天又大侠长、大侠短。哼，楚某一生之中，没见过你这么不要脸的！”他存心贬低白三元，叫他说话无人信服。

不想白三元神色一黯，颓然道：“不错，当日小老儿猪油蒙了心，做出那样的无耻勾当。靳大侠肝胆照人，天上神佛一样的人物，白三元给他舔脚也不配。那日之后，小老儿日夜扪心自责，但又没脸再见靳大侠，与他并肩杀敌。数月前，听到他殉国消息，小老儿恨不得一死了之，随他于九泉之下……”他猛地掉转手臂，重重一拳打中口唇，三颗门牙应手而落，嘴里鲜血长流。

雷行空惊道：“白老弟，这是为何？”白三元流血沾衣，一膝跪倒，仰天大哭道：“我这张嘴唾了靳大侠，罪该万死，割舌断喉也难赎万一，只是我儿大仇未报，无法甘心。今日若能杀了柳莺莺那贱人，小老儿立时摘下这颗脑袋，祭奠靳大侠在天之灵！”在场南北武人见他血流遍地，无不心生凄凉，再想家国仇恨，纷纷动了义愤，喊骂呼喝，向庄门涌去。楚宫弄巧成拙，眼见群情汹汹，不由得变了脸色。

雷行空见此情形，瞪眼大喝，声若霹雳，将场上喝叫一时盖过，只听他沉声说：“杀人偿命，欠债还钱，女贼为非作歹，干尽无耻勾当。哼，楚仙流铁木剑虽强，却也未必强得过一个理字。”雷震跳了出来，大声道：“不错，楚家不讲理，咱们也不必跟他讲理！”

楚宫冷笑道：“雷行空，你这么说，是要以多为胜，灭了我天香山庄吗？”雷行空冷笑道：“楚老二，你这么说，也是打定主意，不想讲道理了？”

双方一触即发，人群中忽地走出一人，叹道：“如今国家沦亡，山河破碎，众位何苦斤斤计较？不如齐心协力，加入义军，如靳大侠和云公子一般报国杀敌！”众人举目望去，却是神捕何嵩阳，他鬓发苍苍，竟是衰老了许多。

何嵩阳神色凛然，注目楚宫道：“楚兄，那贱人一个江洋大盗，天香山庄世代清白，何必为她与人结怨？不如将她交出，大家三对六面，数出她的罪过，剖腹挖心。一来解众人冤仇，不伤和气；二来伸张江湖正气；三来嘛，这贱人与梁萧那魔头一路，不妨拿她祭旗，大家结成一支义军，奔赴江西，与鞑子大战一场！”

群豪一听，哄然叫好，有人大声道：“听说云殊云大侠尚在人间，可有此事？”云殊死守襄阳，屡摧强敌，江湖中人无不折服，听得这话，群豪个个屏息，盯着何嵩阳，眼中满是期盼。

何嵩阳见此情形，心中激动，慨然道：“何某当日相助官府，犯下许多罪过。如今山河破碎，方悟向日之非。此次前来，正是奉了云大侠之命，召集众位豪杰以图义举。常州一战，云大侠得异人相救，死里逃生，如今率领舟师，正与鞑子海战。文天祥文丞相也逃出鞑子魔爪，在江西聚集数十万大军，要与鞑子一决雌雄。如今形势大好，相信不出两年时光，便可恢复大宋失地。”

群豪听说云殊尚在人世，无不振奋，又听说兴复在望，更是欢欣鼓舞，纷纷叫嚷：“有云大侠在一日，鞑子休想得逞！”“不错，云大侠武功盖世，韬略过人，有他领袖，鞑子兵都是草纸糊的，不堪一击！”众人越说越是气壮，人人摩拳擦掌，恨不能马上奔赴沙场。

雷行空为纯阳铁盒而来，对家国之事全无兴趣。他老奸巨猾，笑道：“何捕头说得有理。咱们先拿女贼，再杀鞑子，扬我大宋威风！”众人个个头脑犯热，听他一说，齐声叫好。

楚羽见状叹道：“大哥，公公说得是。那贱人作恶多端，要想保她，千难万难。三叔这么大年纪，怎么还是这样糊涂！难道说，他真为女贼失了魂？”她虽敬服楚仙流，可日日听人诽谤，加上杀子之仇，久而久之，也只当楚仙流人老心热，贪恋柳莺莺的美色。

楚宫微一迟疑，摇头说：“三叔一言九鼎，他说不交人，就不交人，除非有人胜得过他的铁木剑！”众人面面相觑，场上为之一静。忽有人嚷道：“一个人打不过他，不能两个人上吗？”雷行空也说：“是啊，众人同心，其利断金！楚仙流就有通天的本事，挡得住这么多好汉吗？”众人纷纷附和，楚氏众人无不变色。

楚宫见事已至此，叹道：“好，各位胆量可嘉，请吧。”左移两步，让开大门。他若执意阻挡，众人或许真的硬闯，他一反常态，反叫人人惊疑。

雷行空心想楚仙流还没露面，门中只怕设有恶毒埋伏，贸然闯入，难免中了圈套。正在踌躇，雷震转身叫道：“天香山庄也不是什么龙潭虎穴，咱们这就进去，别让人瞧小了！”众人听他这话，胆气一粗，纷纷鼓噪上前。

楚宫瞧着雷震背影，双目一亮，忽地笑道：“雷兄厉害，哈哈，佩服佩服！”雷震转身冷笑：“不敢，雷某别的没有，就是有些胆子！”楚宫笑道：“不是这个，楚某佩服雷兄背脊上写字的功夫。”雷震面色一沉，冷冷道：“楚老大，你胡说些什么？”

楚宫话一出口，众人的目光纷纷投向雷震背上。他的衣衫上粘满油渍，细细看去，竟是四个大字：“我乃蠢猪”。龙飞凤舞，甚是潦草，仿佛某人吃过饭后，随手用残脂剩油抹上去的，先时没有浸透，不甚分明，这时经风一吹，油光致致，凸现而出。

众人看得清楚，惊诧之余，又觉好笑，一时议论纷纷，雷公堡一干人的脸色说不出的难看。

雷震听得众人议论，偏又不明所以，左顾右盼，全没了方才的气势。楚宫笑道：“雷老大，你自认蠢猪，老夫生而为人，也不能与你一般见识！哈哈，请吧！”将手一伸，指着墙角一个狗洞。

雷震怒道：“放屁，你才是蠢猪！”将拳一晃，扑上要与他放对，忽听楚羽叫道：“大郎，不怪他，你……你的衣服……”雷震瞪眼道：“衣服？衣服会骂人吗？”楚羽又气又急，可不知如何答他。白三元与雷震交情不浅，上前说道：“雷兄，你脱了外衣瞧瞧……”雷震一愣，三两下扒掉外衣，定睛一看，忽地傻在当场。

白三元这时背对群豪，众人目光又落到他的背上，有人一字一句，念道：“我放狗屁！”话一出口，其他人哄然大笑，念诵的人缓过神来，窘迫道：“不是我放狗屁，是白三元放狗屁！”

白三元怒火蹿升，掉头认出那人，厉声道：“鹿大樵，我跟你无冤无仇，干吗出口伤人？”踏上一步，眼露凶光。鹿大樵脸色发白，抗声道：“你背上能写，就不许人念吗？”白三元脸色一变，慌忙脱下外套，只见上面油渍淋漓，写着“我放狗屁”四字，看笔迹，与雷震背上所写出自一人之手。

雷行空当着南北豪杰，大感脸上无光，劈头喝道：“雷震，怎么回事？”雷震拭去额上冷汗，颤声说：“孩儿全……全不知情……”众人无不骇然，心想：白三元也罢了，雷震响当当的角色，被人背后写了字，竟然全不知情？

白三元两眼喷火，厉声叫道：“究竟是谁？有种三刀六眼，跟老子拼个死活，藏头露尾，算什么好汉？”众人面面相觑，一时默然。白三元眼见无人出来，气势更足，一顿足，还要喝骂，忽听一个声音朗朗传来：“你背后骂女人，又算哪门子好汉？”

众人回头望去，二男一女，牵着毛驴慢慢而来。男子一僧一俗，俗者年约二十，白衣磊落，乌黑的头发披在肩头，一把绿竹长剑斜插腰间，数十条细竹丝若有灵性，在他指间活泼泼跳动，结成一只奇形竹环。他口中说话，手中结环，一路走来，也不抬头。

白三元与雷震对视一眼，想起方才落脚吃饭见过这三个男女，心头一震，齐齐色变，白三元喝道：“编竹子的……”来人正是梁萧，闻言笑道：“我不编竹子，我只编人。”白三元一愣，怒道：“管你编什么！这衣服上的字迹是你写的？”梁萧笑道：“我写的什么字？”白三元脱口应道：“我放狗……”雷行空急忙喝止：“白老弟！”白三元一惊，将那个“屁”字咽了回去，瞪着那人，心想：妈拉巴子，几乎又着他的道儿！他丢尽脸面，越想越是不忿，抄起一支铁桨，与雷震交换一个眼色，忽地齐身纵出，一左一右猛扑上去。

梁萧仍不抬头，手中哧哧两声，两根竹丝激射而出。对面两人只觉腕间刺痛，竹丝从列缺穴钻入，又从神门穴透出。两人半身麻木，惊怒交集，方要挣扎，不料梁萧的内力附在竹丝上面，一入二人身体，立刻顺着经脉游走。列缺属手太阴肺经，神门属手少阴心经，心肺二脉，牵一发动全身，二人直觉心悸气紧，浑身酸麻，白三元铁桨落地，几乎瘫在地上。

众人大惊，正要救援，梁萧十指颤动，将二人手腕上的竹丝结成细环，挂在手上的大竹环上。群豪各挥兵器，四面涌来。梁萧漫不经心，左右盘旋，用上“碧微箭”的功夫，将手中的细长竹丝激得八方飞出，仿佛灵蛇游空，几乎无从闪避。惨叫声响成一片，不少人的列缺、神门二穴被刺穿。梁萧指间变化奇快，一边发出竹丝，一边结成细环，扣入大竹环内。不多一会儿，竹环上挂了十多名壮汉，一个个龇牙咧嘴，亦步亦趋，随着他步子转动。剩下的人无不胆落，四面散开，不敢靠近。

梁萧始终低头，众人并未将他认出。雷行空厉声道：“编竹子的，你到底来干什么？”梁萧抬起头来，微微笑道：“早告诉你了，我不编竹子，专来编人。”楚羽一眼认出他来，忽地惊叫道：“你……你也来救那贱人？”梁萧笑道：“你骂得好，我记下了。‘贱人’二字，待会儿就刻在你脸上吧！”楚羽见他脸上带笑，语气冰冷，心头不由得打了个突。

其他人也认出梁萧，何嵩阳厉声道：“梁萧贼子，果真是你！”众人一听这话，无不色变。

楚羽夫妻连心，见丈夫落入人手，又疼又怒，挥剑刺向梁萧。梁萧不待她抢进，将竹环挂在左臂，右手抽出竹剑，拍中她的剑脊。楚羽虎口酸痛，长剑偏出，即刻身随剑走，长剑斜掠而出。梁萧的竹剑也随之递出，后发先至，点中楚羽的曲池穴。

楚羽手臂一软，长剑脱手，眼前忽地一花，竹剑如鬼如魅，落到了她的脸上。楚羽血冷如冰，心中只有一念：这是什么鬼剑法？

雷震见妻子被制，偏又无力相助，唯有破口大骂。梁萧笑道：“楚二娘，你记得我说过的话吗？”楚羽咬牙不语，梁萧道：“我说话算数，先在你左脸刻个‘贱’字，再在你右脸刻个‘人’字，包你左右对称，一辈子也抹杀不掉！”

众人心头一寒，均想楚羽徐娘半老，风韵犹存，脸上多了这两个字，那可真是大煞风景。雷家众人纷纷大骂，楚宫虽恼楚羽女生外向，终是兄妹一场，见状心生恻隐，紧紧拧起眉头。

梁萧一意立威，正要动手，花晓霜忽道：“萧哥哥，不行！”梁萧皱眉道：“你又要拦我？”花晓霜脸色苍白，摇头道：“好，我不拦你，我只告诉你，如果有人在我脸上刻下这么辱人的字，我一定不想活了！”梁萧一呆，竹剑翻起，左右开弓，打得楚羽双颊肿起，悻悻道：“滚吧！”

楚羽逃脱一劫，默然后退，梁萧将长剑挑给楚羽，喝道：“拿去！分香剑术，不过尔尔！”楚羽接下长剑，脸色惨白如纸。

天香山庄一众高手听得这话，无不神色悲愤。花晓霜见梁萧放过楚羽，松了口气，又望他手中那串大汉，低声道："萧哥哥，他们的穴道伤得太久，势必心肺受损，你……你也放了他们吧……"小手搭上梁萧左臂，眼中满是乞求。梁萧避开她的目光，花晓霜却只是晃他手臂，柔声道："萧哥哥！"梁萧手臂攥着大竹环，大竹环连小竹环，小竹环又穿着众人穴道，故而花晓霜每晃一下，众人便痛叫一声。花晓霜连晃三次，众人便齐叫三声。花晓霜猝然惊觉，过意不去，歉然道："哎哟，对不住！"梁萧观她神色，终是无可奈何，叹道："罢了。"放开竹环，竹环失去内劲支撑，众人恢复气力，挣断竹丝，但经这一番折腾，一个个锐气尽消，委顿不堪。

梁萧生平快意恩仇，今日屡被晓霜掣肘，心中气闷，目中精光迸出，注视何嵩阳道："你是云殊部属，为何还要与柳莺莺为难？你不知道他们的交情吗？"何嵩阳呸了一声，冷笑道："狗鞑子放屁！云大侠胸襟可比日月，怎会与这种女人有交情？"梁萧目不转睛，凝视他半晌，皱眉道："此话当真？"何嵩阳朗声道："若有半字虚言，叫我不得好死！"梁萧面色一沉，厉声道："胡说八道，云殊于柳莺莺有救命之恩，柳莺莺感他恩德，以身相报，此事你和雷、楚两家俱都亲见，难道还有假吗？"

何嵩阳见雷行空父子和楚宫兄妹均有疑惑，心中大急，怒道："狗鞑子闭嘴！云大侠一生清白，如今已有婚约在身，跟这女贼决无关系！"

梁萧瞧他斩钉截铁，心中疑云大起，沉吟道："你说云殊有了婚约？"何嵩阳大声说："不错！"梁萧道："那他可知莺莺困在庄里？"何嵩阳眉尖一挑，心想：云大侠确然不知此事。狗鞑子居心叵测，一心污损他的清誉。哼，老夫不能叫他得逞！当即说道："云大侠当然知道，他还告诉何某，女贼是死是活，与他都不相干。"

梁萧眉毛一挑，怒道："他真这样说？"何嵩阳扬声道："千真万确！"话一出口，众人齐声喝彩。

梁萧站在那儿，神色忽明忽暗，变幻数次，忽然点头道："好，云殊不救，我梁萧来救。"声音陡然一扬，"楚仙流，晚辈梁萧求见。"声音悠长，响如惊雷，轰隆隆向庄内滚去，片刻之后，方才传来回音。

众人听了这声，无不面如土色，心想狗鞑子如此厉害，此间恐怕无人能敌。梁萧一声叫罢，无人应答，眉头一皱，迈步走向庄门。

楚宫跨上一步，森然道：“梁萧，你方才口出不逊，瞧不起分香剑术，是不是？”梁萧冷笑道：“没错，分香剑术，不过尔尔！”

楚宫冷哼一声，手挽剑花，中平刺来。梁萧竹剑挥出，轻描淡写压中楚宫的剑身。这一剑出自“兑剑道”的法意，兑者沼泽，要旨在于从内力中生出黏劲，束缚对方兵刃。楚宫的精钢长剑仿佛陷入淤泥，无从使力，也无法拔出。他收剑疾退，梁萧也跨步赶上，竹剑贴着钢剑，随他任意东西。一眨眼，二人进退如风，飘出数丈。楚宫无法摆脱竹剑，猛可想起，当日云殊也曾用这法子压住自己的长剑，心头不觉慌乱起来。

楚羽眼看兄长当众受挫，娘家百年声威毁于一旦，忍不住飞身纵出，一剑飘飘，刺向梁萧胁下。梁萧足下一旋，竹剑横摆，将楚宫带了个踉跄，撞向楚羽的剑锋。楚羽心下大骇，硬生生将长剑横移四寸，正好送到楚宫剑下。这一下已在梁萧算中，他竹剑猝沉，只听金铁交鸣，楚羽长剑也被粘住。

楚氏兄妹垂名武林三十余载，今日却被后生小辈用一把竹剑制得动弹不得，一时人人凛然，望着梁萧心生惧意。就在这时，忽听庄门处传来一个女子的声音：“爹爹‘云横秦岭’，姑姑‘香兰含笑’‘春水盈盈’！”

病急乱投医，兄妹二人听了这话，不顾真假，楚宫使招“云横秦岭”，身形微转，长剑飘然一横、剑尖乱颤，仿佛兰花吐蕊。梁萧只觉两把钢剑跃跃欲起，方要运劲压服，忽见楚羽腰肢扭动，以腰带肩，以肩带臂，以臂带剑，剑上劲力接连变化三次。梁萧虎口一热，竹剑微微弯曲，情知如此下去，竹剑势必折断，只得劲力内收。楚氏兄妹剑上一轻，两把钢剑终于收回。

场中彩声雷动。梁萧目光一转，一名蓝衫女子，亭亭站在庄前。梁萧冲口而出：“是你！”这女子正是楚婉，梁萧正想问她二王消息，楚婉却不瞧他，娓娓说道：“三叔公午睡方醒，命我邀各位入庄一叙！”

梁萧只得将到嘴的话咽进肚里，别了竹剑，大步进门。楚氏兄妹自知阻挡不住，无奈左右让开。一群人各怀主意，鱼贯入庄，顺着青石小径前行。庄内百花盛放，左一簇蔷薇，右一丛蜀葵；东有剪春罗，西是满地娇；十样锦在前，美人蕉落后；夜落金钱乱如斑斓豹纹，缠枝牡丹艳若倾城佳人，缤纷错落，争奇斗艳。众人娇色满目，芬芳扑鼻，无不心旷神怡，争斗之心大减。

行出二里有余，前方路尽。水声叮咚，一道碧玉似的清泉泻出石隙，流过花间；独木小桥飞架其上；桥对岸花木摇曳，掩着一座八角小亭；梁柱之上尚有如鳞松皮，未曾剥落。

梁萧还没过桥，就听有人长吟道："处世若大梦，胡为劳其生，所以终日醉，颓然卧前楹，觉来眄庭前，一鸟花间鸣……"还未唱完，一个娇媚女声烦乱道："酸里酸气，难听死了！"梁萧听这声音，如受雷击，呆立当场。

吟诗者哈哈大笑，笑声清劲，如龙在天，笑完说道："楚某不论说什么都是酸的，梁萧放个屁也是甜的。"女声冷冷道："你才吃屁！"梁萧心跳如雷，分花拂柳，缓步过桥。遥见楚仙流抱膝坐在亭前石阶上，意态疏懒，揽杯远眺。离他不远，一名绿衫女子背向俏立，双手捂耳，身子微微颤抖，似乎怒气未平。

梁萧望她背影，恍若隔世，方要举步，但觉步子僵硬，想要叫喊，嗓子间又似哽咽住了。女子听得脚步声，回头看来，刹那容光四射，身边百花都失颜色。她目光一转，忽地落在梁萧身上，呆了呆，娇躯一震，发出一声娇呼，好似乳燕归巢，一头撞入他的怀里。花晓霜站在梁萧身后，见状吃了一惊，双眼睁得老大。

梁萧见那女子入怀，方才醒过来，身子微侧，伸手在她肘尖一托，扶住她道："柳姑娘，你小心！"柳莺莺没料他竟会让开，愕然道："你……你叫我什么？"梁萧微微苦笑，叹道："柳姑娘，多时不见，你清减了。"柳莺莺呆呆望了他半晌，忽地凄然笑道："你叫我柳姑娘？"

梁萧低头不语，忽听花晓霜轻轻说道："萧哥哥，这是你朋友吗？"梁萧唔了一声，正要开口，柳莺莺一双秀目已凝注在花晓霜脸上，若有所悟，冷笑道："萧哥哥，叫得好亲热啊！"转眼盯着梁萧，淡淡地道："她是谁？给我引介引介。"梁萧见她目光冷冽，心头一颤，轻声说："她是晓霜。"柳莺莺的脸上失去血色，深深吸一口气，涩声说："好啊，你叫她晓霜，却叫我柳姑娘！好，哼，你好……"嗓子一哽，眼眶已被泪水充满。

梁萧见她神气，颇为不解，转念间有所领悟：她在云殊和楚仙流那儿受了无数委屈，想要找我倾诉。就算她负过我，我待她也未免太过生分了。沉默一下，徐徐开口："莺莺……"柳莺莺涨红了脸，忽地喝道："闭嘴，莺莺是你叫的吗？"

梁萧一愣，花晓霜漫无心机，忍不住说道："这位姊姊，萧哥哥是好心，你干吗这样凶……"话没说完，柳莺莺冷笑道："小贱人，我跟小色鬼说话，有你插嘴的份儿吗？"花晓霜被她一喝，脸色煞白，颤声道："你骂……骂谁？"柳莺莺大声道："你聋了吗？小贱人，我就骂你！"花晓霜嘴唇哆嗦，半晌方道："你……你不讲理！"

柳莺莺冷笑道："好呀，我跟你讲理，你道我和梁萧是什么关系？"花晓霜还没接口，柳莺莺已道，"我是他未来的妻子，他是我将来的丈夫！我不知你用什么法子勾引他，从今往后，你给我滚得远远的！"这几句话大胆突兀，震惊四座。梁萧还没缓过神来，忽见花晓霜望着自己，一脸茫然，跟着身子一晃，整个人瘫软下去。梁萧心中一惊，抢上将她抱在怀里，掏出金风玉露丸给她服下。

柳莺莺瞧得心尖颤抖，也不知该伤心还是气恼，双颊微微一热，两行泪水滑落下来。梁萧给花晓霜服完药，又瞧了瞧柳莺莺，心头好似打翻了五味瓶，说不出是何滋味。他举目四顾，心头一震，对头们围着大瞧热闹，眉梢、嘴角都有讥讽，独有楚仙流笑吟吟望着自己，一副饶有兴趣的样子。

梁萧沉默一下，将花晓霜交与花生，正色道："莺莺，天香山庄的人可曾欺负过你？你只管说，我拼了性命也要给你出气！"

柳莺莺正在伤心气恼，听了这话，心底一甜，怨恨烟消，冷哼一声说道："别的欺负没有，楚老儿就是不许我离开，说我伤一个天香山庄的弟子，便要关我一年。只因我打伤了天香山庄五个蠢材，所以要关我五年。"梁萧听她并未受辱，长长松了口气，向楚仙流拱手道："五年之期太长，还望楚前辈宽宥一二。"楚仙流淡淡一笑，摇头说："不成，她才待一年，必须待足四年，一年也不能少！"

梁萧一怔，转眼看去，柳莺莺花容憔悴，双颊微削，心想这一年时光，她必然受了不少委屈，自己既然来了，岂可让她再困四年？刹那间，他心口发烫，扬声说道："楚前辈，你答应也罢，不答应也罢，今日无论如何，我都要带她离开。"

第七章

花中圣哲

这话一出，柳莺莺心生酥软，暖意涌遍全身，她望着梁萧，明眸如珠，双颊流辉，比起怒放的牡丹还要明艳。

其他人却恨梁萧狂妄，纷纷破口辱骂。梁萧冷冷不理，目光锋锐，刺在楚仙流脸上。

楚仙流不为所动，漫不经心道："梁萧，这女子屡屡兴风作浪，我没伤她，全看九如和尚的面子。但死罪可免，活罪难饶，若不给些处罚，我如何与后辈们交代？"梁萧叹道："这么说，只有动武一途了！"楚仙流沉吟道："你要与我动武？"梁萧道："除此别无他法！"楚仙流笑了笑，又道："听说你做过元人的大将？"

梁萧叹道："不错！"楚仙流深深看他一眼，徐徐说道："可你反出元营，又是为什么？"梁萧苦笑道："不为什么，但求心之所安！"楚仙流击掌叹道："好个心之所安！人生在世，身如不系之舟。是非难分，善恶难辨，能求心之所安，已是莫大解脱，冲你这句话，当浮三大白。"斟一盅酒递与梁萧，"请！"

钱塘一战之后，梁萧头一次听人说出自己心中想透却说不出口的道理，热血一沸，接过酒盅一口饮尽，但觉甘醇清冽，不禁赞道："好酒！"众人见他二人不仅不斗，反而一起饮酒，心中大为惊疑。

三杯喝罢，楚仙流将杯一掷，笑道："梁萧，你权势煊赫，富贵骄人，一朝抛却，如弃敝屣，也算是拿得起、放得下的人物。为何在女色上如此固执，明知不是对手也要来救这个女子！"

梁萧酒意上涌，豪兴迸发，朗声道："前辈有所不知，权势富贵算什么！就是大元皇帝的宝座，与柳莺莺相比，也不过狗屁而已！"他直抒胸臆，柳莺莺却听得浑身酥软、双颊火红，想到这些年所受的煎熬，恨不得立马扑入他怀，痛痛快快大哭一场。

楚仙流听了这话，怔忡半晌，眼角流露一丝苦涩，叹道："不错，好汉子生在世间，当为心爱女子出生入死，至于权势富贵、帝王将相，统统都是狗屁。来来来，冲你这句话，咱们再饮十杯。"

梁萧来者不拒，酒到杯干，二人你一杯，我一杯，一坛"百花仙酿"顷刻见底。楚仙流一捋长须，笑道："梁萧，我再问你一句，你若与我交手，有几分胜算？"梁萧想了想，说道："三成！"

楚仙流笑笑，拿起一口乌黑木剑，随手扫过一朵牡丹，花瓣被剑风冲激，纷然四散。木剑轻轻一颤，破空有声，花瓣一片未落，全数串在剑上。群豪惊佩骇异，齐声喝彩。

梁萧目视剑尖花瓣，微微一笑，摇头说："花是死的，人是活的！"楚仙流笑道："说得不错，做起来未必容易。"

梁萧笑了笑，悠然道："楚前辈，你年近花甲，晚辈却不过双十，你在世一日，或许我无可奈何！"目中精光一涨，扫视天香山庄众人，"但若天不假年，楚前辈撒手仙逝，天香山庄后继乏人，试问谁能挡得住我梁萧？"楚仙流目光一动，手拈长须，微笑不语。

何嵩阳听得大怒，厉声道："楚前辈，此人暴戾狠毒，你不要听他虚张声势，一剑杀了，最为省事……"话一出口，眼前人影晃动，梁萧不知如何到了眼前，何嵩阳只觉胸口一麻，被他扣住。梁萧大袖一拂，展开"乘风蹈海"，绕着人群发足飞奔，仿若流光魅影，顷刻转了三圈，将何嵩阳一掷在地，长笑道："楚前辈，我这算不算虚张声势？"

他这一轮变化，动如电光石火，以楚仙流之能也不由得点头道："无怪你口出大言，原来练成了灵鳌岛的轻功。唔，你今天未必能胜，若你一心要走，我也拦不住你。"众人一听这话，大为泄气。柳莺莺也望着梁萧，心中惊讶：这个小色鬼，两年不见，怎么练成如此武功？

楚仙流沉思一下，忽道："我倒有一个两全其美的法子。"梁萧道："有此妙策，那是最好。"楚仙流看了看他，又瞅了瞅柳莺莺，笑道："梁萧，你不如留在天香山庄与柳莺莺结为夫妻，四年时光，足够你们生出几对儿女……"他话没说完，柳莺莺又羞又气，啐道："楚仙流，你又嚼什么舌根子？"

梁萧目视柳莺莺，见她娇颜如花，不觉心中一荡，心想若能与她住在这百花丛中，四年时光，真是只短不长。一念及此，忽又暗自羞愧：我怎么鬼迷心窍，生出这种唐突念头？目光一转，花晓霜已然苏醒，两眼凝注花丛，似有无穷茫然。梁萧心头微乱，寻思早有承诺，陪她行医天下，男子汉大丈夫，不可说了不算！

他沉思一会儿，终究两难割舍，苦笑道："楚前辈，小可不才，岂敢辱没了柳姑娘。"柳莺莺如雷轰顶，芳心一沉，一股酸热直冲鼻端，恨不得揪过梁萧，狠狠揍他一顿，她又瞧花晓霜，不由得暗暗咬牙：好啊，你这小色鬼，不敢辱没我，辱没这病丫头就敢了吗？

楚仙流不料梁萧一口回绝，任他性子慢也是长眉皱起，心想此人才雄心忍，轻功又高，若逞一时之快惹下这个对头，天香山庄势必永无宁日。他不理世务，于天下兴亡看得很淡，可关系家族兴亡也不能无动于衷。

忽见雷行空越众而出，笑道："仙流公，雷某有个主意！"楚仙流对他十分厌恶，懒声道："说！"雷行空道："大家都是武林中人，了结恩怨不妨也按武林中的规矩，比武功，赌输赢。"

梁萧笑道："说得好，我早想领教雷公堡的高招！"雷行空老脸一热，摆手道："雷某不是这个意思。"他指了指晓霜与花生，"这是你的同伴吧，你轻功高明，说走就走，他们和柳莺莺可逃不掉！"

梁萧冷冷道："雷行空，你有没有儿子？有没有亲戚？"雷行空见他目光，心头一寒，苦笑道："冤冤相报何时了。这样吧，咱们赌斗三场，我们与天香山庄一方，梁萧你为一方，各出三人，单打独斗，点到为止，旁人不许出手相帮。你们胜了，这段梁子就此揭过；我们胜了，柳莺莺杀人偿命，欠债还钱，那也无须多讲。"这话一出，众人哄然叫好。

梁萧嘴上强硬，心中极不愿意柳莺莺受害，更不想连累花晓霜与花生，心想：与其两败俱伤，不如行险一试！当下目视楚仙流道："楚前辈意下如何？"楚仙流笑道："悉听尊便！"梁萧道："就此说定，我们这边，我、柳莺莺和小和尚，三人出战！"雷行空摇头道："不成，此事为柳莺莺而起，她是这场赌斗的赌注。自古以来，哪儿有赌注参与赌斗的道理？"众人心知肚明，柳莺莺的武功较花晓霜为强，雷行空这么说，意在削弱梁萧，纷纷放大嗓门，出声附和。

梁萧大怒，心想这么一来，花晓霜岂不也要被迫上阵。他嘴角冷笑，目光一转，投向楚羽，心道：她是楚仙流的侄女，雷行空的儿媳，如果将她拿住，可收一箭双雕之效。正要出奇制胜，忽听花晓霜颤声道："萧哥哥，我……我愿意出战！"

梁萧怒道："胡闹，你怎么能跟人动手？"花晓霜看了看柳莺莺，凄然笑道："这样如果胜了，一来不用杀人，二来，你和这位……这位姊姊也能一起出庄。一举两得，实属难得好事。"梁萧见她凄苦神气，不觉胸中一酸，摇头说："不行，你武功平平，上场也是必输！"花晓霜急道："我不会输，我死也不会输的！"梁萧心口发堵，还要再说，花晓霜断然道："萧哥哥，我心意已决，你别再劝了！"

花晓霜挺身而出，柳莺莺不胜惊疑，再瞧梁萧神色，又觉生气：臭丫头装模作样，难不成就这样骗得小色鬼对她动心？一时气急，高叫道："我才不要小贱人救。"忽见梁萧偏头望来，眉间隐有怒色，不由得心头一颤，轻轻哼了一声。

雷行空见状，不容梁萧变更主意，大笑道："这位姑娘自愿出手，那就再好不过！"梁萧一转念，冷笑道："好，就此说定，你们出哪三个人？"雷行空向楚仙流拱手笑道："仙流公自是要出头的！"楚仙流笑笑不语。雷行空又道："区区不才，也算一个！"目光一扫，落到楚羽身上，笑道："你们有一个女将，我们自也要出一个，羽娘，你也算上！"

梁萧点头道："主意是你方出的，对阵当由我方决定！头一阵嘛，我便与雷堡主套套近乎；第二阵，花生，你对阵楚二娘，别忘了讨些便宜。至于晓霜，你就恭恭敬敬向楚前辈讨教两招剑术。"他深明韬略，算定自己对阵雷行空，有胜无败；花生与楚羽交手，也决不会输；而楚仙流一代高人，对付花晓霜这等弱女子，自也撕不开脸皮大打出手，花晓霜虽是必输，也不会有所损伤。雷行空尽管奸猾，终是草莽中人，说到用兵使诈，远不及梁萧一个零头，一听排阵，心头叫苦不迭。

花生不明所以，问道："梁萧，你说俺别忘了讨便宜，怎么个讨法？是讨酒还是讨狗肉啊？"梁萧笑道："你瞧见那个穿黄衫的婆娘没？待会儿她要拿剑砍你，你只需让过宝剑，摸摸她的手儿脚儿、颈儿脸儿，摸到她低头认输，那就成了。"楚羽听得羞怒交迸，俏目圆瞪；雷震暴跳如雷，大声怒骂。柳莺莺也忍俊不禁，笑骂道："小色鬼，你也不怕教坏人家小和尚。"

花生仍不开窍，看着楚羽，摸摸光头，憨道："梁萧啊，只能摸摸，不能吃吗？"梁萧有意扰敌心神，点头道："你要吃便吃，没人拦你！"花生瞅了瞅楚羽，终觉不妥，心想吃来不妥，还是摸摸就好。楚羽被他一双圆眼看得面孔发绿，心想：别说让小贼秃在身上咬一口，便是摸上两下，我也不用做人了。想到这儿，感觉落入了梁萧的圈套，有了畏缩之意。

雷行空正自束手无策，楚仙流忽地开口说道："这对阵不妥，老夫岂能与小姑娘动手！梁萧你要耍这些把戏，那就不用赌了！"梁萧道："你说怎样？"楚仙流道："兵对兵，将对将，男对男，女对女。"雷行空大喜附和："不错，正该如此。"

梁萧冷笑道："也罢，我再让一步，但有言在先，我们只有三人，无从换将，你们人多势众，中途要赖换人怎么办？"楚仙流道："人一定妥，绝不反悔！"雷行空也说："不错！"

梁萧皱眉道："二位一派宗主，言出必践，我且相信你们！"话音方落，楚羽忽道："公公、三叔，我不与这位小姑娘动手。"雷行空皱眉道："为什么？"楚羽目视花晓霜，叹道："今日我几乎遭受生平未有的大辱，若非这位姑娘相救，从此无脸见人。这个大恩，我无从报答也罢，但若恩将仇报，实在万分不妥！"

众人都知她说的是梁萧刻字，花晓霜阻止一事。梁萧瞥了楚羽一眼，暗暗点头：这婆娘倒还有点良心。

雷行空皱眉道："你不出手，谁来替你？"楚羽道："听说婉儿近日随三叔学剑，精进神速。方才指点我们那三招，巧妙异常，若我所料不差，婉儿的剑法应该在我之上。"

雷行空双目一亮，拍手笑道："不错，还请婉姑娘一显身手。"楚婉摇头道："楚婉随三叔祖练剑不过怡养性情，对于打打杀杀，小女子毫无兴致。"盘膝坐下，闭目不言。众人大失所望，花晓霜却对楚婉心生亲近：这位姊姊不以武压人，心肠真好，今日若能活命，定要与她交个朋友。

雷行空也瞅着花晓霜，心想这女子娇怯软弱，应该没有出奇本领！但梁萧放她出战，也难说她没有绝活，如果小看，怕是阴沟里翻船。沉吟间，何嵩阳忽地扬声叫道："蜀中无大将，廖化做先锋，雷夫人不肯出战，我替她一阵如何？"

梁萧冷冷道："姓何的，你要不要脸？"何嵩阳冷笑道："你统军伐宋，血债累累，还配与我谈脸面？"众人听得顺耳，齐声赞同。这话点中了梁萧的痛处，他一皱眉，转向雷行空道："这样说，你方的人都选定了吗？"

雷行空没料他如此慷慨，心中暗喜，接口道："不错！"梁萧点了点头，迈开大步，转身欲走，忽地变进为退，闪电掠出丈许，千钧掌力，落在何嵩阳胸口。

这一招出自"大逆诛心掌"。黑水武功一脉相承，梁萧没学过这套掌法，可钱塘一战，见伯颜反复施展，事后细加揣摩，猜到了其中的奥妙。

这一掌趋退若电，出人意料，何嵩阳如受巨槌，横飞出去，一口鲜血冲天喷出。雷行空纵身将他托住，惊怒交迸，厉声叫道："姓梁的，你出尔反尔，违反约定！"

梁萧淡淡说道："约定说过比武之前不许斗殴吗？只要比斗没有开始，你也可以在我这边找回场子！"雷行空怒道："如今你严阵以待，自可说这些便宜话。"楚仙流也道："梁萧，这话确是强词夺理！"梁萧笑道："算我强词夺理。那么前辈早先言之凿凿，说什么'男对男，女对女'，如今却弄出个'男对女'，这算不算出尔反尔？"楚仙流无如之何，一时默然。

雷行空不甘道："不成，我们要换人！"梁萧笑道："早先说过，人一定妥，绝不反悔！你说我混赖，我看真正混赖的却是阁下吧。"他口中与雷行空说话，目光却投向楚仙流。

楚仙流苦笑道："梁萧，跟你打交道，真叫人头痛。"梁萧叹道："你们摆明车马，非赢不可，我要自保，只有用些非常手段。"楚仙流道："也罢，如同约定，也不换人。可一旦比斗开始，你也不得乱来。"梁萧笑道："我不违约定就是。"楚仙流眉头微皱道："若违约定呢？"梁萧截口道："便算我输。"

雷行空见楚仙流认栽，也无话可说，但何嵩阳伤得如此之重，只怕花晓霜伸个指头也能将他点倒，心中暗叫窝囊。忽见何嵩阳挣起身子，盯着花晓霜，涩声道："何嵩阳请教高明。"花晓霜叹了口气，也道："晚辈花晓霜，尚请指教。"话音未落，忽听一名女子咯咯笑道："且慢！"

众人举目看去，一名紫衣丽人穿花拂柳，飘然而来。柳莺莺变了脸色，怒道："韩凝紫，你骗得我好苦！"韩凝紫笑道："乖莺莺，我怎么骗你啦？"柳莺莺咬牙道："你说楚仙流火烧残红小筑，把梁萧一并烧死，骗我来寻天香山庄的晦气！"韩凝紫笑道："这叫因祸得福，若非如此，梁萧怎会冒险来救你？你又怎能试出他对你是真情还是假意？"柳莺莺听得满面绯红，看了梁萧一眼，心想这话说得不错，患难见真情，梁萧不顾生死前来，足见情真意切。她心中欢喜，对韩凝紫的怨恨，无形中也消了一半。

梁萧听她二人对答，才知柳莺莺被困天香山庄，全是出自韩凝紫的挑拨。他恼怒无比，厉声道："韩凝紫，你来送死吗？"韩凝紫笑了笑，柔声说道："奴家只是觉得，这场比斗对你太过不公。"

这恶女人帮忙叫屈，梁萧深感意外。雷行空怒道："怎么不公？这奸贼使奸弄鬼，便宜都占尽了。"韩凝紫笑道："雷堡主，你没听说吗？他不满你们'男对女'呢！"她漫不经心，一瞥花晓霜，"依仙流公之言，该是'女对女'才对！"

梁萧陡然明白她的来意，心火一蹿，气贯双掌。韩凝紫早有防范，快步移到楚仙流身边，笑道："仙流公，他想杀我呢！"楚仙流也看出梁萧眼中的杀机，不由得眉头微皱，却听韩凝紫道："若他肆无忌惮，当着您老杀人，不仅不将您老放在眼里，天香山庄的面子怕也荡然无存了。”

楚仙流淡淡说道：“你作恶多端，本就该死。”韩凝紫一愣，强笑道：“仙流公，你好狠心！”楚仙流沉默一下，忽又叹道：“杀人终归不好。梁萧，一码归一码，今日只说柳莺莺，别的账，你们出了天香山庄再算。”梁萧心头一凉，花晓霜却喜透眉梢，连连点头说：“楚前辈说得对，杀人终归不好！”梁萧心中气苦，狠狠瞪了她一眼。

韩凝紫得楚仙流一句话，心神大定，目光投向花晓霜，微微笑道：“你叫花晓霜？”花晓霜还没回答，忽听梁萧冷冷道：“别理她！”

花晓霜一愣住口，韩凝紫又笑道：“你爹爹叫花清渊，你娘亲该是凌霜君那个贱人吧！”花晓霜脱口道：“你干吗骂我娘亲？”梁萧心中叫苦，忽见韩凝紫笑眯眯说道：“好啊，皇天有眼，到底让我遇上你这个孽种啦！”语声听来轻柔，但一字一句，似乎蕴藏无穷怨毒。

梁萧冷笑道：“韩凝紫，你要动歪脑筋，先过我这关。”韩凝紫笑道：“我动歪脑筋干吗？就算要做，也是光明正大地做！”掉头向楚仙流道：“仙流公，你说过，这三阵，要男对男，女对女。”楚仙流点头道：“我说过！”

韩凝紫又向梁萧笑道：“这话你也答应吗？”梁萧明知她心意，但事实俱在，无从反驳，沉着脸闷声道：“我与他们动手，关你什么事？”韩凝紫笑了笑，转向雷行空道：“雷堡主，今日敌忾同仇，咱们不妨化敌为友。”雷行空一怔，未及说话，韩凝紫忽向楚羽拜倒，笑道：“楚姊姊，以往多有得罪，全是奸人挑拨，今日我拜你为义姊，咱们就算一家人了！我代你出手，抵挡第一阵如何？”梁萧闻言，掌中竹剑握紧。忽见楚仙流目光投来，梁萧知他有了防备，击杀韩凝紫已成空想。

楚羽也没料韩凝紫出此一招，大感错愕，望向雷行空。雷行空见有便宜，心中惊喜，向她连连点头。楚羽看了晓霜一眼，叹道：“妹子不必多礼，请起请起。”韩凝紫笑道：“多谢姊姊！”柳莺莺忍无可忍，大声叫道：“韩凝紫，你……你也太不要脸了吧。”韩凝紫微微一笑，默不作声。

梁萧素知韩凝紫为人骄傲，用上这等下作法子，足见她对凌霜君的一腔怨毒，全都转到花晓霜身上，一旦动手，立见生死。当下心念一转，忽道：“韩凝紫，算你厉害，头一阵算我输了！”

人群一呆，欢声四起，花晓霜急道：“萧哥哥，这怎么成？后面再输一场，可就不妙了！”梁萧一味摇头。韩凝紫眼珠一转，笑道：“好个细心体贴的俏郎君啊！莺莺，这下子你该看清了吧？唉，我也只当他是一心向着你的，如此看来，大谬不然！他宁愿你任人欺辱，也不愿这位花小姐少上一根汗毛！”

柳莺莺秀眼圆睁，大声道：“你少来挑拨离间，我……我才不会上当……”嘴上如此说，胸中却悲苦酸楚，眉眼通红一片。花晓霜见她伤心，暗叹一口气，轻声道：“姊姊……”柳莺莺心里醋意盎然，秀眉一挑，喝道：“谁是你姊姊！”梁萧皱眉道：“莺莺，你不该冲她发气。”柳莺莺冷冷道：“是啊，我不该冲她发气，我该冲自己发气。你既然喜欢她，干吗还要来救我？我被人困住、受人欺辱，跟你又有什么相干？我被人一刀杀了才干净！”

梁萧无言以对，低头默然。众人见对方打斗未起，先乱阵脚，心中十分快慰，嘻嘻哈哈笑个不停。雷行空胜券在握，笑道：“梁萧，你第一阵认输，第二阵也不必耽搁，早早打完了事！”

梁萧双眉一扬，正要应战，花晓霜急道：“第一阵还没打，哪儿输了？”雷行空皱眉道：“梁萧认输还不算？”花晓霜咬了咬牙，说道：“出战的是我，我说没输，就是没输。”梁萧怒道：“胡闹，我说输了，就是输了。”花晓霜转过目光，对柳莺莺道：“姊姊……我死也要取胜的。”柳莺莺哼了一声，冷冷不睬。

梁萧忍不住道：“武功不比看书治病，你死了也未必能胜。”花晓霜望他凄婉一笑，心想：我患了九阴毒脉，早该死了，多亏师父才能活到今天。如今奶奶不要我，有家难回，师父死了，你又有了心仪的女子，我活着还有什么意思？我若死了，柳姊姊就不会怨怪你，你们就能好好地待在一起，做一对恩爱夫妻。她对男女情愫懵懵懂懂，妒忌之念却也难免，只是生性柔顺，较之常人淡薄一些。今日听到柳莺莺那一番话，芳心既似刀割，又如针刺，难受到了极点。可她天生医者襟怀，见梁萧左右为难，柳莺莺动辄流泪，难过中又生出几分同情。这么乍哀乍怜，忽忧忽悲，种种情愫在她心头纷乱纠缠，煎熬之苦，自她出生以来从未有过，一时排解不开，动了轻生的念头。

她心念已决，踏上一步，向韩凝紫道："这位婶婶，我跟你打。"韩凝紫冷笑道："你叫我婶婶，我很老吗？"花晓霜不会撒谎，如实道："你看上去不老，比我娘亲还要年轻。"韩凝紫大怒，啐道："放屁，你敢拿我与那贱人相比？"猛地踏上一步，咬牙瞪眼，忽变狰狞。

花晓霜心头一怯，退后半步道："我娘亲又没招惹你，你怎么老是骂她？"韩凝紫神色惨变，哈哈笑道："她没惹我，哈，她没惹我……"笑着笑着，双袖掩面，放声大哭。花晓霜听她哭得心酸，不觉大生同情，正要上前安慰，忽地胳膊一紧，已被梁萧抓住。梁萧冷冷道："别理这疯婆子！"花晓霜叹道："她哭得很可怜。"转眼看去，柳莺莺站在一边，双眼泛红，胸口急剧起伏，慌忙推开梁萧，"萧哥哥，你放心，我定会胜。"

梁萧眼眶一热，抓着她的手臂不放。花晓霜用力掰开他手，笑道："你信不过我啊？我……我也会武功的！"花生凑上前来，呵呵笑道："晓霜会武功啊，好极，俺也想瞧……"梁萧忽地怒目相向，花生一惊，缩回头去。这时雷行空不耐道："梁萧，你磨蹭什么？到底认不认输？"

梁萧见花晓霜决绝中带了几分哀求，不由得双眉紧锁，沉思一下，忽向韩凝紫道："打便打，你若不讲规矩，出手伤人，我叫你血溅五步。"

韩凝紫嘤嘤哭了两声，忽地抬起头来，咯咯大笑："好，这么说，我也不哭了。小孽种，你知我为什么不哭吗？"花晓霜一呆，问道："你跟我说话？"韩凝紫笑道："不跟你跟谁？"花晓霜茫然摇头："我不知道。"韩凝紫笑道："只要见你流血，便与我流泪一样痛快！"

花晓霜浑身一颤，咬了咬牙，双掌一分，涩声说："我……我要动手了。"韩凝紫见她左掌斜引，右掌平放，裙裾飞扬，缥缈如仙，不觉微微有些出神：假使我与他生下女儿，一定比她可爱十倍，美貌十倍，温婉十倍……想到此处，望着花晓霜，神色痴痴怔怔。花晓霜见她神形恍惚，怪道："婶婶，小心！"双掌乍开乍合，恍若飘风流云。花生看了，眉开眼笑，大声叫好。

梁萧见她出手之前还先打招呼，气得心口隐隐作痛。韩凝紫望着天上云彩，轻轻叹道："白衣苍狗变浮云吗？"花晓霜听她说破招式，心头一凛，忽见韩凝紫双袖一振，轻轻拂出，袖至半途，一双纤掌飞旋而出，仿若青云乍破，偷出一钩白森森的冷月。

花晓霜不敢硬接，收掌疾退。韩凝紫莲步轻移，十指恍若兰花，轻摇轻晃，拂向她胸前大穴。花晓霜再退六步，瞪眼道："云破月来花弄影，你……你也会'风袖云掌'？"

韩凝紫见她惊诧，大觉快意，笑道："是你爹爹亲手教我的。"花晓霜奇道："你认识我爹？你们是朋友？"韩凝紫道："我和他可不是寻常朋友，他不仅教我功夫，还与我亲嘴、睡觉。"众人听到这句，哄然大笑。花晓霜满面通红，心神大乱。梁萧急道："晓霜，抱元守一，不要听她胡言乱语。"韩凝紫却笑道："你不信吗？去问问你爹，立知真假。"说话声中，双掌若天女散花，飘飘拍出。

花晓霜一意取胜，强自摒去杂念，退出丈余。掌势一变，纤掌环抱，若即若离，若烟若雾，缥缥缈缈，难以捉摸，倏然双掌变快，一化二，二化四，仿佛夜空中云开雾散，繁星烂斗一时吐出，看得人眼花缭乱，堪堪抵住韩凝紫白花吐蕊般的招数。韩凝紫见了这招，心头一迷，脱口吟道："天接云涛连晓雾，星河欲转千帆舞。"

"风袖云掌"每招每式，都暗合一个词曲中的句子。花晓霜听她说破招式，不由得想到自己身世，心头一酸，接口念道："仿佛梦魂归帝所，闻天语，殷勤问我归何处。"

韩凝紫见她转腰移步，举手投足，宛然便是自己年方豆蔻、天真未凿之时，与花清渊临水照影、拆招练掌的模样，一时心神恍惚、仿若梦寐。再听得这几句怨词，更是痴心惶惶，忘了身在斗场。正自怔忡，忽觉额际微痛，被一道掌风拂中，旋身闪避，才觉分神之际，困在了星河舞千帆似的掌影中。不由得轻声冷哼，身子一屈一伸，脱出花晓霜双掌，半空中身形急旋，左袖如水如云，逼开对方掌力，右掌若百蝶纷飞，翩然拍落。

花晓霜倒退三步，由衷叫道："蝉蜕尘埃外，蝶梦水云乡。"她从小多病，只跟姑姑学会了这一路"风袖云掌"。平日没事，便与花慕容拆解，诸般变化熟极而流，闭着两眼也能应付，见得这招，当下以"高情已逐晓云空"抵挡。

韩凝紫与花清渊相处的时日不长，也只学会这路掌法。“风袖云掌”招式飘逸洒脱，二人情浓缱绻，常常彼此拆解。哪知后来一别无期，她前情难忘，时时独自习练，聊以自慰。原本想的是，使出这路掌法，再说些风言风语，若让花晓霜受些惊惶，在她心中也无异于让凌霜君受苦。怎知拆得数招，十多年前诸般思绪涌上心头，仿佛与花清渊对面拆招，一时竟不忍立下辣手，反倒盼着多拆两招，重温旧梦。忽见花晓霜使出“高情已逐晓云空”，便还一招“断雨残云无意趣”，见少女以“碧云冉冉自东来”抵挡，就出一招“扫尽浮云风不定”相迎。

二人你来我往，挥掌若轻云之蔽月，举袖如流风之回雪，忽焉纵体，以遨以嬉，不似生死相搏，倒像与极亲密之人缠绵舞蹈。众人看在眼里，都觉诧异，梁萧更是满腹疑云：恶婆娘出手温柔，倒像是搔首弄姿，若说示敌以弱，以她的能耐，何须这么费事？雷行空瞧得不耐，忽地哼了一声。

韩凝紫听得怒哼，猝然惊觉：我这是做什么？柔情顿收，杀机渐起，呼呼两掌拍出，变为“飘雪神掌”。梁萧看得分明，脱口叫道：“晓霜，当心！”花晓霜只觉四周寒风乍起，不禁打了个哆嗦，体内寒毒受“冰河玄功”牵引，蠢蠢欲动。她头晕目眩，踉跄后退。韩凝紫一步赶上，又拍一掌，花晓霜勉力避开，头脑更觉昏沉。若非她一心救出柳莺莺咬牙苦撑，早已倒在地上。

梁萧看得心惊，手握剑柄，只要花晓霜势危，立时出手相助。看了两招，他心头灵光一现，忽叫：“晓霜，暗香拳法，暗香拳法！”花晓霜正自头昏脑涨，眼见韩凝紫双掌自左拍到，应声使出“暗香拳”左五路的“凌霜傲雪”，招式古朴清绝，意境高妙不凡。

“暗香拳”是散手，也是内功，诸般招式全凭气机牵引。这些日子，花晓霜时常习练用来抵御寒毒。这时架势吐开，全身气脉如流、阳和通泰，韩凝紫的掌劲也似不如先前凛冽。她养足自身之气，以有余之气带动拳招，连绵六拳，化去韩凝紫的三记掌力，余劲不止，扫中对手额头。

韩凝紫只觉热气扑面，微感晕眩，心头一惊，收起猫玩耗子的念头，一招“雪浴飞龙”自上击下，一时寒劲飞空，势如冰河下泻。

花晓霜忙使招前五路的“小萼点珠”，劲力凝而不散，平平击出，看似漫不经心，拳劲却点破韩凝紫的掌风，打中她肩头。韩凝紫肩井穴一麻，心头发紧：这是拳劲，竟能破我掌风？倏地收劲，足下微旋，绕到花晓霜身后，花晓霜不待她出手，一招后五路的“疏枝横玉”，先发制人。“飘雪神掌”灵动变幻，飘若飞雪，韩凝紫还没出手，身形又转，落到花晓霜右方，一招“冰花六出”，连环拍出六掌。花晓霜施展右五路的“梅花三弄”，轻轻三拳，飘然化解。

韩凝紫连出绝招，均被克制，清啸一声，一招“千雪盖顶”，双掌漫天落下。花晓霜急使中五路的一招“遗世独立”，身形微转，双拳上掠。噗，两人硬碰一招。花晓霜倒退五步，只觉寒劲入体，急使招“香魂渺渺”，以劲带招，凭空挥洒数拳，将寒劲轻轻化去。韩凝紫却觉一股若有若无的暖劲渗入经脉，气机似乎运转不灵，急忙运气驱散，怒喝一声，拥身扑上。

经此数招，花晓霜信心大增。见她扑来，屏息凝神，将二十五路“暗香拳”反复施展。形动于外，神敛于内，出拳似暗香浮动，若有若无，守若恢恢天网、疏而不漏，攻则从容不迫，叫人防不胜防。

又拆十招，韩凝紫久战不下，连声清啸，忽左忽右，蹿高伏低。断是起若惊鸿，落如电闪，令旁观众人目不暇接，三丈之外也能感到丝丝寒意。花晓霜好似一树孤梅，立于狂风暴雪之中，随时都有凋落危险。柳莺莺心中暗凛：韩凝紫将掌法练到这个地步，我若与她动手，怕是挨不过百招！梁萧更是心惊：也不知了情道长有心还是无意，幸亏她创出这路“暗香拳”，恰是“飘雪神掌”的克星。不过晓霜功力尚浅，又有病在身，这么下去，顶多支撑数招，终是必输无疑。目光一转，忽见金灵儿正从行李中探出脑袋，一双火眼骨碌碌乱转。

梁萧心头一动，轻轻发声呼哨，金灵儿尖嘶一声，化作一团金光，忽向韩凝紫扑去。韩凝紫见状，挥掌拍出。忽听梁萧又发呼哨，金灵儿应声斜蹿，忽又前扑，兜头一爪，向她面门抓出。这一下进退有法，竟是一招绝妙武功。韩凝紫措手不及，急向后仰，恰逢花晓霜一招“踏雪寻梅”使出，足尖翘起，几乎将她踢中。

雷行空怒道：“梁萧，你不守规矩！”梁萧笑道：“小猴头情急护主，与人无关，你说过单打独斗，旁人不许相帮，但可没说畜生不能相帮！”雷行空横眉怒目，正要强辩，楚仙流见韩凝紫招式狠毒，早已不快，应声笑道：“不错，这不算违约！”雷行空听他一说，哑口无言。

花晓霜见金灵儿来援，微微怔忡，忘了追击。韩凝紫缓过一口气，挥掌拍向金灵儿。金灵儿终是畜类，一不留神，给她寒劲拂中，蜷成一团，东蹿西跳。梁萧急道：“晓霜！”花晓霜猛可惊觉，眼见金灵儿势危，施展“暗香拳”奋力扑救。梁萧呼哨连连，金灵儿应声而动。它天生异种，灵通迅捷超乎同类，依照梁萧传授的招数，上纵下跃、声东击西，好似一道金色电光，绕着韩凝紫四面盘旋。它与花晓霜一正一奇，彼此呼应，斗得韩凝紫手忙脚乱，心中叫苦。

雷行空怒道：“梁萧，你发出口哨，教唆这小猴头，算不算出手相助？”梁萧笑道：“雷堡主真是异想天开，谁说我在教唆猴儿？老子看得高兴，吹吹口哨儿也不成吗？”当下继续呼哨，指引金灵儿八方游击。雷行空明知他弄鬼，偏偏奈何不得，恨得头发上指，牛眼圆瞪。

梁萧的武功远在韩凝紫之上，呼哨指引，无不切中她的破绽。三十合不到，哧的一声，她的腰带被金灵儿一爪扯脱。梁萧笑道：“韩凝紫，我给你说，这猴儿最是急色下流，你再不投降，它可连你的裤带也扯断了。”众人听了这话，又是好气又是好笑。

韩凝紫虽知他恐吓居多，也被扰得心慌意乱，忽听梁萧一声呼哨，只见一道金光乍闪，直奔腰际。她生怕被这猴头弄得当众出丑，匆忙回手格挡。花晓霜看出破绽，使一招“梅雪争春”，右拳飞出，打中她的胸口。韩凝紫倒退半步，厉喝一声，纵身再上，却见人影一闪，梁萧挡在前面，长笑道：“晓霜，点到即止，你既然胜了，便大人有大量，放过这位婶婶好了。”

韩凝紫怒道：“胡说，我哪儿输了？”梁萧笑道：“你挨了一拳，还不认输？”韩凝紫心想：她的拳劲不足伤我，但方才一拳，确是打在我身上……沉吟间，忽听楚仙流说道：“不错，小姑娘力挫强敌，令人佩服。”他一出口，韩凝紫无话可说，自忖此地仇敌甚多，不可久留，于是咬牙冷笑，挥袖去了。

花晓霜见她背影消失，才信自己胜了一场，不觉心神恍惚，如在梦境。梁萧笑道：“晓霜，你挫了这女魔头的气焰，实在叫人解恨。”花晓霜缓过神来，双眼含笑，瞥了他一眼，心中喜不自胜：亏你百般设法，我才勉强胜出！再看柳莺莺，见她面无表情，不知是喜是怒，又不觉心神一黯，寻思不论胜败，柳莺莺都只会怨恨自己，也许过了今天，再也没法与梁萧行医了。想着喜悦烟消，说不出的心灰意冷。

雷行空忽道："好，第一场算你蒙混过去，现在是第二场！"将手一拍，大喝："拿鼓来！"话音方落，两名大汉抬着一面硕大战鼓，越众而出。战鼓三尺见方，式样奇古，四周为青铜所铸，遍布狰狞兽纹，上下绷着两张乌黑鼓皮，不知是何物所制。

雷行空左手攥住青铜扣环，举鼓过顶，右手接过一支两尺来长、非金非木、状若兽骨的鼓槌。他体格高大，这么执鼓挥槌、当场一站，真如山岳凝峙的架势。楚仙流不悦道："雷行空，你要在这里施行'雷鼓九伐'吗？"雷行空道："损伤花木，雷某如数偿还！"楚仙流哼了一声，看了花生一眼，眼里闪过一丝忧色。

花生见众人都望着自己，茫然不知所措。梁萧见雷行空拿出这个奇门兵刃，皱眉道："花生，你用什么兵器？"花生摇头道："俺不会用兵器，师父只教俺打拳。"梁萧想起九如拿铜钟做兵器，威震群雄，不由得问道："你会不会玩铜钟？"花生摇头。梁萧心想小和尚还没学全师父的本事，便说，"好吧，你上场去，像晓霜一般，与老头儿切磋一下，胜了我请你喝酒，如果打不过，你就认输好了。"

花生听得酒字，喜道："好啊。"将行李放下，走到场上，向雷行空唱了个喏道："老先生你好！"雷行空一愣，心道：这小秃驴倒还懂礼。鼻间唔了一声，只听花生又道，"老先生，俺打不过，向你认输；你打不过，就向俺认输。你认了输，俺就有酒喝；俺有了酒喝，不会忘记你的好处！"他本也想说"点到即止"，但不记得这个词儿，就化简为繁，拖泥带水说了出来。雷行空听得不顺耳，心中愠怒："放屁！老夫怎会输给你这个小秃驴？"大喝一声，铜鼓飞旋，带起无俦罡风向花生扫去。

花生见势猛恶，向左跳开，雷行空鼓槌一挥，当头打来。花生正要伸手格挡，雷行空鼓槌一缩，敲在铜鼓上面，花生只觉头顶上好似响了个炸雷，双耳欲聋，头脑一阵眩晕。雷行空的铜鼓趁势砸来，花生飞退两步，才觉让开，雷行空鼓槌又至，花生伸臂一格，触手处好似千百小针刺扎，半个身子登时酥麻，脱口叫道：

“古怪！古怪！”

雷行空被他随手一挡，鼓槌几乎脱手，心中也觉大骇：小秃驴好大蛮力！他抖擞精神，鼓槌挥舞，战鼓雷动，将“雷鼓九伐”一一施展开来。

梁萧不知就理，定眼细看，没看出鼓槌上的门道，便问：“花生，鼓槌有什么古怪？”花生左右闪避鼓槌，口中大叫：“上面有刺，扎俺手啦！”众人见他激斗中还能说话，均是刮目相看。

梁萧听他说得含混，心想鼓槌上莫非有暗器，但他目力极强，雷行空若发出暗器，断然逃不过他的眼睛。他思索不透，忽见铜鼓挥舞更快，鼓声起伏有致，震得众人耳鸣心跳不止，纷纷双手捂耳。四周百花为鼓声冲击，纷纷凋落。花生却如一条鱼儿，避开如潮攻势，左一扭，右一晃，总不与雷行空的鼓槌相接。

楚仙流瞧他身法，失笑道：“好个‘三十二身相’，闹了半天，老和尚的徒弟到了！”他说来浑不费力，却声声穿透鼓声，落入众人耳中。

梁萧皱眉道：“‘三十二身相’是什么？”楚仙流笑道：“‘三十二身相’是‘大金刚神力’中的变化！传说如来有三十二化身，《金刚经》有言：‘如来说三十二相，即是非相，是名三十二相。’练到三十二相，也已是‘大金刚神力’中极高的境界，变化如神，攻守难测。只不知小和尚为何只是躲闪，并不出击？”

花生身在斗场，被鼓声牵动气血，只觉头昏脑涨，一颗心似乎要跳出口外，对那支鼓槌更是畏之如虎，一味只想躲避。这时听了楚仙流的话，心眼活泛起来：师父说过，这个三十二身相可以打人，但他又说俺手重，不许俺打……

雷行空见他忽而皱眉，忽而微笑，忽而眉飞色舞，忽而状似沉思，不觉心中大怒：他娘的小秃驴，这个当儿还在五思六想！想着挥鼓举槌，气势更壮。花生让过数招，灵机一动：方才梁萧让俺摸那个婆娘，说是摸她手脚脸颈，她就会认输。是了，俺只须摸摸这老头儿，他也会认输啦。想着两眼放光，纵身斜跃，逼近雷行空，使招“三十二身相”中的“举手伏象”，探手在他右手背摸了一把。

雷行空大惊，铜鼓横扫。花生形同鬼魅，又在他左手背上摸了一把。雷行空鼓槌一挥，向他太阳穴砸到。不想花生一转身，使个“割肉喂鹰”，再于他左颊上摸了一把。众人只瞧花生在雷行空身上摸来摸去，无不惊奇。梁萧又是惊讶，又觉可惜：小和尚手重一些，雷老儿岂不输了好几回？

雷行空连着三次道儿，又惊又怕，连声怒吼，鼓槌频频击鼓，鼓皮反激鼓槌，落向花生。花生如果一味闪避，雷行空拿他无法，可他摸过了雷行空的左脸，又想摸他的右脸，雷行空看得清楚，狠狠一槌挡在他手上。花生半身麻痹，大叫一声，仰天栽倒，急使一个“脱胎雀母”，连打两个滚儿，狼狈向后逃窜。

雷行空扳回劣势，气势一振，双手狂舞，鼓声震天动地，鼓槌鼓皮之间迸出缕缕火光，射落在地，地上残花败叶化为灰烬。花生无法近身，惶急道：“梁萧，不成啦，俺摸不到他，他也不会认输啦！”

梁萧一听这话，恍然大悟，苦笑道：“花生啊，我让你摸楚二娘，又没叫你摸雷老头。楚二娘细皮嫩肉，摸了一定认输。雷老头子皮糙肉厚，你摸他百十下，他也不当一回事！”楚羽听得满脸羞红，心想小秃驴这几下进退如风，换了自己，也难躲开。她想到这儿，一时又后怕，又庆幸。

花生让过一轮急攻，叫道：“不能用摸，那怎么办？”梁萧笑道：“不能用摸，用打就好。”花生摇头道：“不成，师父说了，不许俺动手打人。”梁萧双眉皱起，凝视鼓槌击鼓迸出的白光，心头一动，想起《天机随笔·格致篇》中几句话来：“琉璃交于毛发，生蓝白之火，触手微麻，其性类于九天之电，若聚少成多，未始不能断巨木、焚人畜……”不由得脱口叫道：“花生，那不是针刺，是电，九天之电。”

花生闻言大奇，应声道：“酒店自然是好的，这个酒什么店大大不好！”梁萧不觉苦笑，不知如何解释才好。雷行空却很吃惊，他手中的青铜鼓为上古神物，传说是黄帝征蚩尤时，聚昆山之铜，取雷兽之皮，制成的一面雷鼓。那支鼓槌名为“七阳槌”，是雷兽腿骨所化。雷兽为上古异兽，生于雷泽，早已灭绝。传说兽皮制鼓，震惊百里，其骨制成“七阳槌”，击鼓时能生出九天雷火，藏于“七阳槌”中，寻常人一触即死。这一槌一鼓是雷公堡传家至宝，重达八十余斤，携带不便。此次为了对付楚仙流，雷行空特意携来，不想却被梁萧一眼瞧破奥妙。

梁萧既知其理，随即拟出破解之法，正要说话，忽听雷震怒道：“梁萧，你也是天下有名的人物，怎么尽做这些违约勾当！”梁萧道：“我又怎么违约？”雷震道："你明目张胆指点这小和尚，岂不是你两人对付我爹一个？"楚羽相帮丈夫，也道："是啊，大家堂堂一战，才算本事！"楚仙流点了点头，叹道："梁萧，头一阵情有可原，这一阵嘛……小和尚未必会输，你就不要从旁指点了。"梁萧笑道："其实我也不知如何对付这面破鼓。楚前辈武功绝伦，想必有破解之法？"他既不指点，便来个请教，声音甚大，众人无不听得清楚，楚羽急道："三叔，别上他当！"

楚仙流明白梁萧的把戏，微笑不语。梁萧叹了口气，说道："楚前辈也不知道吗？唉，无怪任人撒野，弄得枝残花落，一片狼藉。"楚仙流生平爱花成痴，雷行空施展"雷鼓九伐"，十丈内花木尽摧，令他十分不快，他明知梁萧激将，也不由得冷笑说："'雷鼓九伐'算什么？'扰乱六律，铄绝竽瑟'八字，足可破之。"

梁萧一愣，心想这老头儿跟我转文，目光一转，向花晓霜问道："晓霜，你知这两句话是什么意思？"花晓霜随口道："这是《庄子·胠箧》中的话，全句是说：'擢乱六律，铄绝竽瑟，塞瞽旷之耳，而天下始人含其聪也。'竽和瑟是乐器，'扰乱六律，铄绝竽瑟'也就是扰乱音乐节奏、销毁演奏乐器的意思！"楚仙流瞥她一眼，默默点头，心想这女娃儿记性了得。柳莺莺却大大犯疑：她知书达理，咬文嚼字胜我百倍，莫非梁萧就是看中了她这个本事？一念及此，妒意更浓。

梁萧听了解释，微微一笑，放声说道："听你一说，我就明白了！好比有人打鼓，你把他的鼓打破了，他就没辙了！"雷震大怒，厉声道："他娘的！梁萧，你这算不算违约？"梁萧笑道："我跟人讨论学问也算违约吗？'铄绝竽瑟'可是楚前辈说的，我打个比方解释，也算违约吗？"他长于诡辩，雷震气得浑身发抖，却不知怎么驳他。

花生瞅了瞅铜鼓，心想这老儿没了鼓，就没法敲它，师父只说不能打人，可没说不能打鼓。他被雷行空招招紧逼，心里十分憋闷，于是身形一敛，双拳斗合，由"三十二身相"化为"一合相"。《金刚经》有言："若世界实有者，即是一合相。""一合相"是世间万物的总和。花生进入这一境界，好似天地万物纳入体内，心中生出无坚不摧、无惧无畏的念头，一时环眼圆睁，现出金刚愤怒之相。

雷行空见他气势一变，微微吃惊，不防花生身形一晃，双拳陡出，穿过七阳槌的拦截，不偏不倚地击中雷鼓。砰然巨响，雷行空虎口迸裂，雷鼓飞出十丈，重重磕在地上。众人大惊失色，好事者抢上一看，只见一个大洞贯穿雷鼓上下，拿在手上，足可看见脚背。

“七阳槌”没有鼓皮，不能蓄积雷火，便与寻常棍棒无异。雷行空重宝被毁，心痛欲裂，丢开鼓槌，展开“奔雷拳法”，呼呼两拳打向花生。花生一时性起打破雷鼓，心中十分歉疚：“他这么生气，让他打两拳好了！”双手护住双目与下阴要害，任凭雷行空打在身上。

雷行空一招得手，惊喜过望，但见花生退了三步，伸手展足，毫无伤损，不由得心中骇异，扑上前去，又是两拳一腿。花生退了半步，做“寿者之相”，右手托腮，上身右屈，下身左扭，“大金刚神力”流遍全身，将拳脚劲力统统化去。雷行空拳脚无功，心觉不妙，可又骑虎难下，大喝一声，猱身又上，拳脚连珠炮似的落在花生身上。

梁萧见花生一味挨打，并不还手，吃惊道：“花生，你给人做沙袋、练拳脚吗？”花晓霜也叫：“花生，你打不过就认输吧！”

两句话的工夫，雷行空连出十拳，拳拳着肉，打得噗噗作响。花生一边以“三十二身相”化解拳劲，一边苦着脸说：“俺打破他的鼓，让他打两拳解气也好。”梁萧听他语气从容，情知无碍，听他说完，不由得啐道：“胡说八道，你快快还手，一拳把人放倒，大家省事。”话没说完，砰砰两声，花生的臀上又多了两个灰扑扑的脚印。他忙使“马王飞蹄”，伸腰踢腿，将来劲化解，口中叹气说：“不成啊，师父不许俺打人。”

雷行空听出便宜，放开手脚，拳脚掌指好似狂风暴雨，直往花生身上倾落。

众人见他不顾身份，心中暗暗不齿。梁萧更是越看越怒，若非囿于约定，早已冲了上去。花晓霜只怕花生抵挡不住，给人打死，惶急之色溢于言表。众人神色种种，想法各异，念头却都一样：这和尚是不是人？这么拳打脚踢，一块精铁也打坏了，他怎么还能若无其事？

雷行空斗到这时，心知今日打不倒这个和尚，从今往后，只怕雷公堡声名坠地，再也抬不起头来。无奈奋起力气，又打十拳，但他终究年纪不轻，气血不如少年，加上招招全力以赴，不觉心跳气喘，拳脚也是隐隐作痛。花生见状说：“老先生，你若打累了，歇口气再打不迟！”众人一听，哄然大笑。雷行空退了一步，老脸血红，怒道：“去你娘的小秃驴，给老子闭嘴！”花生听得这话，嗯了一声，果然把嘴闭上。众人又是大笑，雷公堡一行人大觉颜面无光，恨不能寻个地缝钻进去。

雷行空无法下台，吸一口气，正想再次扑上，忽听楚仙流道：“梁萧，你说怎么了结？”梁萧道：“花生不肯出手，拖下去无休无止，大家就此作罢，算成平手如何？”楚仙流道：“前两场一胜一平，第三阵你方输了，这胜负又怎么计算？”梁萧笑道：“还没比过，你怎知我会输？”楚仙流笑道：“好啊，凭你这一句，就当先喝一坛。”梁萧也笑道：“要喝便喝，何须这么多幌子？”

楚仙流哈哈大笑，将手一挥，楚婉捧出两大坛“百花仙酿”。楚仙流随手拍开泥封，道：“请！”梁萧一笑，二人捧坛畅饮，顷刻见底，各自抛开，掷得一团粉碎。

楚仙流目视梁萧，笑道：“还能比吗？”梁萧笑道：“怎么不能？”楚仙流拍手道：“好，喝过这坛酒，你不许再叫我前辈！”梁萧皱眉道：“那叫什么？”楚仙流笑道：“叫我一声老哥怎样？”梁萧微微一愣，拱手笑道：“敢不从命？”

这几句话震惊众人。楚仙流辈高望尊，梁萧却声名狼藉，人人得而诛之。这两人一坛烈酒下肚，居然称兄道弟，着实出人意料，人人均想：他们一定醉了！

主将对阵，雷行空与花生各自退回。花晓霜为花生把脉，但觉血行旺盛，不由得松了口气，又问：“花生，你有什么不适吗？”花生摇头道：“俺很好。”他瞅瞅雷行空，小声说，“只怕那位老先生有些不好。”

雷行空隐隐听见，心头一惊，忽觉腿脚手掌又痛又痒，低头看去，双手红肿异常，涨大一倍有余，略略一碰，钻心痛楚，再看双腿双脚，也是一样肿胀。原来，“三十二身相”不仅能够卸去对方的内劲，还能借力打力，反击对手。花生无心伤人，但为求自保，仍将少许劲力送回。雷行空激斗时心忧胜负，还不觉得，一旦松懈下来，顿觉肿痛难忍，禁不住发出呻吟。雷震应声上前，拉开他的袖子一看，那手臂粗比冬瓜，紫如茄子，雷震目瞪口呆，一时不知所措。

花晓霜看得分明，急声说："快到泉水边去，将他四肢沉进水中，十二个时辰不得妄动。"说话间，雷行空的呻吟化作了撕心裂肺的哀号，双手互挠，抓得皮破血流。雷震无法可施，依言将父亲抱到水边，浸泡四肢。泉水冰寒，痒痛稍缓，雷行空不再号叫，只是呻吟不已。

楚仙流见状苦笑，说道："梁老弟，第二阵该是我们输了！"梁萧笑道："一言既出，驷马难追！出尔反尔，不是大丈夫所为！"拔出竹剑，朗声道，"楚老哥请了！"

楚仙流目光一闪，摘下乌木剑，轻拂剑身，幽幽叹道："蒙尘三十载，今日重生辉。梁兄弟，三十年来，你是第一个配我拔剑的人。"梁萧笑道："荣幸之至。"楚仙流淡淡说道："铁木剑虽是木剑，但入水即沉，坚硬不弱于钢铁。老弟，你一口竹剑，未免吃亏！"

梁萧竹剑一挥，笑道："无妨！"楚仙流看他时许，点头笑道："你没有草木为剑的本事，却有草木为剑的气魄。公羊羽得此佳弟子，实在叫人羡慕！"梁萧摇头道："老哥误会了，我不是公羊先生的徒弟。"楚仙流笑道："谁的弟子，有何关系？"大袖轻拂，并不挥剑，忽地朗声吟道，"黄师塔前江水东，春光懒困倚微风。桃花一簇开无主，可爱深红爱浅红。梁兄弟，看我'小桃剑'！"铁木剑挽出三朵平花，飘飘刺来，招数清隽华美，看不出半分杀气。

梁萧看出此招华丽在外，杀机暗藏，不敢大意，"离剑道"应手而出，剑势飘忽中锋芒毕露，好似一团火球，烈焰所至，万物焦枯。楚仙流脱口叫道："以火为剑，厉害厉害！可惜我既然种花，岂会只有一朵？"哈哈一笑，忽又歌道，"黄四娘家花满蹊，千朵万朵压枝低。流连戏蝶时时舞，自在娇莺恰恰啼。"剑法忽转秾丽，朵朵剑花漫天挥舞，看得众人目眩神迷。

梁萧看得舒服，拆解数招，扬声说："诗中藏剑，剑中有诗。老哥独自行吟，未免寂寞，小弟不才，愿附骥尾！"他随花晓霜行医，闲来无事，读过几本诗集，记得若干词句，冲口而出，"岁落众芳歇，时当大火流。霜威出塞早，云色渡河秋。"他一剑在手，万物归藏，这一句中有火、有风、有水，剑招自然带上了"离""巽""坎"三大剑道。忽而温润，忽而暴烈，忽而肃杀，忽而幽旷，忽而又似上有烈日、下有浓霜，任你千枝万朵，一并打杀。

楚仙流笑骂：“臭小子，我才说桃花，你就跳到秋天去了，不要急，慢慢来！”铁木剑圈转，朗声长吟，“不是爱花即肯死，只恐花尽老相催。繁枝容易纷纷落，嫩蕊商量细细开。”剑招忽变舒缓，以慢打快，无论梁萧剑法如何变化，总被他轻描淡写一一化解。

梁萧笑道：“春光苦短，百花易凋，桃花虽好，只怕‘夜来风雨声，花落知多少’。”剑成风雨之势，越发飘忽迅疾。

楚仙流摇头道：“你风雨虽狂，也只扫得人间之花，没听过‘人间四月芳菲尽，山寺桃花始盛开’吗？”剑势一变清高，飘飘有神仙之姿。梁萧笑了笑，接道：“老哥可知，山势太高，开不得花吗？”挥出数剑，悠然吟道，“五月天山雪，无花只是寒。”三尺竹剑锋芒拔出，势如万仞高峰，直欲刺破苍穹。

楚仙流见他将“艮剑道”使到如此地步，暗暗惊奇，微微笑道：“也罢，说你不过，我只有‘桃花流水窅然去，别有天地非人间’。”剑法更为清绝，有出尘归真，超凡入圣之态。

梁萧看得佩服，高叫：“桃花流水，小家子气，且看我‘黄河落天走东海，万里写入胸怀间’。”忽将“坎剑道”变化入神，势若黄河奔腾，不可遏止。楚仙流见他一剑气势若斯，禁不住叫道：“好剑法！”挥洒自如，随手化解对手剑招。

他逢招破招，举重若轻，梁萧心头佩服，笑道：“楚老哥，敢问‘小桃剑’后，还有什么招数？”楚仙流笑道：“自然是‘清水出芙蓉，天然去雕饰’！”剑招化繁为简，疏疏落落，好似簇簇青莲，迎风摇曳，每出一剑，都有极大威力。

梁萧竹剑脆弱，不敢硬接，连退七步，厉声道：“‘莲花剑’算什么？看我‘星垂平野阔，月涌大江流’！”长剑上下翻飞，下法大地江河，上效皓月星辰；守若大地磐石，攻若星斗运行。到了这个地步，“归藏剑”将“天行剑法”纳入其中，再也难分彼此。

楚仙流长剑久旷，遇上如此对手，喜不自胜，纵声叫道：“‘莲花剑’不算什么，你再看看这个。”剑招再走清逸，长吟道，“愁眼看霜露，寒城菊自花。”这一路剑招自是“菊花剑”了，菊有傲霜之姿，清美之余，又带了一股子刚烈。楚仙流随手融入剑法，大有绵里藏针之妙。

花生看得奇怪，问道："晓霜啊，他们打架就打架，干吗尽说一些俺听不懂的话？"花晓霜道："他们不是说话，是在念诗。"花生挠头道："念诗？谁念得好，对方就认输吗？"花晓霜点头道："那也差不多！"花生叹道："早知道，俺也该跟梁萧学念诗，念上两句，那位老先生低头认输，俺也有酒喝了！"花晓霜苦笑道："那不成，萧哥哥不光会念，还知道诗中的意思！"花生问："怎么才能知道意思？"花晓霜道："那就要多看诗书了。"花生吓得倒退一步，双手乱摆："别提这个'书'字，俺最怕看书了。"柳莺莺忽地掉头，冷笑道："看了几本臭书就了不起吗？诗书诗书，哼，我看到臭书就想撕，看见贱女人就想杀！"花晓霜见她目射寒芒，心子发抖，默默低下头去，可又担心胜负，不时抬眼偷看。

场上二人来来去去，起起落落，斗了四十来招。梁萧笑道："有花无酒不成欢。老哥菊花虽好，少了好酒，终归不美。"花生听到这个酒字，心头大乐，笑道："还是'酒'字听来可爱。"瞅着地上摔破的酒坛，两眼放光，狠咂舌头。柳莺莺本来生气，见他滑稽模样，又噗地笑出声来。

梁萧喝了不少酒，激斗已久，酒劲上涌，步履踉跄，剑招中多了几分醉意，招招出人意表，似非人使，而自天来。楚仙流见状，也觉酒意入脑，长笑道："好啊，咱俩就来个'携壶酌流霞，搴菊泛寒荣'！"

梁萧摇头道："非也非也。"楚仙流道："那便是'山花向我笑，正好衔杯时'！"梁萧笑道："也不对！"楚仙流笑道："我知道了，你定是嫌两人太少！哈哈，那么就'花间一壶酒，独酌无相亲。举杯邀明月，对影成三人'。快哉快哉，你我一人一影，算上明空朗月，可就是五个人了！"梁萧笑道："老哥你句句不离花，我却偏不说花。"楚仙流讶道："怎么说？"梁萧大笑道："巴陵无限酒，醉杀洞庭秋！"

话才出口，一把竹剑变化出奇，好似汪洋惊涛，将楚仙流的剑招一时压住。楚仙流不由得大笑道："好小子，你把秋都醉杀了，让我这菊花怎么开去？"他垂名江湖数十载，忽地落了下风，众人不由得目瞪口呆，均想：岂有此理，这奸贼的剑法，怎会高到这个地步？

楚仙流随手化解对手攻势，忽地笑道：“梁萧，常言道‘酒不醉人人自醉’，你可知是什么缘故？”梁萧道：“我怎知你的花花肠子？”楚仙流袖手一指花晓霜等人，笑道：“提点一下，答案就在那三人中间。”梁萧笑道：“美人还是和尚？若是和尚，那就只会喝酒，还是不会醉的。”

楚仙流微微一笑，忽地放声高歌：“云想衣裳花想容，春风拂槛露华浓。若非群玉山头见，会向瑶台月下逢。”吟唱间剑挥目送，神态痴绝，好似眼中除却美人如花，再无别物，剑势极尽婉曲之妙，将梁萧笑傲江湖的冲天豪气一时压住。久战不下，楚仙流终于使出他独步武林的“名花美人剑”。

顷刻交锋二十余合，梁萧渐感吃力，忽见楚仙流身形一转，又吟道：“一枝红艳露凝香，云雨巫山枉断肠。借问汉宫谁得似？可怜飞雁倚新妆……”吟唱未绝，忽地泪涌双目。剑走空奇，仿若巫山云雨，灵幻无常；身法灵动，恍若飞燕妙舞，掌上尤轻。其中绝妙之处，难以用言语形容。

原来，楚仙流年少时，曾与一位王妃有过一段刻骨之情。那时他买醉京都，倚马斜桥，惊才绝艳，旷代风流，无数女子投怀送抱，但他从来都是逢场作戏，没一个当真瞧在眼里。谁料那日与那王妃相逢一面，竟鬼使神差，倾心不已，由此创出了“名花美人剑”。他天性真挚，不动情则已，一发不可收拾。王妃长他两岁，已有一个儿子，初时一心相夫教子，但终究年少情热，敌不住楚仙流引诱，居然抛弃一切，与他私奔。她身处江湖，心中思念儿子，隐居两年，沾上痼疾，郁郁而终。楚仙流伤心欲绝，抱剑返回天香山庄，以花为伴，终日长醉，再也不履红尘。武林中人只道他斗剑败北，故而退隐，却无人知其真实缘由。楚仙流三十年不动剑，此时被梁萧逼出这路剑法，念及往事，心与剑合，以情驭剑，威力增长数倍，不出十招，杀得梁萧左支右绌、遮拦不及。

楚仙流使出这路剑法，虽占上风，却越使越悲，越使越愁，长叹一声，哀声歌道：“名花倾国两相欢，常得君王带笑看。解释春风无限恨，沉香亭北倚栏杆……”唱到此处，情难自禁，不觉泪水纵横，剑法却出神入化，越发凌厉。众人虽觉他时哭时笑，说不出的古怪，但见此剑法，也不觉欢声雷动。

“归藏剑”本是遇强越强的剑法，梁萧此时造诣，远胜石公山时，遇上这一路

“名花美人剑”，处处受制之余，也被激发出无穷的潜力。八方遮拦，苦苦支撑，忽听楚仙流哭声凄凉，也不由得为之心酸，长声叹道：“君不见‘美人如花隔云端。上有青冥之长天，下有渌水之波澜，天长路远魂飞苦，梦魂不到关山难！’求之不得，何必自苦？”剑法越发张扬，大有上穷碧落下黄泉，法天象地，充塞十方之势。

楚仙流听其诗，观其剑，心头忽地通明，飘退八尺，抛开铁木剑，拍手大笑道：“快哉，快哉，好个‘求之不得，何必自苦’！”他一语成悟，三十年心结一时解脱，挥手道，“意尽于此，无须再斗，这一战算是平手！”说着一拂袖，仰天长笑道，“掬水月在手，弄花香满衣。一朝求美人，卅年尽忘机。”且歌且行，没入万花深处。

第八章

雾林奇妪

斗剑已毕，剑意久久不退，仍在心头纵横。梁萧目送楚仙流消失，才对众人说道：“一胜两平，还有什么话说？”雷行空、何嵩阳均已受伤，众人群龙无首，尽失主意。雷震虽有不甘，但知一拥而上，也难得胜算，一时唯有气闷。

梁萧慑服众人，转向柳莺莺道：“走吧。”柳莺莺冷冷道：“我不走！”梁萧知她心思百变，深感头疼，无奈软语哄道：“别闹了，这些年，我时常想着你。”柳莺莺闻言，心儿顿时软了，别过头，再无言语。花生见梁萧携柳莺莺动身，忙道：“晓霜，俺们也走！”花晓霜心头茫然无措，默默点了点头，与花生远远跟着梁、柳二人。

行了一程，忽听马蹄声响，回头看时，楚婉跨了一匹极神骏的白马赶来。柳莺莺双目一亮，惊喜叫道：“胭脂！”楚婉来到近前，翻身下马，冷冷道：“这匹马太难伺候，三叔公让我还你。”柳莺莺搂住马颈，喜不自胜，胭脂见了主人，也自蹦跳雀跃。楚婉又说：“梁萧，你一定想问我那两个孩子吧？”梁萧心头一跳，冲口而出：“不错。”

楚婉沉默一下，苦笑道：“他们被云公子带走了。”梁萧吃惊道：“怎么会遇上他？”楚婉道：“那日我带他们去了天机宫，谁知云公子也在，听说他常州突围以后，为天机宫宫主兄妹所救，带到宫中养伤。他知道二王身份，就将他们带走，听说是去了温州。”

梁萧心中叹气：这两个孩子，终究逃不过这场劫数。他神为之伤，许久才说：“楚姑娘，你没与云殊同行？”楚婉幽幽叹道：“他心中除了打仗复国，哪儿还容得了别的？天机宫财雄势大，愿意助他兴复大宋，是故他与那位花慕容小姐定了亲啦。”

花晓霜又惊又喜，冲口说道：“你说姑姑与人定了亲？”楚婉看她一眼，淡淡说：“花慕容是你姑姑？”跟着眉头一皱，又说，“梁萧，有件事，我也想问你。”顿了顿，迟疑道，“阿雪姑娘呢？”

梁萧胸中剧痛，涩声说：“她……当天死在乱军中了！”楚婉脸色惨白，神色恍惚一会儿，低声道：“对不住，我……我只顾照看千岁，没有拦她。”梁萧惨笑道：“不怪你，那全是我的报应。楚姑娘，将来你有何打算？”楚婉道：“我只想陪着三叔公练剑度日，了却余生。”梁萧道：“云殊英雄了得，却未必是姑娘的良配，将来……”话未说完，楚婉眉眼一红，轻轻摇了摇手，默默转身去了，茕茕只影，透着无尽冷清。

别过楚婉，梁萧闷闷不乐，走了几步，忽听柳莺莺冷笑道：“梁萧，这两年，你认识的人可不少啊！”梁萧道：“是有几个。”柳莺莺道：“怕不止几个，什么花姑娘、草姑娘、雪姑娘、霜姑娘，还有什么碗呀瓶的，真是艳福齐天呢！”梁萧步子一顿，皱眉道：“你又胡说什么？”柳莺莺双目一红，扬声说：“我胡说？我日夜想着你，你却背着我拈花惹草！”她一步踏上，逼视梁萧，花晓霜欲要回避，忽听柳莺莺喝道：“你也不许走！”花晓霜心头一怯，只得站住。

梁萧得知二王消息，心中烦乱不堪，柳莺莺偏又无理取闹，一时气恼，叫道：“来龙去脉，你一概不知，听了只言片语，就来撒野吗？”柳莺莺见他震怒，口气稍软：“那好，你亲口说一遍，心里只有我一个。”梁萧一愣。柳莺莺见他面露犹豫，心中恼怒至极，叫道：“你说不说？”

梁萧迟疑道：“原本……我心里只有你一个的……”柳莺莺不待他说完，叫道："好啊，现在有几个了？"梁萧哑口无言。他越犹豫，柳莺莺越伤心，心想自己为他受了这么多委屈，却落得如此下场，颤声道："韩凝紫说得对，天下的男人都不是好东西。也罢，你心有他属，我也不必留下……"一手掩面，跃上胭脂。梁萧一把拽住马缰，柳莺莺翻掌便打，梁萧将她手掌抓住，拉下马来，柳莺莺撞入他怀，心中委屈不胜，拳打脚踢，大放悲声。

花晓霜瞧得心中苦涩，呆了呆，说道："柳姊姊，你别为难萧哥哥，我……我走便是……"跨上快雪，抖缰就走，梁萧慌忙撇开柳莺莺，抢上拦住，脱口道："我答应过你，要去行医的。"花晓霜见他惶急，不觉芳心一颤，早先积下的伤心委屈一齐迸发，伏在驴背上泪如雨下。

柳莺莺见花晓霜要走，本自窃喜，不料梁萧又将她截了下来，再见花晓霜落泪，心头一沉，眼神忽明忽暗，想了想，叹道："也罢，小色鬼，我不为难你，花家妹子，你也留下来吧！"花晓霜转悲为喜，拭泪道："谢谢姊姊，若……若没了萧哥哥，我真不知怎样才好！"

柳莺莺冷冷看她一眼，说道："小色鬼，愣着做什么？还不给我牵马？"梁萧心觉诧异，只觉柳莺莺行止蹊跷，看她一眼，迟疑着接过马缰，走在前面。柳莺莺走到花晓霜面前，抚着快雪说："这驴是你的？"花晓霜道："哑儿姊姊送我的。"柳莺莺道："你姊姊还挺多？"花晓霜笑道："是呀，我年纪小！"柳莺莺冷冷道："是啊，你年纪小，我可老多了！"花晓霜一呆，低头无话。

说话工夫，她二人落在胭脂马后，与梁萧拉开三丈。突然之间，柳莺莺目射寒光，左手扣住花晓霜的手腕，右掌一扬，向她头顶拍落。

变起仓促，花晓霜吓得忘了动弹。花生走在后面，一眼看见，顿将不能打人的规矩抛到脑后，大喝一声，双拳齐出，拳劲越过一丈，打中柳莺莺的背脊。柳莺莺掌势未落，便觉巨力压来，喉头一甜，拽着花晓霜飞到半空。花生不待二人落地，飘然抢上，将花晓霜轻轻托住。

梁萧应声一瞥，惊骇欲绝，旋风般掠回，也将柳莺莺凌空抱住，见她面如白纸，口中鲜血狂喷，不由得厉声叫道："小和尚，你干的？"花生茫然点头，忽见梁萧面色铁青，双目喷火，他如芒在背，不禁后退半步，冷不防梁萧竹剑一扬，向他咽喉刺来。花生忙使个“无人相”，抱着花晓霜轻轻转身，避过剑锋。可是梁萧竹剑抖出，瞬息变化九个方位。花生武功虽高，可极少与人动手，怎及梁萧身经百战？看那剑尖虚虚实实，不觉眼花缭乱，忽地喉头一痛，已被剑尖抵住。他不及转念，“大金刚神力”自发自动，喉间坚若精钢，刀剑莫入。谁知竹剑并不刺入，只听梁萧涩声说：“你……你干吗伤她？”

花生平生第一次打人，过后也觉悔恨，口唇哆嗦，无言以对。这时花晓霜缓过气来，只觉右腕剧痛难当，腕骨已被柳莺莺急切间拧断。她听梁萧说话，睁眼望去，见他剑指花生，忙道：“花生，放我下来！”花生将她放下，梁萧略一犹豫，也将竹剑收起。

花晓霜强忍断骨之痛，只手取出针盒，在柳莺莺胸口刺了几针，跟着又觉乏力，倚靠驴背喘气说：“萧哥哥……你将‘活参露’拿来……给……给她服五滴。”梁萧依法施为，花晓霜却握着断骨，痛得面青唇白，悄悄背过身子，右手握住左手，想要正骨，不料寒毒发作，浑身发软，骨未正好，轻哼了一声，徐徐坐倒在地。

花生探头一看，惊叫道：“晓霜，你手断啦！”梁萧一惊，扶过花晓霜，见她手腕紫中透黑，不禁眉头大皱，伸手接好断骨。花晓霜痛得大汗淋漓，心中之痛却更甚十倍，泪水转来转去，可又不敢流出。

花生心中不忿，指着柳莺莺说：“梁萧，她扭断了晓霜的手，还……还用掌打……”花晓霜急道：“花生……”花生道：“怎么？”花晓霜叹道：“别说啦！”梁萧瞧他二人神气，心中通明雪亮，再看柳莺莺，她俏脸雪白，气息微弱，一时又伤心，又苦恼。

花晓霜看出他的心意，轻声说：“我用‘七星定魂针’护住她一口气，又给她服了‘活参露’，性命应该无虞。可惜花生拳劲太猛，没有两三个月的调养，怕是无法起床。”梁萧沉默一会儿，叹道：“晓霜，她那么对你，你……你却这样对她……唉，我……我就算为你死一百次也是心甘情愿。”花晓霜听了这话，胸中热流涌动，委屈尽皆烟消，强笑一笑，眼泪却无声无息地落下来。

柳莺莺躺在梁萧怀里，她内力不弱，服过“活参露”后渐渐醒转，正巧听到梁萧下面半句，心如刀绞，几乎又昏过去。看准花晓霜的方位，偷偷拔出匕首，怎料伤后无力，匕首把捏不住，叮当掉在地上。

花生眼疾手快，捡起来说：“梁萧，你的匕首掉啦！”梁萧见了匕首，低头一看，柳莺莺蛾眉急颤，眼角泪水滑落，不禁叹了口气。让花生收拾树枝，给花晓霜绑好手腕，又做了一副担架，与花生抬起柳莺莺，寻民舍住下。

安定已毕，花晓霜写下两张方子。梁萧让花生看顾二人，自乘胭脂马四处筹措药材。傍晚回来，先给花晓霜敷了伤药，而后生起炉火，煎了一碗药汁，捧到柳莺莺房里。

柳莺莺平身躺着，泪水不绝如缕，点点滴落枕上。梁萧心潮起伏，一时立在门前，进退不得。柳莺莺见他，怒从心起，想要别过头去，却又牵动伤势，呻吟起来。梁萧忙放下药碗，上前将她扶起，柳莺莺无力挣扎，便闭眼不理。梁萧将药碗递到她嘴边，柳莺莺只是咬紧牙关。梁萧叹道：“莺莺，你这样子，只叫人心里难过。”柳莺莺心中一酸，涩声道：“我怎么样，与你不相干。你尽管去为别人死一百次，死一千次才好。”梁萧道：“我若为你而死，也绝不会皱一下眉头。”柳莺莺闻言，忽又想起往事，失声哭道：“你就会花言巧语地哄人，每次说过都不算数。”

梁萧心想：你对我说的话也没有算数，若非云殊与你闹翻，只怕你也不会再来理我。想着心神激荡，苦笑道：“别闹意气，把药喝了。”柳莺莺咬牙道：“喝药也成，你先把那个臭和尚杀了，再把臭丫头赶走。”梁萧道：“这可不成。”柳莺莺泪水又涌出来，哑声说：“看吧，你还是只会哄人。你到底怎么想？今日定要说个明白。”

梁萧道：“晓霜是极好的人，你与她相处多了，自会明白。”说着端起药碗道，“凡事以后再说，先把药喝了。”柳莺莺还要再使性子，忽见花晓霜站在门外，似要进来，她心念一动，将脸偎进梁萧怀里，柔声说：“这药太苦，我不爱喝。”梁萧皱眉道：“尽说孩子话，乖一些，趁热喝了。”柳莺莺瞅了一眼晓霜，淡然道：“反正我不要一个人喝，你陪我喝才行。”

梁萧无奈，举碗先饮，柳莺莺拦住说：“不是这样。”她咬了咬嘴唇，涨红脸道，“我……我要你先喝在嘴里，再一口口喂我。”梁萧愕然道：“这怎么行？”

柳莺莺怒道："你不照做，我也不喝，宁可死了。"

梁萧初时当她玩笑，听她语气决绝，才知她较了真。心知这女子万分好强，说到做到，无奈之下，只得将药含进嘴里，一口口渡进她口里。花晓霜本欲察看柳莺莺伤势，见此情形，一股酸气亘在胸口，挥之不去，呆呆瞧了一阵，默默转身去了。梁萧耳力聪灵，听得明白，渡完汤药，忽将药碗重重一搁，怒道："莺莺，你不要老是激她！她身子不好……"

柳莺莺被他抱着喂药，身软心热，大为动情，谁知梁萧突然翻脸，一时惊怒交迸，失声叫道："她不好，我就好吗？"怒急攻心，一口血混着药水呕了出来。梁萧大惊，急忙拍她后心。忽见花生将圆脑袋探进来，憨憨说道："梁萧，晓霜在哭。"柳莺莺一见他就说不出地气，叫道："死秃驴，臭鸭蛋，滚，滚远些！"却见梁萧起身，她一把拽住，切齿道："你去了，我……我死给你看。"梁萧眉头一皱，终究掰开她手，掉头出去，柳莺莺气苦难当，伏枕大哭。

梁萧硬着心肠，步入花晓霜房里。少女坐在床边，见他进来，匆匆转身抹泪。梁萧傍她坐下，不知如何劝慰，良久才说："她就是这样，生一会儿气，很快过去了。晓霜，你宰相肚里能撑船，大人大量，别跟她计较！"花晓霜低头说："我……我才不是什么宰相……"梁萧笑道："你是医国的宰相，主宰病人生死。"花晓霜被他说得心中一乐，叹道："你啊，就会取笑人。"这一笑，幽怨之情，却是烟消了。

梁萧见她手臂包裹严实，捧过来问道："还痛吗？"花晓霜面红耳赤，摇了摇头。忽听脚步声响，转眼望去，柳莺莺摇摇晃晃地倚在门边，嘴角渗出血丝，脸色苍白如纸。梁萧吃了一惊，放开花晓霜，扶住她道："你怎能下床呢？还不回去！"柳莺莺伸手想打他耳光，但伤后无力，只碰了碰，便垂下手，哭骂道："你这小色鬼，我对你一心一意，你……你却这样对我！我恨死你，恨死你了……"她内腑翻腾，口中又涌出血来，花晓霜忙递过"活参露"，让梁萧给她服下。

柳莺莺缓过一口气来，仍是骂不绝口。梁萧无计可施，强行将她抱回房里，说了许多好话，她才平静了些，又低泣一阵才沉沉睡去，双手将梁萧衣衫拽着，梦里也不放开。

梁萧无法，坐在床边待她睡熟，才起身张罗饭食。饭菜摆好，尚未落座，又听柳莺莺叫道："梁萧，梁萧……"声音惶急，带了哭腔。梁萧无奈入内，忽见柳莺莺一脸是泪，见他进来，一头扑入他怀，哭道："你去哪里了？我……我以为你走了！"

梁萧知她从来倔强，今日屡屡露出软弱之态，心中生起无边怜意，叹了口气道："哪儿会呢？你一定是做噩梦了！"柳莺莺呜咽道："我困在天香山庄，夜夜都梦着你。"

梁萧胸口发烫，心想：这一年工夫，她想必过得很苦。不由得问道："莺莺啊，你为何会听韩凝紫挑拨，去寻楚仙流的麻烦？"柳莺莺哭了一会儿，抹泪说道："那天我取水回来，不见你人，心里急得要命，到处寻你。结果遇上雷、楚两家还有神鹰门的人，我以为他们捉了你，便向他们讨人，却被雷行空打伤。正绝望的当儿，云殊出手相救，谁知他心怀不良，事后对我说了许多不着边际的话。我当时受了伤，怕他动了邪念，就随口与他敷衍，本想骗他帮我寻你，不料你竟落到了韩凝紫手里。臭狐狸拿你威胁我，抢走纯阳铁盒。我一灰心，将云殊大骂了一顿，谁知他一言不发，竟然任我走了。我不知你去了哪儿，就骑了胭脂在旷野中乱跑，哭了好几场。后来养好了伤，几经周折，找到残红小筑，却只见一片焦炭瓦砾。后来听说是雷公堡和天香山庄联手烧的，我便偷偷抓了雷公堡一个弟子拷问，他也不知你的消息。我担惊受怕，四处寻找，一找就是半年。不想倒霉得很，没寻着你，却遇上韩凝紫那臭狐狸。她骗我说你被天香山庄放火烧死了，我当时听了伤心绝望，也没细想，便找上楚家为你报仇。初时倒占了些上风，后来激出楚仙流，我打不过他，被楚老儿捉住了……"

她断续说完，只觉一阵乏力，微微喘息。梁萧却已呆了，心想原来如此，自己鬼迷心窍，竟疑她移情云殊。一时悔恨不及，左右开弓，狠狠打了自己两个嘴巴，双颊高高肿了起来。柳莺莺惊道："你……你这是做什么？"梁萧定了定神，叹道："莺莺，我是一个糊涂蛋，万分对不起你！"柳莺莺不知他另有所指，只当他因为花晓霜的事心中愧疚，又见他双颊红肿，心头一软，伸出雪白纤手，抚着他红肿的双颊，轻声道："你知道就好，你……你再和那个病丫头亲近，哼，我……我一定叫你好看！"她本有满心的恶毒话来威胁他，但到了嘴边，却变作一句，"你……你脸上痛吗？以后没我准许，可不许自己打自己。"

梁萧心乱如麻，全无头绪，好半晌才说："你落到楚仙流手里又怎么样了？也没见他给你披枷戴锁。"柳莺莺冷笑道："我是天下偷儿的女祖宗，什么枷锁能困得住我？楚仙流那老狐狸，仗着一身臭本事，也不关我，也不锁我，容我使尽千般法子也逃不出十里之外。你来的时候，我刚被他抓回来。"

梁萧苦笑道："楚仙流想必山居寂寞，才来玩这等猫拿耗子的勾当。"柳莺莺听得有气，伸手指着他的鼻尖："小色鬼，我被人欺负，你还笑得出来？"梁萧注视她半晌，忽道："莺莺！"柳莺莺道："什么？"梁萧叹了口气，幽幽说道："从今以后，我再也不会让你受人欺负。"

柳莺莺冷笑道："别人欺负我不怕，就怕被你欺负。"忽一抬眼，怒视梁萧，"总之，花晓霜在一天，我便恨你一天！"梁萧苦笑无语。柳莺莺忽喜忽悲，说了这许多话，倦怠又生，偎在梁萧怀里睡去。

不久花晓霜伤势好转，便给村人治疗伤病，接生引产。柳莺莺执意不受花晓霜疗治，梁萧无法，只得先问过晓霜，再自己动手扎针、配药。怎料柳莺莺伤势稍好，又生事端，或明或暗，处处设谋算计花晓霜。梁萧心思缜密，多有防范，她无法得逞，自是百般怨怼，哭闹寻死，无所不为。梁萧既要防她，又要宽慰晓霜，还要图谋生计，填饱花生那张不见底的肚皮，任是他长袖善舞，身处此间也是头大如斗，好不为难。

两月时光转瞬即过，柳莺莺的伤也好了九成。她硬的不成，又来软招，当着众人与梁萧耳鬓厮磨，存心气走晓霜。梁萧自是尴尬。花晓霜心中也不好受，但她性子柔顺，实在无法忍受，就转入屋内，读医书解闷。

这一日，她看书困了，伏案睡了一阵，忽被一阵喧闹吵醒，揉眼出门。却见远处打谷场上，或站或坐，来了许多陌生之人，口音不类土著，衣衫褴褛，闹成一团。花晓霜心生诧异，走近一看，人群中许多病人，不少人身受金疮，伤口皮肉翻卷，化脓生蛆，躺在地上呻吟。她见此情形，回家拿了药物，来到场边为人治伤。这时柳莺莺拉着梁萧走过来，一见她，立时做出亲热模样。花晓霜心头一酸，掉头招呼众人，挨个儿诊治。

柳莺莺一瞧，冷笑道："又假装好人！"梁萧道："她本来就是好人。"柳莺莺道："好啊，她是好人，我就是坏人了！"梁萧笑道："你自然是坏人了。"柳莺莺秀眉倒竖，正要发作，却听梁萧笑道，"好在我也是坏人，咱俩歪锅配扁灶，一套配一套。"

柳莺莺转嗔为喜，笑道："是呀，咱们都做坏人，让她一个人充好人去。"梁萧见花晓霜忙得厉害，甩开柳莺莺上前相助。柳莺莺气急败坏，顿足骂道："什么一套配一套，分明是嘴上一套，心里一套！"梁萧笑道："别淘气，打两桶水过来！"柳莺莺怒道："我才不去！"鼓涨桃腮，站了半晌，但见难民哭哭啼啼，又觉有些可怜，气呼呼转过身打水去了。

梁萧生于江西，难民谈吐正是乡音。详加询问，才知宋元交战，宋军大败于兴国，江西屡经战乱，民不聊生，是以纷纷逃往北方，沿途又遇匪患兵燹，伤亡甚众。

治疗已毕，月已中天，众难民纷纷告辞散去。四人饥肠辘辘，转入房里，就着清水吃了几个馒头。花晓霜心不在焉，沉吟道："萧哥哥，柳姊姊的伤也快好了，我……我想去江西行医。"梁萧道："好啊，我陪你去。"柳莺莺又气又急，狠拧了他一下，怒道："梁萧，刚才不是说好了，你要陪我去天山？"梁萧道："我说的是，晓霜愿去，我才愿去。"柳莺莺一怔，大声道："她有什么好？你只听她的，就不肯听我……"眼中泪花一转，伏案便哭。

梁萧苦笑道："我答应过陪她行医，男子汉大丈夫，言出必践。"柳莺莺肩头微颤，抬起头来，拭去眼泪，狠狠瞪着花晓霜，咬牙说道："好啊，我也言出必践，要么你死，要么我亡！"

这几句话说得决绝，花晓霜听得心头一阵迷糊，也不知如何转回房里。还醒时，发觉自己正靠在床边。梁萧与柳莺莺的争吵声从堂屋传来，明明很近，听来却又很远；很熟悉的声音，听来却又那么陌生。一阵难言的悲伤从心底涌起来，泪水不知不觉浸入了粗布的棉被里。

次日起程南行。梁萧与柳莺莺大吵了一回，负着行李，闷头走路。柳莺莺见他不理自己，越发伤心难过，气无处发，寻花生的不是，动辄拳打脚踢。怎料小和尚钢筋铁骨，挨上三拳两腿，只是呵呵傻笑。柳莺莺却觉手脚疼痛，一时无法可想，满腹怨气又落到花晓霜身上，心想：纵然梁萧恨我一生，我也非弄死你不可！

走走停停，行了二十日，进入江西境内，果如难民所说，千村荒芜，鸡鸣不起，荆榛丛生，中有白骨。元军固然如狼似虎，大宋败兵也化为流寇，白昼蜂起，四处劫掠。梁萧纵有冠军之勇，但杀退一批，又来一拨，也觉不胜其烦。有时行走百里，不见人烟，一入夜间，只闻啾啾悲风，仿若万千鬼哭。

这一日，经梅岭进入两广，又遇上大批难民，伤病甚众，等到救治完毕，所备的药材也已耗尽。花晓霜挎上药篮、药锄，说道："萧哥哥，我去山里瞧瞧，看有什么草药。"梁萧道："我陪你去吧。"花晓霜点点头，还未动身，忽听柳莺莺冷冷说："就这么去了？"梁萧知她心意，只得道："你也来吧！"柳莺莺神气冷淡，落落地跟在二人身后。花生独自留下，照看行李。

三人行走一阵，花晓霜举目四顾，忽见前方山崖上一丛草药，喜道："先采这个。"梁萧当即爬上，用药锄取下。柳莺莺瞧着眼生，问道："这是什么？"梁萧摇头道："我也不认识，晓霜，你来说。"柳莺莺扁嘴冷笑。花晓霜看她一眼，迟疑说："这草叫作'王不留行'。"梁萧奇道："好怪的名字！"花晓霜道："这种草药有行血之功，配药服下，能使血流畅行，就算皇帝下令也阻止不了，故而得了这个美名。"

梁萧听得这话，心想做人何尝不是如此，认定的事情就当尽力而为，天王老子也不能阻止。他边想边走，山路渐狭，草药更多，形形色色，共生共长。花晓霜惊喜不胜，边走边采，循着药草行出一里，药草不减反增，更为茂盛。

花晓霜止步，犹豫道："萧哥哥，真蹊跷，这么多草药怎会长在一起？一季中的草药，除了寥寥几样，几乎全都有了，难不成这些药是人家种的？"梁萧道："凑巧罢了。"花晓霜叹道："不对，有些药不该产在此地，川贝这种东西，该是人为移植来的。"

梁萧知她医者之性，言不轻发，也不由得心下生疑。柳莺莺冷笑道："说不管用，再往前走，一切自然分明。"当先便走，梁萧紧随其后，渐入深山，前方的雾气也浓重起来。梁萧害怕彼此相失，与二人手挽着手。他左手拉柳莺莺，入手温软如绵，使人心怀骀荡；右手挽住花晓霜，小手纤柔微凉，宛若春水。梁萧不由得想入非非：若能一生一世执着二人之手，真是莫大福分。转念间忽又气馁：她们都是当世奇女子，刚才的念头，真是辱没了她们。

柳莺莺走在最前，她人虽胆大，终是女孩儿家，当此虫偃鸟息，万籁俱寂，也不由得心生冷意。那雾气越发浓重，好似从天而落的一团团牛乳。道路由狭变宽，空中飘浮着一丝丝甜香。柳莺莺摸索着走了几步，忽听花晓霜道："萧哥哥，这雾气有些古怪，咱们还是回去吧？"梁萧道："说得是。莺莺，你说呢？"

柳莺莺心头微动，寻思浓雾障眼，正是杀那小贱人的良机。她杀机一动，再难遏止，轻轻嗯了一声，说道："山中惯常有雾，有什么古怪？"

她一边说，一边将匕首握在掌心。花晓霜听她动问，不好不答，便道："我也说不上来，就觉这雾气黏丝丝的，叫人很不舒服……"

柳莺莺听声辨位，不待花晓霜说完，匕首猛地刺出，正中花晓霜胳膊。花晓霜猝不及防，失声痛呼。梁萧惊道："晓霜，怎么了？"

柳莺莺一不做二不休，抢到花晓霜近前，只一把，揪住她的衣袖，手腕一拧，刺向她心口。不料足下一软，踩到了一个腻乎乎的东西，跟着足胫发紧，一股钻心剧痛直蹿上来。

柳莺莺惨哼一声，屈膝跪倒，仓促间也将花晓霜拽倒。梁萧大惊，只听柳莺莺呻吟道："脚……脚……"他伸手去摸，忽觉一阵风声掠来，梁萧出手奇快，那东西不及张口，被他将头捏住。他只觉手中滑腻，把捏不住，不由得脱口惊呼："是蛇！"手中一紧，那条蛇头开脑裂，登时毙命。

花晓霜听到叫声，忍痛说道："萧哥哥，封她血脉。"梁萧应声出手，连点柳莺莺大腿至腰肋十余处要穴，将她腿上的血脉一一封住，惶声道："再怎么办？"花晓霜一呆，问道："是什么蛇？"梁萧取出火折，可雾气极浓，才一打燃，又被雾水浸灭。

柳莺莺只觉腿脚痛痒，呻吟道："梁萧……我……我要死了……我死了，你就能跟病丫头相好，是不是……"梁萧力持镇定，搂紧她道："别说傻话！晓霜，快想想法子！"

花晓霜道："毒蛇林林总总，毒性各不相同，非得对症下药才行，我这里没有蛇药……怎么办？怎么办呢？"越说越是凄惶。柳莺莺蛇毒入体，神志昏乱，听了这话，大骂道："你就盼我死了，好跟梁萧在一起，小贱人……你……你的心比毒蛇还毒……"骂得虽狠，声气却越发弱了。

柳莺莺出手暗算，花晓霜的心里十分明白，只是她天性软弱，不但不愿记恨，而且百般苦思，欲救这情敌的性命，只苦于雾气笼罩，身无解药，难以施为。谁料柳莺莺濒死之际，怨毒更甚，辱骂不绝。花晓霜委屈万端，双手捂面，呜呜哭了起来。

梁萧怔了一怔，猛地撕开柳莺莺裤管，对着伤口吮吸起来。花晓霜听到裂帛声，登时明白，惊叫道："萧哥哥，你……你会送命的……"梁萧默然不答，不断吸出毒血，吐到地上。柳莺莺毒血泻出，神志稍清，乍觉梁萧在给自己吸毒，心中一惊，失声叫道："不……不要……"想要挣扎，但梁萧手臂如铁，动弹不得，心中一急，又昏过去。

雾中那股子甜香越发浓郁，梁萧吸了片刻，但觉血中腥臭渐退，气味趋于冲淡，方才住口。正要坐下，忽觉身子一阵麻痹，头脑生出眩晕之感，心头暗惊：这毒来得好快！翻身坐倒，正要运功抵御，谁知伸手触地，忽地碰到一团滑腻之物，心中一惊：还有蛇？不待毒蛇掉头，一掌拍出，将其震得稀烂。

此时间，四周咝咝声仿若潮水起伏向这方汹涌而来。忽听花晓霜一声惊呼，梁萧心念电转，忙叫："快过来！"花晓霜并不动弹，梁萧一手抱住柳莺莺，伸手探出，忽觉一条大蛇从天而降，缠住他手臂。梁萧袖手甩脱，竹剑掠出，将大蛇凌空截成三段，反手间，恰好抓住花晓霜，但觉她浑身僵直，不由得诧道："怎么？"花晓霜颤声道："蛇……在……在我……我身上……"战战兢兢，口不成言。

雾气浓重，梁萧不能视物，仅凭触觉，竹剑颤动，顺她身子滑落。剑上带了"转阴易阳术"，只听噼啪声不绝，四条蛇断成十截，从花晓霜身上坠落。梁萧将她拉过，忽听足下窸窣有声，群蛇八方掠来。梁萧左掌抡圆，掌风激荡，将足下的毒蛇尽数扫开。

这么听风辨位，梁萧连连挥掌出剑，逼开蛇群。但分心旁顾，体内的蛇毒渐渐不受压制，攻心而来，不一时，便觉恹恹欲睡，又挥数掌，渐自站立不定，盘膝坐下，将二女放在膝边，一边运功逼毒，一边挥剑驱蛇。突然之间，头顶又落下两条毒蛇，梁萧竹剑盘空一转，将其截成四段，蓦地心头一动：我糊涂了，天上哪儿会有蛇？近旁当有树木！掌挥剑舞，扫开十数条毒蛇，高叫："晓霜，到我背上来。"

花晓霜听得千百毒蛇吐芯子，早已吓得呆了，战战兢兢伏在梁萧背上。梁萧待她搂紧，左手抱住柳莺莺，奋起神威，双足陡撑，纵起一丈有余，伸手勾拿，抓住一条树枝。那树枝纤弱，吃不住三人重量，咔嚓折断。

梁萧手抓枝丫，就已审其粗细，粗者在左，心知左边定是树干，是以树枝才断，他左腿凌空一旋，果然钩住树干。右手伸出，又搭上了一段小枝，借力猛挣，又翻起丈余，落在树丫中间。他中毒不轻，这几下纵跃虽无花巧，却似耗尽他浑身气力。体内的蛇毒趁势流窜，梁萧周身发麻，胸闷欲呕，身子一偏，几乎掉了下去，匆匆稳住身形，运功与蛇毒相抗。

花晓霜一手搂住梁萧，一手扶着树干，心儿怦怦乱跳。但听蛇啸声逼近，蛇群分明向树上涌来，惶急无奈，连声叫道："萧哥哥！萧哥哥！"叫了两声，不闻动静，心头大惊，伸手摸他脸颊，只觉奇热如火，再探他的脉门，不由得骇极而呼，敢情蛇毒霸烈，已经渗入梁萧五脏。

其时蛇啸更响，好似万蛇狂动，聚于树下。花晓霜欲哭无泪，主意尽失，忽听柳莺莺低声娇吟，不由得放声哭道："柳姊姊，萧哥哥不成了，不成了……"柳莺莺得梁萧吮出毒血，残存蛇毒微乎其微，不足为患，时间一久，悠悠醒转，听得蛇啸激响，再摸四周都是树干。她心思灵动，远胜花晓霜，立刻明白梁萧意图，欲要站起，又觉浑身乏力，只得喘气道："你……你拿竹剑守住这里，别让毒蛇……上……上来。蛇不上来，就不打紧。"花晓霜无法可想，应声摸到竹剑，还没握紧，忽觉手背一凉，一条蛇蜿蜒爬来，缠住她的手臂。花晓霜失声尖叫，正想袖手甩开，忽觉手腕剧痛，已被毒蛇咬中，她痛哼一声，心中惨然："糟糕。"哪知手臂上的毒蛇一阵痉挛，忽地松开，嗖地向下落去。

花晓霜不及多想，取出银针，封住血脉，正想割脉放出毒血，乍觉膝上冰凉，咝咝之声大响，也不知多少毒蛇涌上来。花晓霜想到梁萧，热血一沸，生出拼死念头，银牙紧咬，举剑将一条毒蛇砍断。谁知就在此时，身边的毒蛇发出阵阵异响，挣扎辗转，痉挛下坠。树下的蛇啸也变了调子，充满狂躁惊惶，由近而远，四面散去。

花晓霜大为诧异，略一沉吟，恍然大悟：我身患"九阴毒脉"，本身就是个大毒物。血中的九阴之毒远较蛇毒猛烈，毒蛇咬我，当即死了，而我的血洒出来，毒蛇沾上、嗅到，都会没命。一念及此，抚着柳莺莺用短匕刺出的伤口，庆幸之余，又生凄凉。当下伸手压迫创口，血流如注，洒在梁萧与柳莺莺身上。花晓霜将血洒落，群蛇避之不及，咝咝散开。可她一阵忙乱，失血甚多，只觉心神虚耗，坐了一会儿，忽又想：我被蛇咬中，浑然没事，想必“九阴毒脉”以毒攻毒，对蛇毒有克制之功。萧哥哥毒入五脏，再不挽救，必当不治，以毒攻毒固然凶险，比之坐以待毙却要强许多。

她伸手一摸，但觉梁萧火热已退，身冷若冰，情知他命在须臾，便将手臂伤口放在他嘴边，将鲜血滴入他口。不一阵工夫，梁萧身子由冷变热。花晓霜摸他脉门，情知蛇毒被克，不由得欣喜欲狂，怎料失血太过，心情一松，寒毒发作，一阵头晕目眩，昏了过去。

昏沉间，忽听一片咕咕怪响，又觉一只手掌抵在背上，热流源源涌入体内，不由得神志一清，喜道：“萧哥哥，你好啦？”梁萧轻轻嗯了一声。花晓霜睁开双眼，四周雾气依旧，咕咕声却越发响亮，不由得问道：“哪来的青蛙？”梁萧道：“不是青蛙，是癞蛤蟆在叫。”花晓霜侧耳细听，发觉蛇啸声如故，不由得惊道：“不好，蛇要吃蛤蟆了。”梁萧道：“那可未必，听起来，蛇没赢，蛤蟆也没输。”

花晓霜闻言惊疑，忽听梁萧道：“你没事了吗？”花晓霜点了点头，说道：“我没事！”却听柳莺莺冷笑道：“你死了才有趣呢！”梁萧心中有气，冷哼一声。柳莺莺也气道：“怎么，她望我死，我就不能望她死吗？”花晓霜一惊，结结巴巴地说：“我……我怎么会望你死呢？”柳莺莺道：“你还狡辩？我被蛇咬了，你假作不知；梁萧中毒，你却救之唯恐不及。哼，这些天我见你治病救人，还当你真是个好人。现在才知道，你骨子里与我柳莺莺没什么两样，阴险之处，犹有过之。”她暗算花晓霜不成，终是心虚，先把花晓霜说成一个阴险小人，就算她说出暗算的事，梁萧也未必相信。

花晓霜听得浑身发抖，可又不知怎么辩驳。忽听梁萧说：“晓霜，你给我吃的是什么药？”花晓霜听他口气，不觉流下泪来，她生来面嫩，“我的血”三个字无法出口。柳莺莺见她无话，自以为得计，心中暗暗高兴。

梁萧虽觉此事不合花晓霜的品性，可事实俱在，花晓霜又不辩驳，也不由得将信将疑。想到二人明争暗斗，竟至于此，不由得心如刀割：早知这样，我真该死在钱塘江里。想着长长叹了口气。

花晓霜听他叹息，以为怨怪自己，实在按捺不住，倚靠树干哭出声来。梁萧一惊，忙说："晓霜，这不怪你，都是我不对！"他越这样说，花晓霜越痛哭。柳莺莺冷冷说："做了就做了，后悔也没用。"梁萧怒道："柳莺莺，你前些日子的手段也未见得光彩！"柳莺莺一怔，大声道："是啊，我是不光彩，我……我这么做，又是为谁？"越说越难过，也嘤嘤地哭起来。梁萧左右为难，大感无趣。

说话中，蛇与蟾蜍叫声更烈，间杂无数异响，咔嚓咔嚓，仿佛铁甲振动，时而窸窸窣窣，又似小兽爬行。腥臭气阵阵飘来，三人汗毛直耸，花晓霜与柳莺莺不约而同地止住哭泣。梁萧但觉两人身子发抖，伸出双臂，左右搂住。忽然间，嗡嗡声大作，似有无数飞虫飞来，恰似一阵狂风，从三人身边掠过。

腥臭渐浓，令人欲呕。花晓霜心头一动，忽地颤声说："刚才过去的是毒虫！"梁萧一惊，只觉柳莺莺双臂紧收，身子抖得更急。又听花晓霜说："萧哥哥，这雾太怪。"梁萧道："怎么怪？"花晓霜说："我把过脉，从脉象上看，气弱血缓，该当正午，这里怎么还有浓雾？"

梁萧道："这也不奇怪，深山大谷，云雾终年不散。"花晓霜道："但日出雾散，必然之理。萧哥哥，你看头顶……"梁萧抬起头来，隐见日光闪烁，却无法穿透雾气，不由得惊道："这却奇了！难道有怪物喷云吐雾？"柳莺莺打了个冷噤，嗔怪道："这当儿你还要吓人？"梁萧道："好啊，你说什么原因？"柳莺莺答不上来，花晓霜想了想，说道："听说南方有瘴疠之气，为毒物残骸所化，触者定生疫病，难不成就是这个？"

三人疑神疑鬼，忘了适才的争吵。忽然一股异香袭来，三人头脑一清，遥见雾中出现了一个黄澄澄的光团，闪烁不定，分外诡奇。柳莺莺想起怪物一说，头皮发麻，惨声道："完啦，怪物来了……"梁萧皱眉道："什么怪物？"柳莺莺道："那……那团光不就是怪物的眼睛吗？"花晓霜听了这话，浑身一震，牙关不觉嘚嘚作响。

梁萧觉出二人恐惧，抖擞精神，长笑道："看来是个独眼怪物，不知这眼珠子长在什么地方，是头上呢，还是屁股上？"花晓霜闻言，心头一松，失声轻笑。柳莺莺见他还有兴致玩笑，哭笑不得，骂道："大蠢材，你还说，怪物听到了怎么办……"

忽听咦的一声，有人高叫："谁在上面？"声音如弦锯木，低沉嘶哑。三人顿时哑然，过了一会儿，梁萧轻轻叹道："世上无鬼神，都是人在闹。"柳莺莺舒了口气，也觉好笑，将脸紧紧贴在梁萧怀里。

黄光越发明亮，梁萧目力最强，看出是一个燃着黄火的白皮灯笼。那人冷冷道："你们能在万毒相争中存活下来，也算有点本事。哼，报上万儿来吧！"说话声中，浓雾渐渐淡去，放眼望去，只见一片树林。树木形状奇特，高者数丈，矮者也有七尺，叶如鹅卵，枝上结满碗口大小的白花，紫蕊中吐出丝丝雾气。再瞧树下，以梁萧泼天胆量，也不由得目瞪口呆，倒抽了一口凉气。

树下群蛇昂首，红芯纷吐。蛇群间褐浪翻滚，却是一大群蟾蜍，挤得密不透风，咕咕叫嚷不停。奇花异草中，花斑壁虎成群结队，东蹿西逃。五色蝎子满地飞奔，舞螯摆尾，正与无数蜈蚣相互剿杀。五毒之外，还有许多叫不出名儿的毒虫，同类间相互交尾，异类间彼此残杀。除却三人所处的大树，别的无论树上树下，俱是血肉狼藉，毒液横流。柳莺莺看了两眼，禁不住捂胸干呕。花晓霜的小手扣着梁萧的手臂，指甲几乎陷入肉里。

白花似有灵性，渐渐合拢花瓣。四下的雾气仿佛逃命，不一阵的工夫，空中清朗无碍，各类毒虫一失斗志，飞天遁地，八方逃窜。就在万毒之中，站立一个老妪，白发萧萧，容貌丑怪，暴齿鹰鼻，眉毛一根也无，一双眸子深陷颧上，精光灼灼，令人生畏。她的身周十丈似有无形障壁，毒虫纷纷走避，势如江河分流，从她两边爬过、飞过。老妪左顾右盼，神气威严，仿佛帝王检阅军旅。

老妪忽地掉头，审视三人，尖声说道："你们是活人吗？"梁萧应声惊觉，但觉遍体冷汗，身边的二女早已吓得虚软，若非依赖梁萧，早已昏厥过去。梁萧长吸一口气，压住心头震撼，笑道："你见过会说话的死人吗？"老妪看他一眼，冷冷道："寻常人进这林子，从来有死无活！哼，下来！"

梁萧见她言行古怪，正觉迟疑，老妪不耐道："你聋了吗？我叫你下来！"梁萧自负纵横天下，怎能畏惧一个老妇？当即怀抱二女，飘然落下，但怕老妪偷袭，落地时想了七八个后招。只要老妪稍有异动，就以电光霹雳之势将她击毙。

不想老妪一动不动，只是冷眼瞧着三人，淡淡说道："你们怎么避过万毒之争的？"梁萧听她反复询问此事，也不觉心中奇怪："方才毒虫肆虐，天上地下无所不至，为何我们身处树上，竟能安然无事……"

老妪怒哼一声，眼中凶光一转，停在花晓霜脸上。她双目陡张，脸上闪过一丝讶异，忽地点头说："原来如此！"口气放软，似乎有所缓和。

梁萧见她神气古怪，不敢久待，拱手笑道："晚辈三个，采药时不慎误入贵地，得睹前辈神通，眼界大开，雾散事了，就此告辞！"老妪点了点头，手指花晓霜道："你俩要走可以，这女娃儿留下！"三人一怔，梁萧皱眉道："前辈说笑吧？"老妪冷哼一声，道："谁跟你说笑？这女娃儿九阴之体，千载难遇，即使出现，也万难活到这个年纪。哼，要不是她，你们还能站在此地与老身说话吗？"花晓霜被她一语道破自身隐疾，心中诧异，忽见老妪把手一招，沉声道："女娃儿，过来！"花晓霜大为忐忑，回望梁萧。梁萧微微一笑，一拂袖，纵声长啸，众人惊疑不解，他忽地拔地纵起，凌空扑向老妪。

这一扑电光石火，探手抓到老妪面门。柳莺莺冲口叫道："好……"叫声出口，梁萧爪势一凝，停在老妪喉前寸许，便似触着铜墙铁壁，再也难进分毫。老妪冷眼瞧他，轻轻哼了一声。梁萧应声一震，忽地失了支撑，软软瘫倒在地。

柳莺莺大惊，使招"雪满燕山"，双掌裹着重重寒劲，还没挥出，飘来一丝淡淡香气，若有若无钻入鼻孔。柳莺莺浑身气力一泄，顷刻软倒，一股剧痛自肺部涌起，初时大如针尖，很快变成杯口大小，火烧火燎，叫人痛苦难忍。

柳莺莺运气抵御，心口又生剧痛，慌忙专注心脉。可是念头一起，肝脏又生痛楚，剧痛未绝，脾脏又遭侵袭。她苦忍未已，痛楚忽又转到后腰肾门。这一下，奇痛中又掺入奇痒，柳莺莺哭笑不能，真是难受极了。

花晓霜见二人相继倒地，心下骇然，抢上试探柳莺莺脉象，不由得面色大变，回视那老妪，吃惊道："你用毒？"话音未落，柳莺莺难受得呻吟起来。

花晓霜拔出银针，一连三针，刺中她三处大穴。柳莺莺痛苦稍减，止住呻吟，咬牙苦忍。老妪见她针灸手法，眼神微微一变，冷冷道：“‘三元舒脉针’！女娃儿，你师父是谁？”

花晓霜按着柳莺莺的脉息，但觉毒性奇特，侵蚀极快，不觉心中焦急，苦思解法，老妪说话，她闻若未闻。想了想，忽地解下手腕布带，露出伤口，要以九阴毒血，以毒攻毒。老妪冷笑道：“你想要她速死，只管用这个法子！”花晓霜一愣，只听老妪说，“九阴之毒与‘五行散’毒性相类，互有催化之功。她服下你一滴血，‘五行散’的毒性便强了一倍……”

柳莺莺大怒，不待老妪说完，叫道：“好啊，你又想阴谋害我……”她说话分神，剧毒发作，又呻吟起来。花晓霜本就彷徨无计，听了这话，更添无穷委屈，泪水夺眶而出，忽地一膝跪倒，向老妪连连磕头。

老妪见她磕头，丑脸上露出一丝笑意，得意道：“女娃儿，服气了吗？”花晓霜颤声道：“婆婆大人大量，放过萧哥哥与柳姊姊。”老妪道：“放人可以，你得答我几个问题。”花晓霜道：“婆婆请问！”老妪点头道：“你学医的师父是谁？”花晓霜道：“家师名讳吴常青。”老妪眯起双眼，冷笑道：“是他？胖小子脾气倔强，头脑古板，怎会违背师训，收录一个女弟子？若是常宁那小滑头，倒还说得过去。”

花晓霜听她称呼师父胖小子，大觉奇怪，问道：“婆婆认得我师父？”老妪两眼一翻，冷笑道：“怎么不认得？当年我没少揍他的屁股，可他就是不肯认错，不认错我就再揍。哼，倒是常宁那小子奸猾，看我一瞪眼珠，他就跪地求饶，但他油嘴滑舌，不可深信。胖小子脾气倔强，为人倒还实在！”说到此处，她眼中露出追忆之色，“娃儿，我问你，那胖小子……咯，还好吗？”

花晓霜沉默一下，黯然道：“师父他过世了！”老妪神色微变，良久叹道：“树无常青，人无常宁。罢了，他苦学医术，到头来还不是跟他老鬼师父一样，救得了别人，救不了自己？”忽又怒哼一声，瞪着花晓霜说，“我问你几句话，你是他嫡传弟子，必然答得上来，答不上来，咱们再来计较。”

花晓霜无奈道：“婆婆请说。”老妪道：“我出个联子，你来对对。上联叫作：

当归方寸地！”花晓霜不假思索，随口应道：“独活世上人。”老妪面色稍缓，点头道：“好！再说一联：携老，喜箱子背母过连桥。”花晓霜道：“扶幼，白头翁拾子到常山。”老妪脸色更见缓和，眼中流露一丝喜色，温言道：“那么，熟地迎白头，益母红娘一见喜。”花晓霜冲口便道：“淮山送牵牛，国老使君千年健。”

这三副对联，全是药名构成。当归、独活、喜箱子、白头翁、常山、熟地、益母、红娘子、一见喜、淮山、牵牛子、国老、使君子、千年健等都是药名，背母、连桥、拾子则是贝母、连翘、时子三味药物的谐音。这三联是吴常青师门切口，三联应答无误，必是本门中人。

老妪听晓霜说完，丑脸上头一次露出笑容，点头道：“你果然是胖小了的传人！”花晓霜却奇道：“婆婆，你……你怎么知道这三副对联？”老妪怒道：“怎么，难不成吴常青没提过我这个师叔？”花晓霜一听，猛可想起一人，后退两步，失声叫道：“你……你是‘毒罗刹’？”

老妪森然笑道：“没错，我就是‘毒罗刹’骆明绮！”她见晓霜神色惊惶，不悦道，“你害怕什么？”花晓霜身子一颤，低声道：“师父……他……他总说你不好……”骆明绮道：“我怎么不好？”花晓霜道：“他说，你……你违背祖训，时常用毒。”骆明绮双目陡张，厉声道：“用毒，用毒有什么不好？”

梁萧忍受“五行散”之苦，始终不吭一声，见状叫道：“当心……”花晓霜见他浑身颤抖，面肌抽搐，双目中却满是关切，顿觉心酸眼热，恨不得纵入他怀，大哭一场。忽听骆明绮又怒声叫道：“用毒有什么不好？”趁花晓霜分心之际，五指突出，一把扣住她的脉门。

花晓霜浑身软麻，但她不善伪装，如实答道：“毒药用得恰当，本也是好的。天南星有大毒，却能治小儿惊风、痰迷心窍之疾；乌头有毒，但医治中风瘫痪却有奇效；曼陀罗花是有剧毒，却能治小儿慢惊，还可用作开胸破脑的麻药；砒霜能治疟疾，狼毒能愈虫患，鬼臼能堕死胎，斑蝥能拔脓肿；其他各种毒药，辅以臣佐之药，适量用之，都可以毒攻毒，治病救人。”

骆明绮凝神听着，面上渐有笑意，放开她道：“你这话还不错，婆婆我听得入耳。不错，毒药用得好，也是活人的灵丹。那些灵丹妙药落入庸医之手，也往往成为夺命的毒药！”花晓霜道：“可……可师叔祖您……”骆明绮摆手道：“别叫我师叔祖，叫我婆婆我就欢喜。你说，我怎么着？”花晓霜道：“婆婆你用毒杀人，却是不对。师父再三说，以毒杀人，是天底下最无耻下贱的勾当！”骆明绮顿足大怒，叫骂道：“放他娘的屁！老身用毒杀人，但杀的都是大奸大恶之徒。哼，读书的用笔杀人，行侠的用刀杀人，老身用毒杀人，一般的都是杀人，又有什么高低贵贱了？”

花晓霜叹道：“婆婆，我们是大夫，大夫是救人的，可不是杀人的。”骆明绮冷哼一声，眉间透出一股桀骜：“你是大夫，我可是罗刹！你那师祖，说什么‘菩萨手段，阎王心肠’。哼，老身偏是罗刹的手段，阎王的心肠。看着好人救一救，瞧见恶人嘛，一下子毒死干净！”花晓霜听她口气决绝，自忖说服不了，便道：“萧哥哥与柳姊姊都不是恶人，婆婆给他们解毒好吗？”骆明绮冷笑道：“他们对我动手，全都不是好人！”

花晓霜恍然大悟，心想此人所谓好坏，全凭一己心意，无怪师父说起这位师叔，总是莫大愤怒。她无法可想，咬着嘴唇，泪水夺眶而出。

骆明绮数十年离群索居，忽遇晓霜，谈论医道，只觉老怀大慰，见她哭泣，不觉心软，取出两粒黑黢黢的药丸，说道：“你拿去，给他们服下。”花晓霜大喜，匆匆接过，给二人服下。

两人服了药，痛苦缓和一些。梁萧撑起身子，提气运功，但觉心肺处如针刺蚁咬，不觉闷哼一声，豆大的汗珠自额上淌下。骆明绮瞅他一眼，冷冷说道：“你当老身给你吃的解药吗？做梦去吧！这不过是止痛药，一用内力，又会发作。你不信，再试一试！”梁萧怒道：“要杀便杀，何必这样折磨人？”骆明绮淡淡地道：“我折磨你又怎样？”

梁萧怒极，正要大骂，花晓霜急道：“萧哥哥，你看姊姊面子，让着婆婆一些！”梁萧一愣，颓然低头，伸手扶起柳莺莺。柳莺莺握住他手，恨声说道：“梁萧，我们走，大不了死在一起，无论如何，都无须向这个恶老太婆低头。”

梁萧犹豫不决，忽听骆明绮冷声道：“你要走，我也不拦，但这‘五行散’除了老身，天下无人能解。一旦发作起来，须得痛个十天半月，直到五脏肌肤，逐分化为黑色脓血。届时求生不得，求死也无力气，只有浑身腐烂之苦，清清楚楚，明明白白……”花晓霜听得花容失色，急道：“萧哥哥，你好好听婆婆的话，她怒气消了，自会为你解毒。”骆明绮冷道：“那可未必，老身一旦生起气来，十年八年也未必会消！”说着手持灯笼，转身向前。花晓霜不敢违拗，走出两步，又回过头来，眼中充满祈求。梁萧无可奈何，挽了柳莺莺跟在后面。

四人走了一程，花晓霜问道：“婆婆，这林子中的树木吞云吐雾，怎么如此古怪？”骆明绮道：“这是当年我从南海荒岛上引来的异种，我叫它‘蚩尤树’。”花晓霜奇道：“蚩尤树？”骆明绮道：“相传轩辕黄帝与蚩尤战于涿鹿，蚩尤施展法术，造出漫天大雾，让黄帝很吃了点儿苦头。这蚩尤树开花之时，花蕊能够吐出极浓的雾气，但与寻常云雾不同，雾中有股奇香，若有若无。人畜不易察觉，天下毒物却会趋之若鹜，为之狂性大发，在雾中死斗不休。毒虫厮杀过后，留下剧毒精血，浸入树下膏土，成为蚩尤树的养分。这一片林子，再过月余，就能结出蚩尤果啦！”

花晓霜听得入神，问道：“世间竟有如此奇树！但这树木种来有什么用处？”骆明绮说道：“蚩尤树吸取万毒精血而生，本身蕴含奇毒，能配制最奇妙的毒药。”花晓霜秉承师训，不以毒药害人，但她医者襟怀，对药物之道天生好奇，听到此处，忍不住又问：“怎么个奇妙法？”骆明绮瞅她一眼，微微一笑，花晓霜双颊一红，讪讪低下头去。

骆明绮道：“有什么不好意思？本草之道，与脉理同为医家大宗。小丫头你要做个好大夫，就该通晓天下药物药性。说起脉理之精，我及不上你的老鬼师祖，但说到本草辨识之能，哼，他可及不上婆婆一个零头了！”老妪面有傲色，手指蚩尤树，“你问有何奇妙吗？我来告诉你，这一树之中，树根、树干、树叶、蚩尤花、蚩尤果，毒性各个不同。我用秘法精心炼制，便成了五行毒散！”骆明绮说到这里，瞥了瞥梁萧与柳莺莺，冷笑道，“只因一树五毒，五种奇毒殊途同源，彼此自相生克。‘五行散’一入人体，混入人体十四经脉。其中树根之毒专攻肾脏，树干之毒专攻肝脏，树叶毒克脾脏，花毒侵蚀肺脏，而蚩尤果嘛，则专攻心脏。这五大剧毒循血而行，在五脏之间此起彼落，生克不休，故而中毒者血行不止，痛苦也永不止息。所以说，‘五行散’绝不同于寻常剧毒，寻常之毒是死的，五行散融于人体，却是活的。”

花晓霜听得脸色惨白，颤声说道：“怎样才能解开呢？”骆明绮望她一眼，淡淡说道：“你要问解毒之法？告诉你也无妨，五行散之毒，唯有五行散能解！”花晓霜双目一亮，点头道：“是了，五行相生也相克。”骆明绮道：“不过说来容易，做来却难。五种奇毒配制之时，分量不同。若是根毒多些，解药之中，克制根毒的花毒就须增加剂量；如果叶毒多了，那么解药之中，克制叶毒的果毒就要足些。嘿，一句话，只要深明五毒分量，便能杀活自在！”说到此处，心中得意，哈哈大笑道，“小丫头，你便知解法，但不明分量，也是枉然。解药配得不对，毒上加毒，他两人死得更快。”

谈论间，树林到了尽头，前方一片山坳，遍植各种药草，比起山道所见，多出十倍不止。其中许多草药，花晓霜从所未见，她心中好奇，出口询问。骆明绮难得遇上知音，又喜她谦和有礼，当下知无不言、言无不尽。

不知不觉，四人来到一座小屋前面。花晓霜回头望去，远处的蚩尤林又被浓雾笼罩，不由得奇道：“这雾分明散了，怎又腾起来了？”

骆明绮提起灯笼，手指笼中黄烛：“这蜡烛掺和了‘旱魃香’，乃是蚩尤树的克星。奇香所到，一里内绝无雾气，一旦没了旱魃香，蚩尤花又来作怪了。”花晓霜叹道：“那些毒虫也忒可怜了。”骆明绮一愕，冷笑道：“一些畜生，可怜什么？”

老妪沉思一下，转入房内，拿出个琉璃盒子，手持一把银质小刀，对花晓霜道：“挽起袖子来！”花晓霜奇道：“做什么？”骆明绮道：“你这‘九阴毒脉’古今罕有，老身要用你的毒血，配一剂绝妙至极的毒药！”花晓霜一惊，错步后退。骆明绮丑脸一皱，鼻口几乎挤在一起，忽又笑道，“别怕，婆婆轻轻地割，包管你不会痛的！”说着踏上一步，花晓霜面如死灰，失声道：“这……这怎么使得？”

骆明绮两眼一横，正要发怒，梁萧忍无可忍，不顾内腑奇痛，双掌带起一阵疾风，向她拍来。这一招含有“转阴易阳术”，换在平时，骆明绮万难抵挡。可梁萧奇毒在身，身法慢了数倍。骆明绮看他来势，轻易躲过。梁萧正要变招，不料气血运转之际，牵动体内毒素，气力一泄，扑通摔倒，唇齿撞地，鲜血顺着口角淌了下来。

二女齐声惊呼。花晓霜正要上前搀扶，忽见柳莺莺抢先一步，将梁萧扶起，见他满脸是血，心中难过，流下泪来。花晓霜见状，心头发酸，僵在当地。骆明绮冷笑道："好小子，你想送命还不容易！老身就好人做到底，送你上西天吧！"正要动手，忽听花晓霜说道："婆婆，您别为难萧哥哥，我给你血就是了……"说着挽起袖口，将白皙瘦弱的手腕伸到骆明绮面前。

梁萧又惊又怒，偏又无能为力，心头直如油煎火烤，涩声道："晓霜，她武功不高，你快逃……"他口中语无伦次，身子忽地一挣，想要拼了性命，阻上骆明绮一阻。柳莺莺知他心意，不肯放他送死，手臂一紧，死死将他搂住。梁萧情急怒道："放开！"柳莺莺拼命摇头，泪如泉涌。梁萧的脖子湿热一片，身子一软，勇气全无，两眼望着花晓霜，泪水不觉充满眼眶。

花晓霜见他落泪，心头有若千万钢针攒刺，想说几句安慰话，可看柳莺莺背影，始终无法出口。她叹了口气，轻声说："婆婆，我求你一件事。"骆明绮道："你说！"花晓霜道："只求婆婆放过血，便为萧哥哥与柳姊姊解毒。"骆明绮笑道："生杀在我，为何要听你的？"手若鸡爪，扣住晓霜手腕，嘎声道，"我答应你，只要你乖乖听话，我就不取他们性命！"

花晓霜无奈，苦笑道："多谢婆婆！"她精通医理，深知失血太多，阳气暗弱，寒毒立时发作。方才她为抵御万毒之争，失血不少，再流一盒鲜血，可说必死无疑。一想到片刻以后就与梁萧阴阳两隔，心中不胜黯然。目光微转，投向梁萧，只见他双目怒张，泪光闪动，花晓霜只觉心也碎了，微微闭上双眼，心中的情愫巨浪滔天，让她几乎无法站立，陡觉手腕一痛，耳边传来一声锐喝："晓霜……"喝声入耳，她身子一颤，两行眼泪无声滑落。

第九章

天涯穷途

微风掠地吹过，遍野草木沙沙作响。不过瞬息工夫，花晓霜却似经历千年，身上的鲜血好像凝固，通身仿佛化为石像。这么过了许久，一无动静，她不禁睁开双目，忽见骆明绮目光锐利，瞪视自己，不由得心生怪讶，低眉看去，那柄小刀压着腕脉，并不割下。

忽见骆明绮神情萧索，叹了口气，收起小刀说："罢了！"花晓霜心下奇怪，可又不敢多问，但不割脉放血，也就不会与梁萧分开，一时喜道："谢谢婆婆！"不料骆明绮两眼一瞪，怒道："谢什么？我割腕放血，就是要你的命。你干吗不恨我、骂我？就算饶了你，又有什么可谢的？没出息的东西！就你这糯米糕性子，怎么斗得过人家？"她唾沫飞溅，手指冲着花晓霜点点戳戳。

花晓霜挨了一顿臭骂，莫名其妙，怯道："斗什么？我不明白……"骆明绮怒哼一声，手指梁萧："我问你，你喜不喜欢这小王八蛋？"花晓霜满脸涨红，默不作声。骆明绮又道，"我问你有没有？"花晓霜瞥了柳莺莺一眼，欲言又止，半晌道："哪……哪儿有了？"

骆明绮冷笑道："是吗？我不杀他，是看你面子！哼，你不喜欢，我这就取他性命。”花晓霜惊道：“万万不可！”骆明绮道：“那就是喜欢了？”

梁萧啼笑皆非，心想这丑老鬼无赖透顶，天底下哪儿有这样问话的？花晓霜却漫无心机，一听便信，一唬就着，只恐对梁萧不利，面红耳赤，低头说：“是！”又轻又细，几乎无人听见。

骆明绮哈哈大笑，转身面对梁萧，沉着脸说：“小子，我要你做一件事。”梁萧冷哼一声。骆明绮一指花晓霜，丑脸上挤出笑容：“拣日不如撞日，你和我的师侄孙女，今天晚上立马成婚！”

梁萧一怔，柳莺莺早已怒不可遏，骂道：“老太婆，你乱嚼舌根，不得好死，死了也要进拔舌地狱……”还未骂完，内腑剧痛，不由得蜷缩起来。

梁萧厉声叫道：“贼婆子，又下毒？”骆明绮尖笑道：“敢骂我？岂不叫她吃些苦头？哼！乖侄孙女，干脆婆婆为你斩草除根，弄死这只狐狸精！”花晓霜吓了一跳，急道：“不行！婆婆你答应过我，不得杀害他们！”骆明绮皱起鼻翼，哼了一声，盯着梁萧说：“好，臭小子你说，你要不要我的师侄孙女做老婆？”

她用毒之术出神入化，梁萧无计可施，目光一转，忽见柳莺莺望着自己，泪如滚珠，眼里悲恸更胜痛楚，他心头一酸：莺莺待我情深意重，如果负她，猪狗不如！刹那间，他打定主意，摇头说：“前辈见谅，小子万难从命！”

柳莺莺一听，泪水流得更多，眼里却有盈盈笑意。花晓霜却觉双膝发软，靠在墙边，面无血色。骆明绮不料梁萧案上鱼肉，还敢违抗自己，勃然怒道：“你再说一次！”梁萧大声说：“小子万难从命！”

骆明绮望着他，脸色渐渐阴鸷，瞅了瞅梁萧，又瞅了瞅柳莺莺，忽地点头说：“天下的男人都一样，只喜欢长相漂亮的狐狸精！哼，这样吧，我把她也变成个丑八怪，看你喜欢不喜欢！”从头上抽出一枚铁簪，冲着柳莺莺狞笑。

梁萧心头一紧，刚烈之性发作，微微笑道：“她变成丑八怪，我照样喜欢！”一伸手，将少女的纤手紧紧握住。柳莺莺眼见铁簪寒光闪闪，原本也很恐惧，可是经他一握，但觉一股热流从他掌心透来，烘得身暖如春、心摇神驰，不由得冲他绽颜一笑，一切痛苦不再放在心上。

骆明绮大为不解，皱眉想了想，忽地怒道：“小子！你不是喜欢她的容貌吗？”梁萧冷笑道：“你容貌长、容貌短的，莫非因为容貌丑陋，没人喜欢？”他随口讥讽，无意戳中了骆明绮心底的痛处，她嘴一扁，大袖扬起，梁萧只觉五脏六腑生生挤在一处，奇痒奇痛，不觉失声惨叫。

花晓霜大惊抢上，见他瞠目咬牙，牙关中迸出血水。她素知梁萧性情刚烈，若非痛苦无比，绝不会呻吟一声，一时心惊胆战，急得快要昏厥，忽听骆明绮冷笑道：“我将‘五行散’加了四倍分量，看这臭屁小子能撑多久？”花晓霜不禁骇然，还未答话，梁萧忍不住凄声惨呼。花晓霜望着骆明绮，急道：“婆婆……”骆明绮怒道：“不许求情！哼，臭小子，我再问你，你娶不娶我的侄孙女？”

梁萧痛得口不成言，仍是摇头。骆明绮冷笑道：“好，看你撑到什么时候！”两句话的工夫，梁萧的惨叫声更加凄厉，柳莺莺听得芳心欲碎，流泪说：“你答应她吧……我……不怪你……”梁萧还是摇头。花晓霜心想：他终是喜欢柳姊姊……以前的种种，都是我痴心妄想……一时百感交集，伏在梁萧胸前失声痛哭。

“五行散”的分量增加四倍，是为五行散用药的极限。其药效不是以一乘五那么简单，而是合于五五梅花之数，较之先前厉害了足足二十五倍，过了这个分量，人畜必死无疑。中毒的人真有万蛇噬体之痛、百蚁钻心之痒，诸般痛苦层出不穷。换了常人，片刻丧命。梁萧自幼练武，体质奇特，受此毒刑，也觉难忍，时候一长，不由得涕泪交流。二女触目惊心，一齐向骆明绮痛哭哀求。不料老妪性子乖戾，遇强越强，梁萧越顽强，她的心肠越刚硬，不理二女央告，只想：看你厉害，还是老身的毒药厉害！

梁萧死去活来，不一会儿，连惨叫的气力也没有了，唯有阵阵奇痛如潮涌来，几经晕厥，又几度痛醒，其中的滋味，较之华山时阴阳龙战之苦还要难受数倍。他忍耐不住，几欲认输，可目光每每扫过柳莺莺，到嘴的话又生生咽了回去。

这么生死两难，不消片刻工夫，花晓霜但觉梁萧脉息渐弱，去死不远，自己空有一身医术，却没半点法子，心头一急，体内寒毒蠢蠢欲动，不由得瘫在梁萧身边。心想梁萧死了，她也不用活了，这寒毒来得正是时候。她想到这儿，幽幽看了梁萧一眼，见他面庞扭曲可怕，不由得闭目寻思：“五行散”名为五行，也该不离五行。阴阳五行为医家之本。唉，可惜医术只为活人，这“五行散”却只会害人！想到这儿，思及那日崂山之中，与梁萧相依相偎，以医家五行之道解读《紫府元宗》的情形，当此生离死别，那一份温馨涌上心头，情难自禁，喃喃念道："宇宙之初，天地本无，无中生有，始有混沌，混沌中开，阴阳乃成；故天有日月，地成虚实，人分男女，兽为雌雄。阴阳运作，从无休止，因之四季有寒暑，日月有亏蚀……"

这几句正是《紫府元宗》开宗明义的总纲。花晓霜心情所至，只顾在梁萧耳边絮语。所谓回光返照，梁萧身处垂死之境，心智忽转空明，花晓霜的话一字一句，恍若晨钟暮鼓，在敲击耳畔。梁萧不由得心想：天地万物，不离阴阳。"五行散"也是万物之一，怎可跳得出阴阳……想到这儿，忽有所悟。

骆明绮正在得意，忽见梁萧闭目封口，再无声息，不觉心头微微一凉：不好，老身只图痛快，竟把这小子弄死了……她始终不能令梁萧屈服，大为扫兴，走上前去，想要狠踢他几脚解气。怎料还未抬脚，梁萧双目陡张，一跃而起，双掌齐出，骆明绮不防他诈尸暴起，不及转念，向后奋力跃出。

换在平日，这一掌奇兵突出，天下无人可挡，此时梁萧饱受荼毒，经脉五脏大受摧残，出手较之往日慢了八成。骆明绮这一跃勉强避过，胸口却被掌风扫过，郁闷难当，她心头惊怒莫名，深深吸一口气，想要下毒反击。

就在呼吸之间，忽地嗅见一缕异香。对骆明绮而言，这气味再也熟悉不过，一时冲口而出："五行散……小子，你怎么……怎么……"才说两句，毒素发作，奇痛难忍。可她长年与毒为伍，身有抗毒之能，尽管中毒，却未倒下，匆忙伸手入怀，去摸解药。这几下变化奇特，花晓霜与柳莺莺见状，各自微张檀口，茫然不解。

梁萧生死关头，妙悟阴阳之道，于是强忍痛楚，将"五行散"当作内息，神意默运，分辨阴阳。他这一推断异想天开，偏又暗合至理。"五行散"本是取自蚩尤树汁，树木的汁液就如人体的气血，运行不离阴阳五行。骆明绮深谙其妙，故以"五行"命名。只不过人体的气血为正五行，"五行散"却是反五行，正反相克，处处压制五脏，使人痛苦难熬。

悟通此节，梁萧逆转阴阳，阴脉中生出阳气，阳脉中生出阴气，浑身气血违反常理，以反五行运转。一身上下仿佛蚩尤树，与"五行散"融为一体，毒素真气两两相合，痛苦之感顿时消失。他运功之际，觉出骆明绮逼近，佯装死透，待她近前，忽地发难，将“五行散”化作真气逼出掌外，杀了“毒罗刹”一个措手不及。见她伸手取药，当即一声断喝，左掌划了个半弧，呼地向前拍出。

骆明绮正要闪避，梁萧右手倏晃，抢在左掌之前，一指点中她的极泉穴。不料才触衣衫，就觉痛痒，他缩手一看，指尖已变紫黑，心知老太婆一身是毒，不留神又中她暗算。那毒发作快极，眨眼间，一条手臂已成青紫。他来不及转念，双足撑地，向后翻转，依照所悟心法，驱使剧毒穿掌而出，掌风扫过地面，掌下的草木如被烈焰焚烧，丈许方圆尽变酥黑。

梁萧眼见毒性霸烈至斯，暗骂老鬼歹毒，抬眼一看，骆明绮掏出解药，抖抖索索举手服食。他急忙手掌一撑，翻身逼上。骆明绮见他一退又进，举动如常，完全没有中毒的征兆，不觉心中凛然，挥袖放出三种奇毒。梁萧依样画葫芦，玄功默运，又将来毒逼出。

骆明绮武功平平，所恃只有剧毒。毒药一再无功，任她久经世事，也是心生慌乱，一时双手乱舞，将身上所藏的剧毒纷纷撒出。

梁萧惨遭毒刑，元气大受损伤，这时既要攻敌，又要逼毒，不出数招，就觉浑身脱力，空负一身绝学，十成中使不出半成。一连数次，骆明绮都触手可及，他却偏偏差之毫厘，无法将她制伏。

两人跌跌撞撞、东倒西歪，压得四周草药一片狼藉，举手投足似乎笨拙，其中的凶险却非常人所能料及。短短半炷香的光景，梁萧遭遇奇毒三十余种。换作常人，百死有余。但“五行散”本来取自蚩尤树，此树汲取万毒精血，化为五毒。天下毒物之性，都脱不出这五毒樊篱。梁萧体内的真气浩如江水，任何毒药入内，都如一叶小舟，梁萧以水载舟，轻轻巧巧地就送出体外。

不过时许，骆明绮随身的毒药用尽，眼见梁萧仍未倒下，一腔惊怒化为恐惧。两人都已中毒，全凭意志支撑，骆明绮斗志一衰，“五行散”发作更快。这奇毒炼成以后，她还是头一次品尝，但觉五内如焚，滋味实在不大好受。她摇晃着让过梁萧一掌，忽地双腿发软，一跤坐倒。梁萧也是强弩之末，对手忽地坐倒，大是出乎意料，但因招式用老，一扑落空，趴在地上直喘粗气。

骆明绮心知到了生死关头，忍痛咬牙，聚起浑身气力，举起解药向嘴边凑去，不防梁萧蹿出一尺，将她胳膊死死拽住。两人手上较力，口中各不相让，一个骂："兔崽子……"一个骂道："丑老鬼……"尽管气息虚弱，怨毒却各不稍减。

二人这边殊死搏斗，花晓霜一边瞧着，几乎忘了动弹。柳莺莺又气又恨，怒道："呆鸟，站着做什么……还不快……快帮梁萧……"

话一出口，斯打的二人同时醒悟，此时场上四人，只有花晓霜安然无恙。梁萧心头狂喜，顿觉胜券在握，叫道："晓霜……按住她……夺……夺解药……"骆明绮惊怒交加，忙道："女娃儿……我为你好……快给我解毒……婆婆做主……让他……让他娶你……"梁萧呸道："放屁……"骆明绮冷笑道："女娃娃……如果救了那个女的，她比你长得美……臭小子会娶你才怪……"

两人你一言，我一语，花晓霜听得怔忡，半晌叹道："萧哥哥、婆婆，你们别斗气了，大家扯平，和和气气岂不更好？"走上前去，向骆明绮道了声"得罪"，挥指点了她几处穴道。

骆明绮大怒，正要喝骂，忽见花晓霜拿起解药，送到她的嘴边。梁萧见她点穴，原本高兴，这一下转喜为怒，叫道："晓霜……你……你怎么……"两眼瞪圆，气得说不出话来。

花晓霜叹了口气，站起身来，定定望着手中的瓷瓶。她手拿"五行散"，无疑握有生杀大权，其他三人屏气凝神，瞧着她目不转睛。柳莺莺心中冰冷："报应来了，落到这小贱人手里，还能活吗？"骆明绮奇毒一解，痛苦大减，嘎嘎笑道："女娃儿，算你还有良心。所谓一不做，二不休。这狐媚子花枝招展，只要活着一天，休想臭小子要你！哼，不若解了婆婆的穴道，婆婆出手弄死她，让这臭小子死心……"

梁萧聚了少许劲力，应声一手探出，扣住骆明绮的脖子，骆明绮登时两眼翻白、舌头外吐。花晓霜慌忙拉开梁萧，顺手点了他两处穴道。梁萧忍不住叫道："花晓霜，我看错你了！"

花晓霜默不作声，心想梁萧性如烈火，一旦放了他，婆婆非死不可。想了想，说道："萧哥哥，我放你可以，但你要发一个誓！"梁萧冷冷道："什么誓？"花晓霜叹道："你脱身之后，不能再与婆婆为难！"梁萧盯着她，徐徐道："晓霜，你胁迫我？"花晓霜见他眼神，心子微微颤抖，叹道："你答应了我，我就放你。"

梁萧气得发昏，脑子一热，咬牙道："好，我发誓！"花晓霜大喜，只听梁萧冷冷说："花晓霜，你今天不放我，从今往后，你我一刀两断，永无瓜葛！"

花晓霜身子剧震，一阵冷流涌遍全身，眼里泪影婆娑，恨不得当场大哭。梁萧话一出口，先有几分懊悔，见她泫然欲泣，心又软了，叹道："晓霜，你放开我，以前的事我不怪你……"骆明绮打断他道："女娃娃，别听他花言巧语……喀……男人信不得……喀喀……"她屡屡折磨梁萧，心知他一旦脱困，自己必无生理，心头一急，痰气上涌，大声咳嗽起来。

花晓霜看她一眼，咬了咬牙，轻声说："萧哥哥，对不起，就算……就算你再不理我，你也要发誓。"梁萧软硬兼施，无法逼她就范，不由得怒道："小糊涂蛋，维护这挨千刀的老贼坯，于你有什么好处？"

骆明绮大怒，厉声道："呸，你这小贼坯才挨千刀，挨万刀……"梁萧双目喷火，骆明绮也毫不相让。花晓霜呆了呆，苦笑道："萧哥哥，你答应不伤婆婆，我就放你。"梁萧哼了一声，偏头望去，柳莺莺奇毒未解，神色痛苦，不由得咬牙道："好，就这么说定！"

花晓霜点点头，又对柳莺莺道："柳姊姊，你呢？"柳莺莺冷冷道："梁萧怎样，我就怎样……"目光温柔如水，脉脉望着梁萧，根本不看他人一眼。

花晓霜心酸难抑，只怕失声哭泣，不敢再看两人，掉头对骆明绮说："婆婆，你也要答应我，从今以后，再也不许用毒害人！"骆明绮叫嚷："那怎么成？"花晓霜叹道："婆婆不答应，我也不放你。"

骆明绮性情刚烈，本想说：不放就不放。可与花晓霜目光一交，又将顶撞言语咽了回去，闷声道："好，我依你！"花晓霜见三方答应，先给柳莺莺解了毒，又给梁萧与骆明绮解开穴道。梁萧看了花晓霜一眼，忽地双手撑地，站起身来。花晓霜伸手要扶，被他狠狠甩开，梁萧一言不发，扶起柳莺莺向谷外走去。骆明绮怒道："臭小子，你敢这样走了？"梁萧并不理会，只是快步向前。

骆明绮还要叫骂，忽听花晓霜低声说："婆婆，罢了……"回头一看，她眉眼通红，泪水滚动不下，不觉心中酸痛，叹道："乖女，你一心维护婆婆，婆婆很承你的情。可惜你逼我发了那个狗屁誓言，从今往后，我不能用毒，又怎么帮你杀狐狸精？”

花晓霜摇头说：“萧哥哥与柳姊姊天生一对。我身上有病，寿命不永，根本……根本配不上萧哥哥……”

骆明绮一心帮她，听了这话，大觉没趣，冷哼道：“那你哭丧着脸干吗？”花晓霜叹道：“我是这么想……可不知怎的，心里还是难过……”话未说完，泪水滑落面颊，一点一滴落在地上。

骆明绮叹道：“傻丫头！”伸手将她揽入怀里，柔声说，“乖女，我跟你说，这世上什么都可以让来让去，唯独情之一物，绝不能让。现在让了，将来你也会后悔。”她抬头望天，若有所思，良久叹道，“许多年前，我也与你一样，喜欢一个男子。我们一块儿长大，也算青梅竹马。他……唉，待我很好，就像亲妹子一样。我呢，也片刻离不开他。唉，那时我也真傻，以为能这样过一辈子……”

骆明绮说到这儿，嗓子微微一哽，鼻尖又湿又红，老眼中闪动泪光，喃喃说：“可有一天，家里来了一个女子，她眼儿大大，眉儿弯弯，腰身也细细的，就跟杨柳似的。唉，我……我万万比不上的。那冤家见了这女子，登时魂不守舍，不久娶她做了妻子。成婚以后，他与我相处的日子就少了。我不知偷偷哭了多少次，可也没有半点儿法子。我那时年纪小，不懂事，见他们夫妻相得，快活无边，心想只要他快活，我受些委屈又算什么？于是悄悄离开，趁夜一个人走了……”

花晓霜听她说起生平憾事，心生怜悯，忘了自身苦况，听她住口，忍不住问道：“后来呢？”骆明绮苦笑道：“我离开心爱之人，在江湖上东飘西荡。忽有一天，我忍受不了思念，悄悄回去探望，哪知……哪知一打听，才知我那师兄数年前就死了。”

花晓霜惊道：“怎么回事？”骆明绮面若寒霜，冷冷说道：“这就叫报应！世上的男子都爱美女，哼，那些女子何尝不知这个道理？所以才会千方百计地勾引男人！”花晓霜听得一呆，失声说道：“莫非……”她终究面嫩，期期艾艾地说不出口。

骆明绮眉间刻满怨毒，咬牙道：“那贱人淫荡无耻，我师兄忙于治病救人，无暇陪她，她便见异思迁，跟师兄的一个病人私通。师兄他……他怎受得了这个？痛不欲生，一病不起。他本有通神的医术，活人无数，却偏偏不肯自救。你知道那滋味吗？明知如何活命，却活活病死在床上。人死还能复生，心死了，却没半点儿法子……”说到此处，她双眉一扬，一拳击在地上，恨声道，“事后，我找到那对奸夫淫妇，让他们哀号了三个月才死透。可那又怎么样？让他们号上一百年，师兄还是活不过来。你说，若我一狠心，偷偷将那贱人毒死，师兄哪儿会死呢？”她眉头一颤，两行浊泪滚滚落下。

花晓霜听得心惊胆战，心想她说的师兄，莫非就是我的师祖？师父从不提及师祖，竟有这么一段丢人往事。骆明绮哭了一会儿，冷静下来，说道：“乖女啊，什么都能让，情之一物，决计不能让的。”

花晓霜怔怔出神，忽道：“柳姊姊不是那种人！”骆明绮冷笑道：“美貌女子都不可信！嗯，你等着。”她钻入屋内，取出个四四方方的镔铁匣子，微笑道，“我立誓不再用毒，你却大可一用。”她打开匣子，从中取出一尺见方、四寸来厚的一本书。随手翻动，那纸张薄如蝉翼，写满蝇头小楷，旁有彩色图谱，画着禽兽虫豸、花草树木，林林总总，栩栩如生。

骆明绮说：“我与你师祖各有所长，他医理精深，我偏好钻研药物，平生踏遍八荒，无所不至，搜罗了许多奇花异草。这部《神农典》是我一生心血所聚，其中许多物性药理，都是前人没有说过的。”说着得意一笑，把书塞到花晓霜手里，“其中更有炼毒使毒的法子，你多多钻研，找到机会，将那狐媚子偷偷结果了，包管臭小子看不出一丝痕迹。”

花晓霜一听这话，骇然道：“不行，婆婆，这书我不能要。”骆明绮两眼一瞪，正想发怒，转念间又耐住性子，强笑说：“乖女，婆婆还有一个意思。你是吴常青的弟子，自然精于医理，若能以他传你的医理，活用这儿的药物，没准能治好你的九阴毒脉。再说，毒药好比武功，用之为善则是好的，用之为恶就是坏的。”这一席话甚合花晓霜的本心，当即接下铁盒，躬身说道：“多谢婆婆！”

骆明绮暗暗好笑，心想你若喜欢那小子，早晚妒火攻心，那时这《神农典》才是妙用无穷。心中这么想，但怕花晓霜固执反悔，挥手说：“好，你去吧。”花晓霜奇道：“去哪儿？”骆明绮冷笑道：“我说过了，情之一物，绝不能让！”花晓霜心生犹豫：如果柳姊姊日后对萧哥哥不好，我岂不要同婆婆一样懊悔终生？她心生不安，别过骆明绮，匆匆向南走去。

她不敢从蚩尤林经过，绕了两里路程，上了一条山道，扶着峭壁走了几步，忽听柳莺莺的声音传来。花晓霜心跳加剧，驻足不前，只听她大声说："说了一刀两断，你这又算什么？"语声大为愠怒。

沉默一时，忽听梁萧叹道："我一时气愤才说了些胡话。"柳莺莺怒道："我不管你是真是假，男子汉大丈夫，说了话就该算数！"梁萧道："那我不做男子汉大丈夫！"柳莺莺怒道："呸，又要无赖！"

梁萧叹道："我不该将晓霜丢在那儿，丑老鬼狼虎之心，若有什么闪失，我……"话没说完，嗓子微微嘶哑。柳莺莺冷笑道："她那么阴险狡诈，会有什么闪失？"梁萧忽地扬声说："你说她别的还好，说她阴险狡诈，却是胡说八道！"柳莺莺道："怎么不是？不说先前医治蛇毒，后来我与丑老鬼中毒，她先救丑老鬼，迟迟不来救我，分明故意拖延，害我多受痛苦。"

梁萧略一沉默，道："晓霜为人我清楚，她不是有意害你。"柳莺莺怒道："你相信她，就不相信我？"梁萧道："你心机太多，我也猜测不透，晓霜心如泉水，一望就知根底！"柳莺莺沉默时许，忽道："你真的相信她？"梁萧大声道："不错！"

花晓霜屏息倾听，忽觉一股热流直冲面颊，忍不住背靠山壁，失声痛哭。朦胧中，眼前人影闪动，梁萧快步走来，锐声道："晓霜吗？"语中大有喜气，上前拉住她手，"你怎么会在这儿？咦，你哭什么？丑老鬼欺负你了？哼，我这就去寻她，新仇旧恨一起算！"怒冲冲拔足便走，花晓霜忙拉住他，拭泪道："不关婆婆的事，我……我只是心中高兴！"

梁萧见她安然无恙，喜不自胜，佯嗔道："傻丫头，高兴就该开怀大笑，哭什么啊？"花晓霜忍不住破涕为笑，抬眼望去，柳莺莺站在远处，面带嗔怒，当下移步上前，低声说："柳姊姊，我仔细想过。你说得是，那时候，我没有害你的念头，可也不太愿意救你。萧哥哥为你受了那么大的痛苦，也不肯屈从……是以看你受苦，我……我便有些欢喜……"说着面红耳赤，几乎抬不起头来。柳莺莺不料她坦然承认，略一怔忡，冲着梁萧微微冷笑。

花晓霜叹了口气，又道："可没法子，无论我怎么开解自己，心里还是放不下萧哥哥。婆婆说得对，什么都可以让，唯独情之一物，绝不能让。"她抬起头来，双目中流露出一丝少有的倔强。柳莺莺满心震怒，双眼含煞，狠狠凝注在她脸上。

对视半晌，柳莺莺忽道："好，明刀明枪说出来，算你有些骨气。梁萧，话挑明了，你怎么说？"二女目光一转，齐齐投向梁萧。

梁萧只觉一阵灰心，叹了口气，低头不语。柳莺莺见他这样，越发伤心气苦，涩声道："我给你三日想想，三日以后，必须做个了断，要么她走，要么……我走！"一甩手，转身而去。花晓霜愣一下，举步跟随。

梁萧心神恍惚，眼看二人消失在山道尽头，叹了口气，摇头跟上。走了数步，忽见花晓霜背上的铁匣晃来晃去，不由得问道："晓霜，你背的什么东西？"花晓霜道："婆婆送我的一部药典，里面记载了许多神奇药物。她说善而用之，能够医治我的寒毒。"梁萧道："丑老鬼的东西，可得留个心眼。"花晓霜叹道："婆婆本性不坏，只是命运多舛，她受了许多苦楚，才会变成如今的样子。"

梁萧见她天真，暗暗叹气，默默走了十来步，胸中闪过一个念头，忽道："晓霜，我想到一个法子，或许可以治你的病。"花晓霜笑道："什么法子？"梁萧道："你可知道我身中'五行散'，为何能够不药而愈？"花晓霜道："我也纳闷，你快说说。"柳莺莺也很好奇，放慢脚步，侧耳倾听。

梁萧将自己逼毒的事说了，笑道："这法子十分玄妙，说不定能将'九阴毒脉'逼出来。"花晓霜摇头叹道："'九阴毒脉'是胎里带来的，与我血肉相连。若要逼走阴毒，岂非连九大阴脉也要去掉？没了九大阴脉，那人又怎么活呢？"

梁萧道："'五行散'一入人体，何尝不与五脏相融？丑老鬼不也说过，九阴毒与'五行散'毒性相似？我这法子能逼出'五行散'，未始不能逼出九阴毒。"

经此一劫，梁萧的内功更进一层，不仅已得《紫府元宗》的神髓，更有超越之势。他口说手比，讲述所悟心法。花晓霜亦曾钻研过《紫府元宗》，兼之精通医理，闻言别有妙悟，沉吟说："萧哥哥，听你一说，似乎真的有用！"梁萧知她言不轻发，喜道："此话当真？"花晓霜道："这个法子，好比峰回路转、别有洞天。倘若融入医道，从今往后，不知能救多少人呢！"她越说越喜，双颊生晕，好似清浅的潭水上荡起微微的涟漪。

月余时光，梁萧只见她郁郁寡欢，这喜态头一遭见到。再瞧柳莺莺，心又向下一沉。三人俱不言语，沿山道又走一程，忽听下方传来刀兵相交之声。低头望去，百十名元军正追逐几名宋人，双方且战且走，钻入蚩尤林中。

三人暗叫不好，果不其然，雾中接连传来惨叫。三人死里逃生，听到叫声，感同身受。梁萧心想不可见死不救，花晓霜也取下铁匣，拿出《神农典》，翻到一页，指着上面一株小草，说道："这是旱魃草。此草处高向阳，与蚩尤树相生共长。燃烧此草，能生异香，克制蚩尤树的怪雾。"

柳莺莺斜眼一瞅，旱魃草色泽淡黄，形态纤弱，不由得讥讽道："这么细小的草儿，能成什么事？"花晓霜道："万物各有其能，也有其不能。好比苍鹰不能涉水，游鱼不能飞翔。旱魃草虽然细小，却能克制这万毒之王。"柳莺莺见她面对自己谈吐从容，了无先时的窘态，心中老大不快，只恨她言之有理，反驳不得。

梁萧道："这里毗邻蚩尤林，地势甚高，大家分头找找，也许可以寻到。"三人分头寻找，花晓霜忽叫："在这儿！"伸手从崖缝间拔出一株鹅黄色的小草，一尺长短，茎生六叶，两枚叶片抱一颗红果，与《神农典》所绘一般无二。

梁萧也在近旁觅到三株旱魃草，绑于枯木点燃，又折一根木棒，攀岩而下，深入怪雾。二女放心不下，紧随其后，火把中异香飘散，浓雾遇火散开，毒物四处窜逃。梁萧行了数十步，沿途可见尸首，心想：到底延误了时辰，怕是没有活人了。忽听远处传来细微呻吟，循声寻去，走了十来步，前方仆了两人，大半身子已被毒蛇爬满。不待梁萧走近，群蛇纷纷散开，露出二人身子，却是宋人装束。

梁萧上前触摸，但觉二人还没断气，只是面皮瘀肿，不辨容貌。花晓霜伸手探脉，说道："他们被毒蜂蜇伤，逃到这儿昏厥如死，逃过蛇蝎噬咬。"梁萧见火把燃烧过半，再过一会儿，势必燃尽，便说："出林再说。"

他将火把交与柳莺莺，自己夹起二人，退出林外，又让花晓霜留下看护，另采更多旱魃草，扎成一支火把，与柳莺莺深入雾中。找了一会儿，不见活人，反身出林，只见那两名宋人已经苏醒，脸上的瘀肿也消退了许多。梁萧正面一瞧，微微吃惊，其中一人竟是何嵩阳，另一人却是未及弱冠的少年。

花晓霜见二人出林，便道："他们好多了。"梁萧正要开口，何嵩阳支撑起来，哑声道："几位恩公相救之德，何某没齿不忘。"梁萧听他说话客气，心中奇怪，定神细看，发现他被毒蜂蜇伤眼皮，双眼肿胀，不能视物。梁萧心头一动，压低嗓子问："你们为何会被元人追杀？"他故意掩饰，何嵩阳更加无从分辨，如实道："不瞒恩公，区区何嵩阳，江湖上也小有名气，这位是靳文靳公子。我二人本是云殊云大侠的部下，这次从崖山突围出来，四处召集救兵，怎料一无所获，反被元人一路追杀。"

梁萧奇道："宋军在崖山？"何嵩阳惨笑道："大宋快到头了！原本云大侠屡败鞑子水师，鞑子被逼无奈，专程自北边调兵增援。两军对阵，正在紧要关头，那些王八蛋官儿却来害他。有人跟鞑子私通，将城池献了，有人心怀嫉妒，怕云大侠成功，专扯他的膀子，还不让他入朝见驾。唉，云大侠孤掌难鸣，连吃几个败仗，退到了崖山海上。"

梁萧皱眉道："入朝见驾，大宋还有皇帝？"何嵩阳道："有的，如今也被困在崖山。"梁萧冲口而出："益王还是广王？"何嵩阳心生疑惑：此人怎知圣上早年封号？忽地向后一缩，挽住靳文叹道："至于益王、广王，我便不知了！"

梁萧看他神情，情知再也问不出真话，便道："先出山再说！"扶起二人一同出山，到了山前路口，说道，"此地向东可上官道，如今元人势大，此去有死无生，你们不妨寻地隐蔽，躲上几日。"靳文双眼虽能视物，但却不识梁萧，千恩万谢，扶着何嵩阳向西走去。

三人转回官道，还没走近，忽见前方搁了数具尸首，均是宋元士卒。梁萧一惊，使轻功赶至官道，大路上也躺了几具尸体，钢刀断矛四处散落，只是不见花生的影子。梁萧心往下沉，锐声高叫："花生，花生……"叫到第二声，嗓子微微嘶哑了。

正焦急，忽听道旁树丛窸窣作响，钻出一个圆乎乎的光脑袋，贼眼溜溜，不是花生是谁。梁萧见状松了一口气，二女随后赶来，见状不胜惊喜。花生见了三人，大声说："你们去了好久，俺还以为你们把俺忘了呢！"牵着胭脂、快雪，背了行李走出树丛。

梁萧问道："怎么回事？"花生苦着脸道："俺坐得好好的，忽然来了许多凶巴巴的人。俺一害怕，牵着马呀驴的躲到树林里，就看他们砍呀杀的，死了好多人，流了好多血。俺趴在林子里，大气也不敢出。"

梁萧叹了口气，拍了拍花生的肩头："亏你机警，躲得及时。"花晓霜也夸了花生几句。花生心中得意，挠着光头呵呵直笑，忽又想起一事，转头对柳莺莺道："你的马可真凶，比你还凶！"柳莺莺秀眉一挑，怒道："小贼秃，你敢骂我？"花生道："俺不是骂你，俺说的都是真话。刚才俺拉它，被它踢在这里。"他指了指臀部，"还有蹄子印呢，你不信，俺脱给你瞧。"说罢要解裤带。柳莺莺脸涨通红，怒道："瞧你个鬼，你……你敢脱裤子，我……我就杀了你！"

花生见她恼怒，纳闷道："这么说，你信俺了？"柳莺莺一怔，若说不信，小贼秃便脱裤子；若是说信，岂非自承很凶？一时无言以对，心中不胜气闷。

她气了一会儿，忽见梁萧坐在道边，抬头望天，一副神思不属的样子，不由得问道："小色鬼，你想什么？"梁萧道："我从山上下来，始终想着一件事。"柳莺莺道："三日后的事吗？"她心想梁萧必是为取舍之事烦忧。

梁萧摇头叹道："莺莺，一个孩子叫过我叔叔，如今又有性命之危，换作是你，你怎么做？"柳莺莺不假思索道："那还用说？当是奋力相救。"梁萧微微点头。柳莺莺嗔道："你古古怪怪的，怎么说起这个？"梁萧一拂衣衫，起身道："莺莺，我将晓霜托付给你，请你好好照看于她。"

柳莺莺见他神色严厉，全无嬉戏之态，呆了呆，不由得怒道："我为什么要照看她？我恨不能杀了她才好！"梁萧一怔，心想：我糊涂了，她怎么看顾晓霜？再瞧花生傻兮兮的样子，心中更觉烦恼。忽听花晓霜颤声道："萧哥哥，你……你真的讨厌我了……"梁萧见她眉眼通红，心知一言不当，又要惹她垂泪，只好叹道："莺莺、晓霜，那个叫我叔叔的孩子身处绝境，他向我叩过头，我也曾答应保他周全。男子汉大丈夫，生于天地之间，岂能言而无信？更何况……"他胸中一痛，缓缓说，"他能活到今天，全赖我妹子阿雪舍命换来。不能将这孩子救出，我九泉之下，有何面目见她？"说到后面几句，声音微微发抖。

柳莺莺微微冷笑，扬声道："这好办，我跟你一起去救人。要活，一起活！要死，一起死！”梁萧一愣，花晓霜也说：“柳姊姊说得对。”她语声柔和，眉间却有一股决绝之气。

二人妙目闪亮，梁萧不堪凝注，心虚道：“也罢，不过，凡事要听我吩咐。”二女听了，暗暗松了口气。梁萧又问花生：“你去不去？”

花生不明所以，摸摸光头道：“你们去哪儿，俺就去哪儿！”柳莺莺一指头戳中他的光头，笑道：“算你小秃驴说了句人话，你不去，哼，我一万个瞧不起你！”花生摸头咧嘴，憨憨直笑。梁萧却知此行凶险，若得人相助，可多几成胜算，他心中快慰，也是微微含笑，点了点头。

计议已定，方要起程，梁萧心念忽动，对三人说：“你们在此等我。”不由分说，快步进山。三人等了半个时辰，也不见他回来。柳莺莺心中惊疑：“他独自行险去了？”越想越急，一跌足，正要进山，忽见远方山峦间浓烟滚滚，冲天而起。正在惊疑，梁萧大步流星奔了回来。她喜不自胜，迎上嗔道：“小色鬼，你上哪儿去了？”一把揪过，狠狠打了一拳。

梁萧捂着肩头痛处，笑道：“我去蚩尤林了。”花晓霜怪道：“又去做什么？”梁萧道：“我放了一把火，将那鸟林子烧了。丑老鬼害我不浅，也算是讨个公道！”柳莺莺喜道：“好呀，不能讨回本钱，讨点儿利息也不坏。”花晓霜望见浓烟，叹道：“蚩尤树乃天下奇木，就此灭绝，也太可惜了！”梁萧冷冷道：“诱杀万千生灵，以成一己之私。如此歹毒物事，留之何益？”花晓霜低头不语，心中的遗憾挥之不去。

四人披星戴月，连夜赶往崖山。梁萧沿途选拣被人丢弃的弓箭枪矛，修理妥当，随身携带。次日清晨，一行人抵达崖山。梁萧纵马上了一处小丘，只见大洋如靛，浩荡无极，宋元战舰陈列海上，状若无数细小玩偶，随波荡漾，起伏不定。

梁萧默默观望一阵，忽道：“宋军败了！”柳莺莺道：“宋人战舰更多，怎么会败？”梁萧道：“兵不在多而在于精。元军阵容整肃，壁垒森严，战舰大小相宜，东西势成犄角；宋军恰好相反，大舰与小舟杂陈，军船与民船为伍，阵势混乱，几不成军。倘若一战不利，前阵受挫，后军势必溃败。奇怪，云殊颇通兵法，怎会这么糊涂？”皱眉沉吟，好生不解。

柳莺莺白他一眼，说道：“说得好听，难不成你会打仗？”梁萧苦笑不语，又听花晓霜叹道：“无论怎样，打打杀杀终归不好。子曰：‘和为贵。’萧哥哥，你千万想个法子，为他们两家消解误会。”

梁萧哭笑不得，摇头道：“这误会大到无以复加，绝无和解余地。当务之急，是要救出两个孩子，至于别的，非我单人只剑能够济事。”转头叫道：“花生！”花生笑道：“俺听到了！”

梁萧见他憨态可掬，暗自嘀咕：这三人呆呆傻傻，不知兵凶战危。我也自大了，不该带他们来的……事已至此，悔也无用，一指带来的兵器，说道：“你拣一样称手的，护住晓霜与莺莺！”花生一怔，抓头咕哝几声，环眼一扫，不拿地上枪矛，径直走向一棵水桶粗细的大槐树，将行李搁在一边，两手环抱，神力迸发，咔嚓一声，大树被连根儿拔起。花生挽在手中，挥舞数下，笑道：“这个嘛……倒还称手！”柳莺莺忍不住啐道：“蛮牛便是蛮牛。”

梁萧笑道：“好和尚，我服了你。”下马将八支长矛断作五尺，负在背上，又提一杆中平长枪，跃上胭脂马。柳莺莺却抓一口单刀，翻身跳上快雪，坐在花晓霜后面，笑道：“我坐这儿，有事也可照应她！”花晓霜大为感动。梁萧也是一怔，心口微微发烫：莺莺口舌刻薄，心肠终是好的！遥望两军战船来回，分明交战在即，如果宋军一败，乱军中再无救人良机。梁萧双眉一扬，杀气直透眉梢，举枪勒马，忽地飞驰而下。

元军依陆为寨，正与宋军对峙，辕门向北，左右耸起两座塔楼。塔上士卒望见梁萧，心中惊疑，一名士卒吹号报警，余者弯弓发箭，躲在箭垛后向梁萧攒射。

梁萧右手抡枪，荡起斗大枪花，将羽箭一一挑开；左手挽缰，驭使胭脂马演起“十方步”，忽左忽右，避开来箭。离辕门还有百步，他反手取出断矛，大喝一声，抖手掷出。断矛掠过百步，正正刺中箭垛。箭垛豁然开裂，断矛余势不止，洞穿一名十夫长心口。那人长声哀号，从塔楼上重重栽落，摔得肝脑涂地。

花晓霜目瞪口呆，急道：“萧哥哥，不要杀……”这时后颈一麻，嗓子忽地哑了，只听柳莺莺在耳边笑道：“我就知道你假仁假义。哼，你当我真想护着你吗？臭丫头乖乖闭嘴，不许添乱。”花晓霜哑穴被制，眼睁睁看着梁萧将断矛当作投枪，例不虚发，将塔上元军一一刺杀，心中一难过，双眼一闭，泪水簌簌滚落。

梁萧断矛用尽，人马逼近辕门，眼见大门紧闭，转身喝叫："花生！破门！"花生应声奔近，大树向前顶出。轰隆，辕门有如纸糊，整个儿扑倒在地。梁萧纵马飞入，迎面呼喝如雷，元军士卒蜂拥而至，他长枪抖出，红缨乱扑，枪花与血花共舞，元军骑兵纷纷落马。胭脂性子暴烈，一遇战阵，莫名兴奋，长嘶声中马蹄乱飞，踹得元军步众血肉横飞。

花生跟着梁萧，稀里糊涂冲进大营，乍见来人龇牙咧嘴，心中大为惊惧。忽见对方拉开弓箭，似要射来，他万般无奈，只好忘了师门教训，摇动大树，向前猛冲。树冠风雨不透，恰似一面巨盾，所过之处人仰马翻，六丈内无人可以立足。

柳莺莺紧随花生，她胆量虽大，却没见过如此战阵，望着四面人影，不由得心惊肉跳。花晓霜被她搂在怀里，始终闭着双眼，惨叫声声入耳，刺得她心头滴血。

四人各怀心思，一路冲杀过去，势如滚水浇雪般势不可当。元军四面涌来，梁萧杀得性起，横枪马上，取下弓箭，左右驰突，箭如飞电。战到紧要处，忽听左方一人惊呼："梁萧！"

梁萧举目看去，一名百夫长瞪视自己，脸上挂满惊骇。梁萧但觉此人眼熟，正想何处见过，忽听右旁又叫一声"梁萧"。转眼间，呼声一个变成两个，两个变成三个，越来越多，越来越响，旋风般卷过人群。众军士惊惶异常，纷纷叫嚷："梁萧来了！梁萧来了！"一边呼叫，一边四下退却，前后杂沓，东倒西歪，众将官想要喝止，但已来不及了。

梁萧钱塘江一战，单枪匹马，来回百余里，杀得元军尸横遍野。伯颜也曾严令封口，可是众口难防，消息不胫而走。军中最重勇士，士卒们道听途说，越说越玄乎。传到后来，竟将梁萧描绘成力大无穷、不惧刀箭的怪物，还说他能驱鬼运神，唤来钱塘江潮破敌。此处多是北方汉军，没见过梁萧，却听过传说，眼见来人骁勇无敌，早已魂飞胆裂，一听呼叫，均是一个念头：是他？难怪了……一时纷纷萌生退意。

梁萧不知就里，忽见元军不战自溃，奋力冲开一个缺口，一阵风突出营外。只见海上舻舳相连，密密层层，白帆片片，连天接云。

四人沿海岸狂奔，身后元军紧追不舍。梁萧反身发箭，且战且走，忽听前方喊声大作，抬头看去，一彪元军自前冲来，人人扯满角弓，箭矢泼天泻落。

柳莺莺心惊胆战，急催毛驴回转。花生挥舞大树抵挡羽箭，一路退到梁萧马前。梁萧射倒数骑，伸手一摸，箭囊空空。此时前有堵截，后有追兵，北面山崖耸峙，南方大海茫茫，他心急如焚，正要挺枪迎敌，忽见一艘小艇自宋营中飞出，桨橹轮转，顷刻逼近江岸。一名宋军站在船头，挥手高叫："壮士，快来！"

梁萧大喜过望，与三人跃上小艇。水手将竹篙一撑，小艇离岸数丈，其余的宋军纷纷摇桨，去岸渐远。元军赶到岸边，张弓激射，箭矢纷纷落海。宋军欢然大笑，小艇活泼泼有如一条飞鱼，在海面上纵跃起伏。

一名宋军笑道："大壮士神勇，你也来勤王吗？"梁萧道："我有急事，要面见圣上！"宋军眉头一皱，并不作声。片刻工夫，小艇钻入水营，在大船小艇间穿梭。梁萧目光扫去，各船水手衣衫杂驳，有男有女，还有十多岁的懵懂少年，个个面容愁苦、皮肤黧黑，不类寻常士卒，一问身旁宋人，才知都是前来勤王的沿海渔民。

梁萧心想：百姓何辜？多来一人，不过多送一条性命。可转念又想，换作是我，与其甘为鱼肉、任人宰割，倒不如豁出性命一搏。

花晓霜这时睁开双目，想着杀戮之惨，心有余悸，望着四周宋人，心中更生茫然：打起仗来，他们都会死吗？想着流下泪来。柳莺莺瞧见，心中冷笑：小贱人真没出息！忽见花生搂着船舷，面如土色，两眼发直，不禁嘲笑道："小秃驴，你不会是怕水吧？"

花生一听这话，颤声道："你……你不怕？"说完脸色更坏。柳莺莺也不识水性，可她生性好强，冷冷道："我当然不怕。小秃驴，你信不信，我这就推你下去做王八！"双手一比，做出推人架势，花生吓得双手乱摆，忙道："别……别，俺吃王八好吃，王八吃俺，可就大大不好了。"

柳莺莺笑道："好啊，想我不推你，你就得答应，从今以后都听我的。我叫你向东，你就不得向西；叫你坐下，就不许站着。"花生但求自保，言无不从，连道："好，好！"柳莺莺妙目一转，忽道："好啊，你向东边跳三尺！"花生惊道："怎么成？东边都是水。"柳莺莺怒道："你不听我的话了？"花生左右为难，苦着脸连声哀告。柳莺莺别说推人，挪身也不敢，只觉气氛过于沉闷，故拿花生寻寻开心。

说闹中，小艇在一艘大船边停住。船头放下舢板，梁萧当先跃上，一名校尉迎上来，拱手笑道："阁下骁勇善战，令人佩服。敢问是云将军的部下吗？"梁萧应声胡诌："不错！我有要事，要面见圣上。"校尉笑容忽敛，冷冷道："免了！陈大人和陆大人说了，云殊的人，圣上一律不见！"

梁萧打量对方，说道："我不见什么陈大人、陆大人，只求面圣……"校尉不耐，打断他说："陈大人的意思就是圣上的意思。"斜眼一瞅梁萧，冷笑道，"站着做什么，要我踢你下船吗？"不料梁萧目中威棱迸发，伸手拿住他的胸口，提得离地三尺。校尉惊怒道："反了吗？左右，给我拿下！"他是宰相陈宜中的亲信，平日作威作福，众军士受够了他的闲气，俱是一言不发，冷眼旁观。

校尉喊了两声，无人答应，顿时着慌，涩声道："都是自家人，凡事好说，凡事好说。"说话之时，谄媚之态天然流露。

梁萧笑道："你带不带路？"校尉面露难色，忽见梁萧神色不善，忙道："带，带……"梁萧放手道："你走前面。"校尉不敢违抗，转到前舱，舱门处站了四个军士，校尉一指舱内，咕哝道："就在里面……"卫兵见势不妙，挺枪阻拦，梁萧一挥手，众卫兵虎口剧痛，四条长枪蹿到半空。

梁萧跨入舱内，但见舱室阔大，四壁斑驳，咸湿的空气中混着一股淡淡的药味。靠里稀稀拉拉坐了几个官儿，愁眉苦脸，正在说话，听得脚步声响，纷纷掉头望来。一个方面黑须的官儿喝道："怎么没经通报？"校尉慌道："陈丞相，这是云殊的部下，要见圣上！"陈宜中怒道："不是吩咐了吗？但凡云殊遣人，统统赶走。"校尉苦着脸道："没奈何，他逼我来的。"陈宜中一怔，厉声道："作反了吗？岂有此理，来人……"

他身边的一个清瘦文官摆手道："丞相，罢了！他拼死前来，足见忠心无贰，这么赶走，岂不叫人齿冷？"陈宜中一拍大腿，怫然道："陆太傅，你还不明白？云殊狼子野心，仗着手握兵权，一心要夺走圣上……"文官叹了口气，向梁萧道："圣上龙体欠安，不便见客，你有什么话，只管对我陆秀夫说！"

梁萧一转眼珠，向陆秀夫拱手道："云将军听说圣上微恙，特令在下送来一名女神医，为圣上诊治。”堂上诸人一愣，陈宜中冷笑道：“我们自有大夫，不必劳动那位神医的大驾。”梁萧没想这人不识好歹，正要发作，忽听花晓霜道：“那位……圣上可是患了惊风之疾？”

陈宜中与陆秀夫对视一眼，眉间露出讶色，后者奇道：“你怎么知道？”花晓霜说：“你们给他服用了寿星丸，是不是？”陆秀夫更惊，点头道：“不错。”花晓霜道：“方子用得不坏，可惜缺了几味紧要药材。”众官脸色微变，陆秀夫起身肃然，说道：“敢问其详！”花晓霜道：“从药味分辨，缺了人参与石菖蒲，嗯，朱砂的分量也没用足！”

陆秀夫眉间透出一团喜色，拱手道：“姑娘说得极是，只因元人围困，药材奇缺。嗯，敢问可有补救之法？”花晓霜道：“我要见过病人才能定夺。”陈宜中怒道：“岂有此理……”陆秀夫摆手道：“丞相，事急从权。眼下圣上命在旦夕，这位姑娘未卜先知，一语道破病症、药效，让她试试，聊胜于无吧？”

陈宜中打量晓霜，满脸狐疑。陆秀夫又道：“她一介弱女，丞相顾忌什么？云殊拥兵自重，所忌者唯有圣上，如果圣上有个长短，只怕大事不妙。”陈宜中听他言之有理，无奈道：“好，让她进去。”陆秀夫喜道：“姑娘请！”当先引路，花晓霜举步跟上，梁萧三人跟随在后。陈宜中急道：“你们站住！”梁萧全不理会，陈宜中惊怒交迸，冲出舱外，召唤军士。

陆秀夫一心救人，顾不得许多，掀开竹帘，匆匆步入后舱。舱内氤氲缭绕，药味更浓。两个宫女坐在一边，扇火烹药。床上蜷了个小孩，伶仃瘦小，不堪一握，小脸煞白如纸，两眼紧紧闭着。梁萧一眼认出广王赵昺，想起那日荒山偶遇的情形，不觉胸中一酸，转念又生疑惑：怎么只见弟弟，不见哥哥？

花晓霜傍着赵昺坐下，伸手探脉，双眉微皱。陆秀夫观颜察色，心头暗惊，还没说话，梁萧已抢先问：“怎么样？”花晓霜叹道：“他想是受了惊吓，痰迷心窍，此外肝肾不调，有消中易饥之患。唉，二疾并发，苦了他啦！”陆秀夫搓着手惶声道：“还能救吗？”

花晓霜看了梁萧一眼，见他面带忧愁，不觉心头微动：萧哥哥说的孩子，难道就是他？想了想，微微笑道：“不用担心，我自有法子，不出明日，就能让这孩子活蹦乱跳！”看了赵昺一眼，眼里透出怜惜。众人齐松了口气，忽听有人冷声道：“好大的胆子，他是当今圣上，你敢叫他孩子？”

众人回头看去，陈宜中两手叉腰，脸色阴沉，几个士兵站在身后，只怕惊了赵昺，不敢贸然上前。陆秀夫点头道：“丞相说得对。姑娘，这位可是我大宋天子，你日后称呼千万小心，不可乱了规矩。犯了欺君之罪，我可保不了你！”花晓霜听得这话，大为不解，忽听梁萧冷冷道：“孩子就是孩子，有什么叫不得？”陈宜中怒道：“放肆……”正要喝令拿人，忽听外面有人说：“请禀告圣上，都统制云殊求见。”语声沙哑疲惫，但一字一句，不失沉稳。

众人心头齐震，忽听呛啷声响，夹杂几声闷哼。陈、陆二人顾不上梁萧，掀开竹帘，抢出舱外。只听陈宜中怒道：“云殊，你好大胆子，擅闯朝堂，该当何罪？”云殊叹道：“丞相见谅，若不出此下策，云殊万万进不来的。”陆秀夫怒道：“你这话什么意思？说我们把持朝政吗？”云殊道：“这是太傅自己说的，云某可没说过。”静了静，陈宜中寒声说：“好啊，那你此番前来，所为何事？”云殊道：“如今军情危急，我要带圣上突围。”陈宜中冷笑道：“如此说，我们是输定了？”云殊说道：“败多胜少，但大宋血脉不可就此断绝！”陈宜中冷笑道：“败了也与你无关。姓云的，你别忘了，圣上已颁下圣旨，褫夺了你的兵权，你如今一介白身，却强占兵符，处处以主帅自居。哼，自古以来，草莽之徒，也莫过于此！”

云殊叹道：“丞相言重了，云某生当为宋人，死亦为宋鬼，眼看汉祚运移，国事崩摧，岂有袖手旁观的道理？再说，云某真是草莽之徒，我大宋兵马怎会落到这个地步？”他语中力持平静，悲愤之意却不自觉地流露出来。

喘息一阵，陆秀夫怒道：“你这话什么意思？要推卸兵败之责吗？”云殊道：“今日之局，云某也脱不了干系。只是当日云某提请弃舟北上，兵发江西，与文天祥文丞相会合，但丞相以圣上安危作为托词，坚决不允，力持效仿高宗皇帝游击海上。文大人一介书生，不通兵法，勉力为将，以致一溃千里，葬送大好时机。此为其一。”

陈宜中冷道：“好啊，还有其二吗？”云殊道：“其二，泉州一役。诸位大人不分好歹，轻信蒲寿庚。殊不知非我族类，其心必异。那厮本是西域胡人，云某早就说得明白，举凡胡人，都不可信。可惜诸位把云某的话当成耳边风，以至于奸胡临阵倒戈，害我大军一败涂地。”陈宜中冷笑道：“如此说，今日之局，都是我们的不是？”云殊长叹了口气，说道：“不敢。云某未能坚持己见，也算是莫大过失。如今我军人数虽多，却都是未经操练的百姓。一派乌合之众，如何抵挡元人狼虎之师？一经交战，不仅无补于事，反成拖累。当日我力请不要接纳百姓从军，诸位大人不加理会，以致今日形势危殆。此乃其三。”梁萧心想：此中的利弊，原来他都知道的。心下也不觉替他惋惜。

陆秀夫忽地冷笑道：“笑话！百姓投奔我军，是因我大宋秉承仁义、深得人心。孟子曰：‘仁者无敌。’我军人多势重，万众一心，势必能击败鞑子，光复华夏。哼，你一介武夫懂什么？我且问你，你读过几本书，又懂得多少圣人的道理？”云殊道：“说起圣人之理，云某远不及太傅渊深。但云殊明白一个道理：为子死孝，为臣死忠。云某绝不能眼看圣上送命。圣上若在，大宋还有光复之机；圣上若有不测，大宋才算是亡了。”陆秀夫怒道：“你今日擅闯朝堂，以下犯上，还有脸说什么忠孝？倘若天不佑我大宋，此番兵败，陆某便负圣上蹈海而死。太祖杯酒释兵权以来，大宋三百年以文德治国，就算要亡，也该亡在士大夫手里，绝不能亡于你这个屡抗圣旨、拥兵自重的武夫！”

云殊略一沉默，忽道：“看起来，云某话已说尽，只有冒这个不忠不义之名了。”话音方落，数声闷响，只听陈宜中咆哮道：“好贼子，反了吗……”叫到一半，戛然而止，忽地清风飒然，云殊卷起竹帘，跨入内舱，与梁萧遇个正着。这一下，泰山崩摧，万马忽至，云殊也不至于如此惊骇，一时间，他目瞪口呆，双足钉在门前，成了木偶泥塑。梁萧望着宿敌，心中暗暗叹息，经年不见，云殊容色枯槁，双颊凹陷，两鬓间竟已星星。

云殊略一愣神，偏头望去，浑身又震，涩声道：“柳姑娘……”柳莺莺也叹道：“云公子，一别数年，你可憔悴多啦。”云殊听了这话，心中没来由一酸，双目不由得潮了，强自忍住，回望梁萧道：“你来做什么？”梁萧道：“你做什么，我就做什么。”云殊只当他奉了军令，来擒赵昺，心中暗恨。再见赵昺躺在床上，犹如死人，目光一寒，叫道：“好啊。”梁萧随口应道：“当然好了……”

话未说完，云殊双掌猝发，裹在袖中拍来。梁萧见他抬肩，就知他要出手，身子稍退，挥掌迎出。二人双掌一交，身子各自一晃。梁萧心头暗凛，本当妙悟神功，稳操胜券，不想一别年余，云殊的精进竟也非同小可。云殊更是骇异，只觉梁萧掌力雄奇，隐隐然已经超过自身，不待掌力接实，足下陡转，使招“罔两问景”，从左到右闪电般连出两掌。

梁萧凝立不动，掌随身转，处处封锁云殊的掌势。云殊一沾即走，招式决不用足，出手之快令人眼花缭乱，第二掌才使一半，忽地矮身，变招“风摇影动”，右腿势如旋风扫出。梁萧掌势含而不吐，护住胸腹，足尖斜挑，对准他右足外踝跗阳穴。

云殊双足忽曲，避过梁萧掌势，双掌下挥，劲风扑地，带得他向上腾起，绕着梁萧凌空转了个半圆，唰唰唰唰连劈四掌。这数招一气呵成，快不可言，正是他新近悟出的一路“惊影迭形拳”。

“穷儒”一脉，武学宗旨本在“观敌虚实，后发制人”，但云殊练到这个地步，眼力渐高，只消对手动眼抬足，就能猜出其人心意，先发制人，逼得对手一招半式也递不出来。故而“惊影迭形拳”但求一个快字，处处力争先手，一经施展，只见影，不见人，一串虚影忽东忽西，掠来掠去。

梁萧不敢大意，转身出掌，守得水泼不透。突然哧哧连声，双方的掌风连交数次，扫中舱门竹帘，细竹帘竟若钢丝一般笔直竖起。这几掌两人各自用上全力，云殊翻身落地，气血翻腾，梁萧也身不由己，倒退三步，足下咯噔一响，将甲板踏出了一个孔洞。

云殊方欲猱身再上，忽听身后咔嚓一阵响，转头看去，竹帘被二人阴劲崩断，数十枚竹管散落一地。云殊心头一凛，暗忖掌力再被带偏，落到赵昺身上可不妙，一时心生犹豫，驻足不前。

他二人这一轮交手，变化奇快，舱中诸人目不暇接，更遑论出声阻止。此刻一住，柳莺莺叫道：“有话好说，不要动手！”她虽是对着二人说话，目光却是不由自主落在梁萧身上，关切之意溢于言表。

云殊看得明白，一股无名邪火直冲入脑，忽地纵上丈余，左掌拍向梁萧小腹，右爪如风，拿向床上的赵昺。这一抓一拍看似平常，实则后招凌厉。梁萧不敢怠慢，左掌斜引，右掌横劈。二人浑身一震，四掌竟已抵住。梁萧目中精芒乍闪，踏上一步，云殊却身形倒退，面露痛苦之色。

柳莺莺见他二人情形，分明是在比拼掌力，当真心惊肉跳，可又无力分开二人。梁萧用上了“转阴易阳术”，掌力乍阴乍阳，忽刚忽柔，瞬息百变。云殊从未遇上这种功夫，顷刻连退六步，背脊抵着舱板，额头上豆大的汗珠滚滚落下。相持片刻，梁萧双目陡张，双掌向前抵出。刹那间，众人只觉船舱剧晃，哗啦，舱板向后垮塌。云殊一个筋斗，后跃三尺。

梁萧微微一笑，收手道：“姓云的，有你的。”云殊压住胸中血气，一双手仍是颤抖。原来，方才他甘冒大险，撤去内劲，任由梁萧内力侵入体内，而后传到身后，震塌舱板。梁萧内力一经泄出，后劲接济不上，云殊趁机脱出他的掌力。

陈宜中被点了穴道，躺在梁萧脚旁，眼见他占了上风，大喜道：“拿下反贼云殊，本相重重有赏。”梁萧笑道：“我要的东西，只怕你赏不起！”陈宜中一愣，心想你无非要的是高官厚禄，当即笑道，“只要拿下云殊，本相力所能及，定然双手奉送！”梁萧道：“好说，我要你头上这顶乌纱帽，你也双手奉送吗？”陈宜中一愣，怒道：“放肆，凭你也配做丞相？”梁萧大笑道：“说得是，躺在地上的乌龟丞相，区区着实做不来。”口中说话，目光却丝毫不离云殊。

柳莺莺见两人遥遥相对，大有立分生死之势，心中一急，忍不住抢上两步，挡在二人之间，叫道：“住手！”梁萧摇头道：“莺莺，你别管，这是男人的事。”柳莺莺双眉一挑，怒道：“你说这话，就是瞧不起女人！我偏要拦，你要刺，就刺这儿。”手指心口，酥胸微微起伏。

梁萧不由得气结，柳莺莺察言观色，忽又放软语气：“梁萧，各让一步天地宽，何必非要你死我活？”梁萧摇头道：“你不知道，我和他的冤仇，一百年也解不开。”柳莺莺神色微变，心想：这么深的冤仇，难道是……是为我？回头望去，云殊见她目光哀怨，心头一软，几乎便想放手，但一想到国仇家恨，心肠复又刚硬，忽地闪身，绕过柳莺莺，一掌拍向梁萧肩头。梁萧矮身避过，还以颜色。柳莺莺见他二人浑不理会自己，不由得恼羞成怒，索性再不劝阻，抱起双手冷眼旁观，心想：看你们斗成什么样子？

第十章

烟波微茫

花晓霜坐在床边，眼看两人生死互搏，惊得忘了动弹。惶急间，忽听背后传来呻吟，回头看去，赵昺眼神呆滞，定定望着自己。心知方才针灸见效，但此刻搏斗正酣，不及多问，方要转头观战，忽听赵昺叫道："叔叔！"梁萧激斗间听得叫声，心神一分，出掌顿缓，被云殊一轮快攻逼得喘不过气来。

忽听赵昺又叫："云殊住手！"声音尖锐凄厉。云殊一愣，又听陈宜中叫道："云殊，圣上命你住手，你又想抗旨不从？"云殊眉头一皱，瞧了瞧梁萧，又看了看赵昺，嘴里涌出一股苦涩，咬了咬牙，上前跪倒："下臣云殊，叩见圣上。"

赵昺却不理他，直直望着梁萧，喃喃道："叔叔……"嗓子一哑，泪水顺着双颊滑了下来。花晓霜看他神态，也觉心酸，将他轻轻揽入怀里。

云殊见赵昺要哭，忙道："圣上，不要失了礼数……"话没说完，赵昺大声叫道："你走开，你走开……"小手一挥，啪地打在云殊脸上。云殊无端挨了一记耳光，一愣神，忽见赵昺泪眼中透出深深的恨意。他心中凄惨，正想说话，赵昺忽又双手乱挥，尖声叫道："滚开，你害死了哥哥，又来害我……"云殊听了这话，面肌微一抽搐，眼里闪过深深痛色。

梁萧失声道："昺儿，你说㬎儿死了？"临安一别，赵昺经历无数惨变，听了这声"昺儿"，胸中一热，号啕大哭。他久病之身，这般歇斯底里，浑身好似抽空，指着云殊抽噎说："哥哥死啦，哥哥被他害死啦……"梁萧脱口问道："他怎么害死你哥哥的？"

赵昺抽泣一会儿，说道："那天叔叔你走了，阿姨带我们去了一个很好的地方，就在那儿，我与哥哥遇上了这个……这个坏人！"说着一指云殊，"他非要哥哥做皇帝，哥哥说他不会做，他就吓唬哥哥，哥哥吓得直哭，最后……最后只好做了。后来，他带着我们坐船去杀人，杀了好多好多人，流了好多血。哥哥吓得不敢看，他就逼哥哥看，还说哥哥以后也要这样杀人，哥哥害怕，天天都哭。那一天，好多人跑到船上，到处都在叫，船上都是血……"他想起当日残酷情形，小脸扭曲，露出难言恐惧，两手抓住花晓霜的衣袖，浑身簌簌颤抖。花晓霜怜意大生，抚着他的头发，轻轻叹了口气。

赵昺说得语无伦次，梁萧却已猜中几分，见他平静下来，才问："后来呢？"赵昺道："再后来……许多人扑到哥哥面前，血啊，肉啊，都淋在他身上。到了晚上，哥哥再也说不出话来，我叫唤他，他就只望着天上这么喊：啊——啊——啊——"他学着赵昰的嗓子尖声叫唤，惨厉凄凉，仿佛晚鸦哀鸣。众人听得心口酸楚，云殊双目一闭，长长吐了口气。

梁萧面色苍白，半晌道："再后来呢？"赵昺哭了一阵，又说："再后来，哥哥就一直叫啊叫啊，叫了许久，忽地瞪着眼，张着嘴，再也不出声了。我摸他的脸，冷冰冰的，我当他睡着啦，就去摇醒他，可是他们都说，哥哥死了，再也不会醒啦……"他说到这里，心头无比难过，一口气回不上来，软绵绵昏了过去。花晓霜拔出银针，在他志堂、人中处扎了两针。过得片刻，赵昺睁开眼，定定望着天上，流泪道："哥哥死了，再也不会醒了……"梁萧怔了半晌，心中杀意尽消，双拳缓缓松开。

赵昺忽地转头，盯着云殊恨声说："你不逼哥哥做皇帝，他就不会死。你逼了哥哥，又来逼我，我恨死你啦！"他又手指陈宜中，"他说你坏，我就点头；他说不要你带人打仗，我就说好；他在纸上写好字，我就按手印。哼，你害死哥哥，只要对你不利，我就说不出的欢喜……”

陈宜中老脸一红，连连咳嗽道：“圣上……这话怎么也拿来说……”云殊心头一痛：圣上竟为这个与我为难。唉，我竟全不知情。一念未绝，忽听远处传来一声炮响，杀伐之声大起。

云殊腾地站起，忽看一名军士匆匆奔入，大叫：“云帅，鞑子攻上来了！”云殊看了赵昺一眼，回复素日镇定。又见一名军士踉跄奔入，叫道：“云帅，前军着火啦！”云殊未及发话，却听梁萧问道：“风向如何？”那人应道：“东北风。”云殊脸色一沉，冷笑道：“姓梁的，如今大宋完了，你可欢喜了？”陈宜中惊道：“你胡说什么，还不快去抵挡？”

云殊拍开众人穴道，冷冷道：“元人顺风火攻，挡不住的，你们各自逃生去吧。”他迈开大步，走向赵昺，梁萧伸手一拦，皱眉道：“你带他去哪儿？”云殊怒道：“让开！”呼的一掌拍出，梁萧翻掌接住，叫道：“莺莺，你与晓霜带孩子先走。”云殊厉声道：“众军听令，死活不论，将这几人拿下。”众军士原本莫名其妙，一得将令，纷纷掣刀扑上。柳莺莺大为气恼，叫道：“狗咬吕洞宾，不识好人心吗？”矮身出腿，扫翻数人。

花晓霜面色惨白，忙抱赵昺退到一旁，恰好身后一名军士持刀劈来，她慌乱间不进却退，反将身子送到刀下。花生从旁看见，一拳挥出，呛啷连声，钢刀断成数截，其势不止，被“大金刚神力”裹着，似如劲矢疾箭，嗖嗖嗖没入甲板。军士望着手中刀柄，如痴如呆。云殊更是心惊：好和尚，深藏不露，这伙奸贼是有备而来。心中一急，竟被梁萧逼得连连后退。

花晓霜惊魂甫定，向花生道：“多……多谢！”花生抓着脑袋，呵呵直笑，忽见一名军士挺枪刺来，侧身让过，反手在枪杆上一拨，不料这一下用力太甚，那人腾云驾雾似的抛了出去，呼啦一声，将舱壁撞了一个窟窿。

花生哎哟叫道：“糟糕！”飞步抢出，较之那人去势还快，本拟后发先至，将那军士凭空抓回，怎料眼前一花，一个人抓着那名军士，钻进墙洞，与他撞个正着。

花生不及转念，神力注入双腿，迎面那人却收势不住，慌忙出掌，啪地击中花生胸口。花生好似大树生根，动也不动，那人却向后一仰，一跤坐倒。花生见来人金发碧眼，从所未见，心头惊奇，憨笑道："金毛儿，对不住！俺来扶你。"他伸手便扶，那人打他一掌，手掌隐隐作痛，又惊又怒，叫道："对不住你爹！"猛然发拳，捣中花生肩头。

花生中拳，身子一晃，轻松卸去拳劲，奇道："你干吗打人？"那人见他挨了一击，浑不在意，不觉头皮发麻，右腿急起，踢向花生下阴。下阴至为薄弱，"大金刚神力"也难练及，花生无奈伸手一挡，那人小腿剧痛欲断，厉叫道："去你娘的！"手腕一翻，掣出一把弯刀，闪电劈出。花生一惊，向后跃出，忽听梁萧冷声道："哈里斯，你来得好！"胡人应声色变，厉声长啸，啸声一出，舱外也升起两声长啸，与之遥相呼应。

梁萧一招迫开云殊，将哈里斯凌空扑下。哈里斯急舞弯刀向后退却。梁萧方要追击，忽见云殊扑向花晓霜，忙于前奔之际又向后掠，一掌拍向云殊。云殊反掌相迎，二人掌力未交，忽听一声大响，舱顶破出一个大洞，阿滩从天而降，振臂一挥，金刚圈撞向梁萧后脑。

梁萧前后受敌，右掌微缩，卸开云殊掌劲，左掌如风，向后掠出。金刚圈受他掌力一激，快了一倍，变了方向，自他身边绕过，咻地射向舱外。这时舱外银光乍闪，一个人飘然而入，将金刚圈轻轻接在手中，纵声笑道："平章大人尚在人间，洒家真有不胜之喜！"

云殊见梁萧掌力回缩，正欲进逼，忽见银衫客露了这手，登时吃了一惊。想那金刚圈带了阿滩一掷之力，再加上梁萧的掌力，二力相叠，劲力何其惊人，换作自己，也只能躲开了事，又听他说话，心中咯噔一响：这也是梁萧的帮手？

忽听梁萧笑道："有劳挂心，足下活着一天，梁某决不会先死！"贺陀罗笑道："好说。"将金刚圈抛还给阿滩，目光忽又落到赵昺身上，拍手笑道："这个就是大宋的娃娃皇帝吗？好，果然生得精乖……"乖字出口，形影俱无。云殊瞧得一怔，忽听梁萧叫道："小心！"叫声未绝，劲风疾来，贺陀罗声东击西，嘴里说着赵昺，出手竟是直奔云殊。

"蛇魔"贺陀罗称雄西方，威名远及大秦、高卢。这番前来中土，除了了断往日仇怨，更是雄心勃勃，要做一番惊天动地的大事。岂料先后受挫于九如与释天风，崂山为梁萧气势所迫，不战而逃，更是生平奇耻大辱。明归本就与他不和，事后趁机设计，怂恿火真人、常宁在脱欢面前大说贺陀罗的坏话。贺陀罗颜面尽失，急于立功挽回面子，听说此间交战，便与哈里斯南来，一心活捉宋帝，扬名天下。阿滩禁不住哈里斯利诱，也跟来分一杯羹。

待到元军火攻，宋军溃乱，三人趁机潜入宋营。贺陀罗早知梁萧入营，此来已有防范，但见云殊宋将装束，又与梁萧斗得旗鼓相当，不由得心想：久闻宋人中有个云殊，料来就是此人。他自忖与梁萧动手，彼此熟悉，不易得手，云殊却是初见，出其不意，不难一举伤他。

“虚空动”天下一绝，贺陀罗晃身赶到云殊右侧，使出“破坏神之蛇”，出拳无声，内劲内蕴，好比草中毒蛇，冷不丁蹿起咬人。云殊虽得梁萧提醒，但事发仓促，只得竭力向左躲闪。贺陀罗的双臂随之递上，正要毙敌于拳下，忽觉身后劲风飒起，不用回头，也知梁萧到了。他只当二人交手，必是对头，只须先伤云殊，再杀梁萧，将这两人各个击破，不料梁萧竟会出手救人，一时大为泄气。他对梁萧十分忌惮，足下不动，身子扭转，落向云殊的双拳，忽向梁萧送出。

拳掌一交，梁萧施展“转阴易阳术”，刚劲变柔劲，阴劲变阳劲，变到半途，忽觉贺陀罗拳中的蛇劲如山洪暴发，不随自己内劲变化，直直泻入经脉，不由得闷哼一声，撤掌疾退。贺陀罗一代宗师，上次大意轻敌，吃了小亏，事后略加揣摩，想出克制“转阴易阳术”的法子。梁萧使出这路功夫，正投他的心意。贺陀罗以不变应万变，一举破了梁萧的内劲，不容他退让，哈哈一笑，双臂暴长半尺，搭上梁萧双腕，左足立地，右腿漫不经心，呼地踢向梁萧，双手双足自行其是，仿佛分属不同主人。

云殊受贺陀罗暗算，心中惊怒，见他出腿之际，下盘露出破绽，当即身子一矮，一腿贴地扫去。不料贺陀罗腰身一扭，踢出之腿忽又扫回。云殊不防这一腿竟是虚招，但觉劲风扑面，慌忙拧身斜蹿。梁萧趁着贺陀罗分心，脱出他的手底。贺陀罗冷笑一声，随之抢上，挥袖出拳。梁萧不敢与他较量内力，二人以快打快，瞬间拆了七八招之多。

云殊心中迷惑：这二人不是一伙吗，为何窝里斗起来了？对于梁萧出手相救，更觉琢磨不透，眼看贺陀罗出手凌厉，梁萧渐落下风，顿生敌忾之心：银衫客武功奇高，姓梁的贼子如果败了，我也孤掌难鸣。他精通兵法，深知连弱抗强的道理，心念至此，纵身上前，与梁萧夹击强敌。贺陀罗力敌两大高手，激发出浑身能耐，时隐时现，如龙如蛇，举手投足均是出人意表。

柳莺莺也抄起一口单刀，与阿滩斗在一处。激斗片刻，柳莺莺见这喇嘛色眯眯地瞧着自己，心念一动，冲他微微一笑，笑生双靥，仿佛奇花初绽、白水生晕，阿滩本是色中饿鬼，只瞧得两眼发直。此刻生死相搏，岂容分心？迷乱之际，肩头风起，柳莺莺一刀向他脑袋削来。阿滩躲闪不及，钢刀掠肩而过，带走半片耳朵，登时鲜血淋漓。

阿滩怒极忘形，用吐蕃话破口大骂，柳莺莺咯咯笑道："臭秃驴，你用蕃话骂我，欺姑娘听不懂吗？哼，我给你计个数，你骂我一句，我便砍你一刀。看是你的嘴利，还是我的刀利？"阿滩一愣，心想：自然是你的刀利，我骂你一百句，也抵不过你砍我一刀。正欲发狠进击，忽又见柳莺莺容光绝世，一笑一颦娇媚可人，他眼花缭乱，一时迭遇险招。

贺陀罗三人翻滚不定，斗到百招上下。梁、云二人招式一变，云殊四方游走，使出"三才归元掌"，梁萧却随手展开"大逆诛心掌"。前者是天下第一等的审敌武功，后者却是天下一等一的骗人功夫。二人使了数招，忍不住对望一眼，都觉惊讶不已。这两路掌法看似水火不容，冥冥中却有相生之道，一经合使，威力倍增。"大逆诛心掌"长于欺敌，敌手一旦心意大乱，露出破绽，"三才归元掌"便乘虚而入，施以归元一击。这就好比战场之上，一军迷惑对手，一军伺机破敌。此中奥妙，萧千绝与公羊羽也是从未虑及。

贺陀罗初时还能应付，越斗越觉吃力。只觉梁萧出手诡邪，不易捉摸，云殊一双肉掌看似凝而不发，气势却无所不在，不由得心中凛然：两个兔崽子配合无间，大大不妙。他虽然未必会输，但生平稳健，决不行险。忽地跃开数丈，朗声笑道："平章大人，你想勾结宋人杀了洒家，独占这个功劳吗？"梁萧知他意在挑拨，斜眼一瞥，云殊神色狐疑，心知他身处劣势，心性不稳，听了这话已生动摇。又听贺陀罗笑道："也罢，平章大人，你我联手杀了此人，小娃娃皇帝算你的，这人的首级算我的如何？”

梁萧狷介之性，心中虽怒，也不过冷冷一笑，不屑与他辩解。云殊见他神情，更信了八分，心想楚婉说他救过圣上，果真都是假话。那女子不知所谓，居然杜撰出这样的荒诞言语。这两人分明一丘之貉，可笑自己鬼迷心窍，只当这姓梁的恶贼要救圣上。他越想越怒，猛可想起，自己只顾打斗，居然忘了赵昺，回头一望，舱中空空，哪儿还有小皇帝的人影！云殊大怒，瞪视梁萧道：“好个声东击西！”

梁萧知道赵昺被花晓霜趁乱带走，心中卸下了一块大石。贺陀罗两眼一转，忽地纵声长啸，向舱外跃出。云殊知他要出舱捉人，一声大喝，纵到半空，掌力遥遥击出。贺陀罗闪身避过，忽觉腰间又有劲风掠来，他心中暗骂，伸手化解梁萧一掌，眼角余光扫去，云殊正欲掠出舱外，不由得怒哼一声，借梁萧掌力翻身扑上，拳脚齐施。

云殊转身抵挡，二人在半空中换了一招，忽又见梁萧逼近舱门，不由得同声喝道：“哪里去？”双双腾空扑出。梁萧只觉身后气劲如山，急使“大逆诛心掌”，化止为逆，身子一蜷，疾风般退回舱内，抬眼望去，那二人堵在门前，斗得无比激烈。

花晓霜抱着赵昺，眼看刀枪簇簇，混乱不堪，赵昺小小身子不住发抖，不由得心想：这么砍杀下去，怕会惊着他。捂了赵昺双眼，躬身从花生砸出的窟窿中钻了出去。

花生与哈里斯纠缠正烈。哈里斯一把弯刀舞成团团银光，将花生裹在里面，谁知小和尚也不抵挡，东一摇，西一摆，任凭刀锋在他身前飘来荡去，始终割不到他一片衣角。哈里斯暗呼邪门，欺他只守不攻，大喊大叫，放手狠劈。花生见他龇牙咧嘴，眼透凶光，心头颇为害怕，忽见花晓霜出舱，忙叫：“等等！”使个“无拘泥相”，从哈里斯身边掠了过去。

哈里斯见他说走便走，心中又惊又怕，心想小秃驴武功虽高，若不还手，也不足为惧。他大胆跟出，抬眼一望，远处烈焰冲天，好似一条狂龙卷过无数宋军船只。大宋军民惊惧不已，斗志全无，纷纷驱船逃命，大船小艇自相冲撞，一时沉没无算。

哈里斯残忍好杀，见此惨状，也觉微微一惊。他斜眼一瞅，花晓霜与花生并肩站在左近，瞠目发呆，不禁窃喜：小东西没见过世面，吓呆了呢！收了弯刀，悄悄纵上前去，突然施袭。右手并起食中二指，点向花生后心；左手似若鸡爪，扣向花晓霜肩头。

花晓霜被眼前战争惊呆，脑中一片空白，忽觉肩头一痛，已被哈里斯扣住肩井穴，不由得半身酥软，双手一松，赵昺落向甲板。哈里斯这手抓住花晓霜，那手也点中花生的至阳穴，但觉指尖一痛，如中铜墙铁壁，忽听花生哎哟一声，叫道：“好痛！”

他中指之后，还能叫痛，哈里斯心下惊骇，急欲缩手。不料花生的“大金刚神力”练到“一合身相”的地步，随机生发，劲在意先。花生尽管发呆，劲力早已周流全身，方才中指，立生反击。咔嚓一声，哈里斯两根指头齐齐折断。

哈里斯痛哼一声，抓着花晓霜纵身退后。花生转身瞧见，圆眼一瞪，呼的一拳奔他左臂送来。哈里斯的手指被他震断，心想挨了这拳，手臂岂不也要粉碎？他慌忙放开花晓霜，奋力后跃，花晓霜被他一带，不由得向后歪倒。花生匆忙收拳，将她扶住，忽觉头顶风起，哈里斯挥了弯刀狠狠劈下。

花生拉起花晓霜，慌忙避开。哈里斯一刀逼开二人，伸手抓向赵昺。花晓霜叫道：“糟了！”花生应声纵上，一拳送出，哈里斯只觉拳风扑面，口鼻皆为之闭，顾不得擒人，慌忙闪开。忽见花生俯身抱人，露出破绽，身子一扭，弯刀自下而上撩向他的面门。这一刀出手方位古怪，花生若不闪避，势必被他割中双目，只好无奈跃开。

一时间，二人绕着赵昺进退如风。花生武功虽高，囿于师命，不敢出手攻敌，只是东躲西闪，伺机抢人。哈里斯的断指阵阵抽痛，对这小和尚十分忌惮，他为人滑溜，颇具父风，弯刀挥来挥去，可是并不强攻，只待花生出手抢人，才一阵乱刀将他逼退。赵昺夹在二人之间，只觉四周劲风飒飒，刀光乱闪，不觉又惊又怕，哇地大哭起来。

花晓霜心急如火，移步抢上。哈里斯一刀向她劈出，花生只怕花晓霜有失，挥拳将他逼退。哈里斯眼珠一转，笑道：“小和尚动了凡心吗？”花生奇道：“什么叫动凡心？”哈里斯心中大怒：“臭秃驴跟老子装蒜？”口中嘎嘎笑道，“动凡心就是想妞儿！”忽地一刀劈向赵昺，花生正要阻拦，哈里斯刀锋偏转，又向花晓霜砍去。花生慌忙挥拳相救，哈里斯身子右转，弯刀一横，花生仓促之间，几乎将手送到他的刀上。

哈里斯诡计得逞，东一刀，西一刀，只向花晓霜与赵昺招呼，花生左遮右拦，狼狈至极。哈里斯正觉得意，不料斜刺里冲出一人，将赵昺抱入怀里，贴地滚出。哈里斯一心对付花生与花晓霜，却被旁人捡了便宜，怒不可遏，飞腿便踢，花生抬腿挡住。二腿一交，哈里斯如中铁柱，咧着嘴向后跳开。

那人一定神，眼见花生敌住哈里斯，心头一喜，背起赵昺发足狂奔。赵昺惊魂甫定，认清来人，喜道："陆太傅，是你呀！”陆秀夫一言不发，匆匆奔近船尾，抬眼一望，忽地怔住，遥见陈宜中站在一艘船上，顺风张帆，向南去得远了。

陆秀夫与陈宜中约好，陈宜中守着船只，自己去救赵昺，谁知这老滑头见势不妙，自顾走了。陆秀夫只觉浑身如坠冰窟，回头看去，火光冲天，元军战舰成群结队地冲杀过来，他不觉两眼一闭，仰天长叹，涩声道："圣上，事已至此，下臣得罪了。”赵昺不明其意，忙道："你别说话，快快跑……”话未说完，忽听陆秀夫大叫一声："苍天啊！”冲上两步，跳了起来，赵昺只听耳边风响，身子已在半空，他不知出了何事，小嘴大张，却叫不出一个字来。

哈里斯与花生纠缠数合，忽地声东击西，向右扑出，挥刀劈向花晓霜，花生不知是计，翻身拦在晓霜身前。哈里斯一刀引开花生，忽也向左狂奔。不出十步，见那老头背着小皇帝远远站立，心头一喜，正要上前，忽见陆秀夫纵身一跳，直向海中落去。

哈里斯千里南来，只为这个小孩，这么一来，岂不前功尽弃？他脑子一热，丢开弯刀，鱼跃而出，伸手向那二人抓去。可惜相距太远，他这一跃用尽全力，仍是差了半尺。换作他人，势必束手无策，哈里斯身负古瑜伽奇术，手足关节伸缩自在，一抓未中，大喝一声："疾！”手臂暴长一尺，扣住赵昺肩头，硬生生将他拽了回来。陆秀夫背上一空，不及回望，人已坠入海里，他愤怒至极，双手向天奋力乱抓，才一张嘴，咸苦的海水涌入口里，身不由己地沉了下去。

哈里斯抓住赵昺，狂喜不已，双足一撑，欲要钩住船舷，怎料脚下一虚，没有钩着，他心往下沉：糟糕，我一念之差，被这小皇帝害死了……念头未绝，足踝被人抓住，他绝处逢生，向上一瞧，花生悬在半空，一手搭在船头，不由得喜极而呼："小秃……喀，小师父，要抓牢些！"

花生见哈里斯去追陆秀夫，也与花晓霜一起赶来，正巧看见哈里斯跳出去捉赵昺。他救人心切，忘了不会水性，跟着跃出，将他抓住。到了这时，才觉不妙，望着碧澄澄的海水，想起柳莺莺先前说过的话，心头好不害怕，颤声叫道："晓霜，完啦，俺要落水喂王八啦！"花晓霜赶上前来，见三人安然无恙，松了口气。但不见了陆秀夫，知道必已落水，不由得心中惨然，再看无数宋军士卒在海中挣命，惨呼声响彻云端，一时心如刀绞，不觉痴了。

花生叫了一声，不见花晓霜答应，手足发抖，双眼流泪。这时舱板吃不住三人重量，咔的一声裂了。哈里斯心头一颤，慌道："小师父，快带我上去。"花生也不回答，咧嘴直哭。哈里斯哀求数声，眼见无效，忽地焦躁起来，"小畜生，小贼秃"一阵乱骂。

花晓霜听到哭骂，才缓过神来，问道："花生你哭什么……"话音未落，背后劲风乍起，掠来掠去，无比迅快，忽听梁萧冷声道："你们再上前一步，我就让和尚放手，拼个同归于尽！"花晓霜六神无主，听到他的声音，心中大觉宽慰，回头瞧去，梁萧与柳莺莺并肩站立，贺陀罗则脸色透青，与阿滩站在左近，云殊独占右方，五人鼎足而立，相对怒目瞪视。

梁萧目视对手，口中叫道："花生，拉人上来。"花生不敢动弹，还在落泪，柳莺莺见小和尚这样脓包，心头火起，怒道："再不上来，我踢你下去了。"一边说，一边伸足就踢。

花生吃了一惊，不知哪儿来的力气，反手一撑，跃上船板，顺手将哈里斯与赵昺也提了上来。哈里斯暗中蓄势，一上甲板，飞足就踢花生面门。花生一低头，哈里斯收足不及，正中光头，只觉足背欲裂，不由得啊啊惨叫。正想变招，足颈一紧，已被花生握住，内劲由足颈经脉直透过来，哈里斯浑身一软，瘫在船上。

云殊、贺陀罗见状扑上。梁萧与柳莺莺换个眼色，一个抓起哈里斯，一个抱住赵昺。那二人各有顾忌，同时止步。贺陀罗厉声道："梁萧，你要怎样？"梁萧道："你不动手，我也不动你儿子。"贺陀罗略一沉吟，叹道："好！洒家认栽！"梁萧料他口是心非，可是忌惮他的武功，不敢过分相逼。微一冷笑，回眼望去，元军战舰蜂拥而至，便向云殊道："你号令水手，向南行驶。"

云殊恨得牙痒，其时兵败如山，赵昺又落入人手，一时无如之何，心想：他为何不向北驶入元营？但觉如此一来，对自己终究有利，想了想转身入舱，命水手扬起风帆。梁萧见船起动，提着哈里斯退入舱内。这艘战船本由海船改造，格局长大，分为三部，前舱起居，后舱储藏，底舱作为水手寝居。

贺陀罗待梁萧入内，方与阿滩进舱，沉着脸坐下。梁萧暗暗发愁：这老贼的武功又高又怪，留在船上终是祸害，须得想个法儿把他除掉。双方各怀心事，舱中一时静了下来。

赵昺早已昏厥，花晓霜施以针灸，他才悠悠醒转，哭了几声，叫道："叔叔！"梁萧缓过神来，冲他笑笑，握他小手，但觉入手冰凉，瘦小堪怜。赵昺却觉有了依靠，平静下来，问道："叔叔，婶婶还好吗？"梁萧一愣，花晓霜的脸色唰地惨白，柳莺莺也听得分明，秀目中透出一股惊怒。

梁萧沉默半晌，不忍说出真相，叹道："她很好。"赵昺奇道："她很好，怎么不来看我？"梁萧胸中一痛，涩声道："她没空……我替她瞧你不好吗？"赵昺面露失望。柳莺莺冷不丁问："昺儿，你那婶婶长什么样？"赵昺一怔，想了想道："她很好看，可没你好看。"又指着花晓霜，"比她好看一些。"

花晓霜面无血色，低了头去。柳莺莺目光生寒，瞪向梁萧，见他低头不语，更当他心里有鬼，越发气苦，正想发作，舱外一声巨响，仿佛霹雳大作，船身随之震动，微微摇晃起来。

梁萧腾地站起，忽听船尾又是一声响，似是弓弩发射，这么此起彼伏，响了数声。云殊忽地进舱，冷冷道："鞑子追上来了。"梁萧道："多少船只？"云殊道："打沉一艘，还剩十艘，正发炮石过来，再过片刻，这艘船就要沉了。"贺陀罗长身而起，击掌笑道："各位再不投降，更待何时？"云殊凛然道："宁为玉碎，不为瓦全。大丈夫死则死矣，岂可屈膝投敌？"贺陀罗为他目光所慑，一时语塞。云殊拂袖出门，梁萧抓起哈里斯道："我们也去看看。"柳莺莺被战事岔开了话，不便与他算账，一顿足，也来到船尾。

是时重云蔽天，北风正厉，十艘黄鹞战船鼓满风帆，向着大船包抄过来。梁萧观望片刻，拾起一张角弓扯满，一箭直奔当头的元船，将那帆上的缆绳撕裂一半。元军还没明白过来，梁萧的第二支箭如电赶到，将缆绳断成两截。船帆忽失牵挂，哗啦下坠，元军惊怒交迸，齐声叫骂，那船无风可借，忽又来得缓了。

云殊心想一箭中绳已很难得，两箭射在同一方位，更是难上加难，自己与他几次交兵，骑射全落下风，如今看来，输得真不冤枉！思忖间，身后哗然大响，回头一看，本船的三张风帆同时落下。云殊心头一沉，只听梁萧厉声叫道："贺陀罗，滚出来！"一声长啸，贺陀罗自舱内慢悠悠地踱出来，拖声拖气地说："不知平章大人有何吩咐？"梁萧道："哈里斯在我手里，你不怕儿子送命吗？"足尖抬起，对准哈里斯的脑袋，只要轻轻一送，哈里斯势必头开脑裂、一命归西。哈里斯面如土色，用胡语冲着贺陀罗大叫两声。

贺陀罗皱了皱眉，笑道："大人当世英才，行事总得讲个理字。方才洒家坐在舱里，可没挪动一下屁股。是了，我知道了，想必是前船的水手吃里爬外，放下风帆，自己跳海逃走。阿滩，你说对不对？"阿滩笑道："对啊，对极了。"

柳莺莺啐道："对你个鬼，你们杀人放帆，还想狡辩？"贺陀罗笑道："无凭无据，怎可胡乱定罪？姑娘现在说说，不算什么；如果做了大官，金口一开，可要冤杀多少百姓？哈，敢问姑娘，你哪只眼睛瞧见在下杀人放帆了？"他乔张做致，一字一句扣着柳莺莺的话头。柳莺莺明知他杀光水手，放下风帆，苦于没有亲见，无以辩驳，气得莲足一顿，心中大为恼火。

梁萧一时大意，让他趁乱杀人放帆，眼下形势危急，眼看敌船逼近，当即扯起角弓，只待进入射程，便发箭射帆。元军吃过一回苦头，变得聪明起来，始终远远缀着，并不过分逼近。

僵持时许，忽听赵昺惊呼："啊，不好了，海里冒出小山来了！"众人放眼望去，远方出现了一座黑黢黢、光溜溜的小岛，俱感惊奇："方才波涛万里，怎的多出了一座小岛？"忽见岛上喷起一道泉水，高及丈余，八方喷洒。柳莺莺倒吸一口冷气，失声道："这岛会动！"小岛果然缓缓漂移，直向元船逼近。忽听云殊冷笑一声，说道："什么小山小岛？根本就是一头大鲸。"赵昺奇道："什么叫大鲸……"话一出口，忽又扁起小嘴，"我不跟你说话！"云殊闻言，满心不是滋味。

元军也看见巨鲸，纷纷骇呼。这些士卒来自北方，对这海中巨兽闻所未闻，纷纷张弓乱射。巨鲸挨了两箭，尖声长鸣，沉没入水，再度浮起，已在战船下方。元船轻小，受它背脊一拱，立刻翻转过来，士卒如下锅的饺子落入海里，拼命挣扎哀号。

别船的元军大呼小叫，引弓放箭，那巨鲸再度下潜，出海时将两艘齐头并进的元船一齐顶翻。元军十分惊惶，一面放箭，一面掉橹回逃。巨鲸时沉时浮，紧追不舍，半晌工夫，元船又被顶翻六艘，仅存一艘，惶惶若丧家之犬，忙忙若漏网之鱼，扯满风帆，逃得不见踪影。这一轮人鲸交战，惊得诸人目瞪口呆。云殊忽向赵昺一膝跪倒，喜道："圣上洪福，天降神鲸，可见大宋国运未绝，还能补救，哈哈，还能补救……"他数月来连遭败绩，逢此吉兆，激动得语无伦次，两眼忽地流出泪水。赵昺吃了一惊，颤声道："你说什么？我……我不明白……"

云殊大声道："天佑大宋，大宋绝不会亡……"他快意莫名，欲要纵声长笑，怎料笑声说不出的低沉喑哑，好似夜中枭啼。赵昺瞧他笑不像笑、哭不像哭，心中十分害怕，紧紧抓住花晓霜的衣衫，浑身不住颤抖。

贺陀罗不料堂堂大元水师，竟被一头巨鲸冲得七零八落，张大一双碧眼，一时难以置信，听了云殊的话，心头一动，心想：难道真是天佑大宋？若不是老天弄鬼，为何节骨眼上却来一头大鲸？惊疑之际，忽听梁萧冷笑道："你说它是神鲸，它可未必认得你大宋！"贺陀罗举目一看，那头巨鲸掉了头，忽向大船冲来，不由得冲口而出："什么，它把我们当成敌人？"梁萧哼了一声，脸色铁青。

云殊尽管不信，可见鲸鱼越来越近，也不由得心神忐忑。一瞥花晓霜，见她呆望巨鲸，无有防范，不由得心想：圣上清白之躯，就算一死，也绝不能与奸贼死在一起！想到这儿，呼的一掌拍向花晓霜。花晓霜一惊后退，但云殊无意伤她，这掌只是虚招，还没用老，右爪忽出，扣住赵昺的肩头，将他抓了过来。左掌圈回，砰地接下花生一拳。

花生一晃，云殊也倒退半步，厉声道："贼和尚！"喝声未落，头顶风声乍起，梁萧一掌拍到。云殊并不后退，身形一矮，挥掌上迎，掌力方接，忽使一招"天旋地转”，立地疯转。梁萧掌下发虚，劲力尽被卸开，变招不及，忽听柳莺莺尖叫，回头一看，柳莺莺踉跄后退，俏脸煞白，贺陀罗一脸诡笑，已将哈里斯夺回。

梁萧弃了云殊，跃到柳莺莺身旁，握住她手，急声道：“没事吗？”内力源源渡了过去，助她化解贺陀罗的蛇劲。柳莺莺见他面露关切，双颊微微泛红，忽又神色一变，甩开他手，冷冷道：“放尊重些！你有妻子，还来惹我干什么？”梁萧吃惊道：“你说什么？”柳莺莺怒道：“还不承认？小孩子叫你叔叔，又说有个婶婶，哼，叔叔婶婶，难道不是一对？梁萧，我当你是个好汉子，你却当我是笨蛋，是傻子……”说到这儿，眼里泛起迷蒙泪光。梁萧眼看危机四伏、大敌当前，柳莺莺偏偏来算旧账，心中气恼，怒道：“这事以后再说！”柳莺莺叫道：“不成，你不说明白，我便不放你！”反将他牢牢拽住。

贺陀罗见他二人缠夹不清，心中喜不自胜。他奸商出身，精于算计，权衡当前三方，梁萧一方与自己实力相当，如果动手，讨不了好。云殊武功虽高，却只有一人，手中多了赵昺，更添无边累赘。若能将他击毙，以赵昺作为人质，又能挟制梁萧等人，可谓一石三鸟。他算计已定，忽地两眼望天，口中打个哈哈，左拳一抬，击向云殊。

这一下变起仓促，云殊不及转念，一缩身，以“归元步”闪避。贺陀罗数度与他交手，对其武功了然于胸，此时占得先手，纵声长笑，左拳横扫，逼住云殊，右手反出，撤下“般若锋”。

“般若锋”是他自创的兵刃，与之相应，还有一路“大自在天之舞”。贺陀罗珍为绝技，向不轻使。初时与梁、云二人交手，他自重身份，未用兵刃。如今自忖不出绝招，难以速胜，当即“般若锋”凌空一抖，仿佛单刀刀法向云殊劈下。云殊缩身避过，还了一招“罔两问景”。

贺陀罗手腕陡翻，“般若锋”前探后勾，又变钩法，锁拿云殊手腕。云殊不料他刀中带钩，慌忙收掌后退。贺陀罗如影随上，招术忽刀忽钩，乍听裂帛声响，云殊的衣襟着了一下，断成两截。赵昺身处斗场，吓得双眼紧闭，只觉气流回旋，刮得面皮生痛，心头一惊，哇地哭了出来。

梁萧恼恨云殊偷袭，不愿相帮，但听赵昺哭声，一颗心忽又软了。但觉柳莺莺的手心津津生汗，偏头一看，见她盯着云殊，目透关切，梁萧心中泛酸，冷冷道："你嘴里跟我怄气，心里却在意姓云的吧？"柳莺莺脸色一变，怒道："你胡说……"她眼里泪花滚动，高声又说，"在意他又怎样？你能找妻子，我就不能找情人？你是我什么人？我在意谁，要你来管？"

梁萧冷冷道："不错，你在意谁，不用我管！可你记住了，我不是救他，更不是帮你！"他伸腿挑起地上一杆长枪，迎风抖出，向贺陀罗背心疾刺，朗声道："白刃对空拳，不害臊吗？"他先刺后喊，枪尖与叫声同时抵达，看似光明正大，其实近乎偷袭。

贺陀罗心中暗骂，"般若锋"反手挥出，旋风一转，绞落枪尖。梁萧不料"般若锋"妙用至斯，赞道："好功夫！"也不收势，白蜡杆向下一沉，横扫而出，正是宋太祖赵匡胤所创"太祖棍法"。这一招"横扫千军"势如苍龙戏水、野云孤飞，于极寻常的招术中，生出极不寻常的威力。

二人惊鸿矫电般拆了数招。贺陀罗胜不了一路"太祖棍法"，心中焦躁，厉声叫道："赵匡胤算什么东西？""般若锋"大开大合，宛若飞雪满天，唰唰唰异响连声，杆棒截截寸断，顷刻仅余四尺。梁萧大笑道："中土英才辈出，何止赵匡胤一个？"谈笑间举棒数振，潇潇洒洒脱出"般若锋"，刺向贺陀罗的胸口。贺陀罗心想：好家伙，棍法不成，又用剑法！这路"归藏剑"远非"太祖棍法"可比，他不敢大意，挥舞"般若锋"，凝神对敌。

云殊挥拳逼退哈里斯，忽听梁萧说话，心血上涌：奸贼可恶，这句话却说得不假，我中土英才辈出，岂有灭亡之理……心中激动不已，低头望去，赵昺闭眼抿唇，早已吓昏。他心中暗暗叹息，忽觉大船一震，船上众人无不东倒西歪。云殊拿棒站定，心下骇然：不好，那头鲸鱼真来作怪了！

恶斗两人下盘不稳，各自退开。贺陀罗定住身形，毒念大起：姓梁的小子坏我大事。洒家得有今日，全是拜你所赐。暴喝一声，"般若锋"横劈竖斩，直扑梁萧。梁萧举棒拆了两招，足下又是一震，船身再倾。梁萧动念奇快，借势转身，抢到贺陀罗身侧，挥棒刺向他的五枢穴。这一招合以天时地利，贺陀罗躲闪不开，长吸一口气，五枢穴忽地陷落三寸。梁萧这一棒本已刺到肌肤，忽觉棒下一虚，错愕间，贺陀罗掷出“般若锋”，向他面门飞来。

梁萧不及转念，双腿钉地，上身后仰，忽觉“般若锋”掠面而过，刮得面皮生痛。他避过这一招，心道贺陀罗兵刃脱手，正好乘虚而入，身形未稳，杆棒挽出一个平花，刺向贺陀罗胸口。谁料贺陀罗反手一招，“般若锋”忽又飞回。梁萧收棒不及，“般若锋”寒光数闪，咔咔两声，杆棒断作三截。

贺陀罗这一放一收，正是“大自在天之舞”的杀招，用此破敌，鲜有不中。梁萧勉强躲过，贴地蹿出丈余，他翻身跳起，正想反击，身侧一股劲风忽地袭来。这一掌全无征兆，梁萧只觉腰肋剧痛，身不由己地抛起两丈，直向海中落去。下坠之际，他恍惚看见，云殊立身船头，一手握拳，脸色阴沉。梁萧的心中一阵狂怒，一道殷红血箭夺口而出，跟着哗啦一声，冰凉海水四面涌来，生生将他拉扯下去。

云殊眼看梁萧落海，心头突突乱跳。方才梁萧退后之际，竟将腰肋送到面前，他头脑一热，忍不住挥掌暗算。眼看这生平大敌遭受灭顶之灾，心中既兴奋无比，又爽然若失，不由得仰首望天，心想：苍天有眼！娘亲姊姊、众位同门、方老前辈、大宋千万将士，这恶贼终于死啦……终于死啦……想着不觉长声大笑，只笑了半声，忽听尖声惨呼，一道绿影自旁掠过，直奔海中冲去。云殊见是柳莺莺，慌忙伸手将她拽住。

柳莺莺昏乱中给他扣住肩膊，欲要挣扎，又觉浑身虚脱，蓦地双膝一软，趴在船舷惨呼：“梁萧……”下方海水碧沉沉的，哪儿还有半个人影？她的眼前一阵眩晕，两耳嗡嗡作响，瞧着海面呆了半晌，忽听花生的呼声若断若续，悠悠传来：“别吓俺……哎哟，晓霜要死啦……要死啦……”又听贺陀罗笑道：“云大人与洒家真是默契。哈，用你们汉人的话说叫什么来着？对，‘天作之合’。哈，这一掌使得真是绝妙！梁萧这厮，一定不活啦……”

柳莺莺听到这儿，耳中只有一个声音反复激荡：“不活啦……不活啦……不活啦……”一时间，心中千针万刺，痛苦难忍，忽地玉掌圈转，回击云殊胸口。云殊避过她的掌势，正色道：“柳姑娘！梁萧大奸巨恶，天下人人得而诛之……”柳莺莺纵身跃上，双掌乱挥，尖声叫道：“你胡说！他拼了性命，只为救你怀中的孩子。他是坏人，天底下还有好人吗？”云殊心头微微一动，一边闪避她的攻势，一边回想梁萧的种种举动，也不觉深深迷惑起来。

贺陀罗冷眼旁观，心中乐不可支。心想梁萧中掌落海，必无幸理。那头巨鲸也未再撞击船底，想是船大且沉，不易翻转。鲸鱼这无知蠢物，一受挫折，立刻放弃。如此去了两个麻烦，如果柳莺莺与云殊鹬蚌相争，更是上上大吉。但见云殊神色迷惑，只怕他被说动，微微笑道：“是啊，说起来，梁萧真是个难得的好人。可惜啊，‘好人不长命，祸害遗千年’！”

他虚则实之，实则虚之，这么颠而倒之地一说，云殊胸中怒火升腾：“你这胡儿就是天大的祸害，你说的好人，会是什么好货色？”他新遭亡国之痛，心性大变，心想梁萧大奸大恶，杀他万无过错，若不是他攻破襄阳，人宋怎么落到今日的下场！一瞬间，满心疑惑抛至脑后，一掌震退柳莺莺，厉声道：“杀便杀了，我云殊做事，从不后悔！”一时抬头按腰，双目凛凛有神。

柳莺莺瞪着他，目光冷若冰霜，眉间青气涌动。云殊凝神防范，两人正当对峙，忽听花生哀哀哭道：“晓霜活不了啦……活不了啦！”柳莺莺偏头望去，花晓霜牙关紧咬，脸色青黑透灰。她这情形，柳莺莺也曾见过几次，心知她必是看见梁萧落海，伤心过度，痼疾发作。

柳莺莺万念俱灰，只想与云殊以死相拼，但瞧花晓霜的模样，心中微微一动：我随小色鬼死了，做一对短命鸳鸯也罢了，她若也去阴曹地府，岂不又会缠夹不清？与其让她送命，不如让她孤零零的一个人活着受罪！想到这儿，她长长吐了一口气，忽道：“花生，你左掌按她天泉穴，右掌捺阳池穴，慢慢渡入内劲，不可急躁！”

花生本已束手无策，一听这话，如获纶音佛旨。他内力浑厚，真气所向，花晓霜的眉宇舒展开来。贺陀罗一心要让两方残杀，当下也不阻拦，饶有兴致，负手旁观。

柳莺莺见花晓霜面色转红，点了点头，又道：“双手换过，左掌按阳池穴，右掌按天泉穴。”这本是花晓霜病发时梁萧常用的法子，柳莺莺不比花生浑浑噩噩，见了一次，立马记住。花生依法施为，“大金刚神力”至大至刚，恰能压制阴毒，不消片刻，花晓霜喏的一声，睁开双眼，一望四周，泪水夺眶而出，颤声道：“柳姊姊，他……他在哪儿……”换作平日，她嘴舌再甜，柳莺莺也无动于衷，这时同失至爱，凄惶如一，乍听这声叫唤，不由得两眼酸热，身子哆嗦，将她一把搂入怀里，放开嗓子，失声痛哭。

花晓霜呆呆任她搂着，恨不能也如她一般痛哭流泪，谁知此时此刻，身子偏似遭劫后的房屋，空空如也，一滴泪水也流不出来，种种旧事从心头掠过。少年相逢，同座教算，遭逢强敌，舍身相护，崂山再遇，并肩行医……梁萧一举一动、一哭一笑无不清晰。花晓霜忽觉一阵倦怠，真想合眼一睡，醒来时梁萧又站在面前，为她拭去眼泪。可是这等荒诞的念头也难如愿，她分明感觉，柳莺莺的十枚指甲深陷肉中，痛楚阵阵钻入脑海，不住提醒她：梁萧死了，梁萧死了……这念头转了几转，花晓霜心口一凉，又昏过去。

柳莺莺觉出她身子变冷，急忙放开，促声道：“快渡内力！”花生应声渡过真气。俄顷，花晓霜身子稍暖，落泪道：“姊姊，你别救我，我不想活了。”柳莺莺面色一沉，起手给了她一个耳光，厉声道：“胡说什么？没心肝的小东西，你不想给梁萧报仇吗？”

花晓霜挨了耳光，一愣神，含泪道：“我武功不好，打不过人。”柳莺莺道：“你不是连韩凝紫都打过了吗？”花晓霜低头道：“那是萧哥哥帮我……他不在……我……我什么也做不了……”嗓子一哑，泪水又落下来。

柳莺莺望她哀痛虚弱的神气，一股热血直冲入脑，她按捺心中伤痛，双臂环紧花晓霜，低语道：“没有梁萧，还有我呢，咱们齐心协力，什么也不怕。”花晓霜身子一颤，看了云殊一眼，摇头道：“我……我不成……”柳莺莺道：“你只须好好活着，报仇的事由我来做。”花晓霜彷徨无计，只好默默点头。

贺陀罗见柳莺莺迟迟不动，心觉不耐：小娘皮啰里啰唆，成不了大事。他轻轻哼了一声，道：“阿滩，你去转舵；哈里斯，你去升帆。”二人应命。云殊喝道：“且慢，你要做什么？”贺陀罗笑道：“自是掉船向北。”云殊面色一沉，贺陀罗瞅他一眼，笑道：“云大人，你自忖武功比洒家如何？”云殊一怔，心想：仅他一个，我已不是对手，况且他有两个帮手，我却要顾着圣上……想到此处，不禁惨然。

贺陀罗哈哈大笑，斜眼望着柳莺莺三人，心中盘算：这女大夫是“恶华佗”

的弟子，《青杏卷》必在她身上，洒家驻颜长生，也还用得着。这绿衣女郎姿容秀致，实为老夫生平仅见，若是废去武功，收为姬妾，当是人生一大乐事！哈，至于小和尚嘛，身怀“大金刚神力”，与九如和尚关系匪浅，老秃驴屡屡坏我好事，正要跟他算账，若能生擒小和尚，再遇上老和尚，他可就是一件法宝……他越想越喜，摸着光溜溜的下巴，脸上微微露出笑容。

花生不住渡入内力，但觉花晓霜体内阴毒渐退，心头大喜，正要一鼓作气，将其降伏，忽听柳莺莺低声说：“花生，白发老头要动手了，你千万听我招呼，否则糟糕至极。”花生点点头，忽又憨憨问：“梁萧掉进海里，还能爬上来吗？”柳莺莺叹道：“你能爬上来吗？”花生环眼圆瞪，摇头道：“俺掉下去，就完蛋啦！”说到这里，打了个激灵，慌道，“那……梁萧也完蛋了？”柳莺莺眼眶一红，默默点头，花生只觉一股热气直冲眼鼻，眼泪顿时涌了出来。

柳莺莺按捺悲伤，轻声说：“小和尚别哭，莫让恶人们笑话。”花生扁嘴抹泪，说道：“梁萧对俺很好。”柳莺莺目望远处，轻轻叹了口气，忽听花晓霜说：“花生，‘九阴毒脉’十分顽固，你再运内力也没用。萧哥哥教我的逼毒法儿，或许……或许有效，可我还没练，他……他……”话没说完，泪水又流下来。

柳莺莺也想痛哭，可眼下危机四伏，不敢一味伤感。她忍泪含悲，偷眼一看，哈里斯正在升起风帆，柳莺莺心头微动，冲花生低声说：“我吹口哨，你与晓霜往桅杆下冲。”花生点头，柳莺莺吸一口气，忽地跃起，挥掌向贺陀罗拍去。贺陀罗正在监视云殊，听见风声，微微冷笑，心想洒家没来动你，你先捋我虎须。一刹那，他提起七成功力，打算杀鸡吓猴，一举制住柳莺莺，威慑云殊，可是还没出手，柳莺莺忽又收掌后跃，轻飘飘地落在一丈之外。

贺陀罗一怔，心想这女人来来去去，弄个什么玄虚。忽听柳莺莺冷笑道：“云殊，谁要你讨好，你就会暗算伤人吗？哼，天下无耻之徒，数你第一！”云殊被她说得莫名其妙。贺陀罗心中却咯噔一下：是了，姓云的想捡洒家便宜，又来个背后偷袭。哼，女人和尚不足为惧，这姓云的智勇双全，才是洒家的劲敌。盘算已定，转头微微笑道：“云大人想故技重演吗？洒家可不是梁萧！”

云殊明知柳莺莺挑拨，可也不屑辩驳，冷冷一笑，并不回答。贺陀罗更无怀疑，双拳齐出。云殊错步拧腰，以“惊影迭形拳”应对。

柳莺莺计谋得逞，转身打了个呼哨。花生背起晓霜一跳而起，直向桅杆冲去。贺陀罗瞥见，恍然大悟，待要追赶，云殊也猜到了柳莺莺的心思，存心助她成功，大喝道：“胜负未分，便想走吗？”易守为攻，将贺陀罗死死缠住。

哈里斯升起风帆，正欲返转前舱，忽见柳莺莺三人奔来，微微吃了一惊。柳莺莺足下不停，使招“天寒地冻”，双掌上下一合，寒气森森，向哈里斯迎面涌去。哈里斯倒退两步，挥拳应敌。拳掌未交，花生抢到桅杆下方，柳莺莺虚晃一招，向后跳出，娇喝道：“再上一步，我让小和尚击断桅杆。”

哈里斯大惊止步，忽听柳莺莺喝道：“花生，放下风帆。”花生伸手抓住缆绳，啪啪啪三声脆响，手臂粗细的缆绳尽被扯断，风帆都落下来。哈里斯看得横眉竖眼，偏又不敢乱动，忽见贺陀罗摆脱云殊，赶将过来，急道：“父……呃……宗师！不好啦。”贺陀罗最厌儿子称呼“父亲”，故而哈里斯都以“宗师”相称。

柳莺莺冷笑道：“花生，打断一根桅杆。”花生闻言，也不作势运气，顺手一拳，左方副桅砰然折断。贺陀罗两眼喷火，止步笑道：“姑娘何必多此一举？姓云的是你敌人，也是洒家的对头，按照汉人的说法，咱们算是敌忾同仇。只要你们不动桅杆，我贺陀罗对天发誓，绝不寻你麻烦！”他花言巧语，一心骗开三人，保存桅杆。贺陀罗为人奸诈无信，于他而言，对天发誓还不及放一个臭屁，放过便罢，从不当真。

不料柳莺莺一挥手，说道：“谁跟你敌忾同仇？滚远一些，踏入三丈之内，我就毁掉桅杆，跳海自尽，左右梁萧死了，我活着也没意思！”眉眼一红，傍着桅杆坐下。

是时舟行海上，四面都是海水，倘若失了桅帆，无风可借，唯有困死一途。贺陀罗面色铁青，无法可想，忽听哈里斯低声说：“宗师，怎么办？”贺陀罗白眉一拧，冷笑道：“洒家瞧他们能挨多久！走，去储舱看住淡水、粮食。”与哈里斯扬长去了。

柳莺莺听得这话，心里咯噔一响：糟糕，我百密一疏，却忘了“民以食为天”，没了淡水、粮食，怎么挨得下去……转念又想：大不了鱼死网破，大家都不活了……一阵心灰意冷，回眼向花晓霜看去，见她盘膝而坐，正依梁萧所传心法运功驱毒。花生则目视大海，神色茫然。柳莺莺轻轻叹一口气，心想傻人有傻福，总能少许多烦恼。此时平静下来，她又想起梁萧，心中悲不可抑，背着二人，以脸促膝，低低抽泣起来。

僵持了半夜，北风更烈，呼呼作响。贺陀罗拆下三块甲板，当作船桨，与哈里斯、阿滩奋力向南划动。但船体庞大，巨鲸尚且不能掀翻，何况逆风而行，三个人摆弄到东方发白也是白费气力。眼看大船离陆地越来越远，贺陀罗大是后悔。早先他以迅雷不及掩耳之势，将船上的水手一一抓毙，丢入海中，到这时不禁心想：早知如此，就该留下几个，人多势众，或能济事……

三人无可奈何，返回前舱，忽又发现罗盘被人砸烂。要知大海微茫，难辨南北，白日也罢了，夜里没有罗盘，绝难航行。贺陀罗气急败坏，风度尽失，想要破口怒骂，但柳莺莺与云殊都有可疑，不知骂谁才好。气闷半晌，决意占住储仓，断了对头水粮再做计较。

又过一日，贺陀罗几度偷袭，均被柳莺莺发现，无法得手。云殊与赵昺住在后舱。赵昺厌恶云殊，成日哭闹；云殊劝解不了，只好狠起心肠，不加理睬。他存心令贺陀罗大海迷航，夜里震毁罗盘，并偷入储仓，取了数日水粮，伺机逃生。贺陀罗一来全心对付柳莺莺三人，无暇他顾；二来害怕逼迫太甚，云殊来个玉石俱焚，与赵昺同归于尽，是以不与他为难，间或还送去少许清水干粮，花言巧语，诱使云殊变节。云殊清水照喝，干粮照吃，但对投降之言，绝不理会。

这一日一夜，柳莺莺三人粒米未进，饥肠辘辘，口中焦渴。未到午时，花生饥火冲上来，忍不住嚷道："不好了，俺要饿死了！"柳莺莺道："男子汉大丈夫，就会说这样没出息的话吗？"花生道："俺是和尚，不是男子汉大丈夫。"柳莺莺恨声道："你不是和尚，你是秃驴，再嚷一声，我便把你当驴宰了吃！"花生不惊反喜，吞了口唾沫道："说得是，把白毛驴儿杀了，能吃几顿好的。"花晓霜惊道："那怎么成？快雪那么好！"花生道："那把狗儿杀了也成，吃一顿算一顿。"花晓霜落泪道："白痴儿是萧哥哥从小养大的……"花生瞅了胭脂马一眼，不及说话，柳莺莺早已喝道："你敢打胭脂的主意，我叫你好看！"

花生不由得发起狠来，叫道："这也不成，那也不成，你们都有道理！"一拳落下，将船板打了个窟窿。柳莺莺也焦躁起来，叫道："你再嚷嚷，我把你丢下海淹死！"花生气道："淹死也好，万万不能饿死。俺师父说：'宁做饱鬼，不为饥汉。'肚里空空的，死得太难受了。"

贺陀罗远远听到，心中暗喜，立马叫阿滩取来干肉美酒，当着三人大吃大嚼，连连称好。花生看得口水长流，贺陀罗举起一块肉脯，晃来晃去，笑道："小和尚想吃吗？要吃就过来！"花生大吞了一口唾沫，禁不住站起身来。柳莺莺一惊，叫道："花生，不许过去！"

花生闻声止步，望了望贺陀罗，又望着花晓霜，问道："晓霜，你跟俺过去好吗？"花晓霜摇头道："我留在这里陪柳姊姊。花生，你真饿狠了，就过去好了！累你受苦，我也万分过意不去。"花生听了这话，眉毛一拧，面露踌躇，他徘徊数步，忽地一拍屁股，又转回来，闷声闷气地说："罢了，你不过去，俺也不去啦。"

柳莺莺松了口气，戳了他一指头，骂道："小饿鬼，算你还有良心。"想到方才的惊险，眉眼微微泛红。贺陀罗诱惑不得，连骂三声"贼秃"，恨恨去了。柳莺莺忖道：这次好险，小和尚挨过一次，未必挨得过二次。忽听叽叽喳喳，鸟声喧嚣，抬头望去，一群海鸟在船上盘旋。柳莺莺心念一转，面露喜色，取出"遁天爪"，飞掷而出，"嗖"的一声，白羽纷飞，竟将一只鸥鸟凌空抓了下来。

柳莺莺接住鸟儿，取出匕首，割断鸟颈，喝了口血，递给花晓霜，喝道："把嘴张开。"花晓霜露出惊怖之色，急往后缩，柳莺莺粉面一沉，扑上前捏开她口，将鸟血强行灌入。花晓霜只觉口中腥咸，胸中翻腾不已，转身便吐。柳莺莺本就烦躁，见状怒道："作死吗？"抓住花晓霜，举手就要殴打，忽见她满脸泪水，楚楚可怜，终于放手叹道，"傻丫头，你不吃不喝，怎么与恶人斗？怎么给梁萧报仇？"花晓霜满脸是泪，蜷作一团，颤声道："我不想报仇，我……我只想跳进海里，一了百了……"柳莺莺见她哭得可怜，胸中一酸，抚着她秀发惨笑道："梁萧从来舍不得你受委屈，你若当真死了，他九泉之下也不会欢喜。"

花晓霜身子发颤，纵身扑入她怀，放声哭道："姊姊，其实我明白，萧哥哥喜欢的是你，可……可我就是离不开他。我宁可什么都不要，什么都不在乎，但一想到与他分开，我就无比难受。离开爹爹娘亲，我没这么难受；师父去世的时候，也没这么难受……我心里好苦，比死还苦，姊姊……这样活着，真的好辛苦……”

柳莺莺感同身受，心如刀割，忍泪叹道：“傻丫头，别说傻话。”花晓霜泣道：“我说的都是心里话。萧哥哥最重情义，别人对他好一天，他会对那人好一辈子。他不肯让你难受，也不肯让我委屈，只好自己暗地里受罪……”柳莺莺摇头道：“他不知道这样优柔寡断，只会让大家加倍难受吗？”花晓霜呆了呆，叹道：“是啊，可他就是这样的人。如果他能活过来，我一定走得远远的，永远也不见你们……”但想大海茫茫，梁萧绝无生理，不由得大放悲声，泪水将柳莺莺的衣衫濡湿一片，柳莺莺抚着她背，心中凄凉，默默无语。

花晓霜哭了一阵，心力交瘁，沉沉睡去。柳莺莺幽幽长叹，站起身来，眺望无边海水，忽想：梁萧真能活过来，我死也甘愿。无论他做了什么，无论他怎么对我，我也不与他怄气，就算他要娶这个小傻瓜，我也不与他为难……想到这儿，痴痴流下泪来。过了半晌，她拭去泪水，回望晓霜，心中又是一酸：傻丫头胸无城府，又弱又笨，若是孤零零的，定会受尽恶人欺辱。难怪梁萧在时，不惜与我翻脸，也要呵护她。换作日前，这些念头她想也不会想，这时却顺理成章冒了出来。

沉吟一会儿，柳莺莺回头一看，花生拿着死鸟，皱着眉头翻来覆去，不由得问道：“你做什么？”花生道：“这鸟怎么吃？”柳莺莺白他一眼，劈手夺过，拔了毛，取出火折，劈了些木屑点燃，将鸟烤得半生不熟，与二人分了吃下。到了傍晚，柳莺莺又抓下两只海鸟。

这么熬过一夜，到了次日，柳莺莺又抓两只海鸟。贺陀罗远远瞧见，吹起鸟笛，将鸥鸟远远驱走，柳莺莺无法得手，气得柳眉倒竖，破口大骂。花晓霜却打心底盼着鸟儿飞得又高又远，再不被抓到，可一瞧柳莺莺气苦神情，又觉这念头对不起她，只好眼不见为净，闭目运功。她修练“转阴易阳术”，将“九阴毒”逼到两手劳宫穴，凝聚成一团团紫黑圆斑，时大时小，变化不定，但不知为何，始终差上一分半分，无法逼出体外。她医术虽高，武学上的见识却很有限，左思右想，难以明白。

柳莺莺骂了一阵，忽见一头鸥鸟展翅纵身，蹿到半空，而后敛翅如箭，射入水里，出水时爪间多了一条大鱼，飞到舷边，啄得银鳞四溅。

柳莺莺心念一动，移步靠近舷边，定睛望去，水中鱼影流转，数目甚众，她心中惊喜，放出“遁天爪”，射入水中钩鱼。尝试半晌，竟被她钩上一条七八斤重的大鱼，剖开一看，鱼肚里还有黑色鱼卵。柳莺莺欢喜不尽，烘烤吃了。如此这般，这一日，她接连钩起三条大鱼，果了众人之腹。花晓霜初时不惯饮用鱼鸟血浆，可她生性软弱，被柳莺莺强逼了几次，也只好屈服了。

贺陀罗守着储舱，偶尔前来探看，只盼三人又渴又饿，身软无力，岂料那三人越见精神。柳莺莺肤光如玉，小和尚面色红润，花晓霜也非奄奄一息。贺陀罗惊疑不定，细为查探，发觉柳莺莺钩鱼为食。他本事再高，也无法将海中的鱼类一举击毙，眼看船只向南漂远，不由得怒气冲天，对两个同伙又打又骂。阿滩生性鲁莽，力主用强一试，贺陀罗却不敢行险，生恐桅杆折断，永无回归陆地之日。

双方钩心斗角，十余日光阴转眼即过。这日凌晨，海上风势忽转猛烈，巨浪一个接一个打上船来。贺陀罗只觉足下晃动不已，当下率众出舱，只见海水如沸，豆大雨点从天洒落。片刻间，空中霹雳闪亮，阵阵殷雷滚滚而来。

花生从未见过海天之威，不由得抱住桅杆，面如土色。花晓霜靠在柳莺莺肩头簌簌发抖。柳莺莺也很害怕，但想这二人一心依赖自己，自己稍一露怯，他们只会更是害怕，于是竭力稳住心神，软语安慰。此时风浪呼啸，柳莺莺的言语，花晓霜半句也无法听见，忽见浪来如山，桅杆被风吹得咯吱作响，不由得心想：常言道“死后同穴”，如果翻船落海，我便可与萧哥哥待在一起，永远也不分离。想着惊恐冰释，呆望惊涛骇浪，再不将生死放在心上。

贺陀罗远远瞧见，心道不好，若任这桅杆摇晃下去，只怕连船也摇翻了。他但求保住眼前，顾不得将来如何，长啸一声，猱身纵上，谁知还未奔近，足下忽地一绊，低头看去，右足竟被一条绳索套住。敢情柳莺莺早在四周设下机关，贺陀罗不知究竟，一脚踩中，还未抽身，便觉大力拽来，将他下盘拉得一虚。

贺陀罗沉喝一声，力注双腿，镇住身形，不想只一镇，又触动第二个机关，顷刻间，数十木箭带着疾风八方射来。贺陀罗双手急抡，拨打木箭，终因出手仓促，木箭众多，终有一枚无法打落，击在肩头，虽未受伤，却颇疼痛。贺陀罗自觉颜面尽失，厉声长啸，并指向下一挥，腿上粗绳应手而裂。怎料绳索方断，风声又响，一截断桅势若霹雳，向他身侧呼地扫来。

这三道机关似三实一，有名叫作“鬼哭神嚎三连环”，当日在江上曾让云殊吃过大亏，柳莺莺依样画葫芦，拿来对付贺陀罗。贺陀罗大意之下，竟将这三道机关一一尝遍，眼看断桅来得迅猛，躲闪不及，伸臂一挡，桅杆折断，贺陀罗也被带了个踉跄，立足未定，身后劲风袭来，却是柳莺莺从后偷袭。

贺陀罗连中机关，势子用老，无奈气贯于背，硬接柳莺莺的掌力。柳莺莺双掌击实，如中败革。贺陀罗但觉一股寒气直透心肺，微微打了个冷噤，喝道：“背后偷袭，算哪门子好汉？”闪电转身，左掌抓出。

柳莺莺一击得手，早已后退，口中低笑道：“我是小女子，算不得好汉！”贺陀罗自觉失言，怒哼不语。他吃了这般苦头，岂容柳莺莺走脱，使出“虚空动”，一晃而上，正要抓拿，忽见柳莺莺目光投向自己身后，面有喜色。贺陀罗连遭不测，已成惊弓之鸟，心中咯噔一想：糟了，还有小和尚？匆匆回头，却不见花生人影。

柳莺莺趁机退回，她一个眼神惊退当代高手，心中得意，按着腰咯咯笑道：“你追着一个女人动手，又是什么好汉？是了，你盼着天底下人人做好汉，你却正好做个卑鄙小人。说起来，好汉光明正大，总是斗不过卑鄙小人的。”贺陀罗被她冷嘲热讽，句句刺心，恨不能一口将她吞了，方要扑上，忽地一个巨浪打来，船只摇晃甚剧，贺陀罗勉强立定，长吸一口气，忽地直奔花生。

柳莺莺见他连遭重击还能如此矫捷，又惊又惧，高叫：“花生！”本意让花生抵挡，谁知花生被大风大浪惊呆了，听柳莺莺叫唤，又见贺陀罗扑来，只当要再打断桅杆，当即呼的一拳，击断主桅。贺陀罗大笑道：“多谢。”左掌逼开柳莺莺，右拳晃出，将仅剩的一根副桅也震成两段。

柳莺莺不料他此来竟为出手断桅，一怔之间，桅杆落地，船只摇晃之势稍稍减缓。贺陀罗消弭危局，又觉心中一凉，寻思桅杆断了，再难返回大陆，瞅了三人一眼，不觉毒念横生：几个兔崽子阻三阻四，坏了洒家的大事，若不好好治治你们，洒家姓名倒过来读！

柳莺莺见贺陀罗目射凶光，急道：“小心……”叫声未落，贺陀罗早已扑向花生。他一心想制住这小和尚，留下两个女子不足为惧。花生仓促应对，只得施展“无拘泥相”闪过，慌乱中还了一拳，贺陀罗举臂一格，花生站立不住，倒退两步。

贺陀罗迫退花生，手臂却隐隐发麻，叫道：“好贼秃，再接洒家三拳！”抖起精神，双拳连出，拳至半途，东一扭，西一拐，走向百变，如龙如蛇。花生惊惧万分，除了师父九如，他从未遇上这种高手，但九如出手虽重，还不会当真伤他。贺陀罗一招一式蕴藏极大威力，碰着一下，不死即伤。

花生人虽糊涂，武功却高，平日得过且过，紧要时遇强越强。此时狂风骤雨，惊涛骇浪，又遇如此强敌，无形间激发出浑身潜力，“三十二身相”诸般妙处便如破堤河水，源源不绝涌上心头。

所谓“三十二身相”，本是如来三十二种法相，但所谓佛法无边，如来法相之微，又岂是区区三十二数能够囊括？小和尚使得顺了，举手投足，身摇影晃，莫不迥异平时，凝若金刚坐地，动如天神行法，变化之奇，便如恒河之沙，莫可胜数。

一个西方怪客，一个神僧传人，两大高手以快打快，咬牙厮拼，只见两团黑影滚来滚去，断是难分彼此。贺陀罗越斗越惊：小贼秃恁地厉害，直逼老秃驴当年了！洒家必须好生应对，稍有疏忽，只怕平路上摔跤，阴沟里翻船……心中杀机更甚，连发数招，将花生迫得倒退不迭。

柳莺莺见势不妙，一掌拍出，贺陀罗转身欲接，花生拥身而上，两拳忽至。一时间，三人辗转交锋，势如走马。贺陀罗虽是以一敌二，十成功夫倒有九成落到花生身上，应付柳莺莺的不过一成。

剧斗间，雷霆震怒，风浪更急，大船好似一个烂醉之人，偏来倒去，嘎吱作响。花晓霜瞧着三道人影隐没起落，拳脚之间密不容针。正在忧急，忽听一声长笑破风而来，苦楚凄厉，令人闻之心寒。

花晓霜听出是云殊，不由得心生怜悯：他受了什么委屈？笑得好不伤心。却听云殊惨笑数声，忽又厉声叫道：“善恶不分，忠奸不明！老天爷，你非要亡我大宋，才肯甘心吗？好啊，我云殊在此，你来，风刮大些，浪掀高些……来来来……把这鸟船打翻！哈，船一翻，大宋就亡啦，哈哈哈……”他惨笑数声，又大哭几声，而后再笑三声，骂两声，又哭三声，再骂两声，间中夹杂着赵昺的抽泣声。

花晓霜关心赵昺，忍不住屏息凝神，靠近船尾，却见前方漆黑一团，只闻其声，不见人影。忽听噼里啪啦一声响，一道长大闪电蜿蜒爬过天际，电光惨白，照出云殊披头散发、厉鬼似的影子，纵上跃下，狂笑号啕。赵昺蜷在一旁，张嘴直哭。花晓霜见他身子伶仃，哭声喑哑，胸中酸痛难忍："这人怎么如此对待孩子，就算冒死，我也要把他夺过来。"打定主意，正想举步，忽见两团黑影一动，悄没声息地向前滑出。

花晓霜心中一惊，极目看去，却是哈里斯与阿滩，心想这两人鬼鬼祟祟，定是要做坏事。一念未绝，二人猛然跃起，哈里斯扑向云殊，阿滩向赵昺抢到。花晓霜来不及出声，阿滩将赵昺一捞入怀，哈里斯的双拳砰的一声，重重落在云殊背上。

第十一章

否极泰来

云殊这几日苦思中兴大计，但觉元人势大，自己流落海上，除了这个成日哭泣的小皇帝，再无半点儿复国之望。他想遍三坟五典也找不到半点法子，几个昼夜不眠不休，不觉心力交瘁。他本也是聪明人，此刻沉溺兴复之念，时候一长，神志渐渐不清，忽听迅雷疾风，波涛呼啸，又觉船只摇晃不定，顿时心想：上天要亡我大宋吗？一念及此，胸中所积怨恨涌了上来，不由得神昏志乱，抱着赵昺冲出舱外，咒天骂地，如癫如狂。

他心神虽乱，武功仍在，哈里斯拳风及体，立刻知觉，本能晃身让过要害，肩胛迎上拳头，一阵撕裂剧痛，云殊吐出一口鲜血，回掌击向哈里斯。哈里斯极是乖觉，一招得手，东蹿西跳，攻一招，退两步，边斗边逃，想引得云殊内伤发作。

阿滩抓住赵昺，只觉大功告成，不由得仰天怪笑。赵昺又惊又怕，趁他分心，一口咬中阿滩手臂，只觉口齿疼痛，几欲断折。阿滩见他胆敢反抗，眼露凶光，正想给这小娃儿一些厉害，忽觉背后传来风声，转身一瞧，却是花晓霜。

阿滩从没将她放在眼里，将赵昺身子当胸举起，笑道：“想要吗？给你吧！”手臂一伸，直送过来，花晓霜不疑有他，喜道：“多谢大师父。”伸手便接，谁料阿滩右手将赵昺一晃，吸引花晓霜眼神，左手疾出，将她右手脉门扣了个正着，得意笑道："我放大线钓长鱼。"

他汉语粗通，却爱学着卖弄，花晓霜被他使诈一扣，顿觉半身酥麻，没了气力，听了这话，忍不住纠正："说错啦，该是放长线钓大鱼……"阿滩怪眼一翻，手掌用劲，叱道："胡说！哪里有错？你是条又短又小的鱼，不算长鱼，也不算大鱼。"

花晓霜被他扣得腕骨欲裂，忍不住运功抵御。阿滩正自得意，忽觉一丝酸溜溜、冷飕飕的寒流循着劳宫穴直透上来。他心生诧异，运劲捏紧，不料寒流更甚，一股麻软顺着手臂向上蔓延，整条手臂渐渐无力。

阿滩大叫一声："古怪！"慌忙回劲抵御寒流。花晓霜觉出他手掌松脱，急忙抽手脱身。阿滩觉察其意，奋力扣紧，花晓霜把心一横，心想你不放我，我也狠狠抓你。其时阿滩的劲力弱了许多，花晓霜手掌猝翻，将他手腕扣牢，掌心"劳宫"穴对准阿滩的"内关"穴。

内关穴为手厥阴心包经的要穴。花晓霜内劲所至，阿滩只觉寒流由一丝化作一股，循手厥阴心包经上行。如果他机灵少许，运劲抛开花晓霜也罢了，可他堂堂密宗高手，又岂能在内力上输给娇弱女子？当即憋足一口气，一味运功抵御，可那寒流不是寻常内劲，阴冷绵密，有形无质，化解不掉，抵御不了。片刻间，一条膀子失去知觉，寒流仍是绵绵密密，不绝涌向别处。

阿滩又惊又怕，龇牙大叫："小人贱！"右手放落赵昺，一掌拍向花晓霜。此刻他大半内力用以抵御古怪冷流，这掌去得甚缓。花晓霜见状，慌乱间左掌迎出，噗，两人双掌抵在一处。花晓霜吃力不住，倒退两步，还没站稳，又觉出阿滩右掌内劲涌来，无奈只好运功抵挡。阿滩正喜占得上风，忽觉掌心一凉，一道寒流又钻进来，三焦一脉酸软无力，忙将内劲撤回抵御。花晓霜见他面容扭曲，眼露凶光，口鼻气息浊重，不由得心中害怕，不敢与他对视，闭两眼只顾运功。谁料她运功越紧一分，阿滩便觉那股寒流粗大强悍更增一分。一炷香的工夫，凶僧已是脸色青灰，冷汗涔涔，一双腿抖得如同筛糠，口中大叫："小人贱，小人贱……"

花晓霜只觉对方内劲越来越弱，渐渐被自己压服，心中好不惊奇，心想这和尚貌似凶狠，其实本事稀松平常，忽听叫骂，睁眼问道："大师父，你……你说什么？”阿滩三十六颗大牙捉对儿厮杀，双膝一软，跪地叫道：“小人贱……啊……小人贱……哎哟……”他原本想骂“小贱人”，出口之时却叫错了。

花晓霜心想：这大师父也真奇怪，下跪不说，还自责为小人……她皱眉沉吟，恍然有悟，叹道：“大师父，你要弃恶从善是不是？但要忏悔，也该跪拜佛祖，不该跪我，更不要一味责骂自己。唉，佛门宽大，回头是岸，只要改过自新，佛祖也会宽宥你的……”她一心劝慰，阿滩却当她胜券在握，有意取笑，眉间怒气更浓，高叫道：“放你屁！哎哟，小人贱……哎哟……你使毒暗算佛爷，好汉的不算……”花晓霜诧道：“我怎会用毒？柳姊姊说了，我们是女子，好汉的不算……”她胆小心细，是以始终戒备，说话时也运功不懈，话未说完，阿滩两眼翻白，轻哼一声，软软瘫在地上。

此时风浪渐歇，东天露出微光，花晓霜定神瞧去，阿滩偌大身躯团作一堆，面色灰败，气息有进无出。花晓霜见他身罹奇毒，好不惊疑，探他脉门，不由得惊叫一声：“九阴毒！”放开阿滩，后退两步，摊开手掌一看，掌心两个紫黑圆斑已成淡红。

花晓霜恍然大悟，二人拼斗之机，她不觉用上了“转阴易阳术”，将“九阴毒”逼到掌心。按理说，她习练未久，功力尚浅，虽将“九阴毒”聚于一处，可也无力排出，须以生人活畜为媒，循其经脉，转嫁阴毒。中毒的人畜自然非死即伤，阿滩的修为不足以抗衡“九阴毒”，与她拼斗内力，自是飞蛾投火，自寻死路。

花晓霜精通岐黄之术，心中雪亮。她天生异体，不经意间练成了极厉害的毒掌功夫，一时望着掌心红斑，欲哭无泪。赵昺见她胜了，一头扑来，欢喜叫道：“阿姨！”花晓霜浑身一颤，错步后退，赵昺身子虚弱，不禁一跤摔倒，哭了起来。

花晓霜大感歉然，取出“金风玉露丸”给阿滩服了一粒，然后蹲下来，向赵昺道：“来，乖乖搂住我脖子，我抱你起来。”赵昺见她双手缩在袖里，始终不肯拿出，心中大为奇怪，只好依言抹泪，伸臂环住她的脖子。

花晓霜直起腰来，一双手掌始终不与他身子相接，心中好不苦恼：师父千叮万嘱，让我不可使毒伤人，不料我竟练成毒掌。我身为医者，却变成了使毒害人的大祸害，这么活着，还不如死了……悔恨交加，呆怔无语。

赵昺循她目光看着阿滩，佩服道："阿姨好厉害！"花晓霜摇头苦笑，举目看去，云殊襟上鲜血淋漓，伤势不轻。再看另一方，花生步步进逼，贺陀罗节节后退，柳莺莺则施展小巧功夫，闪转腾挪，伺机伤敌。花晓霜见二人竟占上风，心头十分高兴。

花生与贺陀罗斗了一百来招，忽觉贺陀罗劲力转弱，不如方才难敌。柳莺莺不觉心喜：这恶人年岁大了，敌不过小和尚年少力强。只见贺陀罗向着船尾不住退却，不知不觉，退至船舷。花生气势如虹，招招紧逼，忽地身形一敛，双拳猛然挥出，正是"大金刚神力"中"一合相"。

"一合相"指代世界万物之合，出手时聚集浑身之力，有着无畏无惧、无坚不摧的大威力。但因威力太大，易发难收，倘若修为不到，一招不能伤敌，反而容易为敌所乘。

花生使出这招，心中却很迷惘，但觉出手太过容易，不似出自本意，倒像是被贺陀罗牵扯出来。他劲力才吐，贺陀罗身形如蛇，扭动数下，让过来拳，右手搭上花生手臂，借力便旋。这一招既快且巧，只听贺陀罗大喝一声："下去！"花生向前一蹿，失声惨呼，头在下，脚在上，一股脑儿栽下海去。

贺陀罗一击得手，纵声长笑。他斗了一时，发现小和尚劲力收放不自如，是故卖个破绽，引出这招"一合相"，借力打力，将花生丢下海去。

这两下剧变横生，柳莺莺瞧得呆了。贺陀罗一声笑罢，纵身上来，三招不到，将她一指点倒。柳莺莺数日来心力交瘁，一想落入这大恶人手里，不知还要遭受何种污辱，顿觉天旋地转，几乎昏了过去。

贺陀罗点倒柳莺莺，眼见哈里斯与云殊斗得正急，当下一手叉腰，笑道："我的儿，你来照看这女子，让洒家来侍候云大将军。"大步跨上，替下哈里斯。云殊武功本就逊他一截，此时受了内伤，更加不是对手。贺陀罗三招两式，逼得他缚手缚脚，退让不迭。

哈里斯跃至一旁，见柳莺莺神色委顿，但云鬓花颜，秀丽不减，软绵绵地躺在那处，卧云散雪，更堪怜惜。哈里斯只觉嗓子发干，舔了舔嘴唇，狞笑着逼上。柳莺莺被他一双怪眼看得心惊，欲要咬舌自尽，苦于穴道被制，提不起半分气力，一时惊怒万分，几乎昏了过去，忽听有人叫道："柳姊姊……"

柳莺莺心头一震，偏头看去，花晓霜神色惊惶，抱着赵昺奔了过来。哈里斯不见阿滩，心下诧异：难不成大喇嘛不济事，被这小姑娘斗倒了？大喇嘛武功不在我之下，这小姑娘定有什么出奇手段。宗师说得好：赢一百次不打紧，输一回也嫌多。当下揪住柳莺莺秀发，阴笑道："你敢过来，大爷一掌把她拍烂！"

花晓霜看了看哈里斯，又看看柳莺莺，说道："我们一个换一个，你放开柳姊姊，抓我好了。"柳莺莺心中一酸：傻丫头，你胡说什么？什么一个换一个？早知如此，我何苦为你操心？蹈海自尽，岂不干净……哈里斯绿眼珠一转，笑道："也好，你伸手过来。"花晓霜望了柳莺莺一眼，放下赵昺，伸过手去。哈里斯瞧她瘦嶙嶙的胳膊，心想这女人长得倒不坏，只是瘦了些儿，不过捉一个是捉，捉两个也是捉，只要是漂亮女人，老爷绝不嫌多。想着歪嘴一笑，试着抬起手来。

花晓霜人虽善良，却不蠢笨。这些日子与奸恶之徒共处一船，耳濡目染，警醒不少，这时一心搭救柳莺莺，暗将"转阴易阳术"运起，心想：我先毒坏了你，再把你医好。但此举大违本性，伸手时已是泪光蒙蒙。赵昺站在一旁，急得大叫："阿姨，别听坏人的话，他要害你！"

哈里斯应声一笑，正要抓出，忽听得一声异响，他爪子猛收，神色惊疑，却听又是一响。哈里斯顾不得晓霜，跳到舷边，往下一望，哈哈笑道："好秃驴，有你的！"柳莺莺被他揪住长发，头脸探出船舷，定睛一看，心生狂喜。只见花生浑身精湿，十个指头插入船板，势如一只壁虎，抠着船板爬了上来。

原来花生落水，眼看没顶，不自禁手舞足蹈，忽然间，指间触着船底。他神功所至，十指不输百炼钢剑，就势扣住船板，屏息绝气，从舱底一路爬了上来。哈里斯虽然惊讶，但居高临下，也不畏惧。正思对策，忽见海水中露出几只灰黑溜光的大鱼背脊，时隐时现，其中一条昂起头，露出小眼利齿，忽地高高跃起，张嘴咬向花生双脚。花生急忙缩腿，大鱼咬中一只破鞋，哗啦跌落海里。花生脚趾上皮破血流，吓得四肢发软，上升之势为之一缓。

哈里斯认出鲨鱼，心头大乐，忽有所觉，回头喝道："小娘皮，滚开些！"花晓霜正想抢夺柳莺莺，被他一喝，又无奈止步，暗恨自己手脚笨拙。哈里斯举目四顾，忽见不远处搁了一只大铁锚，重逾百斤，连着粗大铁索。他抢过抓起，向柳莺莺瞟了一眼，阴笑道："美人儿，瞧我打这光头壁虎下海喂鱼……"他哈哈一笑，将柳莺莺放在身边，双手把住铁索，奋力将铁锚抡了个圆，向花生急扫过去。

柳莺莺不忍看见花生惨象，不觉将眼一闭，还没听见惨叫，忽觉头顶逆风刮来，激得头皮生痛，跟着就听哈里斯长声惨叫，哗的一声，似有重物落水。

柳莺莺心中大奇，偷眼看去，这一瞧，花生好端端贴在船上，哈里斯却口吐鲜血，正在水中扑腾。柳莺莺惊喜交集，可又十分不解。原来哈里斯拿铁锚打向花生，花生眼看避不过，把心一横，右手扣住舱壁，眼看铁锚来势，左手一拨。铁锚来势虽急，可又怎么敌得过"大金刚神力"？忽地变了走向，竟如怪蟒掉头，反扫回来，哈里斯始料不及，挨个正着。

这边贺陀罗占尽上风，一连三掌，打得云殊口吐鲜血，委顿难起。他连胜三大高手，正觉得意，忽听儿子惨叫，掉头看来，恰见哈里斯中锚落海。慌忙弃了云殊，抢上前去，但却慢了一步，探首瞧去，更觉骇然，只见数头大鲨鱼如车辐绕辏，围着哈里斯团团乱转。哈里斯内伤严重，勉力出拳震开鲨鱼，却难致其死命。鲨鱼稍一后退，忽又拥上，其中一条趁乱钻入水中。哈里斯顾得上顾不了下，右腿忽地剧痛，号叫一声，几乎昏了过去。

贺陀罗眼看海水变红，心中惊怒，抓裂一块船板，冲鲨鱼呼地掷出。木块带上他的内劲，威力不下铅锭铁石，将一条鲨鱼打得头开脑裂，沉入海底。贺陀罗一击得手，双手此起彼落，抓下木板，连环掷出，将水上水下鲨鱼一一击毙。因为海中鱼群丰茂，大群鲨鱼聚在附近摄食，嗅得血气，纷纷涌来，或是吞噬同类，或是直奔哈里斯。贺陀罗抓起木块不断击杀，鲨群却是越杀越多。哈里斯半死半活，沉向海底。贺陀罗心如火焚，手中击杀群鲨，口中以大秦话向着儿子连声怒喝，以示鼓励。

花生得此良机，手足并用爬上甲板。贺陀罗忙于救人，顾不得理他。花晓霜抱过柳莺莺，伸手解穴，但贺陀罗的点穴法自成一统，她连试数次，均是徒劳，只好放下。眼看贺陀罗惶急模样，心生恻隐，叫道："前辈，你干吗不用铁锚拉他起来？"柳莺莺见贺陀罗父子吃亏，眉开眼笑，好不欢喜，忽听花晓霜这一声，几乎气得穴道为之畅通。

贺陀罗得此点醒，心想洒家糊涂，一手抓起铁锚，用力掷出，高叫："接好！"哈里斯神志还未全灭，应声抱住铁锚。贺陀罗振手将他拽起，却见哈里斯右腿齐根而断，伤口参差不齐，鲜血丝丝渗出。此时危险一去，哈里斯神志松弛，只觉奇痛钻心，哼了两声，昏死过去。

贺陀罗皱了皱眉，将哈里斯平平放下，撕下衣衫给他包扎。花晓霜忽说道："这样止血于一时，长久下去，身子势必脓肿坏死，况且他内伤很重，处置不当，终究难活。"贺陀罗本就懊恼，听了这话，将手中布条一扔，脸上腾起一股青气，目光扫过众人，厉声道："谁打他下去的？"

花生被他看得心虚，脑袋向后一缩。贺陀罗峻声道："小和尚，是你吗？"花生不会撒谎，只得道："他先用铁锚打俺。"柳莺莺口不能言，见他如此老实，心里急得要死。贺陀罗看了花生半晌，仰天一笑，点头道："小和尚敢作敢当，很好很好！"他摘下"般若锋"，"小和尚，来，接我十招，我饶你不死！"

柳莺莺见他眼里杀气浓重，这十招必然招招夺命，此刻技不如人，纵有通天计谋，也是无从施展，一时心乱如麻。花生还没答话，忽听花晓霜道："前辈，你杀光了我们，也救不得你的儿子。"贺陀罗哼了一声，冷笑道："他这个样子，活了死了有什么分别吗？"

花晓霜摇头道："好死不如赖活！"顿了一顿，低声道，"但若……但若你再伤人，我宁死也不救他！"她万般无奈，才出此要挟，话一出口，口中说不出的苦涩。哈里斯蒙眬中听到二人的对话，奋起精神，呻吟道："宗师……我不想死……"贺陀罗本想杀光众人给哈里斯报仇，再给他一掌，了其残生，听他一叫，心头微微一软，沉默时许，忽道："女大夫，洒家问你一句，这伤到底有治无治？"说罢定定看着花晓霜，只待她说个不字，便大开杀戒。

花晓霜沉吟道："腿是治不好了，但我尽力一试，或许保住性命……"话音未落，手腕已被贺陀罗扣住。花晓霜心头一惊，使出"转阴易阳术"。贺陀罗只觉掌下寒流涌动，心中暗凛。他内力高绝，略提真气，"九阴毒"就如石沉大海，消失无踪，便冷笑道："也罢，若是救活我儿子，洒家一高兴，饶你几个性命。哼，若有三长两短……"眸子精光四射，扫过众人，缓缓道，"洒家自有法子，叫你们生死两难！”抱起哈里斯，将花晓霜拽入舱中。阿滩寒毒稍减，只怕落单受辱，也站起来跟了进去。

花生呆呆望着四人，身子一动不动。柳莺莺受制的穴道稍有松动，一口气冲上喉头：“花生……你抱了昺儿，搀我去舱边去。”花生神不守舍，依言将二人带到舱边，跟着又望着船板发怔。柳莺莺情知大敌当前，时光宝贵，趁贺陀罗心意未变，抱元守一，运气冲穴。赵昺惊疲交加，呆坐一阵就迷糊睡去。

花晓霜看过哈里斯伤势，将水煮沸，清洗伤口，又想起行李中尚有配好的金创药，取来与他外敷包扎。哈里斯腿伤稍好，内伤又发，咳血不止。花晓霜道：“前辈，令郎内腑受损，要医本也不难，可少了几样药材。”贺陀罗冷道：“不论你用何种办法，总之治得不好，洒家自有说法。”说着从背后取下“般若锋”，花晓霜心头一惊，只当他要出手伤人，却见他好似闺中女子，对着锃亮的刀脊左看右看，将蓬乱的头发捋顺，再将脸上数根胡须一一拔去，接下来左瞧右看，嘴角露出一丝笑意，淡然道，“小丫头，你瞧我是不是年轻了许多？”

花晓霜一怔，未及答话，阿滩早已赔笑道：“少说年轻十岁。”贺陀罗斜眼瞥他，目有怒意。阿滩心中咯噔一下，忙道：“不对，再仔细瞧来，年轻三十岁也不止！”贺陀罗这才心满意足，笑道：“过誉了，能年轻二十岁就差不多了。”阿滩连声诺诺，心头却骂个不停：不要脸的老罗刹，又老又丑，还要强扮年轻人！

花晓霜沉吟道：“没有适合药材，便寻个物事，权且替代一下。”贺陀罗道：“什么物事？”花晓霜道：“昺儿的小便。”贺陀罗跳了起来，怒道：“岂有此理！你要我儿吃尿？”花晓霜叹道：“先生别恼，如今船在海上，药材缺乏，只好就地取材。童子尿既名轮回酒，又称还元汤，能医吐血咳血、跌打损伤！”贺陀罗神色狐疑，打量她一番，看她是否故意设套，让自己受辱。但见她始终神态从容，不由得冷哼一声，走出舱外，伸手便抓赵昺。花生看见，高叫一声：“老头儿，你做什么？”伸臂便挡。贺陀罗生平最恨他人称呼这个“老”字，花生当众叫出，大干其忌，当即左手一缩，引得花生心神懈怠，右手忽出，一个巴掌抽在他脸上。花生虽有神力护身，也是头昏眼黑，口里腥咸，吐出一口血沫。

贺陀罗提过赵昺，转入舱中，提了个瓦钵喝道：“把尿撒在这里。”赵昺似醒非醒，揉着双眼懵懂不解。贺陀罗焦躁起来，喝道："听到没有？"赵昺撇着小嘴要哭，却挨了一记嘴巴。贺陀罗揪住他，撕掉裤子，催动内力，要逼他尿出来。谁知赵昺惊惧已极，不待他内力催至，早已屎尿齐流，尽都滚进钵里。贺陀罗忙道："慢来，慢来，只许拉尿，不许拉屎。"情急下伸手去捂，白白摸了一手臭屎。阿滩从旁看见，尽管有伤在身，也忍不住咧嘴直笑。

贺陀罗双目怒视，阿滩慌忙低下头去。贺陀罗将钵中屎尿倾入海里，怒道："再来！"揪住赵昺，还想逼出几滴尿，谁知赵昺越是惊恐，越是撒不出来。贺陀罗见他眼泪流了不少，尿却没落一滴，方知此事急切不得，骂了两句，拿了饮食过来，让赵昺美美吃了一顿，好说歹说，总算哄出一泡童便。花晓霜配药给哈里斯服下，过了半个时辰，咳血症果然好转。贺陀罗暗暗称奇：人尿也能入药？这中土医术有些门道。嗯，洒家想要驻颜长生，还得向她请教请教。打定主意，脸色和缓许多。

花晓霜胸中光风霁月，恩怨不萦于怀，见哈里斯痛苦难忍，动了医者心肠，全力照拂，只求减其痛苦。贺陀罗见儿子气色好转，脉象渐和，不禁叹道："女大夫，多亏你了。"阿滩从旁见了，哀求道："女大夫，你大人大量，也给咱解解毒。"

花晓霜以"九阴毒掌"伤了他，心怀愧疚，闻声道："你伸手过来。"阿滩略一犹豫，伸过手腕，花晓霜把脉片刻，觉出"九阴毒"游走不定，不似自身顽固纠结，想了想说："我说个法门，你学着慢慢化解好了。"当下将"转阴易阳术"截取一段说出。这门心法暗合中土医、道两家至微妙理，阿滩一个吐蕃番僧，怎能明白其中精义？听了一遍，心中始终稀里糊涂。

贺陀罗忽道："这门心法里，似乎含有极高明的内功。"他一派宗帅，又通汉学，一听会意，花晓霜道："不错。这本是道家的修仙秘法，也有医家的养生之道。"贺陀罗双目一亮，拍掌笑道："洒家对这道家仙法仰慕已久，不知女大夫可否指点一二？"花晓霜全无机心，便道："好是好，先得给他解毒才是。"贺陀罗道："他学的是吐蕃的密宗内功，传自天竺，与洒家的瑜伽术一脉相承，与中土内功截然不同，你说了他也不懂。这样好了，洒家把道理说与你听，你斟酌斟酌，再做计较。"当下正襟危坐，将天竺脉理从头说来。

天竺脉理源自婆罗门教，与中土脉理大相径庭。中土脉理不离十四经脉，奇经八脉，天竺脉理却有三轮七脉之说。三脉是三条气脉，即中脉、左脉及右脉；七轮为顶轮、眉间轮、喉轮、心轮、脐轮、海底轮、梵穴轮，自成一体，别有微妙。花晓霜脉理之精，当世少有，一边听贺陀罗讲述，一边与中土脉理印证，不明之处，出口询问。贺陀罗一则要学道家长生之术，想探晓霜口风，二则有意卖弄，故而并不藏私。放眼天下，天竺内功之精，无人能出贺陀罗之右，抑且他为求驻颜长生之法，精研天竺医学，见识高明。花晓霜听他一席话，获益良多，暗叹中土之外，竟有如此博大的医理。

柳莺莺运功良久，冲透穴道，睁眼一瞧，却见花生蹲在那里只顾发呆，便叫了声："花生……"花生回头望她一眼，环眼里流出泪水。柳莺莺一愣，忽见小和尚双手按地，光头向下一磕，砰的一声，将船板顶了个窟窿，跟着向左一跳，以头抢地，又撞了个窟窿。只听闷响不绝，船板上多了五六个窟窿。花生一面以头抢地，一面号啕大哭。柳莺莺看得诧异，忙道："你干什么？把船撞碎了，大伙儿都要去喂鲨鱼！"

花生浑身激灵，停下来说道："俺没用，救不得晓霜……"柳莺莺跳起来，给他光头上狠狠一记，叱道："你不去救，怎知救不得？"花生道："俺打不过老头儿！"柳莺莺心头一沉：白发老贼确实不好对付。一时也想不出什么法子，转眼望去，云殊面如金纸，靠在舱边喘气。

柳莺莺见他如此模样，心头一酸，走上前去，涩声道："你暗算梁萧的时候，想到如今吗？你对我有恩不错，但……但你杀了梁萧，这个仇非报不可……"将心一横，抬起掌来。云殊惨然一笑，叹道："国破家灭，孑然一身，生有何欢，死何足惧？"柳莺莺见他意兴萧索，心中也是凄凉，终于收掌叹道："眼下大海茫茫，我不杀你，老天爷也会杀你。"走回花生面前，说道："花生，你怕不怕死？"花生道："怕！"柳莺莺秀眉一挑，怒道："你想不想救晓霜？"花生道："想。"

柳莺莺没好气说："你又怕死，又要救人，天下哪有这样的道理？事到如今，只有与白发老鬼拼个死活，你害怕就不用跟来。"转身向舱中走去，云殊忽地睁眼，涩声说道："柳姑娘，我伤势好转，或许可以助你一臂……"柳莺莺呸了一声，扬声说道："我宁死不要你帮！"云殊瞧她身影没入舱内，心如刀割，挣了一下，终究无法起身，不由得合上双目，泪水滚滚而落。

柳莺莺走到舱前，忽听贺陀罗与花晓霜说话，心头微微一紧：小和尚吓破了胆，如今只有靠我了。

贺陀罗正与花晓霜谈说七轮中的喉轮，只听他道："喉轮有十六脉，若不干净，心中不安，必然烦恼多病，所以瑜伽术中须用白布清洗食道。"花晓霜道："这法子太蛮横，实非常人所能忍受。不过，中土有个治疟疾的法子，用鲜葛根去皮后，由口腔通入食道，疟疾便好。这二法出处不同，道理却一样……"正说间，忽见贺陀罗白眉一挑，望着舱门冷笑道："你来做什么？"花晓霜掉头看去，柳莺莺紧咬银牙，面若寒霜，俏生生立在门前，淡淡地道："废话，自然是来要人！"

贺陀罗起身笑道："你多少斤两，也敢来惹我？不是看你娇花嫩朵的人儿，洒家早将你拍死了！"他望着柳莺莺，色心大动，眉间透出淫邪之气。花晓霜急道："柳姊姊，我很好，你快走，你斗不过他。"柳莺莺白她一眼，冷笑道："你肯一个换一个，却要我不讲义气？"花晓霜心头一恸，泪水涌出双目，柳莺莺厉声道："不许哭，让敌人笑话！"

贺陀罗笑道："也好，你来了，就留下，陪洒家玩玩儿。"柳莺莺见他直勾勾看着自己，不由得倒退两步。贺陀罗见状，心中又痒又热，笑着一拳送出，柳莺莺挥掌抵挡。贺陀罗意在活捉，手掌猝翻，扣向她的脉门。柳莺莺身子低伏，向右蹿出，挥掌劈他肩膊。贺陀罗左肩微沉，小臂如蛇圈出，闪电般搭上柳莺莺的手臂。柳莺莺缩手不及，顿觉贺陀罗的内劲如毒蛇狂舞，直透过来。

花晓霜见状，合身扑上。贺陀罗左手运功逼住柳莺莺，身子稍侧，右掌勾出，又将花晓霜的双掌格住，蛇劲吐出。花晓霜只觉数十条小蛇顺着手臂钻入身子，翻江倒海，无比难受。贺陀罗笑道："女人夫，这就是我大竺内功中的'军荼利'了，滋味如何？"正得意，忽觉一道寒流若有若无，透过真气传来，不觉一惊，"这是什么武功？"猝喝一声，内力急吐，将花晓霜震倒在地。

柳莺莺被贺陀罗蛇劲催逼，香汗淋漓，眼看不支，忽觉肩头被人轻击一拳。柳莺莺不觉有异，贺陀罗却感一股大力透过柳莺莺手臂直撞过来，不由得浑身一震。

那人一拳方落，二拳又至，挨到第三掌，贺陀罗虎口剧痛，撒手喝道："小贼秃，你来得好！"

柳莺莺回头看去，花生两眼瞪圆，一抖手中铁锚，哗啦作响，直指贺陀罗道："你……你欺负晓霜，又欺负柳姑娘，是个大大的坏人，俺……俺要与你拼了！"柳莺莺听他一番豪言壮语说得结结巴巴，又好气又好笑，心想小和尚笨嘴笨舌，倒还蛮讲义气。她微微一笑，说道："花生，一起上。"花生一点头，右手铁锚忽举，三个铁钩挟着厉风，向贺陀罗劈头抓到。贺陀罗见他来势汹汹，不敢硬接，纵身后跃。花生左手一振，锚后的粗大铁链如怪蟒出洞，向贺陀罗横扫过去。

这铁锚落入他手，成了一件极厉害的兵器，或以锚抓，或以链扫，刚柔并济，舞得满室生风。柳莺莺喜道："小和尚，你怎么想到这个法子？"花生道："不是俺想的，是门前的相公想的。"柳莺莺知他说的相公就是云殊，不由得暗暗叹了口气。

花生身负"大金刚神力"，兵刃越沉，威力越大。贺陀罗被他一轮急攻，居然无法还手，他心叫不妙，掣出"般若锋"，掌中寒光吞吐，搅起满天飞雪。他二人出手奇快，铁锚黑沉巨大，"般若锋"光亮灵巧，远远看去，好比一朵乌云裹了一轮秋月，徘徊盘旋，流转不定。乌云虽然浓重，明月却时隐时现，始终不被遮蔽。

柳莺莺见二人斗得甚急，低身蹿出，扶起花晓霜。阿滩见状心惊，一把抓住赵昺，厉声道："你过来，我捏死他！"柳莺莺投鼠忌器，与他势成僵持。忽听呼啦一声，花生收势不住，一锚打碎墙壁，与贺陀罗斗到船头露天处。柳莺莺关心胜负，抛下赵昺，搀着花晓霜出舱观战。

花生仗着兵刃出奇，初时占了上风，但贺陀罗稳住阵脚，尽出其能，团团银光绕身而飞，"般若锋"不仅以双手施展，更以头颈胸腹驾驭。这是"大自在天之舞"的妙处。贺陀罗将"古瑜伽"练到出神入化，浑身筋骨肌肉伸缩自在，神意所至，便与双手无异，故而常人用手运用兵刃，贺陀罗偏能用腿足、头颈、肘腋、胸腹等处运转"般若锋"。斗到间深处，忽听他叫一声："着！"花生腿上中招，皮破血流。

柳莺莺见花生吃亏，心急抢上，贺陀罗手臂一抡，"般若锋"旋到肩上。柳莺莺眼前白光忽闪，头顶倏地一凉，乌髻散落，惊出她一身冷汗。贺陀罗笑道："这回是头发，下次可是面皮，洒家若在你小脸上划两个大叉，可是不大好看。”说笑间，花生又中三下，鲜血星星点点飞溅而出，随他身形转动，在甲板上划出圈圈血痕。

花生大睁环眼，咬牙苦战，出力沉猛如故，铁锚的章法却有些乱了。柳莺莺心想：小和尚不怕死，我怕什么？正要扑上，耳边忽地传来一声长啸，好似猿啼空山，又如龙吟瀚宇，直欲摇动云根，穿裂金石。

柳莺莺听见啸声，心口好似中了一拳，头脑一眩，愣在当场。就在这时，就听花晓霜啊的一声惊叫起来，柳莺莺忙道：“晓霜，你……你也听到了什么？”

花晓霜血涌双颊，颤声叫道：“是……是他，是他……”柳莺莺这才确信，循声望去，远方浮起一头小岛似的巨鲸，分水破浪，迤逦而来。鲸上影影绰绰，似乎有人，那人披头散发，忽地叉手按腰，向天再啸，啸声雄浑已极，势如风行海上。

柳莺莺瞧得眼中一热，没来由浑身虚软。花晓霜慌忙将她扶住，急道：“姊姊，你……你受伤了？”柳莺莺心中空落落的，不知是悲是喜，有气无力地说：“晓霜，你看仔细些，真……真的是他？”嗓子发颤，几不成声。

花晓霜喜极而泣，笑脸如花，泪水却顺颊滚落，用力点头说：“是他，是他！”柳莺莺道：“不是做梦？”花晓霜摇了摇头，含泪笑道：“不是梦！”掐了掐她如雪皓腕，轻声问，“痛不痛啊？”

柳莺莺一呆，搂紧花晓霜，咯咯笑道：“我就知道，小色鬼……小色鬼他不会死的……”话未说完，想起这些天所受的委屈，嗓子一堵，泪如走珠，点点滴在花晓霜的脸上、颈上。

梁萧受伤落海，一时昏了过去。不知过了多久，方才悠悠醒转，睁眼一望，已是红日平西，霞光满天。

他还在人间，大为吃惊。挣扎欲起，却觉百骸欲散，一提真气，丹田空空如也，只得闭上双目，会聚精神，重引水火，再养龙虎，从无到有地会聚真气。过了三炷香的工夫，一股冷气自后腰鸠尾处生起，一团热气于神阙穴缓缓涌动，两道微弱真气顺脉流走，每经伤处，都如利刃剜割。

折腾了小半个时辰，梁萧聚拢真气，转了一个大周天，精力稍复。睁眼一看，天光已敛，暮色晦暗，东方疏疏落落点着数粒寒星。

他挣扎坐起，咳出两口淤血，咳嗽牵动掌伤，痛得越发厉害，伸手一摸，竟被云殊打断了两根肋骨。他一边摸索着接好断骨，一边寻思：我不是落海了吗？伸手摸去，坐下的土地光滑绵软，随着手指微微陷落。正在惊疑，忽听啾的一声，“土地”沉入海中。

梁萧还没明白过来，身子随之入水，咸苦的海水向眼耳口鼻汹涌灌来。梁萧心中灵光乍闪：不好，这是在巨鲸背上！想通此节，急急扣住鲸背，一动也不敢动。

巨鲸越潜越深，带起一股绝大潜流，带得梁萧东摇西晃，他十指插入鲸背，拼死扒着不放。他在华山练成龟息法，在水下也能支撑一时，鲸鱼被他附身，如芒在背，非但一味深潜，更在海中翻转起来。

梁萧心知大海微茫，不见尽头，这巨鲸便如海中的一叶孤舟，若是被它甩开，自己非死不可。他一边默运龟息法，一边稳住身形，抵御海底潜流。那潜流汹涌澎湃，冲得他数次脱手。可危急之时，往往能够发挥出超人潜力，梁萧也不知哪儿来的气力，每次脱手，又爬上鲸背。

这么上上下下，一人一鲸纠缠了七八个回合。梁萧终究伤重，力难支撑，但觉耳鸣心跳，经脉欲裂，脑海中一个念头若断若续：我……不能死……莺莺……晓霜……危险……不能死……不能死……想到二女身处险境，求生之念又起，双手如钢钩利刃，死死扣住鲸背。

人力终是渺小，梁萧意志再强也难抗衡怒海狂涛。不一会儿，身子发轻，从鲸背上漂浮起来，知觉点滴丧失，海水源源灌入口鼻。就在这濒死之际，忽听巨鲸发声尖啸，梁萧身子一沉，再次浮上海面。

他侥幸脱险，半昏半醒，双手渐渐松开，身子仿佛成了空壳，再无半分血肉。过了良久，梁萧呛出一摊海水，模糊中看到一个女子的背影，似晓霜、似莺莺，又似阿雪，缥缥缈缈、若雾若烟，伸手摸去，却又遥不可及。也不知过了多少时候，忽觉脸上一热，梁萧猝然惊醒，但觉温热的水流淌过面颊。他勉力张眼，借着星辉，只见巨鲸的背上喷起高高的水柱，过了好一会儿才矮下去。

梁萧的脸上又痒又麻，情知这水柱内含毒质，急忙闪开，将水拭去。回想那阵幻觉，花、柳二女身处险境，自己却陷在这里，不觉万分揪心。他极目眺望，靛墨似的大海起伏不尽，天地寥廓，唯有巨鲸的摆鳍声哗哗传来。梁萧瞧着星光大海，枯坐良久，不觉眼眶已湿，心想：但有一线生死，我也不可轻易言死，直待再与她们相见……

这一次，巨鲸在海上漂浮许久，直待东方发白，也未潜下。梁萧行功一夜，真气终于凝聚，他挣扎起身，饥渴难耐，忽见前方凸起一物，定神望去，竟是一条人头大小的章鱼，八条软足牢牢吸住鲸背，静悄悄地，就像一团肉瘤。

梁萧心想：还有个搭便船的？爬上去伸手一拽，竟未拽动，又费了一番工夫，才把章鱼扯落。撕了一半，连肉带汁一并吃了。他饥渴稍减，寻思这软东西无爪无牙，怎么贴得这样紧凑？细看章鱼软足，上面布满细小的吸盘，不由得心头一动：鲸背光滑，若用“吸字诀”，以内力附着其上，也许更为省力。想罢脱去上衣，裹住半个章鱼，负在背上，继而正面朝下，手掌、小腹贯入内力，如同一大二小三个吸盘，牢牢吸住光滑的鲸背。不一会儿，巨鲸又发一声鸣叫，向着深海潜去。

梁萧已有防范，不再慌乱，施行龟息妙术，随那巨鲸潜行。过了两个时辰，巨鲸重又升起。梁萧浑身酥软，恨不能一头躺倒，再不起来，但又不知巨鲸何时潜没，唯有强打精神，将剩下的半只章鱼吃了，闭目运功不辍。

如此沉浮不定，又过一日。梁萧发觉巨鲸潜行，实为就食。这条怪鱼也不知活了几百几千年，体形壮如山峦，不离不弃，追逐一个庞大鱼群。它潜行掠食之时，只须摇动嘴边长须，就可将无数海鱼赶入口中。梁萧在海中无法张眼，但知觉极灵，逢有海鱼经过，出手便抓。第一日便擒了四条大鱼，每条腹内都有黑色鱼卵，鲜美异常，梁萧吃在肚里，但觉遍体阳和，精力大涨。

又过两日，梁萧附身鲸背，渐自习惯，海面上以常法吐纳，入水则倚仗龟息。即使如此，仍是惊险，那头巨鲸兴之所至，往往潜得极深，深海中水压奇大，逼得他血气沸腾，只凭极强的求生欲念，始终忍受下来。但每经历过一次，上到海面，梁萧都觉浑身瘫软，仿佛大病一场。

这么日夜不眠，梁萧的真气不但未见衰竭，反而更趋浑厚。三日不到，掌伤康复，气脉流畅胜于往昔。不过六日光景，他体内的真气越积越厚，凝若实质，粒粒如珠。这情形前所未有，梁萧百思不解，唯有暗暗称奇。

这一日，巨鲸潜入海中，梁萧如常伏在它的背上。忽听一阵怪异声响顺着水流悠悠飘来，若合符节，仿佛一段乐曲。忽而雄壮激昂，忽而婉转低沉，时如雷霆轰鸣，时如流水潺潺，变化莫测，不似人间之乐。许多音调，梁萧有生以来也从未听过，不觉暗生好奇，倾听半晌，发现这乐声竟是巨鲸所发。不多时，鲸歌渐渐宽宏奔放，透出莫名欢欣。

梁萧沉浸其中，周身的气血不知不觉随那乐声运行，忽而如沸如怒，忽而若有若无。气血一乱，龟息法也被扰乱，梁萧连呛了两口海水，醒悟过来，慌忙收敛心神，回复原状。

巨鲸一路高歌，直到浮上海面。梁萧盘坐运气也几度被它带岔呼吸，侧耳倾听半晌，心头微微一动，想起那日在临安郊外，自己被释天风的鼾声引乱呼吸的事儿。

梁萧心思跳脱，登时异想天开：释岛主的呼吸导引出“乘风蹈海”的内功心法，我且试试，这巨鲸的呼吸引得出什么？好奇心起，也不顾身在难中，放松周身真气，任其所之。不一会儿，真气被那鲸歌引得异动起来，东蹿一下，西钻一下，不消片刻工夫，内脏筋骨，肌肤毛发，无一不被真气充盈。

练了四个时辰，巨鲸再度下沉。梁萧收敛神意，浑身真气溶溶泄泄，仿佛取之不尽、用之不竭。此番入水，潜行两个时辰，浮上水面之际，他也不觉太过疲惫。

巨鲸不知为何，沉浮之际始终放歌不绝。梁萧一旦浮上水面，再又依它旋律，闭目练功。时候一久，他发觉这鲸歌并非浑然一体，而是分作十三段，周而复始，循环不绝。自家真气随之运转，也生出十三种变化。初时梁萧唯有身处海面才能修炼这路内功，练至后来，便至深海之中也能习练无碍。

如此练了三昼夜，到了第四日夜中，梁萧只觉体内真气起伏，势如大海汹涌，不吐不快，忍不住出掌击鱼。往时海鱼须到一尺之内他才能出手击打，怎料如今手掌一挥，便带起一股激流，将六尺外一条大鱼震昏。梁萧连出六掌，震昏六条海鱼，最远直达一丈开外。此时忽听鲸歌停止，巨鲸悄悄浮上海面。

梁萧坐起身，体内的真气混沌如一，不分阴阳，而神意所至，又可阴阳化生。他怔忡一下，跳起来仰天大笑。原来，他受鲸歌导引，数日中运转乾坤，昼夜苦练，竟被他另辟蹊径，练出了一门前所未有的绝世内功。

梁萧狂喜一阵，又想：我随巨鲸挣扎求生，龟息不辍，故有精进，再得鲸歌中的奇妙音律导引，终究大成。这门内功源自《紫府元宗》，成于大海长鲸，鲸歌乃巨鲸之息，不妨叫作“鲸息功”吧。想到此处，他站起身来眺望碧海，忽又喜悦烟消，悲从中来：身处这汪洋大海，就算天下无敌又有什么用处？

自伤自怜之际，忽听数声鸣叫，与巨鲸叫声相类，只是细弱许多。梁萧好奇望去，巨鲸一旁浮起两个圆头圆脑的小鲸，拱着巨鲸身子，状甚亲昵。梁萧恍然大悟：鲸大婶唱歌是因为要生娃娃，难怪歌声里总有一股勃勃生意。看着两头小鲸，梁萧童心大起，俯身轻抚小鲸背脊。两头小鲸在他身边转来转去，似在与他嬉戏。

过了两个时辰，巨鲸下沉，梁萧练成“鲸息功”，与巨鲸呼吸相合，随其所之，不觉疲累。过了一阵，突然知觉，身边的海流忽冷忽热，变化微妙。以前他专注自保，无暇分心别顾，如今内功增长，是以发觉。梁萧心中惊讶，用心体会海流的冷暖变化，渐渐明白：这大海看似浑然如一，其实也如人体一样，内中的海流有阴阳之分。《紫府元宗》上说：“宇宙之初，天地本无，无中生有，始有混沌，混沌中开，阴阳乃成。”看来无论天地也好，人体也罢，乃至于苍茫大海，全都不离阴阳之理。想到此处，身边阴阳海流奔腾沉降，激荡冲突，端地变化无穷。梁萧心头忽动，生出一个模糊念头。

不及细想，巨鲸又升上海面，摇头摆尾一番。忽听小鲸发出鸣叫，梁萧听出叫声中充满惊惶。凝神四顾，远处一只细长灰鳍破水而来，小鲸挨着巨鲸团团乱转，鸣声更响更急。巨鲸也洪声鸣叫，似在威慑敌人。那灰鳍却不停止，瞬息逼近，忽地张开一张生满利齿的巨口，向小鲸咬过来。梁萧挥掌拍出，掌风所及，那头灰皮鲨鱼抛出海面，跌了数丈方才落下，尾鳍一摆，又从海底扑来。

梁萧心知母鲸庞大，运转不灵，鲨鱼灵活迅疾，奈何不了巨鲸，要吃两头初生小鲸绰绰有余。一时不及多想，纵身入水，循着水响，一把抓向灰鲨肚皮。他内力精进，手劲大得出奇，这一抓不弱于钢爪利刃。灰鲨肚皮裂开，肚肠齐流。鲨鱼性最贪吃，不知痛楚，灰鲨嗅到血腥，忘乎敌我，掉头将自家肚肠一一吞下。梁萧听说过啖睛的猛将，没见过自残的怪鱼。正自心惊，忽听右方水响，眯眼一瞧，一头极大的鲨鱼斜刺里冲来。梁萧正要出掌，却见大鲨并不理睬这边，火扎扎直扑那头灰鲨，噬咬其内脏。不一时，四面八方钻出十多头鲨鱼，一起噬咬灰鲨，灰鲨四分五裂，顷刻一命呜呼。

梁萧没料到引来这么多鲨鱼，骇然无及，心知它们噬完同类，小鲸势难幸免。他灵机一动，不退反进，撮指成刀，又将一头鲨鱼的肚皮划破。两头鲨鱼扑了上来，梁萧挥掌震开，缩到巨鲸身下。不出他所料，鲨鱼肚皮开花，鲨群一拥而上，大快朵颐。梁萧趁其不备，将其一一抓伤，只看群鲨相残，咬得血水翻腾。梁萧匿在巨鲸身下护着小鲸，见有新来鲨鱼便给它一爪，数十头恶鲨彼此混战，不到半个时辰，尽数支离破碎。

梁萧歼灭鲨群，浮上海面，两头小鲸一左一右，圆脑袋与他轻轻触碰，发出细微叫声。他爬上鲸背，眼看群鲨残躯，心子突突直跳，寻思怪鱼吞噬同类，凶残世所罕见，可转念又想：人与人何尝不是同类相残，比这怪鱼有过之而无不及。回想征战残酷，长长叹了一口气。

巨鲸母子鸣声交替，此起彼伏，似若相互问答。不一阵，巨鲸潜入水中，继续前行，行了大半个时辰，忽地涌出海面。只听三头鲸鱼同时鸣叫，梁萧抬头望去，遥见一角船影，模模糊糊，若隐若现。这一看，梁萧狂喜不禁，一跳而起，高叫："鲸大婶，你要带我回船吗？"话一出口，又觉荒诞，自嘲道，"大鲸无知之物，岂会报恩？不过凑巧罢了。"

他为这一天早有准备，所吃的大鱼都留下鱼鳔，泄去空气，藏在身上，多日来已积下数十个，本想积满数百，将来遇见陆地，吹胀起来，结成一叶小舟，横渡大海。此时全数取出，一一吹胀，挂在腰间。

原来，巨鲸追逐鱼群，与大船同处一道阴流，相距并不太远。鱼鳔才吹得十来个，巨鲸离船更加近了。梁萧极目眺望，船头诸人打斗正烈，花生落在下风，焦急之余，不由得纵声长啸。

贺陀罗听到啸声，偷眼看去，心子打了个突：见鬼了吗？心下一慌，"般若锋"稍微散乱。花生精神为之一振，铁锚左右挥舞，将他逼退数步。贺陀罗又惊又怒：万不可让他二人联手，先杀和尚，再杀梁萧。计较已定，杀手迭出，花生躲闪不及，右臂挨了一下，创口深可见骨。花生惨哼一声，铁锚呛啷堕地。二女见状，不由得齐声惊呼。

梁萧远远瞧见，心中一急，等不及巨鲸驶近，手一挥，一只鱼鳔被掌风激飞，他纵身踏上，飘落海面，足下乍沉乍浮，向前滑出丈许。同时抛出第二只鱼鳔，飞身踏上。这么反复再三，顷刻行出二十余丈。

这一路“乘风蹈海”，梁萧向日无以施展，此时功力大增，一旦使出，恍若鸥飞燕翔，完全不费气力。他长发飞扬，踏浪而行，形如蓬莱仙人横渡沧海。顷刻迫近船头，身形微晃，众人眼前一花，他已抢到花生之前，左掌一拂，激得“般若锋”歪斜尺许，右掌一沉，拍向贺陀罗胸腹。

他骑鲸过海，踏浪而来，奇中见奇，先声夺人。贺陀罗先已怯了二分，见他掌来，丝毫不敢大意，沉身运掌，全力迎出。二掌相接，两人同是一晃。贺陀罗腾地跳开丈余，冷笑道：“平章精进神速，可喜可贺！”

梁萧心知面上与他扯直，实则占了出其不意的便宜，论及真实功力，仍逊此人一筹，于是微微一笑，说道：“承让承让，如蒙不弃，不才还想领教几招！”

贺陀罗与花生斗了一场，气力消耗甚剧，梁萧的武功又凭空高出一截，此消彼长，胜算大减。他心中胡思乱想，面上阴笑道：“来日方长，平章大人也不急在一时。”匆匆转身，步入舱内。

梁萧一招惊退贺陀罗，转身望去，大海茫茫，巨鲸母子不知去向。他心神一黯，转眼看向柳莺莺与花晓霜。柳莺莺似哭似笑，小嘴一扁，忽地冲上前来，双拳雨点般落在他身上。梁萧任她捶打，反手将她搂入怀里，柳莺莺不觉喜极而泣。

花晓霜望着二人，呆了呆，默默拉过花生，给他包扎伤口。梁萧瞧她一眼，含笑道：“晓霜，还好吗？”花晓霜笑了笑，默默点头。柳莺莺推开梁萧，将泪一抹，笑道：“晓霜过来，他害你哭得那么伤心，打他三百拳出气！”梁萧死里逃生，得见二女，心头一片火热，闻言摊手笑道：“晓霜若要打，三万拳我也不怕。”花晓霜却笑道：“萧哥哥回来，我欢喜还来不及，怎么会打他呢？”柳莺莺笑道：“好呀，你这么一说，越发衬得我不讲理了。”花晓霜抿嘴直笑。

梁萧见她二人眉眼来去，尽是亲密之意，心中疑窦丛生，不知这对冤家何时变得如此友善。略一默然，转身看着云殊，冷冷道：“一掌之赐，不敢或忘。梁某不惯阴谋暗算，你起来接我一掌！”云殊咬牙扶着舱壁，抖抖索索站了起来。

柳莺莺心头一沉，正想阻止，梁萧忽道：“你受伤了？”他微一沉吟，摇头道，“你有伤，我无伤，如今伤你，不算好汉。”

柳莺莺松了一口气，云殊却觉一股怒血涌上头顶，厉声道：“谁要你做好人？我打你落海，你也不用假惺惺装什么好汉，云某性命在此，你拿去便是！”合身一扑，向梁萧冲去，不想足下一绊，跌得满口是血。

梁萧也不瞧他一眼，扶起花生径自离去。柳莺莺叹了口气，将云殊搀入舱中坐下。云殊本已灰心至极，受她一搀，心酸眼热，禁不住涕泪交流。

柳莺莺见他哭得伤心，也不由得微微心酸，说道：“晓霜，你看看他好吗？”花晓霜俯身给他把脉片刻，说道：“伤势不轻，但他内功深厚，服些丹药，调息两天便好。”又从锦囊中取了一只玉瓶，倒出几粒丹药，递在云殊手中。云殊已平静下来，闭着双目，脸上挂泪，胸中急剧起伏。

柳莺莺苦笑一下，挽着花晓霜来到梁萧身边，问起他死里逃生的事。梁萧照实说了，众人无不称奇。柳莺莺听到妙处，眉飞色舞，而后不待梁萧讲完，又连说带笑，将船上的遭遇叽叽喳喳诉说一遍。她口齿伶俐，说到惊险处，不免加油添醋，大大渲染，听得梁萧张眼握拳，紧张不迭。最后听说花生为救晓霜，与贺陀罗恶战，梁萧大为感动，站起身来，冲花生一揖到地，叹道：“大恩不言谢，花生兄弟，将来但有所遣，赴汤蹈火，梁某在所不辞。”花生不料他来这一下，慌忙闪开，双手连摆，不知说什么才好。

柳莺莺笑道：“梁萧，你只管胡说八道，吓坏了小和尚。”梁萧道：“这不是胡说。他屡屡救护你与晓霜，我做牛做马，不足为报。”

柳莺莺听得这话，胸中酥暖，叹道：“你呀，一派胡言。你给小和尚做牛做马，岂不存心叫我跟你没脸？”梁萧道：“那你说怎么办？”柳莺莺妙目一转，笑道：“你叫他花生兄弟，依我看，你二人结成兄弟岂不更好？”花晓霜拍手笑道：“姊姊这法子好！”

梁萧点了点头，挽住花生，皱眉道：“可惜没有线香、牺牲。”柳莺莺取出匕首，在船板上刮下三堆木屑，说道：“别人撮土为香，我们撮木为香。”梁萧一笑，向花生说道："我生平自以为是，看得上的人少之又少，更遑论义结金兰、同生共死了！"说到这里，他想起往事，叹了一声，又道，"早先有个结义妹子，可惜被我连累惨死，梁萧未能以死相谢，内心十分遗憾。我与你萍水相逢，性子也不投契，只不过，你虽贪杯好吃，人却真情实性。世间贵重者莫过于'真心'二字，我很喜欢。从前梁萧没有兄弟，自你花生以后，想来也不会再有了。"拉着花生跪倒在地，朗声道，"四维八方，皇天后土，梁萧今日与花生结为兄弟，不求同年同月生，但求同年同月死。今日之后，共当患难，共享欢乐，如违此誓，死无葬身之地。"

花生不知何为结拜，听得稀里糊涂。柳莺莺瞧得生气，从后面给他一脚，嗔怪道："你瞪眼做什么？梁萧说的话，你也照说一遍。"花生哦了一声，梁萧那些文绉绉的话他听不大懂，胡乱念道："蛇尾巴黄，黄舔猴兔，梁萧……"柳莺莺忍不住又踢他，怒道："他说梁萧与花生，你该说花生与梁萧。"花生无奈，只得道："花生与梁萧结为兄弟，但求同年同月生，不求同年同月死……"话未说完，屁股上又挨了一脚，只听柳莺莺怒道："念反了，重念！"

花生哭丧着脸，一个字也吐不出来，梁萧摆手笑道："罢了罢了，繁文缛节都免了。花生，你多大年纪？"花生抓了抓光头，叹道："好像十六，又像十七，俺记不清了。"柳莺莺冷笑道："吃肉、喝酒你倒记得清楚。"梁萧笑道："算你十七，我也虚长你两岁，我是哥哥，你是兄弟。"说罢拉着花生拜了三拜，一同站起，心想：我自负聪明，先结交了一个傻妹子，现在又结交了一个傻兄弟。想起阿雪，心中哀恸不尽。

别后重逢，众人说笑不倦，柳莺莺不厌其烦，将什么是结拜兄弟给花生说了两遍。花生终于明白过来，诺诺连声，也很欢喜。梁萧问起花晓霜给哈里斯治病一节，听说哈里斯喝尿，不由得笑道："老子憋了好大一泡仙尿，不知哈里斯还要不要喝？他若喝得完，保他再长出一条腿来。"柳莺莺啐道："不要脸，老大的人还充童子。"梁萧瞅她一眼，笑道："奇怪，你怎知我不是童子？"柳莺莺忽地醒悟，红着脸骂道："下流鬼！不与你说了。"

梁萧见花晓霜远远坐着，要么有问便答，要么只是微笑，心想久别重逢，她怎么变得生分了。柳莺莺也看在眼里，心想：这丫头也真傻。她那日对我说的话，竟然当了真啦。笑容一敛，轻轻叹了口气。

梁萧歇息片刻，起身说道："昺儿还在贺陀罗手里，我要救他出来。"柳莺莺道："老贼武功太高，既要胜他，又不伤昺儿，可是极难。"梁萧笑道："有什么难的！"对着众人低语两句，柳莺莺拍手直笑："你这小色鬼，鬼点子就是多！"

第十二章

情天恨海

贺陀罗在舱中调息片刻，内力复原，拍开一坛酒，喝了两口，精神大振，心想：梁萧武功大进，可也未必胜得了洒家，但若小和尚伤愈，二人联手，很难对付。洒家必须先发制人，杀掉一个，才能万事大吉。正自思量，忽听船头传来一阵欢呼，跟着就听花生闷声闷气地说：“快些上岸……”话没说完，忽地打住，似乎被人堵住了嘴。

贺陀罗亦惊亦喜：莫非他们瞧见了陆地？一跃而起，正要闯出舱外，忽又停步，心想梁萧诡计多端，其中难免有诈；可小和尚憨直，应该不会说谎。他拿捏不定，瞅了阿滩一眼，寒声道：“你去看看，见了陆地，便来报讯。”

阿滩无奈，忍着伤挪步出门。过了时许，贺陀罗不闻声息，又生疑惑：这喇嘛近来对我多有不满，当真见了陆地，未必不会抛下我父子逃命。他生性多疑，想到此节，再也按捺不住，对哈里斯道：“等我回来……”哈里斯着了慌，叫道：“宗师……别丢下我！”贺陀罗怒道：“没出息，看住小皇帝，我去去就回。”他钻出舱外，掉头一看，四下茫茫，哪儿有什么陆地！唯见阿滩直挺挺躺在远处。他心头一跳，不及返回，忽听破壁声响，慌忙冲入舱中，早见梁萧破壁而入，哈里斯急欲挣起要抓赵昺，却被梁萧一脚踏住胸口，目视贺陀罗，脸上似笑非笑。贺陀罗脸色阴沉，冷冷道：“姓梁的，你要怎样？”梁萧笑道：“你占住这里也很久了，该挪挪窝了吧？”贺陀罗不假思索，大声道：“好，一言为定。”梁萧淡淡说：“我们四个人，你却只有一个，加上两个残废，你好自为之。”将哈里斯一脚挑了过去，贺陀罗伸手抱住，微一冷笑，转身出舱。赵昺见了梁萧，欢喜异常，叫声叔叔，正要扑上，忽地眼前一花，被人抱住，定眼一看，云殊脸色煞白，气喘如牛，吓得赵昺哭了起来。

梁萧不想自己螳螂捕蝉，云殊黄雀在后，更不料他重伤之余，还能如此敏捷，微一愣神，目有怒色。云殊这一纵一抱几乎耗尽气力，一时浑身发软，靠在墙边只顾喘气，心中却想：我拼了这条性命，也不能让圣上再入恶贼之手。梁萧见他模样，心知若要强夺，量他也抵挡不住，但见云殊倔强神气，又不觉叹了一口气，心想：罢了，让他这一次。

他沉吟一下，忽向花生道：“好兄弟，还能动手吗？”花生连连点头。梁萧道：“老头儿安顿好他那断腿儿子，必来寻咱们晦气。待会儿你只管用尽气力，只攻不守！”又对柳莺莺道：“你护住晓霜与昺儿。”

柳莺莺瞧了云殊一眼，心想护住昺儿也就是护住他。忽听贺陀罗厉声长笑，舱门前人影一晃，“般若锋”化作闪电射了进来。花生谨记梁萧的话，施展“一合相”，一老一实，全力出拳。贺陀罗但觉劲力如山，不敢硬接，闪身避开，还没站定，忽见梁萧双掌天落，无奈又向后退。一时间，花生步履沉实，一拳一脚使了出来，梁萧恍若一道电光，绕着花生旋转不绝，双掌神出鬼没，无所不至。

兄弟两人一个至巧，一个至拙，相得益彰，打得贺陀罗遮拦不住，步步退却。不一时退到船舷，心知再不还手，势必落下海去。猝然大喝，“般若锋”虚晃一招，逼退花生，左拳飞出，打中梁萧左胸，腰间却挨了梁萧一脚。二人各自跌出，花生一愣，忘了追击，只见贺陀罗反手撑地，纵身跳起，三纵两跳，往船尾去了。

花生反身扶起梁萧，返回舱中，梁萧运功半晌，吐了一口淤血，笑道：“一拳换一脚，想来他也吃亏不小。”柳莺莺道：“我与花生打落水狗去。”梁萧摆手道：“穷寇莫追，贺陀罗此去必有防范，不可冒失轻进。他以一敌二，伤得未必服气，只怕还会再来。”顿了一顿，沉吟道：“花生，你神力盖世却不善运用，我适才想出了一门阵法，你我同使，必能稳胜贺陀罗。”当下站起身来，口说手比，传授花生攻守之道。

次日凌晨，贺陀罗伤愈，想好克制二人的法子，再来挑战，不料兄弟两人的阵法已有小成。双方斗到两百余招，贺陀罗抵挡不住，脱身遁走。梁萧见花生旧伤迸裂，流血不少，也不便追击，扶他转回包扎。到了午时，众人正说话，忽听阿滩长呼一声，凄厉至极。柳莺莺惊道：“发生什么事？内讧吗？”

梁萧脸色铁青，一拳击穿甲板，喝道：“不除此贼，天理不容！”柳莺莺心念一动，恍然大悟，也不由得花容失色。花晓霜见他二人神色古怪，不由得问：“出了什么事？”梁萧沉着脸一言不发。柳莺莺却凑到她耳边，轻声说：“白发老贼凶残无比，他杀了大喇嘛，喝血吃肉！”花晓霜惊得脸色煞白，半晌说不出话来。

梁萧忽道：“阿滩似乎有病在身。”柳莺莺笑道：“都是晓霜伤的。”梁萧惊讶道：“晓霜武功大进了吗？”花晓霜愧疚道：“都是我不好，若……若不是我，大师父或许不会死！”梁萧更觉惊讶，详加询问，花晓霜才将那日的事说了。梁萧叹道：“古人说祸福相依，果然不假。你若没有‘九阴毒脉’可就糟了。”花晓霜生起气来，大声道：“萧哥哥你还笑，我宁愿害病，也不用那害人功夫。”梁萧笑道：“水能载舟，也能覆舟。万事有利有弊，你也不要自责。再说你不伤阿滩，贺陀罗杀他也易如反掌。”

花晓霜落泪道：“我一运功，就会害人。”梁萧道：“看来是你功力不够，须以人畜为媒，才能泄去毒质。无妨，你将‘九阴毒’转给我，我再逼出去，只要泄尽阴毒，你的病好了就不会伤人了。”花晓霜想了想，担心道：“你逼不出来怎么办？”梁萧淡淡一笑，说道：“晓霜，你太小瞧人了，‘五行散’我都能逼出来，‘九阴毒’又算什么？”

花晓霜这才放心，施展“转阴易阳术”，将“九阴毒”转给梁萧，梁萧再行逼出。两人二掌相抵，运功一个时辰，花晓霜只觉倦怠异常，忽地撤掌，自行把脉，却觉“九阴毒”并无减少，气血却亏了许多，不由得沉吟道：“萧哥哥，我们白费气力了。‘九阴毒’与我同生共长，便如血液一样，流失之余，也在增长，若抽取太多，又无阳气补充，只会气血大亏，断送我的性命。”梁萧大觉灰心，叹道：“真的无法可医了吗？”

花晓霜笑了笑，摇头说：“不碍事，‘九阴毒脉’难治，全在于导不出体外。我最近研读婆婆给我的《神农典》，想出几种去阴补阳的方子。若再将‘转阴易阳术’练到某个境界，‘九阴毒’流泻之速胜过生长之速，而后补以灵药，佐以针灸，不出十年，必能痊愈。”梁萧叹道：“十年之期，未免太长了一些。”花晓霜道：“师父那么大本事都无法治好我，而如今我却已找到了治愈的法子。”她微微一笑，说道，“萧哥哥，你说得对，‘往者不可谏，来者犹可追’，古人未必就胜过今人，今人也未必不能超过古人……”她脸上笑着，两行泪水却夺眶而出，忽地转过身子，奔到墙角，肩头轻轻耸动。梁萧吃了一惊，正欲上前宽慰，花晓霜却摆了摆手，哽咽说道：“萧哥哥……你……你别过来……别过来……”

梁萧莫名其妙，柳莺莺将他拉到舱外，低声骂道：“大笨蛋，还不明白吗？”梁萧茫然摇头。柳莺莺定定地瞧着他，叹了口气，说道：“她的病好了，你就不用陪着她了！”梁萧眉头一耸，低头不语。柳莺莺不耐道：“小色鬼，三天早就过了，你打算好了没有？”梁萧还一言不发，柳莺莺目涌怒意，重重打了他一个耳光，顿足道，“你是笨蛋，她也是笨蛋，你们两个笨蛋，真是气死我了！”怒冲冲奔入舱内，愤愤坐了一会儿，又吐了口气，将花晓霜搂入怀里，细声宽慰。梁萧转身眺望大海，心中烦闷至极。

两日内，贺陀罗或明或暗，又来挑衅数次。初时凭“般若锋”之利，尚与二人有攻有守，斗到后来，但觉梁萧掌力一日强似一日，仅是一对肉掌已难对付，况且还有花生助阵，再斗下去，有输无赢。当下猛攻两招，抽身退出，装腔作势放出两句狠话，方才徐徐退去。他余威犹在，梁萧倒也不敢过分相逼。

贺陀罗回到藏身之所，暗暗发愁。阿滩尸身早已吃尽，贺陀罗拴了“般若锋”捕鱼，可是不知为何，船边的海鱼越来越少。贺陀罗当然不知这是洋流衰竭所致，费了半日工夫也未钩上一条。海中无鱼，海鸟没有食物，也俱都飞走。贺陀罗沉着脸坐了半晌，忽然站起，直勾勾盯住哈里斯。

哈里斯对这父亲十分了解，瞧他眼神，便知其意，浑身发起抖来。贺陀罗盯着他叹道："哈里斯，你别怪我，为父也没法子。"他与哈里斯之间极少以父子相称，这话一出，哈里斯眼中惧意更甚，颤声道："宗师……"贺陀罗打断他道："你若要怪，就怪梁萧那厮，不过你大可放心，为父吃了你，有了气力，必定杀光鸟男女给你报仇！"哈里斯听他如此说话，情知必死无疑，浑身蜷作一堆，直向后缩，蓦然间，他眼神一亮，指着贺陀罗身后，急道："宗师，你看，你看……陆地……陆地……"

贺陀罗摇头道："这个计策，梁萧已经用过一次，为父不会上你当的。你放心，为父出手，绝不让你痛苦。"他踏上一步，便要动手，哈里斯却哭了起来，号叫道："阿爹，你信我一次，我腿没了，跑不掉的。"

贺陀罗见他如此惶急，不似伪装，回头一瞥，只见海天交接处，果有一道细细的黑线，不觉一阵狂喜，叫道："不错，当真！"精神大振，扶起哈里斯，讪讪笑道："我的儿，方才我跟你说笑呢！"哈里斯脸上干笑，心里暗发毒誓：死老贼，你也有年老体衰、动弹不了的光景，届时我要你生死两难……

父子俩各怀鬼胎，虚与委蛇。贺陀罗拖来一条小舢板，将哈里斯吊下海去，正要跳上，眼珠忽地一转，转到前船，回来时，哈里斯见他手提那只铁锚。贺陀罗跳上舢板，划出一程，发声沉喝，铁锚飞掷而出，呼啦一声，大船破了一个窟窿，海水汹涌灌入。

梁萧觉出船身震动，当先冲出舱外，大船沉没极快，顷刻已有倾斜之势。他举目眺望，贺陀罗父子已在数里之外，再看救生舢板，原有三艘，剩余两艘都被贺陀罗的掌力震毁。他人随后赶出，无不失色。梁萧略一思索，扯断一段长木板，插在腰间，又拾起两丈长一条缆绳，一头递给花生，反拽另一头，飞退数步，跳在空中，将缆绳扯得笔直，叫道："花生，甩起来。"花生应声而动，使足"大金刚神力"，将梁萧凌空甩动起来，只听呜呜作响，梁萧化作一道淡淡的影子，以花生为轴飞速旋转。

柳莺莺双目一亮，喜道："是了，这是套野马的法子。"她生长天山脚下，草原上多有野马，牧人捕捉时，就带着绳套乘马追逐，追近时将绳套飞速甩动，自可抛得极远，套住野马。梁萧通晓格致之理，明白凭借这根绳索，可将花生的神力增长数倍。

片刻工夫，梁萧估摸力道足了，算准方位，忽地放手，身若脱弦之箭，飞过一里之遥，不偏不倚地射向舢板。半空中，他取出腰间木板，折断一块，抛出落上，踏浪飞奔。贺陀罗看见，折断船桨，左右开弓，嗖嗖嗖奋力掷出。

梁萧纵身闪避，一转眼，携带木板用尽，一断尖木迎面飞来，正中他的心口。梁萧捧心大叫，胸口溅血，身子歪歪斜斜，似要落入海中。众人见状齐声惊呼，贺陀罗心中得意，出手稍缓。不想梁萧略一下沉，忽又纵起，一抖手射出手中尖木，动若脱兔，飞身踏上，滑水一丈有余，身子一缩一伸，纵到舢板上方。

梁萧之前木板耗尽，再无借力之物，眼看贺陀罗尖木掷来，灵机一动，行险接住。尖木带了贺陀罗十成劲力，就近掷出，力道惊人，梁萧勉力接住却入肉三分，鲜血迸出。他长于机变，就势诈伤，骗得贺陀罗心神懈怠，而后掷出尖木，借其浮力蹿上舢板。贺陀罗后悔不迭，不待他落足，“般若锋”飞劈而出，梁萧也是拳脚齐用。舢板狭小局促，二人一上一下，苍鹰搏兔般用上全力。一刹那，梁萧腿现血光，贺陀罗左肩中脚，身形后仰，不及变招，忽见梁萧左掌按上哈里斯的后颈，厉声叫道：“掉头回去，要么大家没命！”

贺陀罗面色铁青，动弹不得，哈里斯死活倒是其次，如果梁萧足下一顿，立时船破水入。权衡再三，他无奈摇动木桨，原路返回。此刻大船沉没，众人抱了几块木板在海上漂浮。梁萧将二女援上舢板，柳莺莺伸手再援赵昺，贺陀罗怒道：“再上来人，船就翻了。”梁萧冷笑道：“嫌人多吗？”抓起哈里斯，抛入海里。

贺陀罗大怒喝骂，忽见哈里斯情急求生，双手扣住船舷。梁萧笑道：“贺陀罗，你儿子挺机灵啊！”贺陀罗气得头发上指，偏又不敢发作，只有忍气吞声，微微冷笑。

云殊不肯放开赵昺，柳莺莺只得连他一起援上。花生扣住船舷向前，胭脂与白痴儿都会浮水，金灵儿站于花生头顶，幸免于难，只有快雪不会浮水，舢板到时，已经溺死。花晓霜眼望爱驴沉没，不觉潸然落泪。柳莺莺抱住她连声安慰，说要把胭脂送她，花晓霜慌忙推让，一时竟然忘了伤心。

傍晚时，舢板托着众人抵达陆地。略一查探，却是一座岛屿。孤岛规模甚大，四面礁石嵯峨，其内竹木蓊郁，溪流淙淙，禽飞兽走。

梁萧腿伤不轻，贺陀罗肩头中掌处也十分疼痛，哈里斯断了腿，花生、云殊也不必说。五名男子无人无伤，只好暂且休战，各自觅地休养。岛上水甜食丰，较之船上真有天壤之别。当夜梁萧打了一只黄羊，柳莺莺与花晓霜采来清水、椰果，钻木取火，美餐一顿。

次日清晨，梁萧搜寻全岛也未发现土著，怏怏回来，叫起花生，二人伐木取材，搭建房屋。梁萧心灵手巧，花生力大无穷，不一日，便在山谷中搭起了一座吊脚小楼，中有木榻三张，柳莺莺与花晓霜同卧。梁萧想方设法又找来草茎树叶、鸟羽兽毛，织成四张被褥，同时砌石为灶，烧土做陶，造水车引来山泉。经他一番经营，不出数日，小楼中大有家居气象。柳莺莺笑道："这么过上一世，也不枉了！"花晓霜也笑着点头。

花生有吃有喝，自也无忧无虑。只有梁萧摇头道："梁园虽好，但不是久留之地，住上几日，终究还是要回去。"花晓霜听了这话，收了笑容，低头回房。柳莺莺狠狠瞪了梁萧一眼，转身跟进。不一阵，就听二人在房中大声说笑，接着柳莺莺放开嗓子，唱起歌来。她歌喉极美，唱一句，花晓霜跟一句，歌声婉转，令人听而忘俗。

梁萧听了片刻，心中不胜茫然，他起身转出山谷，来到海边，攀上一块礁石，遥望茫茫大海，心中也如海波起伏：如果没有仇恨，与莺莺、晓霜、花生兄弟活在这岛上，倒也不坏，但我身负血仇，总要与萧千绝一决生死。想起这数月时光，真是恍若梦寐：以前我喜欢莺莺，后来以为她变心，又对阿雪有情，只是与她有兄妹之约，不及表白，她已殒命。如今莺莺、晓霜均钟情于我，更加叫人为难。情之一物不似数术，要么我浑天一转，便知根底。唉，倘若始终难断，我便学花生做个和尚，了此残生。他望着大海，蓦地心灰意懒。

忽地一个浪头打来，撞上礁石，飞琼溅玉，尽都扑在梁萧脸上。他神志一清，举手圈在嘴边，纵声长啸，啸声远远传出。三声啸罢，吐出心中块垒，胸怀大开。他一眼望去，海天相接，万里一碧，真真浩荡无极。瞧了一会儿，想起在海中所感知的阴阳海流变化，又思索当日与释天风交手时所创的各种招式，不由得依阴阳之变，去芜存菁，化繁就简。如此沉思良久，心头忽动，当下微微蹲身，运转“鲸息功”，双掌吐个架子，掌风所向，满地碎石全都跳动起来。

梁萧遥想深海奇景，双掌绵绵圆转，势如波涛起伏。使得几招，突如海风惊起，浪涛陡疾，鱼龙潜跃，奔鲸长歌；忽而夜叉奋戟出水，推波助澜，怒蛟摆尾穿空，吞云吐雾；转眼云如浓墨，风似牛吼，白浪触天，日月惊坠，道道闪电撕裂长空，红光乱窜乱迸，此时异变忽生，海水如沸，豁然中分，水精海怪不计其数，乘风御浪，呼啸而出……练到此处，梁萧周身劲气涌动，不吐不快，忽地双掌齐出，拍中一块礁石，轰然巨响，石屑飞溅，尘烟冲天，偌大礁石粉身碎骨。梁萧未料掌力一强至斯，也不觉收掌呆住。

忽听远处传来笑声，梁萧转眼望去，柳莺莺站在远处，拍手道：“好啊，小色鬼你不老实，偷练成这么厉害的武功，也不让我知道。”她来了许久，梁萧沉迷于创造武功，竟未发觉，听了这话，笑道：“我也是莫名其妙学会的。”柳莺莺轻哼道：“鬼才信你！”穿过一片礁石，跳了过来。梁萧见她专拣险僻处行走，怕她摔倒，伸手扶持，柳莺莺却甩开他手，噘嘴说：“你当我是风吹就倒的千金小姐吗？哼，你武功是厉害了，却不要瞧不起人！”

梁萧见她娇嗔薄怒，越发堪怜，当即坐下，笑道：“冤枉了，你柳大神偷，飞檐走壁如履平地，小小的礁石算什么！”柳莺莺白他一眼，傍他坐下。二人并肩瞧了一阵大海。柳莺莺忽道：“梁萧，你那掌法看得我心惊胆战的，叫个什么名儿？”梁萧道：“这掌法是我从惊涛骇浪、阴阳海流中悟出来的，尚未圆熟，更不用说名字了。”柳莺莺笑道：“还没练熟就这么厉害，练熟了，还不把贺老贼打个一佛出世……”梁萧接口道：“二佛升天。”二人都笑起来。

柳莺莺笑罢，又道：“这么厉害的掌法，必要起个好名儿。既是你从惊涛骇浪里想出，那就叫作‘碧海惊涛掌’好吗？”梁萧笑道：“你说什么，便是什么，不好也好。”柳莺莺啐道：“小滑头油嘴滑舌！”

两人又依偎一会儿，柳莺莺叹道：“梁萧，我问你，昺儿说的那个婶婶究竟是怎么回事？若不问明白，我心里始终不安。”梁萧沉默一阵，叹道：“那是我结义妹子，昺儿不知道，胡乱叫的。”柳莺莺心中一块大石落地，喜道：“她现在哪里？”梁萧抬起头，苦笑道：“在天上。”柳莺莺愣了一下，醒悟过来，见梁萧神色痛苦，便轻轻一叹，偎着他，良久道：“梁萧，晓霜若离开你，定然一生都不快活。”见梁萧低头不语，心中大为不悦，站起身来，冷冷地道，“回去吧！”

梁萧点头起身。二人并肩转回小楼，还未走近，就见贺陀罗站在楼前，花生拿了一根木棍，拦在花晓霜身前。梁萧急忙纵身赶上，贺陀罗见他过来，双手一摊，笑道：“平章别多心，洒家绝无歹意。”

梁萧见花生、晓霜无碍，放下心来，冷冷道：“你来做什么？”贺陀罗左顾右盼，啧啧笑道：“平章不只武功高强，手艺也巧得很，瞧瞧这里，洒家那破山洞真如阎罗地狱了！”梁萧道：“你有话就说，何必这么多弯曲？”贺陀罗笑道：“好，爽快！洒家早就听说平章长于巧思，精通各类机关建造之学，向日南征之时，军中许多坚固战船，全是平章一手画图建造。”梁萧笑道：“贺陀罗，你想要我帮你造船？”

贺陀罗摇头道：“非也，不是帮我，是帮大家。海路凶险，若无坚固船只，实难通过，要造如此大船，非平章大人不能建造。若能造好船只，大家同舟共济，一起返还陆地，岂非天大美事……”柳莺莺不待他说完，冷笑道：“谁跟你同舟共济？这里有山有水，有鸟有鱼，舒服得很呢！姑娘我乐不思蜀，这辈子都不想回去了！”

贺陀罗双眉倒立，脸上腾起一股青气。梁萧摆手笑道：“大师不要听她说。你回去，待我想好，明日大家一起伐木造船。”贺陀罗一愣，拍手笑道：“平章英雄了得，见识高远。娘儿们有什么主意，咱们做汉子的，岂能受她们支使？”嘿嘿一笑，扬长去了。

柳莺莺气得俏脸发白，待他走远，揪住梁萧怒道：“大蠢材，你怎么不听我话！这个臭贼，哪儿会安什么好心？”梁萧笑了笑，还没说话，却见云殊抱着赵昺从远处赶来，走到近处，神色迟疑。梁萧眉头大皱，柳莺莺也怪道：“有事吗？”云殊看了花晓霜一眼，支吾道：“圣上病得厉害，我带他来给你瞧瞧……”众人无不吃惊，花晓霜忙道：“请进屋里来。”云殊点了点头，足下依旧徘徊，柳莺莺不耐道：“婆婆妈妈！”伸手将他拽进屋里。梁萧也跟进来，坐在花晓霜身后扇火烧水。

花晓霜见赵昺面如白纸，气息微弱，再摸额头，热得烫手，不由得变色道：“病几日了？”云殊忙道：“三日。”花晓霜略一迟疑，长叹道：“你该早些带他来的。”云殊听了这话，如雷轰顶，目瞪口呆一阵，颤声道：“你……你是说他没救了？”花晓霜又犹豫一阵，低声道：“你若早来三天，或许有救，如今我……我只能克尽己能，减轻他的痛苦……”说到后来，声音细小，几不可闻，似乎就要哭出来。

云殊见她如此难过，浑身血流似乎凝固，心想难怪自己如何输入内力，始终不见效果，原来竟是不治之症，一时悔恨莫及。花晓霜用手抚着赵昺小腿，叹道：“你不信，可以自己把脉。他的手厥阴心包经与手少阴心经之间，有一股阴郁之气，可见他患了心病，想来这些天他受尽惊吓，故而发病。若日夜救治，大约能活十天半月，稍不小心，只怕……只怕活不过今天。”云殊伸手把脉，两条经脉之间果然有一团郁结之气。一时间，脑子里连响了十几个闷雷，呆了许久，颓然放下赵昺，涩声道：“既然如此，请大夫聊尽人事，略减圣上痛苦，过了今日……我再来探望。”摇晃站起，踉跄走出门外。

花晓霜待他走远，长长舒了一口气，说道：“萧哥哥，这种事下不为例。以后，无论如何，我……我都不做了！”梁萧叹道：“晓霜，你做得很好。”花晓霜将赵昺抱入怀里，取出银针，给他灸治，说道：“我是不愿云大人带昺儿去打仗，才违心骗他，但愿从今往后，昺儿能够过上平常日子。”梁萧道：“一定能。”花晓霜道：“如果这样，我堕入拔舌地狱也不枉了。”梁萧苦笑道：“你下地狱，天下无人不入地狱。”

柳莺莺听得稀里糊涂，皱眉道：“你们打什么机锋？”话一说完，忽听赵昺哇地哭出声来，睁眼一看，喜极而泣。花晓霜伸手抚慰赵昺，对柳莺莺道：“昺儿不过受了风寒。萧哥哥在我身后，用‘传音入密’之术，教我骗过云大人，说这样可让昺儿远离战乱。我无可奈何，只好照做。至于心包经与心经那两团郁结之气，却是萧哥哥以‘转阴易阳术’传给我，我再如法传入昺儿体内。没想到真的骗到了云大人。”

柳莺莺沉默一阵，起身踏出门外，忽听梁萧问道：“你做什么？”柳莺莺不答，行出一程，遥见云殊站在一块礁石上望海号哭，不由得心想：云殊把这孩子当作复国之望，绝望之余，会否做出傻事？若他跳海，我不会水，怎么救他？当年他救过我一次，如今落魄至此，我怎能袖手旁观？犹豫间，忽听贺陀罗的笑声传来，她心下一惊，藏在一块大石后面。

云殊停住哭泣，怒道："你来做什么？"人影一晃，贺陀罗站在礁上，笑道："听得云大人向隅而泣，特来瞧瞧！"云殊扬眉道："你想打架？"贺陀罗摆手笑道："错了错了，洒家此来是要助云大人兴复汉室！"云殊冷冷道："你来消遣云某？"说罢神色一黯，怔然道，"兴复汉室？还有什么指望？圣上患了不治之症，活不了几天啦！"贺陀罗道："那小孩儿济什么事？死了更好！"云殊怒道："云某斗不过你，却也不怕你。"贺陀罗笑道："我说过啦，今日不是来与你厮拼。方才一时口快，你若生气，洒家给你道歉。"说着拱手作礼。云殊越发惊疑，不知他葫芦里卖的什么药。

贺陀罗微微一笑，说道："常言说得好：'皇帝轮流坐，明年到我家。'赵匡胤不也是从孤儿寡母手中夺来的天下吗？姓赵的能做皇帝，姓云的就不能做天子吗？"云殊一惊，厉声道："这话大逆不道！云某生为宋臣，死为宋鬼，岂是篡逆之辈、草莽之徒？"贺陀罗冷哼一声，说道："就我们西域人看来，曹操、王莽杀伐决断，敢作敢为，倒是天大的英雄。再说，难道那小孩一死，你就眼瞧着宋人被元人欺辱吗？"云殊一愣，半晌方道："圣上活着一日，我便保他一日。"贺陀罗冷冷道："那小孩死了呢？"

云殊沉默时许，无力道："这与你何干？"贺陀罗笑道："你们汉人有句话说得好：'非我族类，其心必异。'洒家眼下虽替蒙古人行事，但却并非蒙古人，哼，我们可是色目人。"云殊身子微震，冲口而出："此话怎讲？"贺陀罗道："蒙古以征战夺取天下，当年成吉思汗王钺一挥，伏尸百万，洒家的族人死在蒙古刀下的不计其数，你当我面上恭敬，心里也那么恭敬吗？"云殊冷笑道："但你们为虎作伥，灭我大宋却不假。"

贺陀罗叹道："我们都是蒙古人的牛羊，为其驱使，只因力不如人，故也别无他法。若有机会，我们也非不想反抗。你也知道，蒙古人善于征战，却不善理财，大量的财富都交给我的族人打理，几十年下来，色目商贾个个富可敌国。非我夸口，洒家九代行商，但凡色目富商，大都与洒家沾亲带故，只是人口稀少，虽有财宝无数，却不足以在战场上与蒙古争雄。你们汉人却不同，人口众多，地域广大，只要精修兵甲，凭借南方水泽之地，仍可与蒙古人一战。我们色目人有钱，你们汉人有人有地，如果齐心协力，里应外合，十多年下来，难道就不能灭亡大元吗？”

云殊血为之沸，好似溺水之人捞住一根救命稻草，尽管心生希冀，可对贺陀罗其人终怀戒心，半晌说道：“你不会白白助我吧？”贺陀罗笑道：“将来事成，阿尔泰山以西和蒙古乃蛮旧地都归我们，其他土地归你。还有一样，色目人在中土经商，不得征收赋税。”云殊怒道：“岂有此理？”贺陀罗笑道：“漫天要价，落地还钱，价钱可以商量。”

云殊听得怦然心动，沉吟不语。贺陀罗又道：“不过，你我合作之前，须得先杀一个人。”云殊问道：“谁？”贺陀罗冷冷道：“梁萧那贼子非杀不可。他与你我不同，他有蒙古血统，更是伯颜的师侄、萧千绝的徒孙！”云殊双眉陡立，叫道：“此话当真？”贺陀罗道：“你与他交过手，还不知他的来历吗？据我所知，此人实乃蒙古人中的奇才。倘若有朝一日让他把持大元国政，定是第二个成吉思汗！”云殊怒哼道：“你也不必夸大其词，我早已立誓，非杀此人不可。”

柳莺莺听得云殊被贺陀罗说动，按捺不住，方想出头驳斥，谁料背心一麻，浑身僵硬，耳听梁萧叹道：“随他去吧！”柳莺莺无法动弹，心中大急。忽听贺陀罗笑道：“此事不急，他会造海船，洒家说好与他一起建造，造好以后，动手杀他不迟。而后你我乘船返回大陆，图谋复国大计。”他见云殊犹豫不定，便道，“你信不过我，我将儿子做人质如何？”云殊立即接口：“好，只要你真心诚意，我绝不动你儿子一根汗毛！”贺陀罗嘿嘿干笑，二人说着话，去得远了。

梁萧放开柳莺莺穴道，柳莺莺怒道：“你来做什么？”梁萧道：“我怕你遭遇不测。”柳莺莺冷笑道：“你是不放心我来见云殊吧？”梁萧道：“我来，是不放心你；我不来，是不把你放在心上。”柳莺莺微微一怔，叹道：“我心中有些疑惑，云殊为何非要杀你？”梁萧苦笑道：“你不问，我也不想说；你问了，我也不会瞒你。”便将来龙去脉一一说了。

柳莺莺听得痴了，心想当年自己二人若不分开，这些可怕事儿都不会有。她怔怔看了梁萧一眼，心中不胜黯然：想有什么用？唉，怨只怨我们命苦。

两人各怀心事，转回小楼，已是掌灯时分。赵昺发了一身透汗，睡得正熟。花晓霜燃起一盏羊脂灯，读《神农典》读得入神。只有花生似个热锅上的蚂蚁，背着手转来转去，看见梁萧，眉开眼笑，拉住他道："大哥，俺饿了！"他平时直呼姓名，饿了才叫大哥。谁想梁萧心情大坏，全不理睬。柳莺莺也坐在床边，沉吟道："梁萧，你真要给贺陀罗造船？"梁萧道："当然。"见她疑惑不解，叹道，"我这是将计就计，实则虚之。给他们造艘假船，咱们造一艘真船，他们忙着造假船，就不会发现咱们造真船了。"

柳莺莺听得糊涂，道："什么真船假船、假船真船？"梁萧将计谋说了一遍，众人喜上眉梢，齐声叫好。正欢喜，忽听咕噜噜一阵响，花生唉声叹气道："你们说了半天话，俺的肚皮也要说话啦。"柳莺莺不由得郁结尽消，哧哧笑道："它说什么呀？"花生道："它说，俺要吃饭，还要吃肉，岛上没有美酒，那也就算了。"众人又笑，梁萧道："好，花生大爷，我这就去做饭。"花生心中欢喜，呵呵直笑。柳莺莺却踢他一脚，笑骂："你是梁萧的大爷，却是我的小厮，不许偷懒，去砍柴烧水！"花生不敢违拗，连滚带爬地跟梁萧去了。

是夜无话，次日贺陀罗清早便来，约梁萧造船，并唤花生一路，梁萧却说："他要看家，手脚又笨，去了反而误事。"贺陀罗本想借重花生的神力，但知梁萧戒心未去，只得笑笑作罢。

梁萧在沙地上画出图样，说道："海上风高浪大，气候凶恶，我们人少，最好造海鳅楼船，有八部水车，风帆折断，还能以水车推动。"贺陀罗皱眉道："八部水车太多，一两部就够了。"梁萧道："这是海船，路程甚远，有备无患。"贺陀罗又问："多高、多长？"梁萧掐算道："一丈六尺高、六丈长。"贺陀罗又想埋怨太大，可转念一想：船一造好，洒家就动手杀人，人数减少，船儿自然不需如此庞大，但眼下不可流露这个意思。

他心怀鬼胎，点头称是。梁萧猜出他心意，趁势口若悬河，将工程说得繁复无比，实则许多部件全无用处，但贺陀罗本是外行，被他哄得晕头转向。

二人计划了足足一日，方才伐木取材。梁萧却又推说这棵树木质不好，禁不起海水侵蚀，那棵树太过弯曲。仅是寻找龙骨，又花了几日工夫。贺陀罗笑在脸上，急在心里。

梁萧这边与贺陀罗虚与委蛇。柳莺莺却依梁萧所给的图样尺寸，让花生伐木取材，偷造龙骨、船板，入夜之时，与梁萧另行架设一艘海船。这么昼夜赶造，贺陀罗的海鳅船龙骨未定，这边梁萧的桅杆已经架好；那边船板还是稀稀落落，这边梁萧已用树皮织好风帆，装在桅上。其间，云殊来看赵昺，小家伙装得要死不活，骗得云殊伤心不已，暗里苦练武功，准备一举击杀梁萧。

到了第十五日夜中，南风徐徐，夜空阴霾。梁萧见是顺风，找个借口骗过贺陀罗，早早返回住所，与花生用滑轮木板将船拖至海边，又将所需的物品尽数装上。花晓霜抱着赵昺率先登船，柳莺莺与花生随后，梁萧登上船头，方要拆掉跳板，忽听远处有人冷笑道："平章好手段，骗得洒家好苦，既有现成船只，也不用造什么鸟船了吧？"说话声中，两团黑影如风如电，一路奔来。

柳莺莺识出是贺陀罗与云殊，惊道："糟糕！"梁萧剑眉一挑，淡然道："你将风帆升起来。花生，依我教你的法子，转动那个木轮。晓霜，你跟昺儿到舱里去。"柳莺莺急道："你呢？"梁萧道："我随后就来。"柳莺莺一怔，花晓霜忽地扑上，将梁萧死死抱住，颤声道："萧哥哥，我们不走也罢，你……你别行险……"梁萧胸口一热，豪气奔涌，笑道："幺麽小丑，何足道哉？"此时花生已运起"大金刚神力"，转动枢纽，海船行驶开来。这船一左一右，共有四部水车，以多种机关妙术，连接船心一个木轮，因有五轮，故名五行楼船。木轮一旋，水车同时飞转，仅是花生一人，便将这艘大船推得航行如飞。

梁萧眼见那二人越奔越近，忽将花晓霜推开，纵到岸上，身未落地，大喝一声，呼呼两掌，拍向两大劲敌。那二人只觉梁萧的掌劲如怒潮奔涌，心中暗惊，翻掌抵挡。刹那间，三人同声闷哼。梁萧一个筋斗翻出，双足深深插入海水，贺陀罗倒退三步，勉力站稳，掣出"般若锋"，叫道："云老弟，你去截船，洒家对付这厮！"云殊斜刺里冲出，便要抢船。

梁萧笑道："慢来，要上船，先过我这关。"左掌搅起一股水柱，劲急冲向云殊，水柱中带了“鲸息功”。云殊挥臂一挡，便觉有异，来的虽是水柱，撞到臂上却如铁柱。他身不由己，重又落回岸上，心头骇然：这是什么功夫？

贺陀罗猱身急上，梁萧双掌齐飞，又搅起两股水柱，一刚一柔，一前一后，迎了上去。贺陀罗震散一道水柱，手掌发麻，正自暗凛。另一道水柱却如活物，凌空挽了个平花，绕过贺陀罗的掌风，撞向他的腋下。贺陀罗大惊失色，慌忙后跃丈余，横劈一掌才将水柱击散，掉头与云殊对视一眼，忽地齐齐扑上。梁萧笑道：“来得好。”使开“碧海惊涛掌”，将两大高手一并截住。

原来，云殊白日里探过赵昺，眼见小皇帝气色萎靡，不免失魂落魄，返回住所以后，练功打坐都无心情，只想着赵昺那张小脸。挨到晚间，他忍耐不住，只想再看孩子一眼。当下前往小楼，遥见灯火依旧，哪知走进一看，空无一人。云殊隐觉不对，如何不对，却又想不出来，急寻贺陀罗商议。二人均是智谋之士，略一合计，便猜出梁萧诡计，在小楼附近一看，果然发现造船痕迹。贺陀罗气得暴跳如雷，云殊依据常理，推断梁萧去得不久。二人沿着岛屿四周一路寻来，终于找到。

三人苦斗半晌。“碧海惊涛掌”自大海万象中化出，本就厉害，梁萧更将“鲸息功”融入海水，化成水柱攻敌，更是令人防不胜防。两大高手被他挡在岸上，眼睁睁瞧着海船去远，当真气得七窍生烟。

花晓霜见梁萧跳下船，心中一急，奋身一跃，要随之跳下。柳莺莺将她抱住，锐声道：“别犯傻，你下去也没用的。”花晓霜这些天始终记挂诺言，不与梁萧亲近。她表面强颜欢笑，心中却痛苦难当，值此生离死别，再也忍耐不住，落泪道：“姊姊，我活着没法与他在一起，难道死也不能吗？”柳莺莺正色道：“晓霜，你这样信不过他？”花晓霜道：“可敌人太强……”柳莺莺打断她道：“梁萧也很强。”她望着海滩上三道黑影，语声幽幽，“我信他这次，他回不来，我也不活。”

花晓霜听得一呆，柳莺莺掉头道：“我去升帆！”花晓霜急道：“姊姊，我……我能做什么？”柳莺莺笑道：“晓霜，你信佛吗？”花晓霜点头，柳莺莺道：“那你用心念佛，保佑梁萧，千万诚心诚意哦！”花晓霜急道：“我一万个诚心。”当下坐在船头，凝神望天祷告。

风帆升起，船行更速，柳莺莺望着岸上，心如火烧。花晓霜从毗婆尸佛念到释迦牟尼，又从释迦牟尼念到弥勒佛祖，三世诸佛一一念罢，岸上的人影渐小渐暗，几乎再也看不清楚。花晓霜口中念诵，泪水却止不住地滚落下来。

岸上三人斗至一百余合，贺陀罗沉喝一声，“般若锋”白光一闪，梁萧腰上鲜血迸出。云殊纵身而上，一拳挥出，梁萧闪身后退。贺陀罗与云殊眼见船只去远，追之不及，心中恼怒，不杀梁萧誓不罢休，当下快步抢上。只听三人足下哗哗啦啦，一进一退，全都踩入海水。云殊遽然而惊，忽地收足叫道：“当心有诈！”贺陀罗一怔止步。梁萧见云殊识破计谋，哈哈一笑，沉入水中。

贺陀罗还要追赶，云殊拉住他道：“不要追了，这厮当日被我打得重伤落海还能活命，水性可通鬼神。方才他诈退入水，正是要引诱我们入水。水中厮拼，你我有输无赢。”贺陀罗出了一身冷汗，点头道：“多亏云将军机警，否则又着了他道儿。”心有不甘，抓起几块石头，向海中乱打一气。

柳莺莺见梁萧脱身，喜之不尽，忙叫花生停船。不一会儿，梁萧潜到船下，柳莺莺放下缆绳，援他上来，回头笑道：“晓霜你好诚心，果真感动了佛祖！”花晓霜脸一红，她先时觅死觅活，待得梁萧上船，却又无话可说。梁萧奇道：“佛祖怎么啦？”柳莺莺笑道：“这是我与晓霜的秘密，不让你知道。”梁萧哧了一声，说道：“谁稀罕吗？”他只怕夜长梦多，以风向鸡辨向，扬帆转舵，朝北行驶。

行了数日，只因天公作美，顺风顺水。但第五日未时，风势忽变，几阵乱风打过来，只听咔嚓一声，竟把桅杆上的风向鸡吹折了。梁萧举目遥望，彤云低垂，几乎压着海面，海水一个漩涡连着一个漩涡。一转眼，风声萧萧，巨浪迭起，楼船形似芥子，在大锅沸水中团团乱转。梁萧手中扳舵，口中发号施令，不久柳莺莺放下风帆，花生转动水车，一行人使出浑身解数，驾驭楼船，避开风尖浪口，在海水里左右穿梭。

天边云色更浓，好似团团靛墨，风声更厉，喧嚣震响，直如万马千军齐呼齐喊。忽地两个浪头连环打来，楼船禁受不住，向右偏转。众人东倒西歪，一起摔倒，或是抱住桅杆，或是扣住船舷，大呼小叫，苦苦挣扎。花生翻肠倒肚，呕吐不已，赵昺虽被花晓霜抱着，也已两眼翻白，吓得昏了过去，柳莺莺连声尖叫：“梁萧，不成啦……不成啦……”

梁萧正在挣扎，听得这话，心头一灰：纵我机关算尽，也终究抗不过天意！直觉大船摇晃数下，似要翻转，一时间不知哪儿来的力气，纵身跳起，抱住木舵连扳几下，楼船滴溜溜地连打两个旋儿，居然勉强稳住。不待他喘息，右方巨浪扑来，船身被带得转了两圈。梁萧力贯双足，陷入船板，一时浑如铸在船上，他抬起头来，仰天怒啸，啸声清越贯耳，浑似长风破浪。

这么苦苦支撑，风浪稍弱，四人正待松一口气，乍听巨声震耳，瞥眼望去，巨浪借着狂风层层堆积，高如雪山银城，凌空压来。众人瞧这势头，无不面如死灰。这时忽听近处传来一声鸣叫，梁萧听得耳熟，循声望去，只见楼船右侧升起一个庞然大物，浪头受它一阻，向后退却。

梁萧惊喜交迸，叫声“鲸大婶”，巨鲸昂昂鸣叫，宛如与他对答。一眨眼，楼船前后左右，四头巨鲸应声浮起，结为簸箕阵势，将船团团围住。只听狂风嘶鸣，巨浪排天，打在群鲸背上，飞珠溅玉，化作漫天白雨。

得到群鲸庇佑，楼船摇晃渐微，如处避风港中，说不出的安然恬适。众人望着鲸群，忘乎言语。过得许久，花晓霜问道：“萧哥哥，哪位才是鲸大婶？”梁萧瞧了半晌，摇头道：“它们都是一个模子，我也看不出来。”柳莺莺骂道：“没心没肺的家伙，连救命恩人也忘了吗？”

梁萧笑道：“说得是，该打！”边说边把脸伸过去。柳莺莺冷笑道：“边说边笑，全无诚意，再说你这么厚的脸皮，打得我手疼！晓霜你来，别用巴掌，用船桨才好。”花晓霜笑道：“我才不打他，只罚他找出鲸大婶。”梁萧苦笑道：“你还是打我的好。”二女都笑。

风浪越来越急，唯见巨浪起落，几乎不见天色。虽有巨鲸护持，船上众人还是无法入眠，一个个两眼大张，围坐舱中，轮流说起故事解闷。直说到次日辰时，天光渐白，风浪平复。又历三刻光景，巨鲸四面散开，众人心中一喜，拥到船头，手搭凉棚，极目眺望。但见海碧天青，白云疏淡，红日光华入水，海面上迸起万点火星。浪涛一如天际薄云，舒卷开合，数尾银鱼如箭跃起，忽又刺入海中，激得水花四溅。

众人心旷神怡，恍若再世为人。忽听鸣声啾啾，转眼望去，巨鲸成群结队，摇头摆尾，慢吞吞地向远方游去，最末一头身边伴着两头圆乎乎的小鲸，梁萧喜得大叫：“鲸大婶！”

巨鲸母子似乎听到呼唤，又转过身子，绕着楼船盘旋，接连发出鸣叫。梁萧心中不尽明白，可也听出惜别之意，心知此番作别，再无见期，不觉胸中一痛，张口长啸，啸声激越，在云天中回旋不绝。巨鲸也发出长长鸣声，节律宛然，充满生机。

一人一鲸，或啸或歌，彼此唱和，久久不已。忽然间，梁萧止住啸声，目送巨鲸母子沉入海底洪荒，忽地一声不吭，转回舱内。二女知他心中难过，也伴他默默坐下。沉默良久，梁萧发令起程。其时风向鸡已折，幸喜日挂中天，梁萧在甲板上立起一根木棒，作为日晷，从日影中推算航向。他经此一劫，对这茫茫大海生出敬畏之心，只怕风浪不期而至，便将众人分作两班，昼夜兼程。白日为花生，入夜为自己与柳莺莺，轮流推动水车。

赵昺受足了惊吓，事后定下心来，神倦意疲，草草吃喝了一些，沉沉进入梦乡。这一觉睡到次日凌晨，他小孩心性，兴致一好，再也无法安坐，将花晓霜闹醒，缠着她出舱走动。

二人走出舱外，只见玉宇澄净，星光明灭，一钩明月西坠，照得楼船如银如雪。忽而一阵海风吹来，又咸又湿。赵昺只觉鼻间发痒，忍不住打了个喷嚏，忽听船尾传来柳莺莺的笑声：“昺儿，你醒了吗？”赵昺心中欢喜，一溜小跑奔过去，花晓霜怕他不慎落海，匆忙跟上。二人转到船尾，只见柳莺莺与梁萧相对而坐，梁萧正低头摆弄一堆方形木板。

赵昺叫声“叔叔”，坐到他身边，梁萧抚着他头，笑道：“小懒虫，睡得沉吗？”赵昺咧嘴直笑，望着地上木板，奇道：“叔叔，这是什么？”梁萧笑道：“猜出来算你厉害！”赵昺挠了几下头，嘟起小嘴说：“我猜不出来。”掉头问：“霜阿姨，你知道吗？”

花晓霜正与柳莺莺拉手说话，应声笑道：“这是牵星术！”柳莺莺抚她脸蛋，笑道：“还是你聪明，一猜就着。我可什么都不知道，就会看他瞎摆。”花晓霜脸一红，轻声道：“我也只知大略，深奥的地方也不明白。”

赵昺瞪大眼睛，奇道：“什么叫牵星术？”花晓霜道：“听说这是夜里航行时，海客们辨别航向的法子。方木板叫作牵星板，共有十二块，最大一块长八寸，边距依次递减二分，故而最小一块仅二分来长。嗯，至于这个小石块，叫作缺刻石板，四面缺刻。用的时候，只需在夜空里找准北极星，手执木板中部，手臂伸直，木板上为北极星，下方是水平线。如此这般，以十二块木板及小石板替换计算，就可算出咱们身在何处。至于具体算法，我可不知道。”赵昺听得糊涂，望着梁萧连连眨眼。梁萧笑道：“待你大些，我再教你。”

花晓霜笑道：“昺儿，叔叔算学之精，天下无对，他肯教你，可是你的福气。”柳莺莺摇头道：“这些古怪玩意儿有什么好学的？昺儿，你还是学武功吧，学了功夫，天下也去得。”梁萧点头道：“那也好，一应拳术刀剑、弓马枪术，但凡杀人伤人的本事，我都可以教你。如果你想做皇帝，我还可传你韬略兵法、经济之术。而后十年生聚，十年征战，待得尸积如山，流血成河，你就可以中兴大宋，成为震烁古今的大英雄、大豪杰。从古到今的帝王将相，全都及不上你。”他侃侃而谈，赵昺却越听越怕，略一哆嗦，哭了出来。柳莺莺搂住他，怒道：“梁萧，你吹什么牛皮？”

梁萧摇头叹道：“我可不是吹牛。蒙古人征战不休，国势难久。只不过这一仗打下来，又不免生灵涂炭，死伤无数百姓。”他顿了一顿，凝视赵昺：“昺儿，我再问你一句，你真的不愿做皇帝吗？”

柳莺莺听他大言炎炎，脸色却很严峻，毫无戏谑之色。正自惊疑，忽觉腕间剧痛，偏头望去，花晓霜凝视赵昺，浑身发抖，指甲不知不觉陷入她的肉里。柳莺莺心头一跳：小色鬼来真的？她知道梁萧极重承诺，既能为一承诺救出赵昺，未必不会因他一言，助他中兴大宋，一时间也不由得心慌意乱。

赵昺被三个大人盯着，一时忘了哭泣，好半晌才说：“我不做皇帝，也不学叔叔的本事。昺儿要学，就学霜阿姨。”柳莺莺奇道：“为什么？”赵昺绷起小脸，认真地说：“我有霜阿姨的本领，就能为人治病；若能治病，哥哥也不会死了……”说到这儿，嗓子一堵，眼泪又落下来。

众人听得这话，无不呆住。梁萧仰首望天，心道：可笑我梁萧白活了二十年，竟不如一个孩子。难得他有这种念头，很好很好，不枉我九死一生，救他出来。只觉胸中快慰，纵声大笑。众人见他如此欢喜，都觉不解。

次日天光大亮，梁萧见海中漂浮许多木块，状如房屋檩柱，猜想此处离岸不远，当下叫醒花生，合力将楼船划得势如飞箭。近午时分，遥见迷蒙云雾中，亘了一道长长的暗影。柳莺莺坐在桅杆上当先瞧见，叫道："是陆地呢！"众人出舱瞧见，皆大欢喜。

傍晚时楼船靠岸，众人弃舟登岸，寻找海边村落，哪知连寻两个村子，都只剩下瓦砾残垣。四人心中疑惑，又行数里，终于见到人家，才知此间从属广州，近日发生海啸，沿海村落均遭浩劫。日前那场大风浪竟是一场海啸，众人心有余悸，当晚借宿农家。

次日起程向北，其时大宋已亡，元廷重置州县，出榜安民，百姓劫后返乡，世道渐趋平定。

这一日途经惠州，花晓霜想起一事，对梁萧道："昔年东坡先生在此为官，爱妾朝云染瘴气病殁，香冢在此不远。东坡先生晚岁流离困窘，朝云千里相随，其心不改，是个极有情义的女子，既到惠州，我想顺道拜祭她。"梁萧听了，肃然起敬，拍手应允。柳莺莺却冷笑说："她给人做妾，也值得一拜吗……"但见花晓霜神色黯然，转颜笑道，"逗你玩呢，罢了，算我信口胡诌，她有情有义，拜上一拜也无妨。"

众人午间出发。花晓霜一路愁眉不展，柳莺莺却兴致极好，忽而调侃花生，忽而逗弄赵昺，更与梁萧不住斗嘴。朝云墓地处湖畔，四面佳木成荫，一座孤冢藏于浓荫深处，令人平生凄凉。墓旁有八角小亭一座，久未修葺，早已颓败。众人上前致祭，梁萧敬朝云重情重义，当先拜了一拜，花晓霜随后拜祭，花生与赵昺不明所以，见二人先跪，也随着拜了。只有柳莺莺并不上前，站在一株垂柳下，拈着柳条儿冷眼旁观。

祭拜已定，梁萧招呼花生修葺坟边小亭。花晓霜移步上前，只见亭柱斑驳，依稀可见一副对联，丰腴娴雅，正是东坡手迹。上联为"不增不减不生不灭不垢不净"，下联却是"如梦如幻如泡如影如露如电"。她对此二联，吟诵数遍，念及身世，只觉人生恰如梦幻朝露，离合难料，悲欢易来，一时不由得流下泪来。

花生瞅见，大惊小怪地道："晓霜，你哭什么？"花晓霜忙拭了泪，岔开话说："花生，你知不知道，这副下联出自佛法，大有来历！《金刚经》里如来说法，曾说：'一切有为法，如梦幻泡影，如露亦如电，应作如是观。'天下佛法，无一出此藩篱。"花生似懂非懂，嘴里嗯嗯，但他胸中不染点尘，既不明白，也就懒得细想。

梁萧默默看着对联，半晌叹道："天下的道理大都相通。若能将武功练到'如梦如幻如泡如影如露如电'的境界，当可无敌于天下！花生，你武功出自佛法，若想进步，非得参透这十二个字不可。"花生眉头拧起，更觉糊涂。此时柳莺莺将祭品撤下，笑道："花生，开吃啦……"

花生一拍额头，眉开眼笑，没口子答应："是，是……"撇下他人，一手抓酒，一手拿肉，左起右落，右起左落，转眼工夫，嘴里已经塞得满满当当。柳莺莺瞅了众人一眼，忍住笑道："你们一个说佛法，一个讲武功，都不及我一声吆喝。哼，小和尚听到这个'吃'字，那才是跑得如露如电，喝得满嘴冒泡，吃得肉不见影，醉得如梦如幻呢！"众人尽皆失笑。

柳莺莺拉过花晓霜，给她拭去泪痕，柔声道："傻丫头，又哭了吗？多愁善感，总会伤着身子，既来游玩，就该开开心心，快快活活。"花晓霜点头道："姊姊说得是。我太傻，本不该哭的。"拿起一壶酒，对着壶口就喝。她从不喝酒，只觉入口辛辣，不禁咳嗽起来。柳莺莺给她捶背，皱眉道："你不学别人，却来学花生？"

花晓霜咳了两声，靠在柳莺莺肩上，又饮两口。她脸上本少血色，酒一入喉，好似涂上一抹胭脂，更添几分艳丽。柳莺莺望她片刻，笑道："梁萧，晓霜脸色若是红润些，可是个大美人呢！"梁萧笑笑，自与花生对饮。

柳莺莺抚着少女秀发，怜惜道："晓霜，你病若康复了，须得好好补补身子，长得珠圆玉润、娇娇俏俏的才好。"花晓霜点点头，忽地压低嗓子，轻声说："柳姊姊，你答应我一件事，好不好？"柳莺莺道："什么事？"花晓霜道："总之不是坏事，好姊姊，你先答应我吧。"柳莺莺失笑道："哪儿有这种道理？你先说了，我再斟酌，吃亏的事我可不干。"

花晓霜叹了口气，沉默时许，轻轻说道："姊姊，请你一生一世，好好对待萧哥哥！爱他疼他，无论怎样，你都不要嫌弃他，让他孤零零的！"柳莺莺奇道：

“傻丫头，你说这些话做什么？”花晓霜握住她手，颤声说：“姊姊，你答应我这回，好不好？”柳莺莺皱眉道：“傻丫头，他若对我坏，我凭什么对他好？”

花晓霜身子一颤，掉头望着地上，泪水点点滴落。柳莺莺心中不忍，婉言道：“你别哭啊，我答应你就是了。”花晓霜破涕为笑，拭泪道：“姊姊，我就知道，你会一辈子待他好！”斟酒举杯道，“晓霜敬你三杯。”柳莺莺一愣，失笑道：“你要与我拼酒？那可是鲁班门前弄大斧。”豪气顿生，与花晓霜对饮三杯。

赵昺吃了两个果子，见众人喝得有趣，便道：“叔叔，我也能喝吗？”梁萧笑道：“好啊，喝大口些。”赵昺笑眯眯喝了一口，脸色忽变，皱眉吐舌，将满口的酒水都吐了出来。梁萧笑道：“好不好喝？”赵昺眼泪都流出来，哈着小嘴，使劲摇头。梁萧笑道：“你记好了，小孩子不能喝酒。”柳莺莺骂道：“你尽会欺负小孩儿，有胆过来班门弄斧，与我拼酒。”梁萧笑道：“你若是鲁班，我就是鲁班的师父。”柳莺莺骂道：“你是鲁班的灰孙子，尽会胡吹大气。”

梁萧提酒过去，二人一口一杯对饮起来。花晓霜三盅下肚，早已不胜酒力，醉倒一旁。梁萧与柳莺莺喝得兴起，指指点点，猜起拳来。梁萧精于算计，柳莺莺十拳九输，胜的一拳也是梁萧过意不去，有意相让。不一时，柳莺莺醉眼惺忪，骂骂咧咧地歪倒一边。梁萧又与花生对饮，赵昺熬不住，自在亭中睡了。二人喝到天黑，梁萧不支醉倒。花生奋起余勇，将所剩的酒肉一扫而光，这才心满意足，在六如亭边撒了一泡尿，而后抱着一根亭柱，昏天黑地，失了知觉。

明月皎洁，出于东山之上，云霾或浓或暗，流转不定。忽而一阵风来，花晓霜打了个激灵，缓缓坐起来，吐出一个黑色小丸，蹑足走近梁萧，低头望他半晌，幽幽地道：“萧哥哥，我要走啦！本想与你道别，但你一说话，我又走不了啦！唉，只好用这下等的法子。其实……我不想走，但不走，又有什么法子呢？你不能同时对两人好，姊姊会发恼，我也不快活。婆婆说，美貌的女子必然不好，可瞧起来，婆婆说得不对……柳姊姊不但美，为人也很好很好……”她说到这儿，微微哽咽，指尖轻轻滑过梁萧的鬓角，一点水珠滴在他的脸上，晶莹浑圆，映着月光闪闪发亮。

花晓霜长吐一口气，又道：“柳姊姊答应了我，会一生一世好好对你。她是女中豪杰，言而有信，从今往后，我也不用牵挂你了，但……唉……不知为什么，我还是心里难过……但我不走，又有什么法子呢……”点点泪珠滴在梁萧脸上，复又滑入泥里。

花晓霜从怀里取出一块黄色物事，低声道：“酒里我下了迷药，你喝了会睡许久，但嗅了这醍醐香，两炷香后就会醒来……那时节，我也走远了……”说到这里，她站起身来，走到一旁，背起盛满医书的竹架，回头望了望众人，鼻间一酸，泪如泉涌。她咬了咬牙，定下决心，正要迈步，忽觉后颈一麻，动弹不得。

花晓霜大惊，却听柳莺莺叹道：“小傻瓜，你去哪儿？”花晓霜惊道：“姊姊，你没醉……”柳莺莺淡然说道：“我与你同吃同睡，你怎么骗得了我？我瞧着你买药、配药、下药，酒当然一口没喝，统统吐掉了。”花晓霜心慌意乱，支支吾吾，却听柳莺莺又道：“小傻瓜，你好好睡一觉，醒来时就不会痛苦，也不会为难了……”花晓霜叫了声“姊姊”，后脑忽震，昏了过去。

柳莺莺拍昏晓霜，迈步走到胭脂身旁，抚着细软的马鬃，嘴角露出一丝苦笑，正要挽缰上马，忽听一个低低的声音道：“莺莺！”柳莺莺娇躯一颤，幽幽道：“你也醒了？”却听梁萧叹道：“我知酒里有诈，却不知谁动的手脚，本想将计就计，却不料……”柳莺莺回过头，见他眼中似有泪光闪动，不觉心头刺痛，摇头道：“小色鬼，我不想哭，也不许你哭。”梁萧叹了口气，轻轻道：“好，我不哭。”

柳莺莺扬起头，攀住一枝柳条，笑了笑，说道：“小色鬼，你记得吗？咱们第一次见面，你就弄坏我的斗笠。”梁萧道：“记得！那时候，你戴柳笠的模样，尤其好看。”柳莺莺嗔道：“这是什么话，我如今便不好看了？”梁萧道：“更好看了。”柳莺莺啐道：“就会油嘴滑舌。”哧地一笑，又说，“你记得就好。你说，你弄坏了我的柳笠，该赔不该赔？”梁萧叹道：“一百个该赔。”伸手折下几根柳条，就地坐下，定了定神，正要动手编织，腰间突然一紧，但觉柳莺莺身子紧贴在背上，滚热如火，霎时间，梁萧衣衫湿了大片。一阵微风拂来，带起一丝幽香，萦绕身边，似有若无。

沉默时许，梁萧忍不住轻轻叫道：“莺莺……”柳莺莺压低嗓子：“你只管编斗笠，别说话……”梁萧缓缓点头，十个指头却抖个不住，他手巧心灵，从来编得又快又好，此刻屡编屡错，不时打散重来。

明月中天，透过顶上枝丫，洒下寥落碎银，雾气自湖面升起，白茫茫微微透亮。梁萧打上最后一个结，吐气说道："这下子成了。"

柳莺莺轻哼道："笨手笨脚，累我好等。"接过柳笠，戴在头上，丝丝柳条垂在面上，轻笑道，"如今好了，你看不见我，我却看得见你，这样才好说话。"

梁萧默不作声，柳莺莺也沉默一会儿，起身望了望天，叹道："梁萧，我跟你说，晓霜是个小傻瓜，你是个大傻瓜。"梁萧正琢磨她话中含义，却听她又道，"我是个大大的聪明人，师父曾说：'聪明人只能对付聪明人，不能与傻瓜计较。'你说是不是啊？"梁萧苦笑道："难不成，我比花生还傻？"柳莺莺叹道："你是天下第一大傻瓜，他只是天下第二。所以啊，是我不要你，才……才不是你不要我……对不对啊？"说到这里，转到马前，飘然翻了上去。梁萧呆呆瞧着，喃喃道："对啊，我配不上你……"柳莺莺没由来一阵恼怒，破口骂道："对你个屁！"兜头一鞭，梁萧的额头上多了一道血痕。

柳莺莺一打便着，微微一怔，猛可掉头，抖起缰绳。胭脂马咴咴长嘶，撒开四蹄，大剌剌向北飞奔，奔了不出百步，柳莺莺忽地勒马，高叫道："死梁萧，小色鬼，我恨你八辈子……"叫到这儿，转身伏在马背上，化作一道淡淡绿烟，注入浓浓的夜色。蹄声渐去渐远，初如雨打残荷，片刻之间，不复再闻。

梁萧立在湖边，心中恍兮惚兮，似又回到鲸鲵之背，海天之间，茕茕独立，孤寂无依。又一阵风吹来，湖面荡起数圈涟漪，柳条随风舒卷，飒飒作响，片片枯叶散在梁萧肩头。他伸手拈起一片，抬头看去，一钩纤月正向西沉，四面夜色浓暗，冥冥不知究竟。

梁萧呆立半晌，长长叹了口气，转身走到花晓霜身边，将内力渡入她的心口。花晓霜如梦初醒，失声叫道："柳姊姊……"举目四顾。梁萧摇头道："不用看了，她走了，回天山去了。"花晓霜一愣，哇地哭道："她怎么走了呢？她……她答应我的，要一生一世对你好，她说了又不算数……呜呜……她骗人……骗人……"捏起拳头，敲打地上。

梁萧按着她的肩头，叹道："晓霜，你就这么讨厌我吗？"花晓霜一怔，摇头道："我……我怎么会？"梁萧道："你既不讨厌我，干吗老说要走的话？好吧，你们都走了，我与花生做和尚去……”花晓霜慌了神，伸手堵住他口，忙道：“我才不是……我……我怕你为难……”她又羞又急，语无伦次。梁萧微微一笑，说道：“你放心，从今往后，我再也不会为难了！”花晓霜抬起头来，张大一双泪眼，定定望着梁萧。

梁萧道：“我并没有醉，你说的每一句话我都听到，也都记得，一辈子都忘不了。”花晓霜以手掩口，将到口的叫声堵回去。梁萧看她一眼，苦笑道，“傻丫头，你连莺莺都骗不过，骗得了我吗？你的把戏，只能骗骗花生罢了。”花晓霜面红如血，低下头去，心中乱糟糟的，几乎什么都听不见，好容易按捺心神，却听梁萧道，“你泪水滴在我脸上，我便拿定了主意，莺莺要走，我也没留她。”花晓霜忍不住抬头道：“萧哥哥，你这样不对……”梁萧不容她多言，摆手道：“对错是非，都已过去。从今往后，我都会陪着你，再也不会离开……”他紧紧握住晓霜双手，与她四目交接，目中透出毅然之色，“今生今世，再不离开！”

花晓霜只觉眼前微眩，几乎昏了过去。这一句话在她心中梦里也不知响了几千几万次，但在耳边响起却是第一遭。一时百感交集，不知是喜是悲，是心酸，还是快活。呆了许久，纵身扑入梁萧怀里，涕泪交流，放声大哭。

不知哭了多久，她只觉这半生所受的委屈辛苦都随这泪水流出，身子好像变成一片羽毛，轻飘飘，倦乎乎，连话也说不出来，蒙蒙眬眬沉睡过去。

梁萧见她睡靥上泪珠未干，嘴角却噙着笑意，一时不好打扰，抱着她就地枯坐。不一时困了上来，迷糊一阵，忽听有人叫唤，张眼望去，却见花生醉眼惺忪，抱着亭柱挣扎道：“梁萧，梁萧！”迷药药性未消，他方才爬起，又一跤扑倒，嘴里念道，“梁萧……呃……俺打小喝酒，从来不醉……呃，再喝……”抱住空酒罐仰了一下，却没倾出半滴，当下抱着亭柱子，蹭来蹭去，“梁萧……呃……你的腿比木头还硬，蹭得俺好痛……”他顺着亭柱一路摸上去，道，“呃……头呢？怎么没头？呃……就像一根大柱子……”

梁萧又好气又好笑，花晓霜也闻声醒来，羞惭莫名，取了醍醐香给花生嗅了。花生惊醒，看着怀中亭柱，抓头怪道：“啊，俺抱柱子做什么？”花晓霜与梁萧对视一眼，低头苦笑。

他二人不说，花生也不知就里。不一会儿，赵昺也醒了。这两人问起柳莺莺，梁萧只说她回天山了。多日来，两人与柳莺莺同舟共济，听说她不告而别，都不免大生惆怅，所幸一个小孩儿，一个呆和尚，心情来去甚快，伤感半日，也就搁下。倒是花晓霜想着柳莺莺独返天山，路途艰难，不免心中挂念，愁眉难舒。

众人歇息半日，起程向北。经过刀兵之灾，粤地疫病又行，死者甚众。花晓霜采药救人，四处奔波，这么走走停停，在粤境中待了一月有余。这一日，众人穿过梅岭，进入江西。正行走间，忽听前方传来两声惨呼。众人赶上前去，只见前方两个农夫躺在地上，锄头散落一边，双肘、双膝全被折断。

花晓霜忙给两人接好断骨。她手段高明，包扎已毕，两人痛楚大减，不再呻吟。梁萧问道："谁下的毒手？"二人对望一眼，神色茫然，其中一人颤声道："我们走得好好的，手脚一痛，清醒时就躺在这儿了。"花晓霜奇道："你们没见人吗？"两人同声叫道："没见人，撞鬼啦！"梁萧喝道："胡说！"

两人被他一喝，噤若寒蝉。梁萧心想这手法分筋错骨，分明出自武学高手，这人武功高强，为何与寻常农夫为难？他思索不透，又问几句，那二人懵懵懂懂，只说没见凶手。梁萧只得将二人搀扶回家，而后佯装离去，转身暗中潜伏，守了一夜，却无动静。

凶手不肯露面，梁萧也无计可施，一行人继续上路。怎料行了不足二十里地，又听一声惨叫，梁萧飞步赶上，却见一个樵子躺在山坡上呻吟，两捆柴草、一把斧头散落于地。他定眼细看，樵子也是四肢折断。梁萧细问缘由，樵子也道未见凶手。梁萧略一沉默，皱眉起身，扬声喝道："是好汉的滚出来！"

这两句话用上"鲸息功"，远远传出，许久才从山峦间传来回声。这时其他三人也到了，花晓霜道："萧哥哥，怎么回事？"梁萧叹道："我知道就好了！"花晓霜不再多问，低头给那樵子绑好手足，让花生背回家去。谁知走出不远，西北方惨叫迭起，似乎不止一人。经过先前两回，众人不再吃惊，上前一看，路上又躺了四个行商，手足折断，各自惨叫。

花晓霜菩萨性子，也大为生气，说道："无故折人手足，好生可恶！萧哥哥，我们逮住凶手，非让他认错不可。"梁萧冷笑不语，心道：岂止认错，逮住了他，非折断他的手脚不可！

此后每走一二十里地，前方就有惨叫。或是逃难返乡的难民，或是走乡串镇的货郎，或是村野农夫，或是市井百姓。一个个断手折足，号呼痛哭。梁萧一路走去，心情越发沉重，到得次日，忍不住道："这事古怪得很，凶手十之八九冲我们来的。"花晓霜道："他若与我们有过节儿，何不直截了当报复，却把怨气撒在别人身上？"梁萧道："你寻思寻思，每每听到叫声，要么在西北，要么在东北，虽然忽东忽西，曲曲折折，终归不离北方。我们一旦偏离，就有叫声传来！看起来，他是要引我向北。"花晓霜发愁道："那如何是好？"

梁萧想了想，冷笑道："他要我向北，我却偏要向东，看他现不现身！"花晓霜犹豫道："若他并无此意，只爱折人手足呢？我们向东去了，再有百姓折了手足，岂非无人救护？"梁萧无言以对，微微皱眉。花晓霜又说："他要我们去北方，我们就去北方，顺了他的意，他想必不会伤人。"梁萧深感此法大违本性，不悦道："这恶人鬼鬼祟祟，其中必有阴谋。只我一人，与他周旋也无妨，你与昺儿若有闪失，如何是好？"花晓霜叹道："可是若向东走，今生今世，我心里都不会踏实。"二人对视无语，花生却焦躁起来，嚷道："梁萧，太阳落山啦！错过了宿头，可没有饭吃。"梁萧怒道："用不着你教训！"背起赵昺，大步向北。花晓霜见他答允，心头一甜，快步跟上。

众人一意向北，果如花晓霜所料，伤人之事大减。梁萧索性定下心来，看他有何伎俩。这么渡过黄河，匆匆月余。遥见大都轮廓，举目望去，一座巨城横亘北方，南有伏龟之形，北有腾龙之势，门若兽口，广吞八方之财，池比鸿沟，浩聚百泉之水。城南处一队士兵森然罗列，正在搜查入城行商。梁萧迟疑间，正欲上前，忽听有人叫道："王老弟，你如何在这儿？"

图书在版编目（CIP）数据

昆仑.3 / 凤歌著. — 成都：四川文艺出版社，2019.5
ISBN 978-7-5411-5139-2

Ⅰ.①昆… Ⅱ.①凤… Ⅲ.①侠义小说－中国－当代 Ⅳ.① I247.5

中国版本图书馆 CIP 数据核字（2018）第 203413 号

KUN LUN SAN

昆仑Ⅲ

凤歌　著

责任编辑　邓　敏
责任校对　汪　平

出版发行　四川文艺出版社（成都市槐树街 2 号）
网　　址　www.scwys.com
电　　话　028-86259287（发行部）　028-86259303（编辑部）
传　　真　028-86259306

邮购地址　成都市槐树街 2 号四川文艺出版社邮购部　610031
印　　刷　河北鹏润印刷有限公司
成品尺寸　166mm × 235mm　　开　本　16 开
印　　张　19　　字　数　280 千
版　　次　2019 年 5 月第一版　　印　次　2019 年 5 月第一次印刷
书　　号　ISBN 978-7-5411-5139-2
定　　价　42.00 元